Karen Kliewe

# DIE BRANDUNG

## MOORENGEL

Kriminalroman



dtv

MIX
Papier | Fördert gute Waldnutzung
FSC® C083411
www.fsc.org

Originalausgabe 2024

Umschlaggestaltung: lichtung.com, München
Umschlagmotiv: John Duckett Photography/shutterstock.com
Satz: Fotosatz Amann, Memmingen
Gesetzt aus der Minion
Druck und Bindung: CPI books GmbH, Leck
Printed in Germany · ISBN 978-3-423-26382-5

# PROLOG

Er hasste den Sommer.

Schwer atmend mühte er sich vorwärts. Der Stoff klebte an seiner schweißbenetzten Haut, wieder einmal. Diese Hitze! Sein ohnehin voluminöser Körper sog sich voll Wasser, schwoll an und machte jeden Schritt, jede Bewegung zur Tortur. Beinahe ebenso sehr hasste er das Moor mit seinen Hexapoden. Mürrisch kratzte er sich die Stirn. Der penetrante Geruch, der aus den Poren seiner klebrigen Haut strömte, schien für dieses kleine ekelhafte Getier unwiderstehlich. Selbst jetzt, im Dunkeln, spürte er ihre winzigen Beinchen und die nach Blut gierenden Rüssel.

Plötzlich brach er ein.

Ein Wunder, dass er sich abfangen konnte. Leise fluchend richtete er das Licht seiner Kopflampe nach unten. Der rechte Fuß steckte in einem Erdloch. Mühsam stützte er sich auf dem Gerät ab, zog den Fuß heraus und drehte ihn prüfend hin und her.

Ein Blick zurück. Hinter ihm eine schwarze Wand – der Wald.

Keine Zeit! Schwerfällig setzte er sich wieder in Bewegung. Noch war er allein. Doch das konnte sich jederzeit ändern.

Endlich!

Vor ihm öffnete sich die Landschaft. Der Himmel gab sein tiefes Schwarz auf, überließ stattdessen dunklem Blauviolett die Vorherrschaft. Ein feiner pinkfarbener Streifen kündete von Morgendämmerung. Scherenschnitte aneinandergereihter Baumkronen spiegelten sich in der dunklen, blanken Oberfläche des Sees, sich mühsam aus der nächtlichen Umklammerung schälend. Nichts davon beeindruckte ihn. Er wusste nur eins: Ab jetzt würde es einfacher werden.

Wenige Minuten später glaubte er eine passende Stelle gefunden zu haben. Er schaltete die Sonde ein und begann mit der Suche. Nie zuvor hatte sich der See so weit zurückgezogen. Wenigstens etwas Gutes, das diese elendige Hitze der letzten Wochen bewirkt hatte. Langsam schritt er das trockengelegte Areal ab.

Er spürte, dieses Mal würde er etwas finden!

In den letzten vierzig Minuten war sein Puls mehrfach in die Höhe geschnellt – bei jedem Aufheulen des Metalldetektors. Je öfter er enttäuscht wurde, desto verbissener suchte er. Bald würden andere kommen. Andere wie er, Spaziergänger, Foto-Fetischisten und Touristen. Die Sonne hatte ihr Tagwerk begonnen und das Moor entblößt.

Seine abgewetzten Schuhe im Morast, bis zu den Schienbeinen im Wasser, durchpflügte er den für heute letzten Streifen. Wie konnte es sein, dass ein derart geschichtsträchtiger Ort sich ihm so vehement verwehrte? Zuhauf müssten sie zum Vorschein kommen, die Schätze der Vergangenheit! Warum konnte es ihm nicht *ein* Mal gewogen sein – das Glück, das immer nur die anderen traf? Er schnaufte vor Anstrengung. Die Luft stand. Kein Windhauch regte sich und verschaffte seinem aufgeheizten Körper Erleichterung. Wütend schlug er sich mit der flachen Hand in den Nacken. »Scheiß Viecher!«

Der Metalldetektor jaulte auf. Wie erstarrt blieb er stehen. Dieses Gefühl der Erregung – wie er es liebte! Er ging in die Hocke, ignorierte, dass er halb im Wasser saß. Seine rechte Hand durchwühlte gierig den schlammigen Grund. Was mochte es sein? Schmuck, Münzen oder gar die kriegerischen Zeugnisse einer

Schlacht? Nie zuvor hatte jemand diesen Grund absuchen können, so weit draußen auf dem See. Seine Zunge fuhr immer wieder zuckend über die Wulst seiner Unterlippe.

»Zeig dich endlich!«, murmelte er, ließ sich nach vorn auf die Knie fallen und grub versessen weiter. Sehen konnte er in dem aufgewühlten schlammigen Wasser nichts.

Plötzlich blieben seine Finger hängen. Instinktiv zuckte er zurück. »Was zum Teufel …«

# EINS

Gab es etwas Schöneres, als auf diese Weise geweckt zu werden? Genüsslich knurrend drehte sie sich auf den Rücken. Warme, feuchte Küsse benetzten die Haut ihres Arms und der Halsbeuge, arbeiteten sich hoch bis in ihr Gesicht.

Feuchte Küsse?

Ruckartig hob sie den Kopf.

»Bølle, nein! Lass das!« Liebevoll schob sie die Schnauze ihres Mischlingsrüden zur Seite und setzte sich auf. Sie gähnte und riskierte einen Blick auf den Wecker.

»*Åh nej*!«

Wie von der Tarantel gestochen sprang sie aus dem Bett, schlüpfte aus Boxershorts und T-Shirt und rannte ins Bad.

Ausgerechnet heute! Wieso hatte dieser verdammte Wecker nicht geklingelt?

Bølle hüpfte aufgeregt um sie herum. Dass er das auf drei Beinen tat, störte weder ihn noch seine beiden Mitbewohner.

Zum Duschen blieb keine Zeit.

Das Spiegelbild sagte etwas anderes. Ihr schulterlanges dunkelblondes Haar folgte weder der Gravitation noch einem erkennbaren Muster. Während die eine Hand die Zahnbürste schwang, versuchte die andere das vogelnestähnliche Gebilde auf ihrem Hinterkopf zu entwirren. Gleichzeitig flitzte sie einen Raum weiter, riss die Tür auf und blieb vor dem riesigen Bett ihres Mitbewohners stehen.

»Mohtnh? Bischd du uach?«

Bølle bellte und sprang zu Marten auf die Decke.

Sie rannte zurück ins Bad, spuckte den Schaum aus, spülte kurz nach, hetzte in ihr Zimmer und riss den Kleiderschrank auf.

»*Hej*, Marten!«, rief sie. »Sei so gut und geh mit Bølle! Ich hab voll verschlafen, müsste längst unterwegs sein.«

Die Wahl der Kleidungsstücke fiel genauso chaotisch aus, wie dieser Morgen begonnen hatte.

Als Fria Svensson in ihren alten R4 sprang und den Zündschlüssel herumdrehte, hoffte sie inständig, dass sie es nicht verbockt hatte. Es stand so viel auf dem Spiel! Die üblichen Suchschnitte auf dem Areal, auf dem die riesige Biogasanlage gebaut werden sollte, hatten nichts ergeben – tagelang. Erst kurz bevor das Grabungsteam abrücken sollte, waren sie fündig geworden. Zwei Gewandnadeln, ein paar Tonscherben und die Spuren eines Brunnens. Sie brauchten mehr Zeit! Die Stadt und der Bauträger sahen das garantiert anders. Fria hatte um dieses Treffen gebeten. Sie hatte gehofft, den Baubeginn noch etwas herauszögern zu können. Ihr blutete das Archäologinnenherz, wenn sie daran dachte, dass sich ab morgen Baumaschinen durch wertvolle Spuren menschlicher Geschichte fressen würden.

Viel zu schnell fuhr sie durch die beschaulichen Straßen von Klüfterhöft, dem Dorf an der Flensburger Förde, das sie vor knapp zehn Jahren zu ihrer Heimat gemacht hatte.

In einer Viertelstunde würde sie die deutsch-dänische Grenze erreicht haben.

*

Als Tilda die Wohnungstür hinter sich schloss und auf ihren kleinen Füßen den Bürgersteig entlanghüpfte, ahnte sie nicht, dass es das letzte Mal sein würde, dass sie das tat. Nie wieder würde sie auf die großen Ziffern ihres Weckers schauen, aus Angst zu verschlafen, und warten, bis er endlich klingelte. Nie mehr in die

Kleidung schlüpfen, die sie sich tags zuvor bereitgelegt hatte, die abgewetzte Zahnbürste nehmen und über ihre kleinen Zähnchen gleiten lassen, um danach in der vergilbten Küche nach Essbarem zu suchen. Heute hatte sie Glück gehabt. Es hatte Brot gegeben und Marmelade – sogar ein wenig Butterkäse hatte sie gefunden. Den aber hatte sie lieber für ihre Mutter gelassen, hatte eine halbe Schnitte mit Erdbeergelee gegessen und die andere Hälfte zusammengeklappt in ihren ausgeblichenen Ranzen gesteckt. Sie hätte den Tag schon schlechter beginnen müssen.

Den Weg zur Grundschule kannte sie in- und auswendig. So früh morgens gab es keine Kinder auf den Straßen. Die kamen erst später. Aber Tildas Weg war lang. Aus der sanierungsbedürftigen Reihenhaussiedlung am Stadtrand bis hin zu ihrer Schule. Das Geld für die Busfahrkarte hatten sie nicht. »Du bist jung, hast zwei gesunde Füße! Vom vielen Sitzen wirst du fett und träge. Die Zuschüsse für einen Fahrschein könnten wir gut gebrauchen«, hatte ihre Mutter noch gesagt. »Blöd nur, dass sie einem die Kohle nicht einfach auszahlen. Vorstrecken! Was glauben die, wer ich bin? Krösus?«

Also ging Tilda zu Fuß.

An Tagen wie heute war es leicht. Ihr kleiner Magen gab Ruhe, die Luft war warm und die Sonne verscheuchte die bösen Schatten, die Tilda wintertags erschreckten. Lächelnd breitete sie ihre dünnen Ärmchen aus und rannte ein paar Meter. Die Luft strich zart durch ihr feines Haar.

*Wie durch das meines Ponys. Lauf, Kleine Sonne!*

Tilda lachte glücklich, als sie den warmen Hauch aus den Nüstern ihres tierischen Freundes auf ihrem Arm spürte. Das kitzelte! Sein Fell fühlte sich so weich und flauschig an. Beseelt blieb sie stehen und drückte sich ganz eng an seinen Hals. Kleine Sonne würde immer für sie da sein. Stundenlang ritten oder flogen sie durch die Welt, durch *ihre* Welt. Seine Stimme war immer freundlich, nie kam ein böses Wort.

Auch jetzt nicht.

»Wie wäre es, wenn wir fortgingen? Dorthin, wo es schön ist, wo die Sonne immer scheint?«

Den schäbigen Ranzen, der wie achtlos weggeworfen neben dem grauen Verteilerkasten lag, würdigte niemand eines Blickes. Darin: ein paar Buntstiftstummel, Bücher über Mathematik und Deutsch, ein Block, auf dessen Seiten jeder noch so kleine Platz beschrieben oder bemalt war, und ein halbes zusammengeklapptes Brot mit Erdbeergelee, über das sich nun die Ratten hermachen würden.

*

Der arrogante Villads verkörperte all das, was die breite Masse mit dem Klischee Naturhistoriker verband. Er kleidete sich ausnahmslos in den Farben Moosgrün, Braun-Ocker und Beige, trug jeden Tag dasselbe Paar Treckingsandalen und toppte das Ganze mit einem ungepflegten dichten Bart. So stand er im Bürotrakt des Ørerup-Museums, mitten im Gang, und erwartete Fria mit dem typischen Villads-Blick, den Kopf leicht nach hinten gelegt, von oben herab. »Du warst *so* bei dem Treffen? Wolltest du nicht ernst genommen werden?«

»Lass mich eben Luft holen«, murmelte sie und schob ihn beiseite, um vorbeizugehen. Auch wenn er in diesem Falle recht hatte, wollte sie bestimmt nicht mit einem wie Villads über die Wahl ihres Outfits diskutieren.

Er dackelte hinterher. »Was hast du erreicht?«

Fria öffnete die Tür ihres Büros, warf ihren Rucksack auf den Schreibtisch und drehte wieder um. »Darf ich mir erst mal einen Kaffee holen?«

Genervt trat er zu Seite. »Wenn die Dame dann so weit wäre, könnte sie uns verraten, für wie viele Tage wir das Grabungsteam einplanen können. Schließlich muss das Ganze organisiert werden.« Sein nach Zustimmung heischender Blick traf Alberte, die vor ihrem Büro wartete und zögerlich den Zeigefinger hob.

»Ich wusste gar nicht, dass *du* dich um die Einsatzpläne der Grabungen kümmerst.« Fria griff nach ihrer Tasse und goss sich Kaffee ein.

»Du hast es nicht durchgekriegt, oder? Haben sie überhaupt bemerkt, dass du da warst? Weißt du eigentlich, was das bedeutet?«

»Drei Tage. Plus das Wochenende. Mehr sitzt nicht drin.«

»Nur drei Tage? Na bravo! Dann wollen wir mal hoffen, dass wir nichts mehr finden! Durchsetzungskraft, Fria! Zu unserem Job gehört Durchsetzungskraft! Ein piepsiges ›Bitte, bitte‹ reicht da nicht.«

Mit Villads konnte man nicht streiten, an Villads konnte man sich nur abarbeiten. Also war Fria dazu übergegangen, seine Unverschämtheiten an sich abprallen zu lassen. »Danach schicken wir einen zur Beobachtung und Dokumentation. Also, falls wir sehen, dass es Sinn macht.«

»Fria …!« Alberte hob erneut den Zeigefinger.

»Die Bautrupps baggern alles weg, walzen den Rest platt. Was bitte willst du da noch dokumentieren?«, fiel Villads ihr ins Wort.

»Die Funde werden gesammelt und uns übergeben.« Fria machte sich auf den Weg in ihr Büro.

»Ich bin gespannt, wie du dem Grabungsteam die Wochenendarbeit verkaufen willst!«, rief er ihr hinterher, schüttelte den Kopf und blickte Alberte auffordernd an. »Das hat sie wieder super hingekriegt, oder? Mit ernst zu nehmender Archäologie hat das hier wohl kaum noch was zu tun.«

Fria ließ sich in ihren Bürostuhl fallen, schwang herum und blickte gedankenverloren aus dem Fenster. Die parkähnliche Landschaft, in die das dänische Museum eingebettet war, war gezeichnet von wochenlanger Hitze.

Als sie vor etlichen Jahren beschlossen hatte, die Ausbildung bei der Polizei abzubrechen, hätte sie nie damit gerechnet, dass der Job als Archäologin so viel Bürokratie bedeuten, so viel Kampf- und Kompromissbereitschaft erfordern würde. Man war nicht gern gesehen, war ein notwendiges Übel, das andere gern umgingen. Denn wenn die Archäologen anrückten, kostete es Geld. Baumaßnahmen mussten gestoppt, Termine konnten nicht gehalten werden. Den Nutzen blendete man gern aus, denn der konnte nicht in Umsatz gemessen werden. Dazu kam das jährliche Ringen um die Finanzierung der Grabungen, Gehälter, Ausstellungen und des Museums. Keiner wollte Gelder lockermachen für etwas, das kaum oder gar keinen materiellen Gewinn erbrachte. So fand sich nicht nur Fria immer öfter in der Rolle des Bittstellers wieder, in der des ungebetenen Gasts, den man so schnell wie möglich wieder loswerden wollte. Dabei war ihre Arbeit wichtig. Die Vergangenheit zu verstehen, brachte aufschlussreiche Erkenntnisse, die sich auch die heutige Gesellschaft zunutze machen konnte.

»Fria …?« Alberte Lind, Kunsthistorikerin und Archäologin, war die älteste Angestellte des kleinen Museums. Gewohnt steif und mit ausdrucksloser Miene verharrte sie im Türrahmen. »Wir haben eine E-Mail bekommen. Das solltest du dir ansehen.«

Im Gegensatz zu Villads hielt sich Albertes Redefluss grundsätzlich in Grenzen.

»Was Besonderes? Worum geht's?« Fria fuhr ihren Rechner hoch.

*

Benno Kranich wollte nicht mehr. Er war siebenundfünfzig und hatte die Maloche satt. Arthrose in den Knien, die Bandscheiben zickten jeden Tag mehr und die Haut seiner Hände war gezeichnet von tiefen Rissen und schorfigem Gewebe, dem keine Creme der Welt Herr wurde. Die Arbeit in der Autowerkstatt hatte viele

Spuren hinterlassen. Für 'nen Appel und ein Ei hatte er sich kaputtmalocht. Von der Rente, die davon abfiel, würde er seinen Ruhestand, den er wie nichts auf der Welt herbeisehnte, nicht stemmen können. Sein neuestes Hobby allerdings machte Hoffnung. Hätte er gewusst, wie viel Kohle man mit der Zucht solcher Viecher machen konnte, hätte er früher damit angefangen. Zu Beginn hatte er Lehrgeld zahlen müssen, hätte fast aufgegeben. Ständig nur Totgeburten. Woher sollte er auch wissen, dass Munchkins, eine Katzenrasse mit extrem kurz gezüchteten Beinen und langem Rücken, untereinander gepaart nicht lebensfähig waren? Eigentlich waren diese Dackelkatzen die Ausgeburt einer Erbkrankheit. Er grinste zufrieden, als er aus dem Bus stieg und den Heimweg antrat. Eine Erbkrankheit, die ihm den Lebensabend versüßen würde. Er dachte an die zwei Würfe bei ihm zuhause im Keller. Sieben Kitten hatten sie ihm gebracht. Für jede würde er tausendfünfhundert Euro verlangen – und auch kriegen. Acht Wochen mussten reichen, dann wäre er sie los. Interessenten gab es genug. Er rieb sich die Hände. So bald wie möglich sollte er seinen Katzen wieder etwas Spaß gönnen. Den passenden Kater hatte er schon ausgesucht.

*

Fria starrte auf den Monitor. Leider war die Auflösung des Fotos nicht gerade hoch. »Lag er schon in der Dose?«

Alberte zuckte mit den Schultern.

Fria zoomte ran, versuchte vergeblich, Details zu erkennen. Der Behälter war zwar vollkommen verrostet, aber definitiv neueren Datums. »Wahrscheinlich aus Weißblech … Wir müssen wissen, ob er in dieser Schatulle gefunden oder erst später hineingelegt wurde! Aber warum sollte man einen solchen Fund in einer rostigen Dose aufbewahren?«

»Weil alles andere ekelig wäre? Oder möchtest du sie danach als

Tupperware für dein Gemüse weiternutzen?« Villads trat ein und stellte sich hinter die beiden, um auf den Monitor sehen zu können. »Und wenn du schon dabei bist, dem mysteriösen E-Mail-Schreiber Informationen aus den Rippen zu leiern, frag ihn doch gleich nach dem Fundort. Ob alt oder nicht, die Frage bleibt: Wo ist der Rest?«

Sehr geehrte Finderin, sehr geehrter Finder,
vielen Dank für Ihre Anfrage. Um eine genaue Auskunft über das Alter Ihres Fundes geben zu können, brauchen wir dringend mehr Informationen. Im Idealfall überlassen Sie uns das Stück für eingehende Untersuchungen.
Auch die Beantwortung folgender Fragen könnte Aufschluss bringen:
War die Auffindesituation wie abgebildet oder stammt die Dose von Ihnen?
Wo haben Sie das Stück gefunden? Wo liegt der genaue Fundort?
Ich würde mich sehr freuen, von Ihnen zu hören.
Mit freundlichen Grüßen
Fria Svensson
Ørerup-Museum

Nachdenklich hielt Fria inne und beobachtete den blinkenden Cursor. Die Chance, das Fundstück in die Hände zu bekommen, war denkbar gering. Wahrscheinlich war ein nicht autorisierter Sondengänger darüber gestolpert, der ganz genau wusste, dass sein Handeln illegal war. Der würde nicht aus der Deckung kommen. Nur zwei Wörter hatten in der Mail gestanden: *Wie alt?*

Und im Anhang das Foto mit der geöffneten rostigen Dose und dem darin liegenden Knochen eines abgetrennten Fingers. Eines menschlichen Fingers.

*

Ihre Wohnung war alt. Die hohen Decken waren mit Stuck versehen, die Fußböden mit Holzdielen und norddeutschen Fliesen belegt. Die Heizkosten überstiegen jeden Winter wieder ihre Vorstellungskraft. Der urige Kachelofen fing einiges wieder auf. Trotzdem war die Bude eine energetische Katastrophe. Jetzt, in diesem Jahrhundertsommer, dem dritten in Folge, war das Problem ein anderes. Sie hatten locker vierundzwanzig Grad in der Wohnung. Auch nachts. Das Gute war, sie lag direkt an der Flensburger Förde, sodass der Wind durch die großen Fenster hereinwehen und ein wenig Erleichterung bringen konnte.

Und dieser Ausblick! Fria hätte um nichts in der Welt tauschen wollen. Leisten konnte sie sich das nur, weil Jobs wie der ihre in Dänemark weitaus besser bezahlt wurden als in Deutschland und weil sie in Marten einen solventen und zuverlässigen Partner gefunden hatte. Nun ja, solvent war eigentlich Martens Vater, aber der würde nie aufhören, seinen Sohn zu unterstützen.

Schon im Flur hörte sie sie. Hohe Frauenstimmen, die ausgelassen schwatzten und kicherten. Seine Ateliertür stand offen. Schmunzelnd blieb Fria im Türrahmen stehen. Während Marten sich an der riesigen Leinwand austobte, großzügig leuchtend blaue Ölfarbe auftrug, saßen die drei weiblichen Bewunderer auf dem alten Biedermeiersofa – Bølle mitten zwischen ihnen. Fria fragte sich oft, wem sie mehr huldigten, ihrem Mitbewohner oder seiner Kunst. Marten war, wie er war. Anders. Bunt und lebensfroh und gleichzeitig sensibel und melancholisch. Er hatte Phasen. An manchen Tagen war er derart schwermütig, dass Fria Angst hatte, er könne in eine Depression verfallen, aus der er nicht wieder herausfände. An anderen tänzelte er leichtfüßig durchs Leben. Eines war immer gleich: Je extremer die Phase, desto kreativer sein Schaffen.

Bølle hatte Fria entdeckt. Er sprang vom Sofa und begrüßte sie stürmisch.

»Fria, mein Lieblingsmensch!« Martens dunkle Augen leuchteten. Er lachte unbefangen.

Die Damenriege hingegen blickte ungläubig zu ihr herüber. Nicht nur, dass sie allesamt deutlich jünger waren, besser angezogen als Fria waren sie allemal.

Was heute keine Kunst ist, dachte sie im Hinblick auf den hektischen Start in den Morgen. »Komm, du Rabauke, wir drehen eine Runde!« Sie griff nach der Leine und verließ mit Bølle die Wohnung.

*

»Du musst keine Angst haben, Kleine Sonne«, flüsterte Tilda, doch ihre Stimme zitterte. Sie dachte an Frau Sandner, ihre Klassenlehrerin. Sie würde sehr ärgerlich sein und Tilda ausschimpfen. Ob sie ihr eine schlechte Bewertung schreiben würde? Und Mama … Tilda wollte nicht, dass sie wieder weinen musste.

»Komm hier rüber! Zu mir!«, sagte der Mann.

»Wir sind einfach ganz brav. Dann wird alles wieder gut«, wisperte Tilda.

*

Erst am Mittag des nächsten Tages hatte Fria Zeit, sich der Mail zu widmen, die ihr der Finder des Knochens am Morgen geschickt hatte.

> Finger war in Dose. Bei Spaziergang im Wald gefunden.
> Gibts Finderlohn?

Sie zog die Tastatur näher und tippte:

Sehr geehrte Finderin, sehr geehrter Finder, da die Dose augenscheinlich jüngeren Datums ist, muss demnach auch der Finger einem Menschen gehören, der in den letzten Jahrzehnten gelebt hat. Es wäre sicher gut, wenn Sie den Fund der Polizei übergäben, möglichst mit einer genauen Beschreibung des Fundorts, damit ein Gewaltverbrechen ausgeschlossen werden kann. Gern können wir vermittelnd tätig werden, wenn Sie das wünschen.
Mit freundlichen Grüßen
Fria Svensson
Ørerup-Museum

Dann griff sie zum Hörer und rief ihren Vater Eskild auf der Wache an.

»… und ich bezweifle, dass der Typ sich bei der Polizei meldet. Eher schmeißt er die Dose mit dem Knochen einfach weg«, beendete sie ihren Bericht.

Eskild brummte zustimmend. »Und du glaubst, er ist Deutscher?«

»Er oder sie. Däne jedenfalls nicht. Könnte natürlich sein, dass er, ich bleib der Einfachheit halber mal bei er, hier in Dänemark arbeitet.«

»Ein Grenzpendler.«

»Oder der Fundort liegt in Deutschland und er hat sich an uns gewandt, weil er glaubte, wir seien fachlich gesehen die richtige Anlaufstelle.«

»Möglich. Leite die Mail an mich weiter. Vielleicht kriegen wir raus, von wem sie kommt.«

»Du bist ein Schatz!«

»Das in jedem Fall! Jais lässt fragen, wann du uns mal wieder besuchst.«

Fria hörte eine Stimme aus dem Hintergrund rufen. »Der alte Mann lügt! Aber wenn du schon kommst, bring Kuchen mit!«

Fria lachte. »Sag meinem kleinen Brüderchen, Kuchen gibt's nur, wenn er mir den Absender der Mail bringt!«

Kopfschüttelnd legte sie auf. Was für eine Familie! Lauter Polizisten. Kein Wunder, dass Fria sich auch erst darin versucht hatte. Nach knapp zwei Jahren hatte sie geschmissen. Die Hilflosigkeit hatte sie aufgefressen. Zu sehen, wie sie immer wieder an dieselben Türen geklopft hatten, die Folgen der häuslichen Gewalt vor Augen, und so gut wie nichts hatten tun können, um die Opfer zu schützen – das hatte sie fertiggemacht. Drogensüchtige Teenager, die von Gleichaltrigen angefixt wurden, misshandelte Frauen, die immer wieder zu ihren Peinigern zurückkehrten, organisierte Banden, die vor ihren Augen ihren kriminellen Machenschaften nachgingen, denen einfach nicht genug nachgewiesen werden konnte, um sie länger aus dem Verkehr zu ziehen … Fria hatte schließlich aufgegeben. Den Begriff Cold Case hatte es in der Eisenzeit mit Sicherheit nicht gegeben, menschliche Abgründe dagegen schon. Und so hatte sie ins Fach Archäologie gewechselt. Für ihre drei Brüder und den Vater schien eine Laufbahn bei der dänischen Polizei genau das Richtige.

Nachdenklich betrachtete sie das Foto von dem abgetrennten Fingerglied. Was dem Menschen wohl passiert sein mochte? Sie dachte an die Männer, die im Sägewerk arbeiteten. Gerade früher war es in einigen Berufen häufiger zu abgetrennten Gliedmaßen gekommen. In der Holzverarbeitung hatte schon so manche Kreissäge mehr als nur den Werkstoff zerteilt.

Sie seufzte. »Nicht meine Baustelle! Apropos Baustelle …« Voller Tatendrang wandte sie sich dem Grabungsplan des Biogasareals zu.

*

Das Fell der beiden Muttertiere war längst nicht so schön wie das der Kitten. Aber das musste es auch nicht. Hauptsache die Kleinen waren flauschig und gut genährt.

Prüfend blickte Benno in die Boxen. Die Futterschalen waren leer.

»Bei dem, was ihr so fresst, müsstet ihr kugelrund sein«, murrte er und ließ ein paar Bröckchen Trockenfutter in die Näpfe kullern. Sofort sprangen die Katzen auf und machten sich darüber her. Als Benno das Licht löschte und die Tür hinter sich zuzog, war der Kellerraum erfüllt von ihren bettelnden Rufen.

Er ging nach oben und setzte sich vor seinen Rechner. Die Bewerberliste für die Kitten war lang. Er war versucht, den Preis noch ein wenig nach oben zu setzen. Ping! Wieder eine Mail. Dieses Mal von einer Frau. Er las.

»Aber natürlich wachsen die Kitten in einem behüteten Umfeld auf. Sie haben einen eigenen Koch, eine Nanny und werden jeden Tag spazieren gefahren«, raunzte er und lachte laut. »Ich liebe diese rührseligen Dummschwätzer, die ihre Viecher mehr lieben als ihre eigenen Blagen.«

*

Draußen war es noch hell. Heiß floss der Atem des Tages aus den Gebäuden und Straßen zurück in die Stadt. Auf dem ausgedörrten Boden knisterte und raschelte es unter suchenden Vogelkrallen. Hinter den dicken Wänden mit ihren tiefliegenden, total verdreckten winzigen Fenstern aber war die Welt eine andere. Dort war es so kühl, dass Tilda in ihrem knappen T-Shirt fror.

Sie verstand nicht, was der Mann dort tat. Oder warum. Sie hatte beschlossen, nicht zu fragen. Sie wusste, Erwachsene mochten es nicht, wenn Kinder zu viel fragten. Also umklammerte sie ihre dünnen Beinchen und schaute angsterfüllt zu.

Gerade putzte er Dinge.

Das tat Mama manchmal auch. Dabei fluchte sie meist. Oder sie weinte. Tilda wusste, dass es an ihr lag. Sie schwor sich jedes Mal, es besser zu machen. So gut, dass Mama nicht mehr weinen müsste.

Geduldig fuhr der Mann mit dem dreckigen Lappen über das glänzende Ding. Das schummrige Licht der maroden Deckenlampe schaffte es gerade so, den langen Tisch auszuleuchten, vor dem er stand. Den Rest des Raumes konnte sie nur erahnen. Tilda schaute lieber gar nicht so genau hin. Dunkle Ecken und die Bewohner, die dort hausten, machten ihr Angst.

Der Mann legte den glänzenden Gegenstand hin und griff nach etwas Langem. Das hatte viele gefährliche Zähne.

Tilda kniff die Augen zu und blinzelte hektisch. Keine Angst, Kleine Sonne! Das Ding wird uns nicht beißen. Wir müssen nur brav sein.

Plötzlich drehte der Mann sich zu ihr um. »Was willst du mal werden?«

Ihre Stimme war dünn, wie das erste Eis auf Winterpfützen nach einer mäßig kalten Nacht. »Groß.«

*

»Ohlsen?« Die Tür öffnete sich einen Spalt und Palle streckte seinen Kopf herein.

Polizeihauptkommissar Ohlsen hob den Kopf. »Hm?«

»Sarina Röddinghaus-Bruun. Sie wartet vorne.«

»Nicht schon wieder! Sag Sinje, sie soll sich darum kümmern!«

»Hat schon Feierabend.«

»Oltmann?«

»Telefoniert.«

Ohlsen sah den *Kleinen* erwartungsvoll an.

Doch der schüttelte demonstrativ den Kopf, meinte im Umdrehen: »Bin gar nicht mehr da!«, und verschwand im Flur.

»Palle!«

»Der Chef hat mir erst kürzlich verboten, weitere Überstunden anzuhäufen«, hörte Ohlsen ihn rufen.

»Was bin ich doch für ein beschissener Chef«, murmelte er und steuerte den Empfangsbereich an.

»Herr Ohlsen!«

»Frau Röddinghaus-Bruun, schön, Sie zu sehen.«

»Sie wollten mich unterrichten!«

»Richtig. Wenn es etwas Neues gibt.«

»Meine Mutter ist jetzt seit über einem Jahr verschwunden …«

»Zumindest hat sie sich so lange nicht bei Ihnen gemeldet.«

Sarina Röddinghaus-Bruuns Stimme wurde schrill. »Sie glauben also immer noch, sie habe sich absichtlich nicht bei uns gemeldet? Sie habe alles hingeschmissen und führe anderswo ein neues Leben? Haben Sie überhaupt schon irgendwas dafür getan, sie zu finden?«

»Wir haben alle uns zur Verfügung stehenden Mittel eingesetzt.«

»Ich habe nicht mitbekommen, dass Sie da draußen nach ihr gesucht hätten! Bei anderen werden Hundestaffeln eingesetzt. Warum nicht bei meiner Mutter?«

»Ihre Mutter hat sich ein Sabbatjahr genommen. Sie wollte um die Welt reisen.«

»Richtig! Ein Sabbatjahr, Betonung auf Jahr! Sie hätte längst wieder an ihrer Schule sein müssen. Oder glauben Sie, sie würde ihre Pension aufs Spiel setzen?«

»Das weiß ich nicht. Und hier liegt das Problem. Ich muss alle Möglichkeiten in Betracht ziehen. Auch die, dass Ihre Mutter nicht gefunden werden möchte. Sie ist erwachsen, alleinstehend. Ihr kann vieles widerfahren sein. Vielleicht hat sie auf ihrer Reise jemanden kennengelernt, für den es sich lohnt, das alte Leben aufzugeben, wer weiß?«

»Mutti würde uns so etwas nie antun!«

»Das glaube ich Ihnen. Und deswegen suchen wir auch weiter. Interpol ist verständigt. Überall hält man Ausschau nach Ihrer Mutter. Mehr können wir nicht tun. Es sei denn, Sie haben jemanden ausfindig machen können, der sie nach ihrer Abreise gesehen oder gesprochen hat? Irgendwas, wo wir ansetzen können?«

Zwei Stunden später schloss Ohlsen die Wache von Norgaard ab. Nachts war sie nicht besetzt. Dann war das nahegelegene Flensburg zuständig. Die Polizeistation dort platzte aus allen Nähten. Ganze Abteilungen waren ausgelagert worden. Zunächst hatte er geflucht, als sie ihn und sein Team in dieses Kaff versetzt hatten. Mit der Zeit sah er es als Privileg. Sie gehörten zum Flensburger Verein, waren gut vernetzt und bekamen Unterstützung, wenn nötig. Auf den Rummel der großen Wache konnte er gut und gern verzichten. Norgaard war beschaulich. Wenn er frische Luft brauchte, musste er nur das Fenster öffnen.

Sein Handy vibrierte leicht. Eine Nachricht von Lies.

*Bin für ein paar Tage in Hamburg.* Kuss-Emoji.

Mit einem warmen Gefühl im Herzen und leichtem Kribbeln im Unterleib dachte er an die vergangene Nacht. Es freute ihn, wie gut sie harmonierten. Sie gaben sich Freiräume, hielten sich zurück oder rissen den anderen einfach mit. Beim Sex. Alles andere lief aus seiner Sicht eher holprig. Aber daran wollte er jetzt nicht denken. Lieber an das, was sie gestern zu einer Einheit hatte verschmelzen lassen. Danach war sie an ihn geschmiegt eingeschlafen. Es hatte sich richtig angefühlt. Das tat es immer. Ohlsen wusste selbst nicht, was er erwartete. Vielleicht, dass sie sich eindeutiger zu ihm bekannte – zu einem Leben mit ihm.

Er stieg auf seinen Drahtesel und trat den kurzen Heimweg an.

*

Sie saßen auf dem großen Balkon ihrer Altbauwohnung. Selbst Schweigen ging mit Marten hervorragend. Bølle lag eingerollt zwischen ihnen und schlief.

Das Glas in Frias Hand glitzerte. Eiskalter Weißwein. Genau das Richtige bei dieser Hitze. Der Himmel leuchtete in kräftigem Gelborange, übermalte das Dunkelblau der See mit Braunnuancen. Es war absolut windstill.

»Keiner beherrscht die Kunst des Farbenspiels so wie die Natur«, schwärmte ihr Mitbewohner nach einer langen Zeit des Genießens.

»Hmm.«

»Gibt es was Neues zu dem schrecklichen Fund, diesem abgeschnittenen Finger?«

Fria musste lachen, als sie Martens angewiderten Blick sah. »Keine Ahnung. Mir erzählt ja keiner was. Moment ...« Sie griff nach ihrem Handy und wartete, bis die Verbindung stand.

»Svensson.«

»Und hier ist deine dich liebende Tochter.« Sie aktivierte den Lautsprecher.

»Oh, zwei Anrufe in zwei Tagen. Du meinst wohl: meine neugierige Tochter.«

»Konntet ihr ihn ausfindig machen?«

»Den Wohnort von Santa Claus? Nein, tut mir leid. Du wirst deinen Wunschzettel wohl wie immer auf die Fensterbank legen müssen.«

Marten fing laut an zu lachen. »*Hej,* Eskild!«

»*Hej,* Marten. Was macht die Kunst?«

»Nun sag schon! Konntet ihr die Mailadresse zurückverfolgen? Bevor ich mir dieses Mal was ganz besonders Schauriges für dich zu Weihnachten ausdenke.«

»Konnten wir. Die deutschen Kollegen übernehmen.«

»Echt?« Enttäuscht ging Fria ihre Optionen durch.

»Der Absender sitzt in Deutschland. Da wir nicht wissen, wo

sich die Fundstelle befindet, ist die Sache dort besser aufgehoben.«

»Aber du wirst doch bestimmt auf dem Laufenden gehalten, oder?«

»Na, so wichtig ist das Ganze nun auch nicht. Wie wär's, wenn du dich einfach selbst schlaumachst? Ihr als Museum habt ein berechtigtes Interesse. Schließlich habt ihr das Ganze angestoßen. Bei der Suche nach dem Zuständigen haben sie mich an eine Außenstelle Flensburgs verwiesen, an einen Kommissar Ohlsen aus Norgaard. Das ist doch ganz in deiner Nähe.«

*

Tilda gähnte und krümmte sich fröstelnd zusammen. Sie atmete den säuerlich-modrigen Duft schimmeligen Holzes und dicker Dreckschichten ein. Träumte sie?

Sie schreckte hoch.

Nein! Sie war immer noch da. An diesem Ort.

Mühsam quälte sich Licht durch die blind gewordenen kleinen Fensterscheiben.

Sie war eingeschlafen. Obwohl sie sich so lange dagegen gewehrt hatte.

Mit zusammengekniffenen Augen tastete sie die Umgebung ab. War sie allein? Schemenhaft zeichneten sich die hölzerne Werkbank und zwei große Metallschränke ab, der lange Tisch, ein Dreibeinstuhl. In seiner Lehne: zwei Löcher. Die starrten sie böse an. Tilda presste ihre angewinkelten Arme an den Oberkörper, ihre Fäuste unter das Kinn. Sie wollte wegsehen, aber die grässlichen Augen ließen sie nicht los. Dabei musste sie so dringend Pipi.

»Hallo?« Ihre piepsige Stimme war selbst für sie kaum zu hören gewesen, also traute sie sich erneut: »Hallo?« Ob man ihr erlaubte aufzustehen? Sie wollte doch brav sein. Vielleicht durfte sie dann wieder nach Hause?

Auf zitternden Beinen stand sie da. Der Mann hatte ihr das Klo gezeigt, also das, was er als Klo benutzte. Ob sie einfach so hingehen durfte? Was, wenn nicht? Würde er ihr und Kleine Sonne dann wehtun? Ihr kleines Herz hämmerte wie wild. Gleich konnte sie nicht mehr anhalten. Wenn sie sich in die Hose machte, wie würde *er* wohl reagieren?

Tildas Mutter wurde dann immer sehr wütend. Sie riss ihr die nassen Kleider vom Leib und sagte viele schlimme Dinge. Einmal war sie so aufgebracht gewesen, dass ihre Hand in Tildas Gesicht geklatscht war.

Tilda wollte nicht, dass der Mann das auch tun musste. Ihre Augen füllten sich mit Tränen. Sie wollte brav und mutig sein. Also tasteten sich ihre kleinen Füße langsam vorwärts. Der alte Steinfußboden war uneben, überall stand etwas herum. Vieles davon war nur zu erahnen. Immer wieder blieb sie stehen, lauschte und ließ ihre ängstlich aufgerissenen Augen suchen. Noch einmal rufen, das traute sie sich nicht.

Selbst Kleine Sonne hatte Angst. Das war das Schlimmste. Ihr Pony hatte nie Angst.

Eine kleine Unachtsamkeit weiter war es dann passiert. Sie stolperte über ein Dings aus Glas. Tilda wusste nicht, was sie umgeworfen hatte. Als es umfiel und auf dem holprigen Steinfußboden in tausend Stücke zerbrach, war es, als habe der große Lkw den Container angehoben, ganz hoch, so wie er es gleich um die Ecke von Tildas Zuhause immer tat, die Luken geöffnet und Hunderte von Flaschen mit schrecklichem Getöse in seinen Bauch fallen lassen.

Tilda stieß einen spitzen Schrei aus und hielt sich die Ohren zu. Vor Schreck leerte sich ihre Blase. Im gleichen Augenblick öffnete sich die schwere Stalltür, knarzte grausam wie ein wütendes Monster und – schickte einen Strahl gleißendes Licht auf Tildas jämmerliche Gestalt und das Zeugnis ihrer ungeheuerlichen Tat.

# ZWEI

Bis Norgaard waren es keine zwanzig Kilometer. Fria hatte beide Seitenscheiben des R4 heruntergekurbelt und genoss den Fahrtwind. Elf Uhr in der Früh – und das Thermometer zeigte bereits sechsundzwanzig Grad. Ganz Europa ächzte unter der Hitze. Geregnet hatte es seit Monaten nicht. Die meisten Regionen meldeten besorgniserregend tiefe Pegelstände. Die ersten beklagten drohende Trinkwasserknappheit. Verrückt!

Sie bog auf den Parkplatz der Norgaarder Polizeistation.

»Dann wollen wir mal«, murmelte sie und verließ den Wagen.

*

»Da müssen Sie bitte zu uns auf die Wache kommen.« Sinje Cassuben lauschte in die Hörermuschel. »Hören Sie Frau …« Sie hielt inne, wartete auf die Antwort und fuhr dann fort: »Frau Dietrich. Wir brauchen genaue Informationen. Und ein Foto Ihrer Tochter!«

Ohlsen trat neben sie und blickte ihr fragend ins Gesicht.

Wieder hörte Sinje konzentriert zu.

»Nein, das geht leider nicht. Ja, ich versteh Sie ja! Trotzdem … Wie alt ist Ihre Tochter denn?«

Die Antwort schien die junge Polizistin zu beunruhigen.

»Sieben?«

Ohlsen runzelte besorgt die Stirn.

»Und seit wann ist sie verschwunden?«

Dann sah Ohlsen, wie sich Fassungslosigkeit auf dem Gesicht seiner Kollegin breitmachte.

»Sie wissen es nicht genau? Lebt die Kleine nicht bei Ihnen?«

Während des Zuhörens schüttelte Sinje entsetzt den Kopf. Ohlsen begann ungeduldig mit den Fingern zu trommeln.

»Nein, das können Sie nicht, Frau Dietrich! Wir kommen zu Ihnen! Wie ist Ihre Adresse?« Sinje lauschte. »Was? *Wo* wollen Sie jetzt hin? Und Ihre Tochter? Frau Dietrich …«

Vollkommen perplex starrte die Polizistin den Hörer an. »Aufgelegt!«

Während sie Ohlsen informierte, fegte Sinjes Kugelschreiber über das Papier. »Eine Ina Dietrich. Ihre Tochter Tilda ist verschwunden. Das Kind ist sieben Jahre alt.«

»Wie verschwunden?«

»Das weiß sie nicht.«

»Auf dem Schulweg, von zuhause, von unterwegs …«

»Das weiß sie nicht.«

»Wann?«

»Auch das weiß sie nicht.«

Auf Ohlsens Stirn bildete sich eine tiefe Zornesfalte. »Sie muss doch wissen, seit wann ihre Tochter abgängig ist! Das Kind ist sieben!«

Hilflos zuckte Sinje mit den Schultern. »Sie sagt, sie müsse jetzt arbeiten.«

»Wie bitte?« Fassungslos blickte Ohlsen seine Kollegin an. »Ihre kleine Tochter ist verschwunden und sie geht arbeiten?« Er stockte. »Glaubst du, die Mutter steht unter Schock?«

»Schwer zu sagen. Sie meinte, sie dürfe nicht zu spät kommen, sonst würde ihr gekündigt.«

»Adresse hast du?«

Sie nickte.

Eilig schnappte er sich sein Handy und bedeutete Sinje, ihm zu folgen. Die griff nach den Autoschlüsseln und lief ihm hinterher.

Als Fria die Wache betrat, wäre sie beinahe mit einem Pärchen zusammengestoßen, genauer, mit dem voranstürmenden Mann.

Erschrocken blieben alle stehen.

»Ohlsen?«, rief eine Stimme aus dem Innern. Der Gerufene drehte sich um. »Deine Waffe!«

Fria sah den Polizisten hinter dem Tresen mit einem Gürtelholster wedeln.

Der Mann namens Ohlsen stöhnte und verdrehte genervt die Augen. »Ich hatte nicht vor, einen Massenmörder zu stellen«, murmelte er so leise, dass nur Fria ihn hören konnte. Dann drehte er um, lächelte und nahm das Holster entgegen. »Super, danke, Palle.«

»Hauptkommissar Ohlsen?« Sie ging beherzt auf ihn zu und streckte ihm die Hand entgegen. »Fria Svensson, Ørerup-Museum. Es geht um den Knochenfund, der abgetrennte Finger aus der Dose.«

Der Kommissar sah sie nicht einmal an, rannte an Fria vorbei und rief: »Palle, kümmerst du dich?« Dann waren er und seine Kollegin draußen.

Klar wusste Fria, wie oft es im Job eines Polizisten auf jede Minute ankam. Ein abgetrennter Finger dagegen lief nicht weg. Schon gar nicht, wenn die Zeit derart an ihm genagt hatte. Trotzdem war es nicht das schönste Gefühl, auf diese Weise ignoriert und stehengelassen zu werden.

Der Mann, den sie Palle nannten, kam ihr lächelnd entgegen. »Nis Reepschläger. Wie kann ich Ihnen weiterhelfen?«

*

Der Seniorenpark Fördeglück-Klüfterhöft hatte schon bessere Tage gesehen. Die Gebäude waren in die Jahre gekommen. Es wirkte abgelebt und lieblos. Das sollte sich bald ändern. Zumindest kündete ein riesiges Werbebanner an der Straße von umfangreichen Baumaßnahmen.

Die Ermittler parkten in der Nähe des Eingangs.

Schweigend folgten sie den Wegweisern. Der typische Geruch von Mensaessen, Desinfektionsmitteln und altem Gemäuer stieg ihnen in die Nase. Sinje fragte sich, warum es aus Großküchen immer so seltsam roch, während der verheißungsvolle Duft der Restaurants einen schon beim Eintreten vor Vorfreude sabbern ließ.

Ihr Ziel, der Speisesaal, bot zirka dreißig Seniorinnen und Senioren Platz. Und die Ersten hatten sich schon eingefunden. Zwei Damen halfen denen, die nicht allein zurechtkamen. Eine stand an der Essensausgabe und weitere zwei konnte Sinje durch die geöffnete Küchentür erkennen.

Ein Seitenblick auf ihren Chef zeigte ihr, wie angespannt er war.

»Frau Dietrich?«, sprach er die Nächststehende an.

Die schüttelte den Kopf und verwies auf die Frau an der Essensausgabe. Sie war jung – extrem jung, hatte kurzes blondiertes Haar, dessen dunkel nachwachsender Ansatz nach einer Auffrischung schrie, und lange künstliche Fingernägel in leuchtend Violett.

Ohlsen und seine Kollegin stellten sich vor den Tresen und hielten ihre Ausweise hoch.

»Frau Dietrich? Ohlsen und Cassuben von der Kriminalpolizei Flensburg. Ihre Tochter ist verschwunden?«

Die Frau nickte, hob aber nicht einmal den Kopf, sondern befüllte emsig in einer langen Reihe aufgestellte Teller mit Kartoffeln, Hackbraten, Möhrengemüse und dunkler Sauce.

Die Abwärme der Küche heizte den ohnehin gut temperierten Raum ordentlich auf. Ohlsen fand das unerträglich und hätte die Frau am liebsten mit nach draußen gezogen. »Wenn Ihre Tochter wirklich verschwunden ist, Frau Dietrich, sollten Sie *jetzt* mit uns reden und uns die genauen Umstände schildern – damit wir die Suchmaßnahmen starten können!« Er riss sich hörbar zusammen.

»Jetzt nicht! Sie sehen doch, was hier los ist!«, murmelte die Angesprochene und portionierte weiter.

Bevor ihr Chef platzen konnte, legte Sinje ihm beruhigend die Hand auf den Arm und ging zu einer der Mitarbeiterinnen, die neugierig herübersahen. »Seien Sie so nett und lösen Sie Frau Dietrich kurz ab? Wir haben etwas Wichtiges mit ihr zu besprechen.« Gleichzeitig hielt Sinje der erstaunten Frau ihren Ausweis unter die Nase.

»Ich, äh, … also eigentlich …«

»Sehr freundlich von Ihnen.« Sinje schob sie sanft Richtung Ausgabe.

»Ich muss das hier noch fertig machen. Die Chefin duldet keine Verzögerung.« Tildas Mutter ließ sich nicht beirren.

Sinje parkte die Kollegin neben Frau Dietrich und nahm dieser den Löffel ab. »Keine Angst! Wir sprechen mit Ihrer Chefin. So, nun kommen Sie mal mit!«

Sie nahmen den Lieferantenausgang und stellten sich in den Schatten einer Buche. Gelb-braune Blätter hingen kraftlos von ihren Ästen.

Ohlsen wischte sich den Schweiß von der Stirn. »So, dann erzählen Sie mal.«

»Tilda. Ich weiß nicht, wo sie steckt.«

»Wann haben Sie sie denn das letzte Mal gesehen?«

Die junge Frau dachte scheinbar angestrengt nach. »Die Schule. Die hat mich heute Morgen angerufen.«

»Frau Dietrich …« Ohlsens donnernder Bass zeigte an, wie es um seine Gemütslage stand. Wenn es um Kinder ging, war er extrem empfindlich.

Sinje grätschte dazwischen. »Was hat die Schule denn gesagt?«

»Dass Tilda nicht hingegangen ist.«

»Sie ist also heute nicht in der Schule angekommen?«

Tildas Mutter blickte immer wieder hektisch zur Tür. »Gestern und vorgestern auch nicht.«

Sinje hörte, wie ihr Chef geräuschvoll die Luft einsog. »Wie heißt die Schule?«

»Na, die Grundschule hier im Ort.«

»Den Namen der Klassenlehrerin wissen Sie aber?«

»Frau Sandner.«

»Und die hat Sie heute Morgen angerufen?«

»Vorher hat sie mich nicht erreicht.« Wieder ein hektischer Blick zur Tür.

»Tilda war also am Dienstag das letzte Mal in der Schule. Wann haben *Sie* sie denn das letzte Mal gesehen?«

Die junge Mutter knetete nervös ihre Finger. »Ja, auch dann. So ungefähr.«

»*So ungefähr*?« Ohlsens Blutdruck stieg sicher mit jedem Wort. »Wer hat sich in der Zwischenzeit um Ihre Tochter gekümmert? Wir bräuchten den Namen und den Kontakt.«

Die Befragte wurde immer nervöser. Ihre Augen bekamen einen verdächtigen Glanz. »Sie brauchen gar nicht so vorwurfsvoll zu gucken! Ich tu, was ich kann, gehe ständig arbeiten. Ich kann doch auch nichts dafür!«

»Wollen Sie uns damit sagen, dass Sie Ihre Tochter sich selbst überlassen haben? Drei Tage lang?« Die Augen des Kommissars funkelten unheilvoll.

»Frühmorgens von fünf bis acht bin ich im Discounter – Lebensmittel packen. Wenn ich nach Haus komm, ist sie schon weg zur Schule. Ich frühstücke dann und mach so Hauskram. Um elf muss ich hier sein und mich um die Essensausgabe der Alten kümmern, danach ist Küche aufräumen angesagt.«

»Wenn Sie nach Hause kommen?«

»Ist Tilda noch in der Schule. Ich ess Mittag und leg mich irgendwann schlafen.«

»Wann kommt Ihre Tochter nach Hause?«

»Um vier ist die OGS beendet.«

Ohlsens fragender Blick ließ Sinje antworten. »Offene Ganztagsschule.« Sie wandte sich wieder der Befragten zu. »Wie?«

»Watt wie?«

»Kommt sie nach Hause?«

»Zu Fuß.«

»Und dann?«

»Macht sie Hausaufgaben und so.«

»Aber da müssten Sie beide sich doch gesehen haben«, warf Ohlsen ein. »Haben Sie sich keine Sorgen gemacht, als Ihr Kind gestern und vorgestern von der Schule nicht nach Hause gekommen ist?«

»Nein. Ich mein, so ist das nicht. Meistens schlaf ich dann noch. Ich muss doch schon zu zehn wieder zur Tanke.«

»Wie bitte?« Jetzt war es an Sinje, die Fassung zu verlieren.

Ina Dietrich fing an zu weinen. »Glauben Sie, ich hab mir das ausgesucht? Ich komm doch sonst nicht rum!«

»Sie arbeiten also zusätzlich noch jede Nacht in einer Tankstelle? Von wann bis wann und bei welcher?«

»Von zehn bis vier.« Sie nannte Namen und Ort.

»Wie lange geht das schon so?«

»Ein paar Monate. Erst hatte ich nur den Supermarkt und das Altenheim. Und dann hörte ich, dass sie wen für die Nachtschicht an der Tanke suchen. Ich brauch das Geld!«

»Was ist mit dem Kindsvater?«

»Ist weg. Schon kurz nachdem die Kleine da war.«

»Gibt es denn keine Oma oder einen Opa?«

Die junge Frau schüttelte den Kopf.

Sinje seufzte. »Frau Dietrich! Ihre Tochter Tilda ist sieben, richtig?«

Ina Dietrich schniefte und nickte.

»Sie ist noch viel zu jung, um allein zurechtzukommen. Ein

Wunder, dass es überhaupt so lange gut gegangen ist. Warum haben Sie sich keine Hilfe geholt?«

Nachdem sie keine Antwort erhielt, fuhr Sinje fort. »Könnte Tilda weggelaufen sein? Hat sie Freunde? Einen Platz, zu dem sie besonders gern geht?«

»Sie liebt Pferde.«

*

Die beschatteten Plätze im Außenbereich des Restaurants waren allesamt belegt. Auf den anderen hielt es niemand aus. Das Thermometer kletterte unbarmherzig auf neue Rekordwerte. Fria bestellte sich Fischbrötchen und Wasser zum Mitnehmen, ging ein paar Schritte, setzte sich auf den verbrannten Rasen unter einen Baum und blickte aufs Meer. Hier am Wasser ging sogar ein wenig Wind. Doch selbst der brachte keine Abkühlung. Im Gegenteil, er war fast schon unangenehm warm.

Polizist Palle hatte enttäuschend wenig zu berichten gehabt. Ja, der Absender der Mail war ermittelt, Wohnort inbegriffen. Man habe jedoch noch kein Gespräch mit der Person führen können.

»Warum das nicht?«, hatte Fria gefragt.

Es habe sich noch nicht ergeben.

Damit war das Thema für Herrn Reepschläger abgefrühstückt. Nach Abschluss der Ermittlungen könne man sich gern beim Museum melden und die Erkenntnisse teilen, hatte er noch angefügt und Fria freundlich verabschiedet.

Wäre der Fall doch nur in Dänemark geblieben! Bislang hatte sie es noch immer geschafft, ihren Brüdern Informationen zu entlocken. Alles wäre so einfach!

Gefrustet biss sie in ihr Fischbrötchen.

Ihr Handy wusste mal wieder genau, wann der unpassendste Moment für ein Telefonat gekommen war, und klingelte. Ihr Grabungsleiter!

Fria wischte sich hektisch Remoulade von Fingern und Kinn, kaute schneller und tippte auf *Annehmen.* »Leif! Was gibt's?«

»Du solltest herkommen. Die Stelle ist goldrichtig!«

»Bin schon unterwegs …«, nuschelte sie, raffte ihre Sachen zusammen und eilte zum Parkplatz. Wenn Leif Worte wie *goldrichtig* benutzte, hatte das Biogasareal mehr zu bieten, als sie gehofft hatten.

*

Geert Holm war immer noch sauer. Nicht nur, dass er ausschließlich wertlosen Plunder gefunden hatte, jetzt stellte sich sein gruseliger Jahrhundertfund, der Finger einer Moorleiche, auch noch als neuzeitlich heraus! Was hatte diese dänische Museumstante geschrieben? »Die Dose ist nicht alt, also kann der Finger darin auch nicht alt sein.« Oder so ähnlich.

Zum wiederholten Mal kratzte er sich eine der vielen juckenden Stellen. Totgestochen hatten diese scheiß Viecher ihn. Und wofür? Er hatte einfach keine Lust auf eine weitere strapaziöse nächtliche Suchaktion. Eigentlich gab es nichts Schöneres, aber diese unsägliche Hitze verleidete ihm selbst das. Andererseits musste da was zu finden sein! Vielleicht hätte er nur ein paar Zentimeter weiter zur Seemitte hin suchen müssen.

Wie so oft in den letzten Stunden, überlegte er, ob und wie er den grausigen Fund doch noch zu Geld machen könnte.

*

»Vielen Dank, dass Sie sich Zeit für uns nehmen.« Ohlsen folgte der Lehrerin in einen leeren Klassenraum. Auf dem Flur war es mucksmäuschenstill. Hinter den vielen Türen jedoch, an denen sie vorbeigegangen waren, hatten sie Kinder und vereinzelt die erhobene Stimme einer Lehrerin gehört.

»Bitte!« Loreena Sandner wies auf zwei ziemlich kleine Sitzgelegenheiten.

Sinje und ihr Chef blieben lieber stehen.

»Wann haben Sie Tilda Dietrich hier in Ihrer Schule das letzte Mal gesehen?« Neugierig betrachtete Ohlsen den Raum, die kleinen Stühle, die selbstgemalten Bilder an den Wänden.

»Am Dienstagnachmittag. Ich habe die Kolleginnen befragt. Da sind wir uns einig.«

»War sie anders als sonst?«

Die Lehrerin schüttelte den Kopf. »Kann man nicht sagen.«

»Was für ein Kind ist die kleine Tilda? Aufgeweckt, impulsiv? Oder eher verschlossen?« Sinje zückte ihren Notizblock.

»Tildas Mutter ist alleinerziehend. Die Kleine kommt aus ärmlichen Verhältnissen. Obwohl sie ein liebes, nettes Kind ist, bleibt sie oft für sich. Ohne Verstand ist sie nicht, aber sehr verträumt. Ihr fehlt die Reife.«

»Hat sie vielleicht eine beste Freundin? Jemanden, mit dem sie öfter spielt?«

»Sie sitzt neben Greta. Greta Drömmel. Ich bezweifle allerdings, dass die beiden befreundet sind.«

»Ist Greta hier?«

Sandner nickte.

»Wir würden gern mit ihr sprechen. In Ihrer Gegenwart.«

Loreena Sandner zögerte. »Müssen Sie sich nicht zunächst das Einverständnis der Eltern einholen? Ich weiß, es ist wichtig, aber ich will keinen Ärger.«

Ohlsen fluchte innerlich.

»Wie wäre es, wenn Sie ihr zwei oder drei Fragen stellen würden? Wir setzen uns solange hinten in die Klasse«, schlug Sinje vor.

*

Benno Kranich war ein wenig aufgeregt. Die Interessenten würden sich heute vorstellen. Klar hätte er gern darauf verzichtet. Leider gab es für Haustürgeschäfte viel weniger Geld als für Kitten aus einer heimeligen Atmosphäre. Und von der wollten sich die zukünftigen Besitzer selbst ein Bild machen. Also hatte er einen Plan ausgeheckt. Seine Nachbarin, die alte Hilper, hatte ein Haus, das sich wunderbar eignete. Sie war fast taub und hielt sich ausschließlich in einem kleinen Teil der Wohnung auf. Dreimal am Tag kam der Pflegedienst. Benno hatte einen Schlüssel. Als fürsorglicher Nachbar schaute er ab und zu nach dem Rechten, versorgte sie mit Lebensmitteln und Medikamenten und Dingen des täglichen Bedarfs. Dafür steckte sie ihm Geld zu. Mit der Abrechnung des Einkaufs nahm es Benno nicht so genau. Die Alte konnte schließlich froh sein, dass er sich die Mühe machte. Den in die Jahre gekommenen Mercedes hatte er ebenfalls für sie vertickt. Für viertausenddreihundert. Erzählt hatte er ihr, er habe einen Tausender weniger bekommen.

Hilpers gute Stube war bestens geeignet. Alt, aber ordentlich und vor allem gemütlich. Da konnte seine eigene Bude nicht mithalten.

Benno hatte sich freigenommen an diesem Nachmittag. Er stellte eine große Wurfbox auf, die er aus Holzresten zusammengebaut hatte, bestückte sie mit Kissen, Plüschtierchen und Katzenspielzeug, das einzig der Präsentation diente, befüllte die Näpfe mit frischem Wasser und setzte eine der Katzen mit ihren Kitten hinein. Zuvor hatte sich die Mutter einmal richtig satt fressen dürfen. Ihr ständiges Gemaunze sollte die Begeisterung der zukünftigen Besitzer schließlich nicht stören. Im Zehnminutentakt hatte er sie bestellt. Sie sollten ruhig merken, dass es noch Mitstreiter gab und er, Benno, sich sorgfältig aussuchte, wem er seine kleinen Goldschätze anvertraute. Natürlich würden immer nur Personen eines Haushalts hereingelassen, schließlich sollten sich die Katzenmutter und die süßen Kleinen nicht zu sehr aufregen.

Und kurz würde der Besuch ausfallen. Benno mimte den verantwortungsbewussten Katzenvater und – er gefiel sich in der Rolle.

Es klingelte. Das Ehepaar war begeistert von der heimeligen Wohnstube und dem Anblick der Kitten. Verzückt schlug die Frau die Hände vors Gesicht und seufzte.

»Wie alt sind die Kleinen jetzt?« Ihr Ehemann versuchte sich in sachlicher Konversation.

Benno lächelte milde und mogelte ein paar Tage hinzu.

*

»Ich versteh das nicht!« Ohlsen wollte sich gar nicht wieder einkriegen. »Irgendwer muss doch gesehen haben, was bei den Dietrichs abgeht! Die Schule, das Jugendamt …«

»Solange Tilda jeden Morgen im Unterricht gesessen hat und nicht außerordentlich aufgefallen ist … Die Schule kann sich nicht um alles kümmern. Sozial schwache Haushalte gibt es überall. Das heißt noch lange nicht, dass die Kinder gleich vernachlässigt werden. Und das Jugendamt? Das muss schon aufmerksam gemacht werden. Anscheinend hat die Kleine ihren Alltag ganz gut hingekriegt. Unglaublich, aber wahr. Du hast die Sandner doch gehört: Sie hatte immer ihre Hausaufgaben.«

»Ja, und keinerlei Sozialkontakte, keine Freunde. Diese Greta wusste absolut nichts über ihre Sitznachbarin.«

Sinje nickte traurig.

»Mein Gott, wir sind in Deutschland und nicht in irgendeinem korrupten Entwicklungsland, das nicht mal Aussagen darüber machen kann, wie viele Einwohner es hat! Wir sollten es doch wohl hinkriegen, unseren Kleinsten ein halbwegs normales Leben zu ermöglichen, oder?« Aufgebracht bearbeitete Ohlsen das Display seines Handys und hielt es sich ans Ohr. »Palle, ja. Wie viele Wagen sind raus? Alle Reithöfe und Bauernhöfe, die sich in erreichbarer Nähe des Fußwegs befinden!« Er hörte einen

Moment lang zu. »Nein! Nachbarn, die infrage kommen, gibt es laut der Mutter nicht, Verwandtschaft auch nicht. Freunde hatte die Kleine wohl keine. Wie weit sind die Kollegen mit dem Schulweg?« Er wartete die Antwort ab und beendete das Gespräch. »Nicht mal den konnte die Dietrich bis ins Detail wiedergeben.« Er rieb sich den Schweiß von der Stirn.

»Sie ist selbst noch jung. Und vollkommen überfordert«, gab Sinje zu bedenken.

»Dann soll sie verdammt noch mal beim Sex besser aufpassen!«, polterte Ohlsen und schob ein resigniertes »Oder sich Hilfe holen!« hinterher.

»Kleine Fördestraße«, murmelte Sinje, nahm den Fuß vom Gas und schielte einem Straßenschild hinterher.

»Was?«

»Der Typ mit dem Finger in der Dose, der wohnt doch da, richtig?«

Eigentlich stand Ohlsen nicht der Sinn nach einem Gespräch mit einem freakigen Knochenfinder. Aber die Suche nach Tilda lief und jetzt, da sie schon mal hier waren … Er hob den Zeigefinger und schrieb einen Kreis in die Luft. Sinje wendete.

Keine zwei Minuten später standen sie vor der ermittelten Adresse eines gewissen Geert Holm.

*

Fria stöhnte. Hitze, überall Hitze. In den Büros des Ørerup-Museums war es nicht auszuhalten, und das, obwohl sie frühmorgens die Schotten dicht gemacht hatten. Wer konnte, hielt sich im Keller, im Archiv auf. Aber selbst da war die Wärme hingekrochen. Es war nicht ganz so schlimm wie in den oberen Etagen, dennoch, frisch ging anders.

Frias Sorge aber galt den Grabungsteams. Unter diesen Umständen war es unmenschlich, auf den Flächen zu arbeiten. Sie hatten Pavillons aufgestellt und literweise Wasser herangekarrt, trotzdem war heute jemand zusammengebrochen. Hitzschlag, Sonnenstich – wie immer der Volksmund den Aggregatzustand des Gehirns auch beschreiben mochte. Eigentlich hätten sie die Arbeit in die Nacht verlegen müssen. Hitze ja, glühende Sonne nein. Das war jedoch nicht ohne Weiteres machbar. Ausgrabungsassistenten gehörten nicht zur Gruppe der Schichtarbeiter, schon gar nicht der, die Nachtschichten abrechnen konnten. Die Verträge sahen so etwas schlichtweg nicht vor.

Fria öffnete eine weitere Flasche Wasser und trank ein paar große Schlucke. Die nächsten Tage versprachen keine Besserung. Sie würde die Arbeiten auf die frühen Morgenstunden und den späten Nachmittag beschränken müssen.

»Alberte? Ich geh nach Hause und arbeite dort weiter. Telefon ist umgestellt. Ich muss nach Bølle sehen. Die Wohnung gleicht bestimmt einem Brutkasten.«

*

Geert schälte sich aus seinem Bürostuhl.

Es hatte geklingelt. Wer konnte das sein? Er erwartete keinen Besuch. Genau genommen bekam er nie welchen. Die Paketdienste hatten aufgegeben, bei ihm zu klingeln, um die Lieferung für den Nachbarn loszuwerden.

Seine Wohnung war dunkel und unaufgeräumt. Die Jalousien heruntergelassen, damit so wenig Sonne wie möglich hereinkam. Zwei Standventilatoren brummten gleichmäßig vor sich hin.

Er trat ans Fenster und zog den Rollladen vorsichtig ein paar Zentimeter nach oben. Vielleicht ein neuer Fahrer? Er hielt Ausschau nach den typischen weißen, gelben oder braunen Vans der Paketzustellfirmen. Stattdessen entdeckte er eine schwarze Limousine. Innen auf dem Armaturenbrett: ein Blaulicht.

*Polizei?*

Wieder klingelte es. Fieberhaft versuchte er, sein träges Gehirn in Gang zu setzen. Was konnten die wollen? Er war nur selten draußen unterwegs. Nur zum Einkaufen und – für seine Sondengänge. Die waren illegal, das wusste er. War das der Grund? Hatte man ihn gesehen? War er angezeigt worden?

Er fluchte leise.

Vielleicht war alles ganz anders und die wollten gar nicht zu ihm?

Er wartete und lauschte.

Unten auf der Straße tat sich etwas. Eine Frau, ein Mann, sie gingen zu dem schwarzen Wagen. Die Frau blickte herauf, bevor beide einstiegen. Geert schreckte zurück. Unmöglich, dass sie ihn entdeckt hatte. Erleichtert registrierte er, wie die Limousine davonfuhr.

*

Benno Kranich rieb sich die Hände. Es war sensationell gelaufen.

»Warum findet man Sie nicht im offiziellen Züchterverzeichnis?«, war er gefragt worden.

Er hatte mild gelächelt und geantwortet: »Oh, ich züchte nicht wirklich. Das möchte ich meinen wunderbaren Kätzinnen nicht antun. Ständig Babys großziehen, nein, nein. Sie sollen einmal erleben dürfen, was es heißt, Mama zu sein. Danach werde ich ihnen diese anstrengende Prozedur nicht mehr zumuten. Ich möchte ja, dass sie ein glückliches, erfülltes und vor allem langes Leben führen. Deshalb werde ich die Kätzchen nur in absolut verantwortungsvolle Hände abgeben. Und nun kennen Sie auch den Grund für die hohe Abgabegebühr.«

Er hatte in begeisterte, glänzende Augen gesehen, in Gesichter, die ihm anerkennend zugenickt hatten. Er wusste, welche Knöpfe er drücken musste.

Sogar ein bisschen geflirtet hatte er. Tierliebe kam beim anderen Geschlecht gut an. Da eröffneten sich ihm ganz neue Möglichkeiten. Andererseits sollte er die Weiber nicht zu nah an sich ranlassen. Nachher flog er noch auf!

*

Geert Holm hatte lange hin und her überlegt. Dann war er zum Kühlschrank gegangen und hatte das Gemüsefach aufgezogen. Grünzeug war da eh nie drin. Und das Ding hatte angefangen zu stinken. Ihm unverständlich. Gab es doch kaum noch Fleisch an dem Knochen.

Seine Hand griff nach der rostigen Dose. Kurzentschlossen lief er damit zum Schreibtisch, wühlte so lange, bis er einen zerknitterten Umschlag gefunden hatte, beschriftete ihn, steckte seinen Jahrhundertfund hinein und machte sich auf den Weg. Das Ding würde ihm kein Geld bringen, und wenn man ihn wirklich angezeigt hatte und man würde den menschlichen Knochen bei ihm entdecken, wer wusste, was ihm dann blühte?

*

Ohlsen und Sinje betraten die Wache. Der Kommissar war vollkommen durch. Wie schaffte seine Mitarbeiterin es nur, trotz der Hitze auszusehen, als wäre sie gerade erst in den Tag gestartet?

Der Empfangsraum war leer, auch die Büros, deren Türen alle weit geöffnet waren: unbesetzt.

Stirnrunzelnd ging Ohlsen weiter. Aus seinem Zimmer, dem einzig geschlossenen, drangen Stimmen. Als er die Tür öffnete, verstummten sie. Zehn Augenpaare blickten ihn an.

»Moin Chef!« Palle fand als Erster die Sprache wieder. »Stört dich doch nicht, oder? Wir brauchten mal 'ne Abkühlung.« Er zeigte auf die Klimaanlage – die einzige in der gesamten Wache.

Langsam trollten sich die Kollegen. Oltmann schlug Ohlsen

freundschaftlich auf die Schulter. »Kühl erst mal runter. Ich bring dir was Frisches. Die Brühe«, sagte er mit einem Nicken in Richtung einer halbvollen Wasserflasche auf dem Schreibtisch, »solltest du nicht mehr trinken.«

Ohlsen ging zu dem kleinen Waschbecken, dessen Nutzen er jahrelang infrage gestellt hatte, und schaufelte sich kaltes Wasser ins Gesicht. »Gibt's 'ne Rückmeldung von den Jungs, die den Schulweg der kleinen Tilda absuchen?«, rief er Oltmann nach.

»Bis jetzt nichts«, schallte es zurück.

Ohlsen wurde übel bei dem Gedanken, dass das Mädchen seit vier Tagen von niemandem mehr gesehen worden war.

*

Als Fria die Wohnung betrat, atmete sie erleichtert durch. Es war warm, ja, aber nicht stickig. Marten hatte alle Fenster, die Balkon- und Zimmertüren weit geöffnet. Eigentlich konnte man sich auf ihn verlassen. Nur in diesen ganz speziellen Phasen, wenn er nichts mehr um sich herum wahrzunehmen schien, wenn er in tiefe, schwarze Löcher gezogen wurde und nichts und niemand an ihn herankam, dann eben nicht. Und man wusste nie, wann es wieder so weit war.

Leise steuerte Fria den Balkon an.

Gott, war das süß! Marten saß in kurzer Hose und freiem Oberkörper im Liegestuhl. Seine Beine steckten in einer mit Wasser gefüllten Wäschewanne. Zu seinen Füßen – lang ausgestreckt – lag Bølle. Ein kleiner auf dem Boden stehender Tischventilator kühlte ihm das nasse Fell. Beide schliefen.

*

Der menschliche Körper! Es gab ihn viele Millionen Male. Und doch war jeder einzigartig.

Der Mann stand lange einfach nur da.

Das trübe Licht der verdreckten Deckenlampe reichte ihm, er hatte gute Augen. Immer wieder blieb sein Blick an kleinen Details hängen. An Hautfalten, Leberflecken, Fettpolstern, den schrumpeligen Hoden oder dreckigen Fingernägeln. Am meisten faszinierte ihn die farbliche Komponente. Eigentlich unvorstellbar! Dieses kalkige Stück Fleisch mit seinen dunkelrot-blauen Flecken sollte einmal pulsierendes Leben in sich gehabt haben! Pulsierend – ein wahrhaft faszinierendes Wort!

Der Mann trat einen Schritt zurück. Er wollte sich nicht beeilen müssen. Der alte Schuppen hatte dicke Wände, sehr dicke Wände. Die Hitze war noch immer nicht durch sie hindurchgedrungen. Und trotzdem hatte der Körper gelitten. Allein schon durch den Transport. Prozesse waren in Gang gesetzt worden. Er würde sich nicht so viel Zeit nehmen können, wie er sich wünschte.

Langsam ging er um den langen Tisch herum.

Andererseits musste er es richtig machen. Nur so konnte er unendliches Leid verhindern. Er war berufen worden. Er war wichtig! Ohne den Leichnam aus den Augen zu lassen, ergriff er das Skalpell auf der Werkbank. Die Arbeitsschritte kannte er mittlerweile auswendig. Konzentriert beugte er sich über den Toten und begann.

Aus der Dunkelheit des Schuppens wehte ein gequältes Wimmern herüber. Seine Intensität schwoll plötzlich an, genau in dem Moment, in dem der Mann mit dem Messer in das kalte Fleisch eindrang.

# DREI

Ohlsen stand wie versteinert da und starrte auf den Mann im weißen Schutzanzug. Er kannte ihn von vergangenen Einsätzen: Arne. Arne lief der Schweiß in Rinnsalen übers Gesicht. Die Sonne brannte von oben herab und der aufgeheizte Asphalt und die Betonsteine grillten sie von unten.

Schweigend sah Ohlsen dem Mann von der Spurensicherung zu, verfolgte ungeduldig jeden seiner Handgriffe.

»Und? Ist es ihrer?«

Nach kurzem Suchen, Stöbern und Blättern hielt Arne eine abgegriffene Mappe hoch und tippte mit dem Finger auf die ungelenken Buchstaben, die sich ihnen auf der Seite eines breit linierten Blattes boten. *Tilda Dietrich.*

»Okay. Du weißt, was zu tun ist. Zuallererst die Fotos! Meine Mailadresse hast du.«

Arne nickte. »In einer Stunde hast du sie.« Vorsichtig hob er den Ranzen hoch und übergab ihn einem Kollegen.

»Achtet auf jede Kleinigkeit, lasst euch nichts durch die Lappen gehen!« Ohlsen wusste, der Satz war überflüssig, trotzdem konnte er nicht anders. Wenn das Kind wirklich schon drei Tage und ebenso viele Nächte verschwunden war, konnte das nichts Gutes bedeuten …

Er wandte sich einigen Uniformierten zu. »Weitere Unterstützung ist angefordert. Ihr fangt von hier aus an zu suchen. Ich will, dass ihr jeden Zentimeter unter die Lupe nehmt. Befragt die Anwohner, ob sie was gesehen haben, Dienstagmorgen oder danach. Fragt nach Tilda, das Foto habt ihr. Fragt, ob sie in ein Auto gestiegen sein könnte. Und nach dem Ranzen. Ob jemand sich erinnern kann, wie lange er schon da liegt. Vielleicht können wir eingrenzen, wann genau die Kleine von ihrer täglichen Routine abgewichen ist. Oder brutal an ihr gehindert wurde. Jansen?« Ohlsens Blick blieb an einem imposanten breitschultrigen Polizisten hängen. Jansen hatte schon so manchen Großeinsatz geleitet.

Er nickte.

Der Kommissar fuhr sich durch das verschwitzte Haar, beobachtete, wie die Spurensicherung die nähere Umgebung untersuchte. Gleichzeitig rollte hinter ihnen der Verkehr. Aufgrund des hohen Polizeiaufkommens und der Neugier ausnahmsweise ziemlich langsam, es drohte Stau. Siebzig Stundenkilometer hätten sie fahren dürfen. Ohlsen wusste nur zu gut, dass die meisten Verkehrsteilnehmer sich an normalen Tagen nicht daran hielten, sondern gern mal aufs Gas drückten. Alle hatten es eilig. Gerade in der Zeit, in der die Berufspendler die Straßen verstopften. Ob überhaupt irgendjemand das kleine Mädchen wahrgenommen hatte?

*

Palle gab dem Tischventilator einen Stups, sodass der Luftzug seine feuchte Gesichtshaut traf. Gleichzeitig schielte er am Monitor seines Rechners vorbei und beobachtete die Kollegen. Ohlsen rannte rastlos auf und ab, gab Kommandos oder stellte Fragen. Sinje und Oltmann krochen geradezu in ihre Bildschirme und telefonierten sich die Finger wund.

Es war tatsächlich Tilda Dietrichs Ranzen, den die Streife gefunden hatte. Und so wie es aussah, lag der schon seit Dienstag am Fundort. Die Spurensicherung arbeitete fieberhaft, konnte bislang jedoch nichts Brauchbares liefern. Auch das Durchkämmen der Umgebung hatte keine weiteren Hinweise hervorgebracht. Keine Spur von Tilda. Nicht auf den Bauernhöfen der näheren Umgebung und auch nicht, obwohl der eigentlich zu weit weg war, als dass ihn das kleine Mädchen zu Fuß hätte erreichen können, auf dem einzigen Reiterhof der Gegend. Nun konnten sie nur auf die Beobachtungen der Anwohner hoffen – oder darauf, dass Tilda von allein wieder auftauchte. Palle seufzte. Er kannte die deprimierende Statistik. Je jünger das Kind und je länger die Zeit des Verschwindens …

Seine Hand griff zum Hörer. Wenn er diesen Knochenjäger jetzt nicht erreichte, bekäme der eine Vorladung, so viel stand fest. Er drückte auf Wahlwiederholung und wartete genervt, dass Geert Holm endlich dranging.

*

Fria kam gerade von der Grabung Biogasareal zurück und wollte noch kurz im Büro vorbeischauen. Sicher, es war Samstag, aber während sich die anderen in der Gluthitze Millimeter für Millimeter durch den trockenen Boden arbeiteten, konnte sie schlecht zuhause sitzen und kalten Weißwein trinken. Also war sie bei der nächsten Tankstelle vorbeigefahren und hatte fürs ganze Team Eis besorgt. Das Hallo war groß gewesen. Sie hatte die neuesten Stücke bestaunt – eine Fibel, ein paar Glasperlen und einige Münzen – und ein wenig moralische Unterstützung geleistet. Die Funde der letzten Tage rechtfertigten es, die Ausgrabungen um eine weitere Woche zu verlängern. Sie musste sich dringend eine überzeugende Taktik überlegen, um ihr Vorhaben durchzudrücken.

Auf dem Weg zum Mitarbeitereingang des Ørerup-Museums grüßte sie durch die Glasscheibe hindurch die Empfangsdame. Der Parkplatz ließ auf eine gute Besucherzahl schließen. Wie viele wohl nur deshalb kamen, um sich in den klimatisierten Ausstellungsräumen eine Auszeit von der Hitze zu gönnen?

»Fria?« Eine der Museumsaufsichten kam hinter ihr hergelaufen und wedelte mit ein paar Briefen und kleinen Päckchen. »Ist nicht viel. Magst du es schon mitnehmen?«

Die Briefe waren schnell verteilt. Die Samstagspost wurde eh erst am Montag gesichtet. Stirnrunzelnd betrachtete Fria den zerknitterten DIN-A5-Umschlag in ihren Händen. Kein Absender. Sie legte ihn auf ihren Schreibtisch, knipste den Ventilator an und überlegte, ob es sich lohnen würde, die Kaffeemaschine aus dem Wochenendschlaf zu holen.

Die Schrift auf dem Umschlag sah aus wie die eines Kindes. *Ørerup-Museum.* Dann die Adresse. Neugierig griff Fria nach dem Kuvert und fing an, es aufzureißen. Der Inhalt ließ ihre Augen groß werden. Sie erkannte die verrostete Dose sofort wieder. Sie setzte sich, öffnete die Schreibtischschublade, holte ein dünnes Paar Schutzhandschuhe heraus, zog sie über, drehte den Ventilator weg und öffnete vorsichtig den Behälter.

Der Finger!

Die Dose und ihr Inhalt müffelten ganz schön. Was wohl eher am Beifang, an Algen und Flechten lag, denn an dem Knochen. Behutsam betrachtete sie beides von allen Seiten. Die Schatulle war eindeutig aus Weißblech gefertigt. Pastillen aus Minze oder Salmiak fanden sich oft in derlei Behältern. Der Knochen hatte ein paar ledrige Anhaftungen, winzig und nur an einer Stelle. Nämlich an der, die das Endglied mit dem Mittelglied verband. Fraglich, ob es sich um Gewebsteile oder Fremdmaterial handelte. Es war kein Finger in Gänze, der da vor ihr lag. Es waren die oberen zwei Glieder, die sauber vom Fingergrundglied getrennt worden waren. War die Wunde fachmännisch versorgt worden, war ein Weiterleben des ehemaligen Besitzers ohne Weiteres möglich. Sie seufzte.

Dieser Fund war keinesfalls so alt, als dass er in ihr Ressort gepasst hätte. Trotzdem hätte sie nur zu gern gewusst, welche Geschichte er zu erzählen hatte. Also begann sie, den Fund zu dokumentieren, detailreiche Fotos zu schießen und alle Auffälligkeiten von Umschlag, Dose und Fingerknochen niederzuschreiben. Sobald sie den Fund der Polizei übergeben hätte, wäre sie außen vor, so viel war klar. Sie blickte in das Kuvert, suchte nach einer Mitteilung. Nichts! Mist, der Fundort wäre wichtig gewesen! Das sah die Exekutive sicher ähnlich. Seltsam, dass die Dose bei ihr im Museum gelandet war und nicht bei der Polizei. Dabei wusste die doch angeblich genau, wer hinter dem Fund steckte. Sie schüttelte den Kopf und packte alles zusammen. Der Knochen sollte so schnell wie möglich in die Rechtsmedizin.

*

»Wir haben den Finger!«

In Gedanken versunken blieb Ohlsen stehen. Das Verschwinden der kleinen Tilda gestaltete sich als ein einziger Albtraum. Ihre Spur verlor sich an der Stelle, an der sie den Ranzen gefunden hatten. Und die war mehr als kalt. Kein Wunder, nach all der Zeit, die schon verstrichen war. Zudem konnten sie nur spekulieren, ob Tornister und Kind zusammen bis zu dem Verteilerkasten gekommen waren. Vielleicht war die Schultasche nur dort abgelegt worden, die Kleine aber ganz woanders verschwunden? Bislang hatten sie gerade einmal *eine* Person ausfindig machen können, die sich an eine Sichtung erinnern konnte. Eine Pendlerin. Ob es aber wirklich der Dienstagmorgen gewesen war, an dem sie Tilda gesehen hatte, konnte die Augenzeugin nicht mit Bestimmtheit sagen. Noch deprimierender war die Befragung der Nachbarn ausgefallen. Mancher wusste nicht einmal, dass das Mädchen in unmittelbarer Nähe wohnte. Der Eintrag in INPOL, das Informationssystem der Polizei, würde immerhin sicherstellen, dass sie umgehend unterrichtet würden, sollte irgendwo in Deutschland ein Mädchen – oder eine »Utot«, eine unbekannte Tote – auftauchen, das Ähnlichkeit mit Tilda Dietrich hatte. Ohlsen hatte eine Pressemitteilung herausgegeben, hatte die Öffentlichkeit gebeten, sich an der Suche zu beteiligen und etwaige Beobachtungen zu melden. Nun hieß es warten. Und dann unter all den Anrufen die herauszufiltern, die sie wirklich weiterbringen würden. Er schloss die Augen und seufzte. Es gab so wenig, wo sie ansetzen konnten. Bislang war es, als hätte es die kleine Tilda nie gegeben. Was war das für ein Leben, wenn man von niemandem wahrgenommen, von niemandem vermisst wurde? Und das als Grundschulkind? Der Kommissar merkte, wie es in ihm tobte. Wenn es um Kinder ging, fiel es ihm wahnsinnig schwer, sich mit solchen Realitäten abzufinden.

»Ohlsen?« Palle versuchte erneut, sich Gehör zu verschaffen. Er wusste nur zu gut, was in seinem Chef vorging.

»Hm? Entschuldige …«

»Der skelettierte Finger. Der aus der rostigen Dose! Die vom dänischen Museum haben ihn eben vorbeigebracht.«

Ohlsen fiel es schwer, sich auf Palles Worte zu konzentrieren. Nur widerwillig lösten sich seine Gedanken von Tilda Dietrich. »Wie kommen *die* an den Finger? Haben sie etwa gezahlt? Ich dachte, die glauben nicht an einen historischen Fund.«

»Nix gezahlt! Geert Holm oder jemand aus seinem Umfeld muss beides, Dose samt Finger, ans Ørerup-Museum geschickt haben. Ohne Absender und leider auch ohne eine Mitteilung.«

»Da hat wohl jemand Schiss bekommen, entdeckt zu werden.«

»So oft wie sein Telefon die Nummer der Polizeidienststelle angezeigt hat, tut er gut daran.« Palle grinste. »Na, immerhin hat er die Dose nicht einfach entsorgt!«

»Die befindet sich jetzt wo?«

»Gerichtsmedizin.«

»Schaff mir diesen Holm her! Ich will wissen, wo er den Knochen herhat!«

*

»Glaubst du, ich hätte irgendeinen Einfluss auf die Geschicke dieses Universums?« Martens hübsche Augen glichen schwarzen Löchern.

Sie hatte es geahnt. Heute Morgen schon, als sie seinen Blick gesehen hatte. Der Strudel an Selbstzweifeln, an unbeantworteten Fragen der Menschheit hatte ihn immer tiefer in den Abgrund gerissen. Und Fria konnte nur zusehen und hoffen, dass es diesmal nicht allzu schlimm werden würde. Allzu schlimm – auch das hatten sie schon erlebt. Wie im Wahn zerstörte er dann seine Bilder, betrank sich bis zur Bewusstlosigkeit oder richtete Alltagswaffen wie ein Küchenmesser gegen sich selbst.

Alles, was Fria in diesen Momenten zu ihm sagte, prallte an ihm ab, als säße er unter einer dicken Glasglocke.

Jetzt gerade gab sich ihr Mitbewohner trügerisch ruhig. Das dichte dunkle Haar fiel ihm wirr ins Gesicht. Sein jungenhafter Körper wirkte wahnsinnig fragil. Marten war ein Abbild seiner Seele. Niemand hätte sein wahres Alter erahnen können.

»Was mach ich hier überhaupt? Und wofür? Wozu gibt es uns? Fragst du dich das nicht manchmal?«

»Doch, natürlich. Das tun viele ab und an.«

»Ich meine, alles hat doch seinen Sinn, oder? Die Pflanzen binden $CO_2$ und erzeugen Sauerstoff, den Luftatmer wie wir zum Leben brauchen. Insekten dienen Kleintieren als Nahrung, die wiederum werden von den größeren gefressen. Selbst Bakterien sind zu was nutze! Und wir, Fria? Wozu sind wir nutze? Was hat das Dasein des Menschen für einen Sinn?«

»Es gibt noch andere Lebewesen, die am Ende der Nahrungskette stehen. Elefanten, Raubtiere wie Löwen und Tiger, und Wale zum Beispiel. Irgendwer muss diese Rolle übernehmen.« Bølle bellte, als wollte er zustimmen.

»Nein – wir sind die Einzigen, die dort am Ende stehen! Wir sind der Feind allen Lebens auf diesem Planeten. Wir schlachten alles ab, wenn nicht, um es zu essen, dann, um uns mit den Pelzen oder Stoßzähnen zu schmücken. Wir sind die einzigen Geschöpfe, die keinem nützen außer sich selbst.« Plötzlich fuhr ein Energiestoß durch seinen in sich zusammengesunkenen Körper. Er sprang auf. »Ich kann das nicht mehr. Ein sinnfreies Leben ist ein überflüssiges! Ob ich male oder nicht, ob ich atme oder nicht, wen interessiert's? Dem Universum ist es egal, es wird sich nicht an mich erinnern. Keiner wird uns vermissen, Fria, weil wir der Erde nichts geben! Wir nehmen nur. Wir sind nicht systemrelevant. Wir sind über! – Ich bin über!«

Wieder bellte Bølle.

»Das ist nicht wahr! Bølle braucht uns!«

»Weil wir ihn abhängig gemacht haben! Wir domestizieren, versklaven und missbrauchen jedes Lebewesen, das wir in die Finger bekommen können. Was hat die Natur geritten, uns so weit kommen zu lassen?«

»Marten, unsere Bestimmung ist es, füreinander da zu sein. Es gibt so viele Menschen, die Gutes tun. Für andere Lebewesen, für die Natur und für ihresgleichen.«

»An was denkst du? An den Tierschutz, den es nicht geben müsste, wenn der Mensch die Arten nicht zu Schutzbedürftigen gemacht hätte? Oder an die engagierten Umweltaktivisten, die sich für den Erhalt und die Aufbereitung von Land- und Wassermassen einsetzen, die unter unserem Gift, Plastik und unserer Brandrodung ersticken? Gäbe es uns Menschen nicht, müsste auch niemand hinter uns aufräumen.« Er sank wieder in sich zusammen. »Sieh es ein, Fria! Es gibt nichts Überflüssigeres als uns. Ich werde nicht mehr malen! Nie wieder!«

Fria sagte nichts. Sie wusste, Worte erreichten ihn nicht mehr. Besorgt sah sie ihm dabei zu, wie er sich, ähnlich einem Embryo, auf dem Fußboden einkringelte und mit leeren Augen vor sich hinstarrte. Der Hund tat es ihm gleich, ohne den Blick von ihr abzuwenden.

»Okay, Bølle, du übernimmst die erste Schicht. Pass auf, dass er nichts anstellt. Ich hol mir schnell was zu trinken, ein Buch und ein Kissen.«

*

Die Streife hielt vor der angegebenen Adresse. Die Polizistin und ihr Kollege stiegen aus, gingen zur Haustür, er klingelte und dann warteten sie. Aufmerksam untersuchten ihre Augen die Umgebung. Wieder drückte er den Klingelknopf. Als nichts passierte, wandten sie sich den anderen Hauseingängen der Reihenhausanlage zu und versuchten es dort.

»Guten Tag, Polizei Glücksburg. Wissen Sie, wo sich Ihr Nachbar zurzeit aufhält?« Sechs weitere Wohnungen gab es, in vier davon war jemand zuhause. Keiner konnte sachdienliche Hinweise geben. Außer, dass man es mal bei der Hilper versuchen solle. Der Tippgeber zeigte zu einem kleinen Einfamilienhaus älteren Baujahrs auf der gegenüberliegenden Straßenseite.

Frau Hilper war schwerhörig und nicht gut zu Fuß. Und sie war besorgt. »Da muss was passiert sein! Er wollte längst kommen und mir die Glühlampe auf meinem Nachttisch auswechseln. Und einkaufen wollte er! Er ist ein guter Mensch, hilft mir ab und zu. Wissen Sie, die Füße wollen nicht mehr so.«

»Lebt Herr Kranich allein?«

Die alte Dame nickte. »Ja, der hat auch niemanden. So wie ich. Aber er ist noch jung. Mir ist mein Alfons ja weggestorben.«

Die Polizistin lächelte nachsichtig. Einen Siebenundfünfzigjährigen jung zu nennen, konnte auch nur einer über Achtzigjährigen einfallen. »Wann haben Sie ihn denn das letzte Mal gesehen?«

»Och, das ist Tage her. Am Dienstag, nein, es war Mittwoch, glaube ich.«

»Sie haben nicht zufällig einen Schlüssel zu seiner Wohnung?«

Sie schüttelte den Kopf. »Nein, aber er hat einen zu meiner. Sagen Sie, was hat das denn mit den Katzen auf sich?«

»Mit den Katzen?« Der Polizist zog erstaunt die Augenbrauen hoch.

»Die fremden Menschen – die nach den Katzen gefragt haben, die haben Sie doch gerufen, oder?« Neugierig wanderte ihr Blick zwischen den beiden Beamten hin und her.

»Was für fremde Menschen?«

»Gestern war hier vielleicht was los! Ständig musste ich zur Tür, was mir wirklich nicht mehr leichtfällt. Und immer wollten sie Katzen. Dabei habe ich gar keine Katzen. Erst dachte ich, ich hätte die Leute falsch verstanden. Das Gehör, es ist nicht mehr das beste, wissen Sie? Na, jedenfalls, als sie ihre Katzen nicht bekamen, wollten sie Benno sprechen. Ich habe sie auf das Nachbarhaus verwiesen.«

»Sie haben nicht zufällig gesehen, was dann passiert ist? Ob sie geklingelt haben, ob er ihnen aufgemacht und sie hereingelassen hat?«

»Nein, tut mir leid, ich war froh, wieder in meinem Lehnstuhl sitzen zu können.«

»Der Arbeitgeber hat ihn vermisst gemeldet. Seine Nachbarn haben ihn seit Tagen nicht gesehen und sein Postkasten ist verdächtig gut gefüllt. Wir brauchen Zutritt zu der Wohnung. Schickt ihr jemanden?« Es knackte leise, als die Beamtin den Funkspruch mit der Leitstelle beendete.

Kurze Zeit später inspizierten sie Benno Kranichs Wohnung. Gelüftet hatte hier wohl schon länger niemand mehr.

»Herr Kranich? Polizei Glücksburg. Hallo? Können Sie uns hören?« Systematisch schritten sie jeden Raum ab. Von Kranich keine Spur. Die Polizistin deutete auf die Kellertür. Ihr Kollege nickte.

Schon im Treppenabgang schlug ihnen ein unangenehmer Geruch entgegen. Als der Beamte die Tür des ersten Kellerraums aufzog, hätten sie sich beinahe übergeben müssen. Durch den bestialischen Gestank zogen sich ihre Magenwände augenblicklich zusammen.

*

Er hatte das ganze Wochenende gearbeitet. Obwohl oder gerade weil sie mit ihrem Latein am Ende waren, noch bevor die Suche richtig begonnen hatte. Ohlsen vermied es, seinem Spiegelbild zu begegnen. Er wusste auch so, wie sehr sein Körper nach einer Dusche und einer Rasur lechzte. Zum x-ten Mal hatte er die Verwandtschaftsverhältnisse von Ina und Tilda Dietrich durchleuchtet, war die Aussagen der Mutter und der Schule durchgegangen, hatte sich das Bewegungsprofil des Kindsvaters und die Liste der in der Nähe lebenden polizeibekannten Täter mit passendem Profil angeschaut. Seine Mitarbeiter arbeiteten sich durch die Flut der Hinweise, die nach dem Aufruf in Fernsehen, Tageszeitungen und Social-Media-Kanälen eingegangen waren. Bislang gab es nicht den Hauch einer brauchbaren Spur.

Ein anderer Gedanke allerdings hatte sich schnell festgefressen. Und der war fast vernichtender als alles andere. Eine völlig überforderte Mutter, die sich abrackerte und trotzdem auf keinen grünen Zweig kam. Die sich, so jung wie sie war, bestimmt ein ganz anderes Leben wünschte. Die ihrer Verantwortung gegenüber einem Kind nicht mehr gerecht werden konnte – oder wollte. Was, wenn Ina Dietrich sich ihrer Tochter entledigt hatte? Der Kommissar griff nach dem Hörer des nächststehenden Telefons.

»Ohlsen hier. Schickt ein Team raus in die Siedlung Borheide. Dreht die Bude der Dietrich auf links! Sucht nach Spuren eines Gewaltverbrechens! Blut, Gewebe – das Übliche. Adresse kommt.«

Palle betrat den Bürotrakt der Wache. »Moin!«

»Schickst du der Spusi die Adresse von Ina Dietrich?« Ohlsen schob sich an ihm vorbei und steuerte die Kaffeeküche an.

»Moin!« Sinje bog um die Ecke. »Palle? Deine Vorladung ist da.«

»Dann biete ihm doch gleich mal einen Stuhl in unserer besten Stube an. Bin sofort da.«

»Herr Holm, wissen Sie, warum Sie hier sind?« Palle musterte den ihm gegenübersitzenden Mann, der unsicher schien und jeglichen Augenkontakt mied.

»Nein.« Geert räusperte sich und versuchte es erneut mit einem etwas lauteren, kräftigeren: »Nein!«

»Wir konnten diese E-Mail bis zu Ihnen zurückverfolgen.« Palle schob ihm den Ausdruck der ersten Mail hin, die von Holms Computer an das Ørerup-Museum gegangen war.

Holms rotverschwitztem Gesicht war keinerlei Regung zu entnehmen.

»Sie wissen um den Anhang der Mail?«, setzte der Beamte nach.

»Ich weiß gar nichts!« Der Befragte erwachte aus seiner Starre und schob den Ausdruck energisch von sich weg. »Die ist nicht von mir!«

»Wer hat sonst noch Zugang zu Ihrem Rechner?«

»Niemand! Da muss ich wohl gehackt worden sein!« Betont selbstsicher verschränkte er die Arme vor der Brust.

»Vielleicht überdenken Sie Ihre Aussage noch einmal …« Ausgesprochen langsam zog Palle eine Klarsichtfolie aus seiner Mappe und entnahm ihr einen aufgerissenen DIN-A5-Umschlag, den er vor Holm auf den Tisch legte. »Wir können natürlich gern Ihre Fingerabdrücke mit denen auf dem Kuvert vergleichen. Gar kein Problem, ist schnell gemacht.« Natürlich war Palle klar, verwertbare Fingerabdrücke von einem zerknitterten Umschlag, der durch so viele Hände und Stationen gegangen war, abzunehmen und zweifelsfrei zuzuordnen, war beinahe unmöglich. Aber das wusste Geert Holm ja nicht. US-Fernsehserien wie CSI und Bones, in denen verwertbare Abdrücke selbst von der Oberfläche eines Blumenkohls sichergestellt werden konnten, sei Dank.

Der in die Enge getriebene Verdächtige starrte auf die krakeligen Kugelschreiber-Buchstaben des Kuverts. Hätte ich die verdammte Dose doch bloß in den Müll geworfen! So etwas in der Art schoss ihm bestimmt gerade durch den Kopf.

»Ich war einfach nur spazieren!«

»Wann war das?«

»Am Dienstag. In der Früh. Also, weil, dann ist's noch nicht so heiß.«

»Letzte Woche Dienstag also.«

Holm nickte.

»Wo? Wo haben Sie die Dose gefunden?«

*

Es war ihre Schuld. Da war sich Tilda ganz sicher. Deshalb hatte sie beschlossen, sich aufzulösen. Und das schien gar nicht so schwer. Sie fühlte sich jetzt schon nicht mehr richtig drin, in ihrem Körper.

Die Mama hatte es ihr so oft gesagt. Manchmal voller Verzweiflung, manchmal so schrecklich zornig und manchmal hatte sie einfach nur geweint. Tilda war an allem schuld! Und deswegen war sie jetzt hier.

Noch.

Bald aber nicht mehr.

Ihr Magen blieb still, er konnte mit Verzicht umgehen. Und die Bilder von dem, was der Mann getan hatte, sie waren weg. Sie hatten sich nicht aufgelöst. Waren nirgendwohin gedrängt worden. Sie lauerten in keiner dunklen Ecke – nein! Tilda hatte sie weggemacht. Und durch andere Erinnerungen ersetzt.

Mama hatte alles versucht. Tilda alles falsch gemacht. Also

hatten sie sie hierhergebracht. Weil Mama nicht mehr konnte und Tilda nicht so war, wie sie sein sollte.

Gut, dass Kleine Sonne noch zu spüren war.

Tilda kauerte sich ganz klein zusammen und schmiegte sich an das warme atmende Fell ihres Ponys.

»Du willst nicht mehr? Okay … ich nehm's gern.« Der Mann beugte sich zu ihrer schäbigen Matratze herunter und nahm das unberührte Essen an sich. »Du brauchst echt wenig, oder?«

*

»Ohlsen?«

»Palle, was gibt's?«

»Also, wir sind jetzt hier, draußen im Thorsberger Moor, am See. Also eigentlich stehen wir mitten im See. Der ist nämlich zu einem Drittel ausgetrocknet.« Palle spürte einen Stich auf dem rechten Unterarm und schlug zu. »Shit!« Durch die Erschütterung des Schlages wäre ihm beinahe sein Handy aus der Hand gesprungen.

»Was ist?«

»Nix. Mücken! Also dieser Holm behauptet, die Dose sei in einer Art Netz am Boden festgemacht gewesen.«

»Das Netz?«

»Hat er dagelassen.«

»Habt ihr es finden können?«

»Das ist das Problem. Er sagt, die Stelle wäre noch von Wasser bedeckt. Zwar im Randbereich …«

»Spazieren gegangen, na klar! Findet er sie wieder?«

»Bislang nicht.«

»Habt ihr euch umgesehen?«

»Mit sechs Mann. Keine verdächtigen Funde. Aber das Gebiet ist riesig. Sollten hier noch irgendwo Leichenteile herumliegen, brauchen wir eine Hundertschaft und Leichenspürhunde.«

Ohlsen überlegte. Jetzt war guter Rat teuer. Auch wenn er in seiner Dienstzeit schon viele verrückte Dinge gesehen hatte, so war wohl nicht davon auszugehen, dass jemand eine komplette Leiche in derart kleine Teile zerlegt, in Dutzende Dosen gestopft und versenkt hatte. Zudem konnten Leichenspürhunde nur dann etwas erschnüffeln, wenn es noch etwas gab, das roch, also Fleisch, Blut, Gewebe. Außerdem musste der Besitzer des Fingers nicht unbedingt im Moor zu finden sein. Was, wenn einem durch einen Unfall abgetrennten Fingerglied eine zugegebenermaßen illegale Seebestattung zuteilgeworden war? Der Kommissar rieb sich nachdenklich die Stirn.

»Chef?« Die Stimme aus dem Handy riss ihn aus seinen Gedanken.

»Also gut. Sie sollen ein Boot und einen Leichenspürhund schicken. Für das große Besteck ist die Lage zu unklar. Die Kollegen vor Ort sollen mit Wathosen unterstützen und den Randbereich abgehen. Palle, du organisierst das!«

Er beendete das Gespräch und versuchte es bei der Gerichtsmedizin. »Ohlsen hier. Der Finger aus der Dose. Habt ihr was Neues für mich?«

*

»Wie lange willst du sie noch behalten?«

»Solange wie nötig.«

»Ich hab keine Lust mehr, Kindermädchen zu spielen.«

»Es hat dich keiner drum gebeten. Du sollst lediglich achtgeben, dass sie nicht abhaut.«

Tilda wollte nicht hören, was die flüsternden Stimmen sagten. Aber die Worte drangen leise und unaufhaltsam an ihren Ohrmuscheln vorbei, durch die Gehörgänge, bis an ihr Trommelfell und von da aus direkt in ihr kleines Gehirn. Vorsichtig hob sie ihren Kopf. War das nicht …?

»Mami?« Ihre dünne Stimme zitterte vor Anspannung.

War ihre Mutter gekommen, um sie wieder heimzuholen? Oh, bitte – ja! Ab jetzt wollte Tilda alles richtig machen! Hoffnung durchflutete den kleinen Körper und gab ihm neue Energie. Sie setzte sich auf und lauschte angestrengt.

»Sie stört.« Die Stimme des Mannes klang quengelig.

»Sie stört also …«

Tilda schlich ganz leise aus ihrer Ecke, blieb hinter dem dicken Stützpfeiler stehen und schob ihr Gesicht so weit vor, bis sie zwei dunkle Gestalten erkennen konnte.

Gleich würde sie ihre Mama sehen! Sehen, wie sie sich umdrehte, aus dem Schatten ins Dämmerlicht trat, vor Freude lächelnd auf sie zukam, sie in die Arme schloss und sagte: »Du warst so brav. Ich bin stolz auf dich! Komm, wir gehen nach Hause!«

»Du hättest sie nicht herbringen sollen. Sie muss weg! Je eher, desto besser!« Das Quengeln verstärkte sich.

»Weißt du was? Ich finde es seltsam, das ausgerechnet aus deinem Mund zu hören!«

Es wurde still.

Tilda drückte sich auf die Zehenspitzen, um besser sehen zu können. Gleichzeitig umklammerten ihre Ärmchen den dicken Pfosten. Wenn ihre Mama doch endlich aus dem Dunklen treten würde. Sie sehnte sich so sehr nach einer tröstenden Umarmung, auch wenn sie sich kaum an eine erinnern konnte. Sie wollte ihn in sich einströmen lassen, diesen herrlich süßen Duft, den sie noch riechen konnte, Stunden nachdem ihre Mama die Wohnung verlassen hatte. Oder den nach Schweiß und Arbeit, der die Mama umgab, wenn sie heimkam. Auch wenn es gerade dann keine Gelegenheit für körperliche Nähe zu geben schien. Mama war immer sehr müde und geschafft von der harten Arbeit. Tilda verstand das. Mama hatte ihr das oft genug erklärt. Und doch … auch wenn Tilda genau wusste, wie sehr ihre Mutter es hasste, wenn sie sich dann an sie drückte, manchmal war die Sehnsucht so groß, dass die Angst verblasste.

So wie jetzt.

Tilda löste sich von dem Pfeiler, tippelte ein paar Schritte vorwärts und hielt dann unsicher inne. Ihre kleinen Füße tanzten unruhig auf der Stelle. Der Drang, einfach loszulaufen und die Arme um die Hüfte ihrer Mutter zu schlingen, wurde unwiderstehlich. Gerade als sie ihm nachgeben wollte, trat die Frau ins Licht, drehte sich um und blickte Tilda an. »Ich kümmere mich darum. Du wirst sie noch vermissen! – Nicht wahr, Tilda?«

*

Palle hatte sich alles übergezogen, was der Wageninhalt hergegeben hatte. Sollten die Kollegen ruhig tuscheln. Besser, ihm lief der Schweiß aus den Hosenbeinen, als alle zwei Sekunden gestochen zu werden. Er beobachtete die vier Männer und zwei Frauen, wie sie durch das flache Wasser wateten. Nur selten sah er einen von ihnen nach etwas schlagen, obwohl die nackten Arme und verschwitzten Nacken verlockend sein mussten für diese elendigen Blutsauger. Dafür summte es um seinen Kopf, als wäre sein Blut das einzig Wahre. Verärgert klatschte er die Handflächen vor seinem Gesicht zusammen. Hinter den Suchenden, im tieferen Bereich, schob sich das kleine Motorboot Meter für Meter vorwärts. Ein Malinois lag mit seinen Vorderpfoten über der Bugwulst des Schlauchboots und versuchte, seine Nase so nah wie möglich an die Wasseroberfläche zu bekommen.

»Hören Sie, ich steh hier seit einer Stunde rum, in dieser Gluthitze! Das ist doch reine Schikane! Ich hab Ihnen alles gesagt, was ich weiß!« Geert Holm sah nicht gut aus. Sein Kopf war hochrot und glänzte von Schweiß. Er schnaufte bei jedem Atemzug besorgniserregend.

»Es wäre hilfreich gewesen, uns die genaue Stelle zu zeigen.«

»Es war dunkel!«, jammerte er.

Palle nickte genervt in Richtung Einsatzfahrzeug. Im geöffneten Kofferraum war ein Vorrat an Wasserflaschen zu erkennen. »Trinken Sie was!«

»Ihr könnt mich mal, Bullenschweine!«, murmelte Holm.

Wenn er nicht selbst vollkommen überhitzt und ausgelaugt gewesen wäre, hätte Palle sich den Kerl vorgeknöpft, aber …

Plötzlich kam Unruhe auf. Palle sah einen seiner Kollegen wild winken und stapfte los. »Sie rühren sich nicht vom Fleck«, wies er den verdutzten Holm an.

Schwer atmend kam er auf Höhe der angezeigten Stelle an. Hektisch scannten seine Augen die Seeoberfläche ab, suchten nach vertrauten Formen. »Was habt ihr?«

Der Beamte, der bis zu den Oberschenkeln im Wasser stand, beugte sich vor, griff in die aufgewühlte dreckige Brühe und tastete blind herum. »Eindeutig ein Körper!«

»Ein Mensch?«

Der Einsatzleiter wurde mit einem Ich-fürchte-ja-Blick bedacht. »Ich weiß nicht wie, aber er scheint am Grund des Sees verankert zu sein.«

»Scheiße.« Palles schweißnasse Hände tasteten nach seinem Handy. Der Ruf ging gerade raus, da hörte er den Leichenspürhund aufgeregt bellen. Das Boot war mindestens zwölf bis fünfzehn Meter von ihnen entfernt.

Ohlsen meldete sich.

»Was ist los?«, schrie Palle zu dem Hundeführer herüber, während er das Handy von seinem Mund weghielt.

»Palle? Habt ihr was?«, drang die Stimme seines Chefs leise aus dem Telefon.

Der Bootsführer fuhr einen kleinen Bogen und ließ sich erneut langsam über die Stelle treiben, an der der Hund angeschlagen hatte. Der Malinois bellte aufgeregt. Sein Herrchen ließ die Kennungsboje zu Wasser und funkte den Einsatzleiter an.

»Einen Moment noch, Chef!«, sagte Palle rasch und hob das Funkgerät an sein Ohr. »Deine Einschätzung?«

»Ihre Signale sind eindeutig. Die Hündin wittert menschliche Verwesung.« Das Gerät knackte.

»Fehlerquote?«

»Klar kann sie sich irren. Andererseits ist sie sehr erfahren und lange im Geschäft.«

Palle maß mit den Augen die Entfernung zwischen den beiden Fundstellen ab. Lagen also doch Teile einer Leiche über den ganzen See verstreut?

»Palle?« Wie von einem anderen Planeten drang Ohlsens ungeduldige Stimme an sein Ohr.

»Sofort!«, rief er und sprach dann wieder in das Funkgerät: »Sag mal, Kollege, schlägt deine Fellnase auch dann an, wenn nichts mehr übrig ist außer Knochen?«

»Du meinst, durch das Wasser? Nein. Es muss schon geruchsintensive Zersetzungsstoffe geben, die mit den Wassermolekülen an die Oberfläche transportiert werden.«

Palle dachte an den Finger aus der Dose. Kein Blut, kein Fleisch, kein Gewebe – nur blanker Knochen. Konnten die beiden Funde überhaupt zusammengehören?

Palle schaute in die ratlosen Gesichter der Wartenden. »Chef?«, sagte er dann in sein Handy. »Wir brauchen Taucher. Und ein Bergungsteam. Ich hab da ein ganz blödes Gefühl!«

# VIER

Fria sah die Dienstfahrzeuge schon von Weitem. Sie parkte ihren alten R4 dahinter und schritt entschlossen auf die kleine Gruppe Einsatzkräfte zu, die direkt vor ihr die Köpfe zusammensteckte. Insgesamt zählte sie an die zwei Dutzend Frauen und Männer, einige in Tauchanzügen, dazu drei Boote.

Sie hatte ihrem Vater kaum glauben wollen, was er ihr vor nicht einmal einer halben Stunde erzählt hatte. Die Polizeikanäle auf beiden Seiten der Grenze hatten es wie ein Lauffeuer verbreitet. Teile des Thorsberger Sees sollten abgepumpt und trockengelegt werden. Hatte der Finder des Fingerknochens die Flensburger Polizei also tatsächlich zu einer Leiche geführt?

Frias dickes Haar war zu einem lockeren Dutt zusammengesteckt. Dazu trug sie die dünne Leinenhose und das leichte Seidentop. All das, um die Hitze möglichst erträglich zu machen, um jeden noch so kleinen Windhauch durchzulassen. Wind, von dem auf der von Wald umsäumten Ebene nichts zu spüren war. Die aufgeheizte Luft des späten Nachmittags bewegte sich hier im Thorsberger Moor keinen Millimeter.

Ein Uniformierter stellte sich ihr entgegen. »Bleiben Sie bitte zurück. Momentan darf niemand passieren. Ein Polizeieinsatz!«

»Fria Svensson, Ørerup-Museum.« Längst hatte sie den netten Palle und seinen Kollegen, in den sie um ein Haar hineingelaufen war, erkannt. »Bringen Sie mich bitte zu Kommissar Ohlsen!« Selbstbewusst drehte sie suchend den Kopf. »Sind meine Kollegen vom Gottorf-Museum noch nicht da?«

Verunsichert bat der Polizist sie, zu warten, und steuerte Ohlsen an, um sich sein Okay zu holen. Fria nutzte ihre Chance und folgte ihm unauffällig.

»Hauptkommissar Ohlsen? Eine Frau vom Ørerup- oder vom Gottorf-Museum möchte Sie –«

Fria trat schwungvoll hinter ihm hervor und streckte dem Kommissar die Hand entgegen. »Svensson. Darf ich fragen, was Sie da treiben?« Mit offenem Lächeln und freundlichen Augen sah sie dem verdutzten Ohlsen ins Gesicht.

»Was ich hier …? Wir machen unsere Arbeit. Und Sie? Was wollen Sie hier?« Leicht verärgert wandte er sich wieder seinem Team zu.

»Wenn wir die Wasserschutzwände in den Boden gerammt und das Areal abgeschottet haben, kann die Pumpe loslegen. Hier im Randbereich sollte das kein Problem sein«, fuhr der technisch versierte Beamte das durch Frias Auftauchen unterbrochene Gespräch fort.

»Wasserschutzwände in den Boden rammen? Sie wissen aber schon, dass Sie gerade von einem Kriegsbeuteopferplatz, einer der bedeutendsten archäologischen Fundstellen Schleswig-Holsteins sprechen? Dies ist ein Bodendenkmal. Da dürfen Sie nicht einfach so was in den Untergrund rammen!«

Eigentlich war Fria nur neugierig gewesen, wollte mehr über das erfahren, was die Polizei gefunden hatte, mehr über den genetischen Besitzer des Fingerknochens. Aber das hier ging entschieden zu weit. Sie musste dringend die zuständigen Behörden und das Gottorf-Museum unterrichten.

Im Grunde hielt Ohlsen sich für einen besonnenen Vertreter seiner Zunft, jetzt aber war er kurz davor, seinem Ärger freien Lauf zu lassen. Tilda Dietrich lag ihm schwer auf der Seele, er hatte kaum geschlafen, es war zum Ersticken heiß und die Erkenntnisse des ersten Tauchgangs ließen auf eine unangenehme Entwicklung schließen, und nun kam diese … diese …

Er biss die Zähne zusammen. »Sie dürfen gern Beschwerde einlegen. Bis dahin lassen Sie uns unsere Arbeit machen, Frau … Warten Sie!« Sein bis dahin abweisender Blick suchte, einer plötzlichen Eingebung folgend, ihr Gesicht ab. »Ørerup-Museum, Dänemark, richtig? Ich denke ja wohl nicht, dass Thorsberg in Ihren Zuständigkeitsbereich fällt.« Er wandte sich dem Beamten neben ihm zu. »Bitte, wenn Sie Frau …« Er wedelte ausladend mit dem Arm in Richtung der parkenden Autos.

»Svensson!« Auch Frias Puls stieg merklich. »Hören Sie, ich versteh Sie ja. Aber, was immer Sie dort finden, es hat kein Leben mehr in sich, richtig? Es kann nicht mehr gerettet werden! Und Sie möchten doch bestimmt nicht als der Kommissar in die Geschichte eingehen, der eines der wichtigsten Bodendenkmäler der Region unwiederbringlich zerstört hat, oder? Lassen Sie sich vom hiesigen Amt die genauen Koordinaten des Opferplatzes schicken! Vielleicht schaffen wir es, beides unter einen Hut zu bringen? Schutz des Bodendenkmals und Bergung ihres …« Sie brach ab und sah ihn fragend an.

Er kapitulierte. Er war kein Mann, der gerne stritt. Er brauchte Ruhe und Klarheit in seinem Kopf. Nur so konnte sich das Netzwerk seiner Gedanken ausbreiten und an den passenden Stellen verknüpfen. Er winkte Palle heran. »Kümmere du dich um die Opferplatzkoordinaten!«

»Opferplatzkoordinaten?« Der Angesprochene sah fragend in die Runde.

»Ich helfe Ihnen«, bot Fria an und suchte in Ohlsens Gesicht nach Zustimmung.

Der nickte nachdenklich.

»Kommissar Ohlsen? Wir können!« Eine junge Polizistin trat an sie heran und wies auf eines der größeren Boote. Der Kommissar folgte ihr und überließ Palle und Fria ihrer Ortungsaufgabe.

Sie fuhren zur markierten Stelle des Sees. Dort angekommen warteten schon zwei Taucher, die kurze Zeit später im schwarzen Wasser verschwanden.

»Die Sicht ist nicht sehr gut«, erklärte die Beamtin und versuchte die schräg einfallenden Sonnenstrahlen abzuschirmen. Ohlsen starrte auf den Monitor. Tatsächlich war nur wenig zu erkennen. Das Wasser war trüb und durchsetzt von Schwebeteilchen. Der Scheinwerfer, mit dem die Taucher versuchten, den Grund des Sees sichtbar zu machen, schaffte es kaum eine Armlänge weit. Der Strahl wurde einfach verschluckt.

»Die lange Hitzewelle hatte zur Folge, dass sich Algen und Bakterien unverhältnismäßig stark vermehren konnten. Der im Umfang enorm reduzierte See erstickt in Biomasse.«

Ohlsen tupfte sich den Schweiß von Stirn und Wangen und beobachtete angespannt den Monitor.

Das Funkgerät knackte. »Wir haben die Koordinaten«, meldete Palles Stimme. »Der denkmalgeschützte Opferplatz liegt nicht dort, wo wir abpumpen wollen. Von daher: grünes Licht. Die Behörde schickt trotzdem jemanden raus. Die wollen sichergehen. Sollen wir warten?«

»Nein. Fangt an! Wir müssen das Tageslicht nutzen.« Besorgt schaute er auf seine Armbanduhr. Gleich siebzehn Uhr. Spätestens gegen neun war es dunkel. Zog man die Dämmerung ab, hätten sie maximal drei Stunden, in denen sie ohne umfangreiche Flutlichtanlagen zurechtkämen. »Beeilen wir uns«, murmelte er.

Wieder meldete sich das Funkgerät. »Chef? Noch was … Die Presse ist da.«

Ohlsen hob den Kopf und blickte zum Ufer. Und nicht nur das. Die halbe Bevölkerung des benachbarten Wohngebiets schien sich eingefunden zu haben. Aber die Presse? Er würde nie verstehen, wie es sich so schnell herumsprach, wo es für die Meute was zu holen gab. Und, na klar, allen voran erkannte er die *Krähe*. Obwohl die Entfernung zu groß war, meinte Ohlsen die listigen Augen des freien Journalisten unter seinem albernen Hut aufblitzen zu sehen. Keine drei Meter entfernt stand der Sondengänger, vertieft in ein scheinbar höchst emotionales Gespräch mit irgendwelchen Medienvertretern. Ohlsen brauchte nicht viel Fantasie, um sich die Art des Austauschs auszumalen. Er hasste die Schlagzeilen jetzt schon.

»Palle? Lass den Holm wegbringen! Sieh zu, dass die Krähe nicht an ihn rankommt! Das Gebiet muss großräumiger abgesperrt werden. Informationen gibt's nur über unsere Pressestelle!«

»Herr Kommissar?« Die Polizistin lenkte seine Aufmerksamkeit wieder auf den Monitor. Ganz langsam verschmolzen die hellen Stellen im trüben Einerlei zu einer Form. Ein Unterarm, ein mit einem Tau umwickelter Ellenbogen, dann die Schulter. Dahinter schimmerte der Rumpf. Die Kamera des Polizeitauchers wanderte den Hals hinauf, streifte erneut das Teilstück eines Seils, fokussierte das Ohr, die Wange und dann den leeren, gläsernen Blick des Toten. Kurzgeschnittenes Haar wippte leicht im Einklang der menschengemachten Strömung.

»Nein, das kannst du nicht!« Palle hob abwehrend die Arme und gab zwei Einsatzkräften ein Zeichen. Die bewegten sich selbstbewusst auf die Krähe zu.

»Ach komm, Reepschläger! Wie lange kennen wir uns jetzt? Lass uns zusammenarbeiten! Besser, die Welt erfährt von mir die Wahrheit, als dass sich Fake News verbreiten, oder?«

»Richtig. Und damit du bestmöglich mit allen Fakten versorgt wirst, wendest du dich an unsere Pressestelle, wie alle anderen auch. Abgang!«

Die Krähe grinste verschlagen und zwinkerte Fria auffordernd zu. »Ich glaube ja, schöne Frauen wie Sie sind tausendmal intelligenter als alle Alphatierchen des Flensburger Beamtenklüngels zusammen. Sie haben doch bestimmt 'ne Meinung zu all dem hier, Frau …« Mit einer ausladenden Geste breitete er die Arme aus.

»Svensson, Fria Svensson, vom Ørerup-Museum.«

»Ah, wie schön.« Er hob die Fotokamera, die er bisher lässig in der herabhängenden Hand gehalten hatte, und begann, sie abzulichten.

»Das reicht.« Palle drängte sich vor und animierte die Kollegen zuzupacken. »Begib dich hinter die Absperrung!«

»Und die hübsche Lady hier?«

»Berät die Polizei.«

Während die beiden Polizisten den Mann Richtung Absperrgitter schoben, schaffte der Journalist es, Fria noch schnell seine Visitenkarte zuzustecken. »Das interessiert mich sehr. Würden Sie mir ein Interview gewähren? Ich bringe Sie ganz groß, Sie und Ihr Museum. Sie könnten mir von Ihrer Tätigkeit berichten«, rief er aus einem immer größer werdenden Abstand.

Palle schielte zu Fria. »Dem ist nicht zu trauen. Keiner verdreht Fakten so dreist wie die Krähe.«

Konzentriert sog Ohlsen alle Bilder in sich auf. Die männliche Leiche konnte noch nicht lange dort unten liegen. Gliedmaßen fehlten nicht. Der kameraführende Taucher war einmal um den Kopf herumgeschwommen, zeigte nun die linke Seite des Mannes. Das Seil, das um den Hals geschlungen war, fand sich in gleicher Knotung an den Arm- und Kniegelenken. Der Tote war an fünf Stellen am Grund des Sees fixiert worden, lag auf dem Rücken und starrte zur Wasseroberfläche hinauf. Jetzt änderte sich der Blickwinkel. Der Polizeitaucher glitt einmal über den Leichnam hinweg und filmte ihn von oben. Der Mann war komplett nackt.

»Was ist denn das? Der Brustkorb …! Sagen Sie ihm, er soll

sich den Rumpf vornehmen. Ich brauch das größer und im Detail!«, wies er die Polizistin an.

Die geometrischen Formen, die der Monitor ihnen daraufhin offenbarte, hinterließen einen ratlosen Ausdruck auf Ohlsens Gesicht. Es schien, als seien sie mit großer Sorgfalt und Präzision in den Oberkörper eingeritzt worden. »Haben Sie so was schon mal gesehen?«

*

Fria stand vor dem Asiamann und schaute ungeduldig auf die leuchtenden Lettern ihres Handydisplays. »Willst du auch was von Pinyin?« Es war schon spät und das kleine Restaurant würde gleich schließen.

Das Daumenhoch-Emoji von Marten kam prompt. »Wie immer.«

Schnell huschte sie hinein und bestellte. Der alte Mann lächelte, während Fria ihr schlechtes Gewissen beiseiteschob. Eigentlich achtete sie sehr darauf, nicht einer dieser Last-Minute-Gäste zu sein, die den Arbeitstag anderer unnötig verlängerten. Aber heute … Was für ein Tag! Schnaufend ließ sie sich auf einen der Barhocker plumpsen. Der Koch unterbrach die Zubereitung der Speisen, griff nach einer Flasche und goss Reisschnaps in ein kleines Glas. Dann schob er es zu ihr herüber und nickte aufmunternd. Fria bedankte sich lächelnd. Einer unguten Eingebung folgend, betrachtete sie ihr Spiegelbild in der Schaufensterscheibe. Ja, sie sah definitiv so aus, als könne sie einen gebrauchen.

Eine Viertelstunde später saß sie mit Marten auf dem Balkon ihrer Altbauwohnung. Fria hatte ihm die Tüte mit dem Essen in die Hand gedrückt, sich der verschwitzten Hose und des Tops entledigt, war in ein altes weites T-Shirt geschlüpft und genoss nun das Essen, den eiskalten alkoholfreien Cocktail, den ihr Mitbewohner gezaubert hatte, und den Blick auf die nächtliche Förde. Trotz ihrer Erschöpfung brummte es in ihrem Kopf wie im Stock eines schwer arbeitenden Bienenvolks. Ihre Gedanken sprangen zwischen den vielen Bildern und Eindrücken des Tages hin und her. Bis zum Schluss war sie am See gewesen. Niemand hatte versucht, sie fortzuschicken, also war sie geblieben. Der sympathische Palle hatte zunächst Sorge gehabt, der Anblick der Leiche, die nach dem Abpumpen des Flachwassers zum Vorschein gekommen war, könnte sie überfordern und traumatisieren. Mit ein wenig Stolz dachte Fria an seinen anerkennenden Blick, als sie ihre Beobachtungen sachlich und analytisch mit ihm geteilt hatte.

Das war schon damals so, zu Zeiten, in denen sie noch als angehende Polizistin unterwegs gewesen war. Der Anblick eines toten Individuums hatte ihr nie viel ausgemacht. Sie hatte funktioniert, darauf gebrannt herauszufinden, wie es dazu gekommen war. Erst später, wenn die Tragödien Formen angenommen hatten und das ganze Leid zum Vorschein gekommen war, dann war es auch für sie schwer gewesen. Dann hatte sie einen Weg finden müssen, die Qual der anderen nicht zu nah an sich heranzulassen.

Zugegeben: Der Gestank, der sich nach der Trockenlegung der Wasserleiche wie eine Dunstglocke ausgebreitet hatte, schwer über ihr stehenblieb und sich aufgrund der Hitze und der fehlenden Luftströmung partout nicht verflüchtigen wollte, hatte alles bisher Dagewesene in den Schatten gestellt.

»Du bist unglaublich!« Marten lehnte sich zurück und strich eine der langen Haarsträhnen aus seinem Gesicht. »Du bist ein Freak, oder? Manchmal mach ich mir echt Sorgen.«

Fria lächelte nachsichtig. Das musste er gerade sagen! Sie war froh, ihn wieder so aufnahmebereit zu sehen. Seine depressiven Phasen konnten mitunter Tage dauern. »Menschen, die genau hinschauen, sind wichtig!«

»Du bist keine Pathologin. Wieso lässt du nicht die anderen genau hinschauen?«

»Lass ich ja. Die eine Leiche hat höchst seltsame Formen auf ihrem …« Sie stockte. Ihr Mitbewohner war nicht gemacht für detaillierte Beschreibungen dieser Art. »Also, sie hatte so geometrische Symbole an sich.«

»Wie meinst du das – an sich? Äh, nee, warte! Behalt's für dich! Andere Frage: Was für Formen?«

»Ich weiß nicht. Ein bisschen so wie germanische Runen und doch auch wieder nicht. Ich kenne nichts Vergleichbares.«

»Lass mich raten: Du wirst es herausfinden, richtig? Hast du den offiziellen Auftrag, haben sie dich gefragt?«

Fria nahm einen großen Schluck von ihrem Cocktail. »Nein. Ich bin ja keine Expertin auf dem Gebiet. Ich denke, sie werden jemand anderen hinzuziehen.«

Er lachte belustigt auf. »Als wenn dich das abhalten würde! Nicht wahr, Bølle, alter Kumpel?« Der dreibeinige Mischling steckte just neugierig seinen Kopf durch die geöffnete Balkontür, wedelte freudig mit der Rute und sprang zwischen die beiden auf die Bank.

Längere Zeit beobachteten sie schweigend die Lichter der in der Ferne vorbeiziehenden Schiffe. Bølle hatte sich eingerollt und an Fria geschmiegt. Ab und zu seufzte und fiepte er leise im Schlaf.

»Was, wenn da noch mehr Leichen liegen?« Martens Augen blieben aufs Meer gerichtet.

»Genau das haben wir uns auch gefragt.«

*

Ohlsen wusste nicht, wo ihm der Kopf stand. Die Wasserleichen lagen auf dem Tisch der Gerichtsmedizin, die pathologischen Untersuchungen liefen. Noch hatten sie absolut keinen Schimmer, wer die beiden waren. Man hatte weder Kleidungsstücke noch Ausweispapiere finden können. Sie trugen nicht einmal Eheringe, sie waren schlichtweg nackt. Das einzig Eindeutige: Es handelte sich um zwei Männer mit heller Hautfarbe. Die Todesursache – auf den ersten Blick nicht ersichtlich. Bis auf die Ritzungen im Brustkorb der gut erhaltenden Leiche gab es augenscheinlich keine äußeren Verletzungen. Aufgrund der aufwendigen Fixierung am Grund des Sees, musste von Fremdverschulden ausgegangen werden. Täter-DNA würden sie keine finden, die hatte das Wasser weggespült. Selbst was den Todeszeitpunkt anging, hatte ihm die Gerichtsmedizin wenig Hoffnung auf eine schnelle Klärung machen können. Wasserleichen gaben ihre Geheimnisse nur ungern preis, so hieß es. Das Alter der Toten würden sie, dank einer besonderen Betrachtung der Aminosäuren ihrer DNA, bald herausgefunden haben, war ihm indes zugesichert worden. So wäre immerhin ein Abgleich mit der Vermisstendatenbank möglich. Als wäre das alles nicht schon schlimm genug, quälte Ohlsen die Befürchtung, der See berge noch weitere dunkle Geheimnisse. Immerhin gab es da noch den Finger aus der Dose. Wem auch immer er gehört hatte, von diesem Menschen fehlte nach wie vor jede Spur. Und so hatte er ein Team zusammengestellt, das nun jede Stelle dieses verdammten Moors durchkämmte. Mit jeder Stunde, die ohne Leichenfundmeldung verging, atmete Ohlsen ein wenig mehr auf.

Die Grundanspannung jedoch blieb. Kein Wunder. Hatte Flensburg doch abgewunken, als er darum gebeten hatte, die Akte Thorsberger Moor von dort aus zu leiten. Keine Kapazitäten, hieß es. Man habe einen Erpresser, der damit drohte, vergiftete Lebensmittel in Supermärkten zu platzieren, einen Feuerteufel, der nicht nur Müllcontainer und Lagerhallen abgebrannt, sondern inzwischen auch zwei Menschen getötet hatte, und eine Diebesbande, die mit großer Brutalität und Zerstörungswut vorging. Team Norgaard werde das schon schaffen, lautete die aufmunternde Botschaft. Team Norgaard! Er wusste nicht einmal, wen er noch mobilisieren konnte, um die Anwohner der benachbarten Siedlung abzuklappern und nach verdächtigen Sichtungen zu befragen.

Ohlsen rieb sich das Kinn, während er die Stichpunkte seiner Aufgabenliste betrachtete. Und über all dem hing der Fall der kleinen Tilda! Seit sechs Tagen war sie verschwunden. Gestern hatte die Spusi die Wohnung der Dietrichs auf den Kopf gestellt, nach Spuren von Blut und Geweberückständen gesucht. Sinje war mit einem Team noch einmal von Tür zu Tür gezogen und hatte die Nachbarschaft befragt. Gab es Hinweise auf Kindesmissbrauch? Anzeichen für einen heftigen Streit? Wie war das Verhältnis zwischen Mutter und Tochter? Hatte sich die Mutter vor Tildas Verschwinden anders, auffällig verhalten? Die Erkenntnisse waren ernüchternd. Kein Blut, kein Gewebe, keine Zeichen eines Kampfes! Ina Dietrich habe Tilda häufig angeschrien, so die Zeugen. Misshandlungen habe man keine mitbekommen. Auszuschließen sei das aber nicht. Die rege Anteilnahme der Bevölkerung war auf ein Minimum geschrumpft, die bisherigen Meldungen hatten sich als Rohrkrepierer entpuppt.

Der Tornister hatte keine weiteren Erkenntnisse gebracht, die Suche in der Umgebung seines Fundorts auch nicht. Die Spusi war mit ihrem Latein am Ende.

Auch zu der siebzig Kilometer entfernten Wohnung des Kindsvaters waren sie gefahren und hatten alles auf den Kopf gestellt. Und das, obwohl der Mann ein wasserdichtes Alibi und, laut mehrerer Aussagen, so gar kein Verlangen nach seiner kleinen Tochter hatte. Der Messi-Wohnung nach zu urteilen, war das auch besser so.

Ohlsen griff nach dem kleinsten Strohhalm. Der Mangel an Optionen lag ihm schwer auf dem Herzen.

»Die Krähe hat mal wieder alles gegeben.« Palle betrat Ohlsens Büro und warf ihm die Tageszeitung auf den Tisch.

»Moorleichenfund! Serienkiller verhilft Opferplatz zu neuem Glanz«, stand in großen roten Lettern geschrieben. Und darunter: »Eine Region zittert. Polizei ratlos.« Ohlsen stöhnte und schob das Blatt weg.

»Aber Frau Svensson ist gut getroffen. Sehr kompetent, die Frau.« Palle faltete die Zeitung auf, strich sie glatt und betrachtete das großformatige Foto. »Und nett. Und irgendwie auch …«

Ohlsen stöhnte erneut. »Gibt es Neuigkeiten vom See?«

»Negativ.«

»Dann hoffen wir mal, dass das so bleibt«, brummte Ohlsen.

*

Eigentlich hatte Fria genug auf der Agenda. Das Ørerup-Museum hatte Fachleute aus ganz Europa zu einem dreitägigen Symposium eingeladen. Sie selbst sollte referieren. Die Abhandlungen zu den einzelnen Themen waren nicht einmal ansatzweise niedergeschrieben. Auch wenn es bis dahin noch ein paar Wochen waren – allein die Organisation ließ ihr Zeitkonto bedenklich schrumpfen. Mit vielen der Wissenschaftler stand sie in regem Kontakt, sorgte für Unterkünfte, Begegnungen und die Erfüllung kleiner Sonderwünsche, für Abendveranstaltungen, Ausstellungsbesuche und Exkursionen. Alberte war zwar eine echte Hilfe, jedoch nur, wenn man ihr *en détail* erklärte, was sie in welcher Reihenfolge zu tun hatte.

Und Villads? Fria seufzte. Einfach mal was wegschaffen, ihr den Rücken freihalten, ergebnisorientiertes, effektives Arbeiten ohne lange Diskussionen, das ging mit Villads nicht zusammen.

Fria stand auf und trat an die Scheibe der sonnenabgewandten Seite des Gebäudes. Wind spielte in halb vertrockneten Blättern. Wind? Schnell öffnete sie das Fenster. Eine frische Brise wäre eine Wohltat für ihre trägen Gehirnzellen. Der heiße Luftzug, der einströmte, brachte sie dazu, es sofort wieder zu schließen.

Sie trank einen Schluck und fuhr den Schreibtisch hoch. Mittlerweile war es so warm, dass der dünne Stoff ihrer Hose im Sitzen an den Beinen klebte. Dann lieber stehen.

Der Curser blinkte, wartete ungeduldig auf die ersten Worte ihres Referats. Nochmals griff sie zum Glas und trank. Ihr Blick wanderte zu ihrem Handy. Ob die Polizei schon herausgefunden hatte, was die in die Leiche eingeritzten Zeichen zu bedeuten hatten? Sie rief die Bilder auf, die sie in einem klitzekleinen unbeobachteten Moment hatte machen können. Dann gab sie in das Feld ihrer Suchmaschine »Alte Schriftzeichen« ein und drückte die Taste *Enter*.

*

Tildas Plan, sich aufzulösen, war fehlgeschlagen. Zu Anfang hatte er gut funktioniert, doch dann war der Durst ganz schlimm geworden. Sie hatte es nicht mehr ausgehalten. Also hatte sie getrunken, bis ihr kleiner Bauch fast geplatzt war. Hunger hatte sie keinen. Schon lange nicht mehr. Beim Sich-Auflösen störte Essen nur.

Ihre Mama, sie war nicht gekommen, um sie nach Hause zu holen. Tildas kleines Herz hatte so wehgetan. Sie hatte geweint, bis kein bisschen Flüssigkeit mehr in ihr drin gewesen war.

Seitdem lag sie auf der schäbigen Matratze und rührte sich nicht. Allein. In der Dunkelheit.

Auch der Mann war gegangen. Tilda hatte hören können, wie er den Schlüssel zweimal herumgedreht hatte. Wann das war? Keine Ahnung! Es schien eine Ewigkeit her zu sein.

Tilda schloss die Augen und versuchte, Kleine Sonne zu folgen. Der zarte, kraftlose Körper des Mädchens fuhr den Puls des Lebens einen weiteren Taktschlag herunter.

*

»Leichenfund!« Palle wirkte, als wäre er die Strecke bis zu Ohlsens Büro gerannt.

»... nicht so gut. Na ja, kann man nichts machen. Danke«, sagte Ohlsen gerade und beendete das Telefongespräch mit der Gerichtsmedizin. Bestürzt sah er seinen Kollegen an. »Es ist also tatsächlich noch nicht vorbei. Was haben wir?«

»Weiblich, nackt, gleiche Fesselung, Identität ungeklärt.«

»Weiblich? Damit scheidet Hass gegen alles Männliche als Motiv wohl aus. Zustand der Leiche?«

»Ähnlich wie der von L1. Sie muss schon längere Zeit da unten liegen.«

Es zahlte sich aus, dass sie den Toten Nummern gegeben hatten. In der Reihenfolge ihres Auffindens. L1 war der Körper aus der Flachwasserzone, L2 war von den Tauchern entdeckt worden. Solange sie keinen Namen hatten, würde die Tote als L3 geführt werden.

»Wo stehen wir?«

»Die Kollegen sind dabei, Fund und Lage mit der Kamera zu dokumentieren. In zirka einer Viertelstunde beginnt das Bergungsteam.«

»Sag mir, dass sie durch sind! Dass sie den ganzen verdammten See abgesucht haben!« Der Hauptkommissar sah seinen Mitarbeiter flehend an.

Doch der schüttelte bedauernd den Kopf. »Sie haben gerade mal ein gutes Drittel. Weiteres Problem: Es kommen immer mehr Menschen. Absperrungen werden überwunden. Die ersten Handyvideos sind online. Mittlerweile pilgern nicht nur Anwohner zum See, um einen Blick zu erhaschen. Die Kollegen melden Autokennzeichen von weiß Gott wo. Auch die Anzahl der Pressevertreter erhöht sich stündlich. Wir bräuchten viel mehr Personal, um das Gebiet abzuriegeln.«

»Kriegt ihr. Wie schlimm ist es?« Ohlsen griff zum Telefonhörer.

»Die Handyvideos?«

Ohlsen nickte.

»Keine Details zu erkennen. Aber noch sind die Kollegen mit der Leiche auch nicht raus aus dem Wasser.«

Ohlsen nickte wieder. Die Sensationslust mancher Menschen kannte keine Grenzen. Es war nur eine Frage der Zeit, bis die Ersten einen Weg gefunden hatten, die Absperrung zu umgehen.

»Oltmann lässt fragen, wie es mit Flutlicht aussieht.«

Ein Thema, das Ohlsen den ganzen Tag begleitet hatte. Sollte er, bei einem weiteren Leichenfund, die Suche auf die Nacht ausdehnen oder das Gebiet bewachen lassen und am nächsten Tag fortfahren? Beides hatte Vorteile, beides barg Risiken.

»Ich bespreche das direkt mit ihm. Kümmere du dich bitte um den Check der Vermisstendatenbank. Wir kennen jetzt das Alter der ersten beiden Toten. L1 muss zwischen siebzig und achtzig Jahre alt gewesen sein. Eins siebzig groß. Wir haben Glück! Er hat ein künstliches Kniegelenk. Darüber sollten wir ihn identifizieren können. Also frag bei den entsprechenden Kliniken nach. L2 ist trotz der hohen Temperaturen besser erhalten. Viel besser. Er kann noch nicht lange im Moor gelegen haben. Mit ein bisschen Glück gelingen sogar Fingerabdrücke. Alter: zirka sechzig. Größe: ein Meter vierundsiebzig. Und Palle! Schnapp dir jeden, den du kriegen kannst, und unterstütz die Klinkenputzer in der Siedlung. Wir müssen wissen, ob jemand etwas Verdächtiges gesehen hat. Es muss gedauert haben, die Leichen derartig aufwendig unter Wasser zu fixieren. Leute auf einem Boot. Einen Wagen mit einem Bootstrailer. Personen in Tauchanzügen …«

Palle verschwand. Ohlsen führte ein längeres Gespräch mit dem Flensburger Mutterschiff. Man versprach, strukturelle Maßnahmen zu ergreifen. Als Soforthilfe schickten sie zehn zusätzliche Bereitschaftskräfte. Dann funkte er Oltmann Schmidt an. Mit neunundfünfzig war er Dienstältester der Wache Norgaard.

»Chef?« Oltmann schnaufte ziemlich.

»Zehn Mann Verstärkung zur Absicherung des Geländes sind unterwegs. Deine Einschätzung? Macht Flutlicht Sinn?«

»Schon. Geht aber nicht. Uns fehlen die Froschmänner.«

»Wie bitte?«

»Die Taucher können nicht ewig weitermachen. Und wir haben keinen Ersatz.«

»Okay. Sieh zu, dass du die unbekannte Tote in die Rechtsmedizin kriegst. Schirmt euch gut ab. Haltet die Presse auf Abstand. Und Oltmann – heute Nacht darf keiner an den See ran!«

*

Fria hatte sich durch Dutzende Quellen gewühlt, sich Schriften aus den verschiedensten Teilen der Erde und aus den unterschiedlichsten Epochen angeschaut. Ja, es gab Ähnlichkeiten, aber nirgends einen Treffer. Sie hatte Experten kontaktiert, die sich in den Fachgebieten Keilschrift, antike Schrift und Runen bestens auskannten. Die Signatur des Ørerup-Museums hatte die meisten Historiker bewogen, zügig zu antworten. Und doch war das Ergebnis ernüchternd ausgefallen. Fria glaubte immer mehr an eine Symbolik, die sich nur einem erschloss – dem Täter. Sie legte ihre Beine auf den mittlerweile wieder heruntergefahrenen Schreibtisch und lehnte sich mit einem Stöhnen zurück. Es wäre auch zu schön gewesen. Sie wäre auf der Wache von Norgaard sicher gern gesehen, hätte sie die Bedeutung der rätselhaften Ritzungen liefern können.

»Was machen Schriftzeichen für einen Sinn, wenn es niemanden gibt, der sie entziffern kann? Wofür dann überhaupt die Mühe?«, murmelte sie und rieb sich die müden Augen.

Alberte erschien im Türrahmen. Fria hatte sie dazu verdonnert, Überstunden zu machen und eine Liste von Aufgaben abzuarbeiten, die das Gelingen ihres mehrtägigen Symposiums sichern sollten.

»Gehe jetzt.«

»Ist gut, bis morgen. Schönen Feierabend.« Fria gähnte. Alberte hatte recht. Für heute reichte es. Der Sauerstoff in ihrem Büro war weggeatmet, die Luft raus. »Ab nach Hause!«

*

»Was Leiche Nummer eins angeht, sind wir noch nicht weiter. Es gibt einen Vermissten, der vom Alter und der Größe her passen könnte. Kommt aus Harrislee. Wir prüfen gerade, ob er Träger eines künstlichen Gelenks war. Parallel wird bei allen Krankenhäusern für derartige Eingriffe nachgehakt. Wenn die OP in der Region stattgefunden hat, müsste die Nummer in den Registern zu finden sein. Aber bei L2 gibt's einen Treffer!« Palle reichte Ohlsen den einen und Sinje den zweiten Pott Kaffee.

»Das ging ja schnell.« Der Kommissar zog sich einen Stuhl heran und setzte sich neben den Schreibtisch seines Kollegen.

»Gab erst vor zwei Tagen eine Überprüfung. Benno Kranich, geboren neunzehnhundertvierundsechzig, ledig, keine Kinder. Wohnhaft in Glücksburg. Lebte allein. Wurde am letzten Samstag von seinem Arbeitgeber als vermisst gemeldet, nachdem Kranich den dritten Tag in Folge nicht zur Arbeit erschienen war.«

»Am Samstag? Als was hat er gearbeitet?« Sinje pustete und nahm vorsichtig schlürfend den ersten Schluck.

»Automechaniker. Die Kollegen sind zu seiner Wohnung. Die war aber leer. Den Zeitungen im Postkasten nach zu urteilen, schon ein paar Tage. Die Befragung der Arbeitskollegen hat nichts ergeben. Freunde sind keine bekannt. Familiäre Kontakte bestehen anscheinend auch nicht. Die Mutter ist dement und lebt im Seniorenheim.«

»Haben wir sein Handy?«

»Ja, wurde bei ihm in der Wohnung gefunden. Die Anfrage auf

ein Bewegungsprofil läuft. Fotos und Chatverläufe kommen. Unsere Kriminaltechnik, die KT, ist dran.«

»Womit hat der Mann sich sonst die Zeit vertrieben? Wenn er nicht gearbeitet hat?«

Palle zuckte mit den Schultern. »Eine Nachbarin meinte, ein paar Leute hätten bei ihr geklingelt, weil sie Benno Kranich sprechen wollten.«

»Wann war das?«

»Einen Tag bevor die Bereitschaft sich Zutritt zur Wohnung verschafft hat.«

»Also Freitag«, präzisierte Sinje.

Palle nickte.

»Weiß man, worum es da ging?«

»Angeblich um Katzen.« Palle unterdrückte mühsam ein Gähnen.

»Katzen?«

*

Es war fast dunkel, als Fria die Wohnungstür aufschloss. Bølle stürmte ihr entgegen und begrüßte sie freudig.

»Na, mein süßer Rabauke. Hab ich dir gefehlt?« Sie kniete nieder und erwiderte die zahlreichen Liebesbeweise mit einer ordentlichen Portion Streicheleinheiten.

Als sie an Martens Tür vorbeigehen wollte, stutzte sie. Sie konnte sich nicht erinnern, wann sie die das letzte Mal geschlossen vorgefunden hatte. Vorsichtig trat sie näher und horchte. Nichts.

»Marten?« Sie klopfte leise und wartete.

Nach ein paar Sekunden wurde ihr geöffnet. Ihr Mitbewohner sah sie etwas beschämt, aber durchaus guter Dinge an.

»*Hej*, Fria. Entschuldige, aber ich habe Besuch«, meinte er lächelnd und zog die Tür vor ihrer Nase wieder zu.

Verwundert sah Fria Bølle an. »Das sind ja ganz neue Töne. Ob sich unser Marten verliebt hat, was meinst du?«

Sie sprang unter die Dusche und danach in ein paar frische Sachen und beschloss, die Gassirunde im Weingarten ihres Lieblingsitalieners enden zu lassen.

*

Ohlsen fuhr auf den kleinen Hof seines alten Hauses. Sein *Fischhus* war nur so groß wie eine kleine Singlewohnung. Es hatte ein Reetdach und weißen Lehmputz an den Wänden und war tatsächlich mal das Haus eines Fischers gewesen. Und es war reparaturbedürftig. Sein Motto: #irgendwasistimmer.

Zunächst hatte Ohlsen nur zur Miete gewohnt. Die Besitzerin, eine alte Dame, die schweren Herzens in ein Seniorenheim gezogen war, nachdem sie immer wieder gestürzt und im Krankenhaus gelandet war, hatte sich derart über ein wenig handwerkliche Hilfe gefreut, dass sie ihm das Haus kurzerhand vermacht hatte. Erben hatte es keine gegeben. Das war jetzt ein Jahr her. Seitdem versuchte Ohlsen mit dem Haus in Einklang zu leben.

Lies belächelte ihn dafür. Sie hätte es sofort abgestoßen. Eigentum war nicht ihr Ding. Klein und eng war nicht ihr Ding. Norgaard langweilte sie zu Tode. Sie war süchtig nach Neuem, nach Freiheit und Spontanität. Heute München, morgen Tokio, das war ihre Welt. Ohlsen fragte sich immer mehr, ob das auch seine war.

Seufzend zog er ein kaltes Bier aus dem Kühlschrank, kletterte in die Hängematte, die unter dem Walnussbaum baumelte und wartete, bis Lies seinen Anruf entgegennahm. Keine drei Sekunden später hatten ihre Lebendigkeit und ihr Lachen alle Bedenken aufgelöst.

*

»Sie haben sie gefunden!«

»Wir wussten, dass das passieren kann.«

»Aber – wirkt es jetzt noch?«

»Mach dir keine Sorgen, natürlich wirkt es. Du hast Großes vollbracht! Wir alle stehen tief in deiner Schuld.«

»Und die anderen?«

»Müssen warten. Wenn du sauber gearbeitet hast, ist alles gut. Und du hast doch sauber gearbeitet, oder?«

Er nickte.

»Wichtig ist, dass du weiterhin schweigst. Sie würden es nicht verstehen. Sie würden alles zerstören. Das verstehst du doch, oder?«

# FÜNF

»Also, Katzen gab's bei dem zweiten Opfer, bei Benno Kranich, keine. Es muss aber mal welche gegeben haben. Wir haben Futterbeutel gefunden. Und schon im Bericht der Kollegen, die der Vermisstenanzeige auf den Grund gegangen sind, steht was von bestialischem Gestank, der ihnen aus den Kellerräumen entgegenschlug. Katzenurin, Exkremente und anderes Appetitliches.« Palle blätterte in seinen Unterlagen.

»Hm, fragt sich, wo das Tier beziehungsweise *die* Tiere jetzt sind.« Ohlsen beobachtete Sinje, wie sie telefonierte.

»Wohl eher die. Die Kisten in seinem Keller sahen verdächtig nach Wurfboxen aus.«

»Und keiner in seinem Umfeld wusste, dass er Katzen hatte?«

»Welches Umfeld?«

»Die alte Frau, um die er sich manchmal kümmerte ...«

»Frau Hilper.«

»Ja. Die erzählte doch von Leuten, die sich, zeitgleich mit seinem Verschwinden, nach Benno Kranich erkundigt haben. Sind wir da weiter?«

»Noch nicht. Die Telefonnachweise werden gerade abgeglichen, sein Rechner ist in der KT. Der Bericht der Kollegen, die der Vermisstenmeldung nachgegangen sind, lässt die Vermutung zu, dass die Leute wegen der Katzen dort waren.« Wieder blätterte Palle in der Akte. »Frau Hilper hat ausgesagt, es habe ständig geklingelt und immer sei es um Katzen gegangen. Das wäre mehr als verwunderlich gewesen, da sie gar keine habe.

Und dass Benno Kranich welche besaß, war ihr vollkommen neu. Sie war der Ansicht, er möge keine Tiere.«

»Gut. Es sieht also alles danach aus, dass der Tote einen Wurf abzugeben hatte und es Interessenten gab. Die gilt es zu finden. Da die Wohnung leer war, scheint die Übergabe noch erfolgt zu sein. Dann wären die neuen Besitzer der Kitten vielleicht die Letzten, die Benno Kranich lebend gesehen haben.«

»Und das Muttertier, wo ist das?«

»Katzen gehen ihre eigenen Wege.« So wie Lies, dachte Ohlsen. »Es schnorrt sich wahrscheinlich bei der Nachbarschaft durch.«

»Was ist mit den Daten aus seinem Handy?«

»Unter den Fotos und Chatverläufen haben wir nichts Auffälliges finden können.«

»L1 ist identifiziert«, rief Sinje plötzlich. »Das künstliche Kniegelenk konnte zugeordnet werden.«

»Der Typ aus Harrislee?«

»Nö. Aus Klüfterhöft.«

»Aus dem Nachbarort? Und keine passende Vermisstenmeldung? Man sollte meinen, in einem derart beschaulichen Ort fiele es auf, wenn jemand über längere Zeit fehlt.« Palle schüttelte erstaunt den Kopf.

»Theo Bretschneider, wäre jetzt siebenundsiebzig«, fuhr Sinje fort. »Ehemaliger Hausmeister. Witwer. Wie es aussieht, hat er allein gelebt.«

»Könnte das die Gemeinsamkeit sein? Beide lebten allein. Niemand hat sie vermisst. So blieben die Morde lange unentdeckt«, mutmaßte Ohlsen.

Aber Sinje schüttelte den Kopf. »Ich denke nicht. Wenn sich das hier«, sie trat an ihren Computer und öffnete eine Datei, »bestätigen sollte, wurde L3 definitiv vermisst.«

Ohlsen und Palle folgten ihr, sahen neugierig auf den Bildschirm.

»Miriam Reiter? Du meinst, sie ist unsere L3? Wie kommst du auf sie?«

»Über den Zahnstatus. Es fehlt nur noch die offizielle Bestätigung. Ging deshalb so schnell, weil sie in der Vermisstendatenbank aufgetaucht ist.«

»Von wem gemeldet?«

»Ihrer Lebensgefährtin Emma Hansen«

»Wann?«

»Am zwölften November zweitausendzwanzig. Die beiden sind in Flensburg gemeldet. Reiter war, beziehungsweise *wäre* jetzt fünfunddreißig Jahre alt. Von Beruf Bürokauffrau.«

»Geh die alte Akte durch, Sinje. Wurden Handydaten ausgewertet? In welche Richtung gingen die Ermittlungen damals? Wir brauchen alle Infos!« Versonnen rieb Ohlsen sich den kurzgestutzten Kinnbart. »Wonach sucht er sich seine Opfer aus? Wo liegt die Gemeinsamkeit?«

»Er? Du glaubst an einen männlichen Täter?«

»Solange ich keine Todesursache habe, glaube ich gar nichts. Palle, was haben die Befragungen der Bewohner rund um das Moor ergeben?«

»Stopp!«, schrie plötzlich jemand auf dem Gang. Es klang nach einem Handgemenge. Die drei liefen in Richtung Empfang.

»Ich will *sofort* zu ihm! – Ah, Herr Ohlsen! Sie ist es! Meine Mutter! Der Henker von Thorsberg hat auch sie ermordet, oder?«

Der Henker von Thorsberg? Sinje zog die Augenbrauen hoch.

»Frau Röddinghaus-Bruun!« Ohlsen nickte dem Beamten zu, der seine liebe Not hatte, die Frau davon abzuhalten, die Wache zu stürmen. »Beruhigen Sie sich, es ist *nicht* Ihre Mutter, so viel steht fest.«

Erleichtert und völlig erschöpft sank die Frau auf den Stuhl, den Palle ihr geistesgegenwärtig untergeschoben hatte. »Ich kann das nicht mehr! Verstehen Sie? Ich weiß, dass Mutti was zugestoßen ist!«

Sinje reichte ihr einen Kaffee.

Dankbar nahm sie einen Schluck. »Wie können Sie sich so sicher sein?«

»Die Tote ist viel jünger.«

Einen Moment lang ließ sie das Gehörte sacken. »Haben Sie denn jetzt den ganzen See abgesucht?«

Ohlsen räusperte sich. »So gut wie.«

Der aufgewühlten Frau schossen Tränen in die Augen. »Das heißt, sie könnte immer noch da unten liegen!«

»Nun wollen wir mal nicht das Schlimmste annehmen«, versuchte Ohlsen sie zu beruhigen. »Ich bin mir sicher ...«

»Leichenfund!« Ein aufgeregter Beamter mit rotem, verschwitztem Gesicht erschien in der Tür. »Kommissar Ohlsen? Sie haben noch eine ...« Erschrocken brach er ab, als er die warnenden Blicke der Kollegen wahrnahm.

Die hysterischen Schreie der aufgeregten Frau begleiteten Ohlsen bis in sein Büro, in dem das Telefon stand und Oltmann am anderen Ende der Leitung darauf wartete, ihn auf den neusten Stand zu bringen.

*

»Fria Svensson!«

»Das gibt's doch nicht, Lars-Emil!« Zügig durchschritt Fria den Eingangsbereich des Museums. »Was treibt dich denn her?«

Mit weit geöffneten Armen nahm er sie in Empfang. »Die reine Neugier.«

Sie erwiderte seine sanfte und unaufdringliche Umarmung. Gut sah er aus. Die Haut leicht gebräunt, die Augen strahlend und das altbekannte sympathische Lächeln, das schon immer jede Gegenwehr zum Schmelzen gebracht hatte – er hatte sich kaum verändert.

»Die Neugier, so, so.«

Er ließ sie los und drehte sich um seine eigene Achse, wobei er anerkennend den Blick schweifen ließ. »Da hast du dir also eine Festanstellung an Land ziehen können. Und dann noch eine in leitender Position, nicht schlecht!«

»Na ja, die Dänen sind da etwas großzügiger als die Deutschen.«

»Wem sagst du das!« Lars-Emil zog wissend die Augenbrauen hoch. »Ich hangele mich immer noch von einem Werkvertrag zum nächsten.«

»Komm, ich zeig dir alles. Oder musst du gleich weiter?«

»Aber unbedingt!«

Fria winkte der Empfangsdame zu und führte ihren ehemaligen Kommilitonen durch die Ausstellung. Ihr gefiel, wie interessiert er sich die Exponate anschaute und sie, trotz seines sicherlich großen Wissens, nicht zu dominieren versuchte. Die Zeit verging wie im Flug. Zeit, die sie eigentlich gar nicht hatte.

»Es war wirklich schön, dich wiederzusehen«, meinte sie nach fast drei Stunden und blickte verstohlen auf ihre Armbanduhr.

»Das war es. Ich nehme an, du hast keine Zeit, mit mir Mittagessen zu gehen?«

Fria zögerte. Sie hatte nicht einmal mehr Zeit für eine Kaffeepause. Andererseits hatten die beiden sich irre lange nicht mehr gesehen, um genau zu sein, seit sechs Jahren. Und ihre gemeinsame Studienzeit lag noch länger, weit über zehn Jahre, zurück.

»Komm mit, ich zeig dir, wo ich arbeite. Mittagessen geht nicht. Aber einen Kaffee kann ich dir anbieten. Wie kommt es eigentlich, dass du mich besuchst? Du bist doch nicht nur meinetwegen in der Gegend.«

Er erzählte ihr von einer wissenschaftlichen Arbeit und der dazugehörigen Publikation, für deren Recherche er seit einigen Wochen vornehmlich durch den Norden Europas reiste, Leute traf und Funde sowie Niederschriften studierte. »Erst gestern war ich noch in Norwegen, im Vikingskipshuset«, beendete er seine Ausführung.

Im Bürotrakt des Ørerup-Museums kam ihnen Villads entgegen. Fria konnte seine Empörung förmlich spüren. Wie hatte sie drei Stunden von der Bildfläche verschwinden können, wo es so viel zu tun gab?

Bevor er Luft holen konnte, sagte sie: »Lars-Emil, darf ich dir einen meiner kompetentesten und wertvollsten Kollegen vorstellen? Villads Riis, Naturhistoriker und Geschichtswissenschaftler. Ich wüsste nicht, wie ich ohne ihn klarkommen sollte.«

Villads Mund klappte zu. Nur die tiefe Stirnfalte ließ erkennen, wie es um seine Gemütslage bestellt war.

»Entschuldige bitte, wenn ich Fria so lange in Beschlag genommen habe. Eine tolle Ausstellung habt ihr da zusammengetragen.«

Faszinierend! Selbst bei Männern verfehlte das Lächeln ihres Ex-Kommilitonen seine Wirkung nicht.

Er streckte seine Hand aus. »Lars-Emil Hoferland, Ur- und Frühgeschichte. Fria und ich haben zusammen studiert.«

Noch leicht verschnupft erwiderte Villads die Begrüßung.

»Fria …« Alberte trat auf den Flur. Ihre Wangen waren stressgerötet, die Haare ungewohnt desolat. »Ich könnte wirklich Verstärkung gebrauchen. Es gibt nicht genug Zimmer, die Bestuhlung reicht nicht, dem Caterer fehlt es an Personal und Professor Doktor Doktor Ó Riagáin macht mich wirklich fertig mit seinen Sonderwünschen.«

»Steht was Besonderes an?« Lars-Emil lächelte Alberte verständnisvoll zu.

»Das Ørerup-Museum richtet ein dreitägiges Symposium aus. Schade, du bist ein paar Wochen zu früh!« Fria wandte sich an Villads. »Ob du dem Kollegen den Weg zur Kaffeemaschine zeigen könntest? Bin gleich wieder da.« Dann folgte sie Alberte in ihr Büro.

*

Ohlsens kurzärmeliges Hemd wies großflächige Schweißflecken auf. Trotz voll aufgedrehter Klimaanlage fühlte er sich, als hätte er Fieber – hohes Fieber. Noch vor wenigen Tagen war es nur die Hitze gewesen, die ihm das Leben schwer gemacht hatte. Na ja, und vielleicht der Umstand, dass Lies überall anders glücklich zu sein schien, nur nicht bei ihm. Und dann war die Hölle über sie hereingebrochen. Eine vierte Leiche! Und noch immer gab es Stellen des Sees, die nicht untersucht worden waren.

Flensburg hatte ihn unverzüglich antreten lassen. Das hier war zu groß für Norgaard, da waren sich beide Seiten einig. Es war eine SOKO gegründet worden. Sehr zu seiner eigenen Überraschung – mit ihm als Leitung. Zwei weitere Ermittler waren ihm zugeteilt worden. So waren sie in der Sonderkommission Bog Body nun zu sechst. Dafür hatte man ihnen alle anderen Fälle entzogen, auch den der kleinen Tilda. Ohlsen wusste, dass diese Entscheidung richtig war, trotzdem, für ihn fühlte sie sich falsch an. Das Schicksal der Kleinen ging ihm nahe. Und nicht nur ihm. Palle hatte sich aufgebracht vor ihm aufgebaut: »Und was, wenn beide Fälle zusammenhängen?«

»Wir wollen nicht hoffen, dass diese kranke Seele auch noch Kinder im Moor entsorgt.« Ohlsen hatte ihm verständnisvoll auf die Schulter geklopft. »Du weißt, wie unwahrscheinlich das ist, Palle.«

Zähneknirschend hatte der sich seinem Schicksal gefügt und den beiden Neuen beim Einrichten ihrer Arbeitsplätze geholfen.

Die Befragungen und deren Auswertungen im Umkreis des Moores liefen. Es blieb jedoch schwierig. Der sonst so beliebte See war in den letzten Wochen von vielen gemieden worden. Baden wollte in dieser Brühe niemand, auch weil das Wasser für eine Abkühlung viel zu warm war. Und die große Anzahl der Mücken vertrieb selbst die hartgesottensten Spaziergänger, Jogger und Picknick-Liebhaber.

Und was war mit der Zeit vor der großen Hitze? Ohlsen

seufzte. Sie wussten ja nicht einmal mit Gewissheit, wie lange die einzelnen Körper am Grund des Sees gelegen hatten, auf welchen Zeitraum sich die Befragungen konzentrieren mussten. Die Gerichtsmedizin bat weiterhin um Geduld. Allerdings wurde die Stimmung mit jedem Anruf gereizter. Man stöhnte unter der stetig wachsenden Zahl der Leichen und unter den besonderen Begebenheiten. Eine Expertin für Wasserleichen war angefordert worden, die jedoch würde erst im Laufe des Tages eintreffen. Man hatte Wasser- und Sedimentproben des Sees entnommen, die Temperaturen der vergangenen Tage, Wochen und Monate recherchiert. Es galt, die chemisch-physikalischen Puzzleteile zu einem passenden Ganzen zusammenzufügen. Bis das allerdings von Erfolg gekrönt sein würde, mussten Ohlsen und sein Team auf die klassische Ermittlungstätigkeit setzen und das Umfeld der Opfer, deren Tagesabläufe, Kontakte, berufliche Hintergründe und Hobbys durchleuchten. Mit ein bisschen Glück fanden sie Gemeinsamkeiten.

»Carstensen!« Ohlsen wandte sich der neuen Flensburger Kollegin zu. »Sie nehmen sich L1, den Hausmeister Theo Bretschneider, vor. Krempeln Sie alles auf links, kehren Sie das Unterste nach oben. Ich will jedes noch so kleine Detail über den Mann wissen. Das Wenige, das wir bislang haben, reicht mir nicht. Der Mann war siebenundsiebzig. Auch wenn er weder Handy noch Internetanschluss hatte, da muss es mehr geben als eine Adresse und einen Rentenbescheid.«

Cilla Carstensen nickte. Sie rief die Akte auf und druckte sich die Informationen aus. Danach verließ sie eilig das Büro.

Zwei weitere Whiteboards wurden in den Raum geschoben.

Ohlsen nahm sie entgegen. »Ah, danke. Palle? Jedes Opfer bekommt ein eigenes Board. Wir fangen immer links mit dem Familienhintergrund an, gehen über die beruflichen Kontakte bis hin zu Hobbys und Gewohnheiten. Schieb sie alle nebeneinander. Sobald wir eine Ahnung vom jeweiligen Todeszeitpunkt haben, ordnen wir die Position der Tafeln dementsprechend. Links Vergangenheit, rechts Gegenwart. Dem Zustand der Leiche zufolge und davon ausgehend, dass er erst am letzten Samstag als vermisst gemeldet, beziehungsweise am Mittwoch davor, also dem elften August, auf der Arbeit gesehen wurde, würde ich sagen, Benno Kranich kommt nach ganz rechts.«

Palle schob die Boards nebeneinander und verteilte die Fotos und Notizen.

Ohlsens Handy vibrierte.

Oltmann vermeldete, dass L4 auf dem Weg in die Gerichtsmedizin war. »Außerdem will ich eine Luftaufnahme des Sees mit den darin verzeichneten Fundorten«, beendete der Kommissar seine Anweisungen.

*

Fria lehnte sich schnaufend zurück. Ihr Magen knurrte, der Appetit blieb trotzdem aus. Es war einfach zu stickig. Wenigstens hatte sie die letzten vier Stunden hochkonzentriert arbeiten können und war tatsächlich ein paar entscheidende Schritte vorangekommen. Was aber maßgeblich zu ihrer Zufriedenheit beitrug, war, dass sie es geschafft hatte, einen weiteren Aufschub der Baumaßnahmen des Biogasareals auszuhandeln. Sehr zu ihrer eigenen Überraschung. Natürlich hatte sie die Bedeutung der Funde und die Einmaligkeit der Verfärbungen des Areals und die darauf zurückzuführenden wissenschaftlichen Auswertungen hervorgehoben! Trotzdem glaubte sie nicht, dass es daran gelegen hatte. Ihre Erfahrung belehrte sie eines Besseren. Die außergewöhnliche Wetterlage war eine nicht zu unterschätzende Belastung für Mensch und Maschine, und auch die Bauindustrie klagte über Fachkräftemangel. Fria hielt es für wahrscheinlicher, dass der Unternehmer strukturelle Probleme hatte. Glücklicherweise konnte er nun den schwarzen Peter an das Kulturamt weiterreichen und musste keine Strafzahlungen für verspätete Fertigstellung fürchten. Ihr war es egal. Hauptsache, sie bekamen mehr Zeit.

Ihr Handydisplay leuchtete auf. Eine Nachricht von Lars-Emil. Sie hatten Nummern ausgetauscht, wollten lockeren Kontakt halten.

»Darf ich dich heute Nacht zum Essen einladen? Mitternachtsmenüs sind bei diesen Temperaturen sehr angesagt«, las sie.

Fria lächelte und tippte: Melde mich, wann ich hier rauskomme. Vielleicht klappt es ja auch schon fünf vor zwölf … Augenzwinker-Emoji.

Zurück kam ein »Daumen hoch«.

»Okay«, murmelte sie, »wie wär's, wenn ich diesen Text noch zu Ende bringe …« und klickte auf eine der Computerdateien. Gleichzeitig wanderten ihre Gedanken ab zum Thorsberger Moor. Wie weit Palle und die anderen wohl gekommen waren? Ob es etwas Neues gab? Sie ging ins Internet und sah sich die aktuellsten Nachrichten an.

»Oh *nej*!« Erschrocken las sie von drei weiteren Leichenfunden. Der letzte Bericht war gerade einmal zwei Minuten zuvor eingestellt worden.

*

Die Nachricht über den Fund der fünften Leiche erreichte Ohlsen während der Vernehmung von Emma Hansen, der Lebensgefährtin von Opfer Nummer drei. Der zahnmedizinische Abgleich hatte die Bestätigung gebracht: Es handelte sich um die Bürokauffrau aus Flensburg, Miriam Reiter.

Eine knappe halbe Stunde später trat er aus dem Verhörraum. Ein fragender Blick reichte, um von Palle über die Fakten zum neuesten Leichenfund informiert zu werden.

»Weiblich, identische Fesselungen und Positionierung.«

»Zustand?«

»Ähnlich schlecht wie der von Theo Bretschneider.«

»Das heißt, auch sie lag schon etwas länger dort unten.«

»Anzunehmen.« Palle rieb sich die verschwitzte Stirn. »Was hat die Befragung der Lebensgefährtin von Miriam Reiter ergeben?«

»Es kriselte in der Beziehung. Angeblich kam es immer wieder zu unschönen Szenen aufgrund von Eifersucht. Frau Reiter hat wohl des Öfteren von Trennung gesprochen.«

»Begründete Eifersucht?«

»Die Lebensgefährtin meint, es habe daran gelegen, dass Miriam engere Vorstellungen von Treue gehabt habe als sie selbst. Wir sollten das Umfeld der beiden befragen.«

»Hm, die anderen Leichen machen es schwierig, den Mord an Miriam Reiter als Beziehungstat zu sehen.«

Ohlsen zuckte ratlos mit den Schultern. »Fischer, wo sind Sie gerade dran?«

Der neue Flensburger Kollege räusperte sich. »Sinje und ich sind immer noch dabei, die Meldungen verdächtiger Personen und Fahrzeuge abzuarbeiten. Nicht so einfach, da der Parkplatz am Zugang des Wäldchens, und damit des Sees, häufig von Handwerkern und Außendienstlern für ein Päuschen genutzt wird.«

Ohlsen nickte. »Fahren Sie raus zum Moor und lösen Sie Oltmann, ähem, Kollege Schmidt ab. Wenn möglich, sprechen Sie mit den Tauchern und fragen Sie sie, was alles nötig war, um die Leichen dort unten zu fixieren. Ob man unbedingt eine Ausrüstung und Taucherfahrung braucht. Weisen Sie die Spusi an, das Gelände auf Zugangsmöglichkeiten hin zu untersuchen. Welche Wege kann der, können die Täter genommen haben, um die Leichen dort hinzuschaffen, auszuladen und auf den See zu bringen, und das, ohne von irgendjemandem gesehen zu werden? Sie sollen die unterschiedlichen Wasserstände berücksichtigen.« Ohlsen rieb sich den Dreitagebart. »Das will einfach nicht in meinen Kopf! Ich meine, so 'ne Leiche passt doch in keinen Picknickkorb.« Grübelnd wanderte sein Blick zu den Whiteboards. »Sinje? Ich will wissen, wer *regelmäßig* am Thorsberger Moor verkehrt, sich vielleicht sogar auf dem See aufhält und über ein geeignetes Transportmittel verfügt. Interessant sind auch die, die niemand verdächtigen würde. Leute von der Stadt, die dort sauber machen, der zuständige Förster des Moorgebiets, Angler, Mitarbeiter der Denkmalschutzbehörde oder des Museums, et cetera, et cetera. Wenn sie selbst nichts mit der Sache zu tun haben, so haben sie vielleicht doch etwas gesehen.«

Sinje nickte.

»Ich fahr rüber zur Gerichtsmedizin. Expertin hin oder her. Ich brauch jetzt Ergebnisse!«

*

So viele Monate der Hitze – und die dicken Wände strahlten immer noch angenehme Kühle ab. Man trat durch die grob beplankte Holztür und war in einer anderen Welt. Eigentlich schön. Wenn der Ort nicht so ein mieses Karma hätte. Sie hatte versucht, es auszumerzen und mit ihren eigenen Taten, mit ihrer eigenen Realität zu überschreiben, doch der Dreck vergangener Tage blieb. Dreck, der sich auch jetzt wieder auf sie legte, in ihre Poren eindrang und an den Schleimhäuten kratzte. Sie blinzelte, wartete das bunte Netzhautgewitter ab, atmete widerwillig die Fäulnis der Vergangenheit ein. Sie hasste diesen alten Schuppen und doch ließ er sie nicht los. Aber jetzt hatte er eine neue Bestimmung. Er würde seinen Beitrag leisten. Als Wiedergutmachung. Er würde ihr helfen, sich zu befreien. Endlich, ihre Augen hatten sich an das trübe Licht gewöhnt. Wachsam schob sie sich weiter, bis zu dem imposanten Pfosten, hinter dem die Matratze lag.

»Tilda?«

Keine Antwort.

War die Kleine etwa weg?

Sie umrundete den Pfeiler und blieb vor dem Lager stehen. Das kleine Bündel Mensch, das dort zusammengekauert lag, regte sich nicht. Sie ging in die Hocke und stupste das Mädchen an. »Tilda, Süße, schläfst du?«

Der Körper zeigte keine Reaktion.

Sie rüttelte kräftiger, doch nichts passierte.

Wütend sah sie sich um. Die Wasserflaschen waren leer. Weit und breit nichts Essbares.

Sie sprang auf. Ihre Augen funkelten. Er hatte es verbockt! Der verdammte Idiot hatte ihre Kleine einfach gehen lassen und damit alles kaputt gemacht! Sie hätte sich nicht auf ihn verlassen dürfen! Aus ihrer Kehle drang ein Knurren, das in einem aggressiven Schrei endete.

*

»Schöne Scheiße, die du mir da angeschleppt hast, Ohlsen.« Ebba Sigmundsen musterte ihn über den Rand ihrer riesigen knallroten Hornbrille hinweg.

»Wem sagst du das?« Der Kommissar blieb in respektvollem Abstand zum Obduktionstisch stehen und hielt sich die Nase zu.

Sigmundsen griff in ihre Kitteltasche und wedelte mit einem kleinen Döschen. »Unter die Nase schmieren. Wenn das nicht hilft, hinter dir, in der Schublade sind Nasenklammern.«

Eilig begann er, die parfümierte Salbe zu verteilen. »Uo-ha, Ebba, wie hältst du es hier nur aus?« Unfassbar, wie sehr der Verwesungsgeruch die Gerichtsmedizin in Beschlag genommen hatte – und das trotz der Absauganlagen.

»Deine erste Wasserleiche?«, näselte sie und sah ihn mitleidig an. »Na komm, wir gehen kurz raus.«

Ohlsen nickte dankbar.

Zwei Räume weiter, in der kleinen Kaffeeküche, saß ein ziemlich jung aussehender, extrem blasser Mann, der Böses ahnend aufsah, als sie eintraten.

»Keine Angst, Herr Boeffel, Sie haben noch einen Moment. Kommissar Ohlsen hätte nur gern einen Kaffee.«

Hartmuth Boeffel hatte sein Medizinstudium vor Kurzem beendet, war Ende zwanzig, wirkte aber wie höchstens achtzehn und arbeitete noch nicht sehr lange unter Sigmundsen. Augenscheinlich waren es auch *seine* ersten Wasserleichen.

Ohlsen bezweifelte, dass seine Geschmacksknospen bereit wären für einen Kaffee, sagte jedoch nichts, als Boeffel ihm die Tasse reichte.

»Wie ich dir schon am Telefon sagte, es bleibt schwierig. Ich bezweifle, dass wir dir den genauen Todeszeitpunkt überhaupt werden nennen können. Wasserleichen unterliegen extrem beeinflussenden Faktoren.«

»Heißt es nicht immer, unter Wasser braucht es doppelt so lange, bis ein Körper sich zersetzt hat, wie an der Luft?«

Den Sturm erwartend, zog Boeffel die Schultern zusammen und den Kopf ein.

Ebbas Blick sprach Bände. Sie seufzte und holte tief Luft. »Glaubst du nicht, ich hätte dich informiert, wenn es so einfach wäre? An der Luft hast du nahezu gleichbleibende Sauerstoffverhältnisse. Sauerstoff ist maßgeblich verantwortlich für den Verwesungsprozess. Wärme beschleunigt ihn, auch unter Wasser. Kälte hingegen hat den gegenteiligen Effekt. Hinzu kommen die Fraßspuren von Tieren, die Schäden durch Strömungsabrieb, Schiffsschrauben …«

»Na ja, Schiffe und Strömung können wir ja wohl außer Acht lassen, richtig? Ich dachte immer, im Moor gibt es keinen Sauerstoff. Müssten unsere Leichen nicht mumifiziert sein?«

»Das Thorsberger Moor ist heute mehr See mit Wald als Moor.

Es war mal ein kleines Hochmoor, aber das ist lange her. Es gelten also die Regeln eines Süßwassersees. Nun hatten wir einen sehr milden Winter, letztes Jahr einen heißen Sommer, und jetzt ist es seit Wochen wieder extrem heiß und trocken. Hitze und Sonne begünstigen das Algenwachstum. Algen wiederum produzieren viel Sauerstoff.«

»Heißt in unserem Fall, die Verwesung der Leichen ist besonders schnell vonstattengegangen.«

»Nicht unbedingt. Hat sich die Wasseroberfläche sehr aufgeheizt, wird der Temperaturunterschied zu den tieferen Bereichen zu groß, kommt der Austausch der Wasserschichten zum Erliegen. Es entsteht eine Art Barriere, die sogenannte Thermokline. Wir haben also oben viel Sauerstoff, dafür unten kaum noch was, im schlechtesten Fall gar nichts mehr. Die Zersetzung der Pflanzenfasern umgebender Vegetation beschleunigt den Prozess. Pflanzenteile fallen ins Wasser, legen sich auf den Grund oder schweben herab. Ihr Zersetzungsprozess verbraucht Sauerstoff, an dem es dann in Grundnähe mangelt. Ein geringes Maß Sauerstoff bremst den Verwesungsprozess aus.«

Verwirrt sah Ohlsen die Gerichtsmedizinerin an. Beschleunigen, ausbremsen, was denn jetzt? Alles, was er brauchte, war eine zeitliche Einschätzung, mit der er arbeiten konnte. Das musste doch wohl irgendwie möglich sein. »Unsere Leichen waren am Grund des Sees fixiert.«

Sigmundsen nickte. »Was wir sagen können, ist, dass sie alle, bis auf die Leiche von Benno Kranich, länger als drei Monate im Wasser gelegen haben müssen. Alles andere wäre wilde Spekulation.«

»Die Todesursache?«

»Ähnlich schwierig. Kranich gibt uns noch die meisten Hinweise. Der identifizierte ältere Herr …«

»Theo Bretschneider.«

Die Gerichtsmedizinerin nickte. »Richtig, Bretschneider. Für aussagekräftige Ergebnisse aus Proben von Organen und Weichteilen hat er zu lange im Wasser gelegen. Wir untersuchen seine Knochen auf Gewalteinwirkung. Auch die anderen beiden Opfer geben keinen Grund zur Hoffnung. Eines kann ich aber sagen, Kranich ist nicht ertrunken.«

»Weil er kein Wasser in der Lunge hatte!«, warf Ohlsen ein, sicher, nun mit etwas Wissen aufwarten zu können.

Boeffel verdrehte die Augen.

»Jede Leiche, die sich eine gewisse Zeit unter Wasser befunden hat, hat Umgebungsflüssigkeit in ihrer Lunge. Egal ob es durch die Aspiration oder post mortem hineingelangt ist. Nein, der fehlende Schaumpilz ist ein aussagekräftiges Indiz. Er bildet sich, wenn …«

Ohlsen hob abwehrend die Hände. »Ich bewundere dein umfangreiches Fachwissen und vertraue voll und ganz darauf.«

»Da wir – außer der Schnittverletzung des Oberbauchs – keine Eintritts- oder Schlagwunden gefunden haben, die Kranichs Tod erklären würden, hoffen wir nun auf den toxikologischen Befund und die Analyse des Mageninhalts.«

»Richtig, was ist mit den Ritzungen des Bauches?«

»Nicht allzu tief. Sauber ausgeführt. Eindeutig post mortem. Interessant ist, dass es sein könnte, dass auch den anderen Opfern Schnitte zugefügt wurden. Professor Doktor Hugh ist gerade dabei, das genauer zu untersuchen.«

»Doktor Hugh?«

»Ja, die Expertin für Wasserleichen. Sie ist … schon ganz gut, glaube ich. Trotzdem: Erwarte keine Wunder! Wenn überhaupt noch Material vorhanden ist, können es auch Tiere gewesen sein, die …«

»Die Fraßspuren, ich weiß. Das heißt, mit etwas Glück könnt ihr sagen, dass, aber nicht welche Ritzungen auf den anderen Körpern zu finden gewesen wären?«

»So ungefähr.«

»Noch was?«

»Das Material, mit dem die Körper am Grund des Sees fixiert wurden. Eine relativ reißfeste Naturfaser, mehrfach gedreht und ineinander verflochten, um sie haltbarer zu machen. Erinnert ein bisschen an die Stücke der alten Seilmacher. Heutzutage benutzt man im Allgemeinen synthetische Materialien, weil sie, bei geringerem Gewicht, stabiler und scheuerfester sind. Vielleicht lohnt es sich, die Seile in den Fokus zu stellen. Die Zusammensetzung der Faser und eine Dokumentation der Knoten habe ich dir geschickt.«

»Was ist mit dem Finger aus der Dose? Haben wir ein Geschlecht oder eine Einschätzung des Alters?«

»Bring mir das dazugehörige Becken oder den Schädel, dann bekommst du das Geschlecht. Der ehemalige Besitzer war auf jeden Fall erwachsen und im letzten Drittel seines Lebens angekommen.«

Langsam und mit ernster Mimik drehte Ohlsens Zeigefinger den Pott mit dem unangetasteten Kaffee in Kreis herum. »Ebba?«

Sie seufzte. »Ich weiß, Leiche Nummer fünf ist auf dem Weg. So langsam gehen mir die Kühlfächer aus.«

*

Es war kurz nach halb neun abends, als Fria beschloss, einen winzigen Schlenker über Norgaard zu machen, bevor sie auf dem heimatlichen Balkon noch eine kleine Homeoffice-Einheit anhängen wollte. Sie wusste selbst nicht so recht, warum sie hinfuhr. Nein, falsch, natürlich wusste sie es! Sie wollte wissen, was die Ermittler bislang herausgefunden hatten. Dumm nur, dass die ihre Erkenntnisse nicht mit ihr würden teilen wollen.

Ein letztes gequältes Seufzen der Stoßdämpfer ihres R4, und sie war da. Der prüfende Blick in den verdrehten Rückspiegel zeigte ein für diese Temperaturen einigermaßen passables Abbild – das ging deutlich schlimmer. Und beim vorsichtigen Schnuppern am Stoff ihrer Bluse meinte sie herauszuriechen, dass der Duft ihres Deos überwog. Mehr konnte man nicht verlangen. Entschlossen steuerte sie die Eingangstür der Wache an. Bei fünf Leichen in drei Tagen sollte man meinen, dass der Feierabend für alle Beteiligten bis auf Weiteres gestrichen war.

Oder doch nicht? Bis auf den wachhabenden Uniformierten, der nun fragend aufsah, war der große Empfangsraum der Station ruhig und leer.

»*Hej*, mein Name ist Fria Svensson. Ich bin Mitarbeiterin des Ørerup-Museums und wurde als Beraterin im Fall der Wasserleichen von Thorsberg hinzugezogen. Könnte ich wohl mit einem der Ermittler sprechen, mit Kommissar Ohlsen oder … Palle?« Peinlich, sie konnte sich nicht erinnern, wie der nette Polizist richtig hieß.

Ein paar Sekunden später kam er von hinten aus dem Bürotrakt. Der, den alle nur Palle nannten. Sein Lächeln wirkte ehrlich. »Frau Svensson! Was kann ich für Sie tun?«

»Ich hoffe, ich kann etwas für *Sie* tun! Es geht um die Bauchritzungen.«

Erstaunt hob Palle die Augenbrauen, wies mit den Händen in Richtung Gang. »Bitte.«

Die Ruhe des Empfangsbereichs täuschte. In dem Großraumbüro und den angrenzenden Räumen, die meisten hatten ihre Türen weit geöffnet, herrschte geschäftiges Treiben. Eine Wand aus verbrauchter, warmer Luft schlug ihr entgegen. Der Polizist führte Fria in einen kleinen Nebenraum, zeigte auf einen der zwei Stühle. »Nehmen Sie doch Platz!«

»Wurden die Bauchritzungen schon von einem Experten begutachtet?«

»Wir haben gleich mehrere konsultiert.«

»Und sie sind alle zu demselben Ergebnis gekommen, richtig?«

Ihr Gegenüber lächelte erwartungsvoll. »Das da wäre?«

»Dass es zwar Ähnlichkeiten und geringfügige partielle Übereinstimmungen gibt, die Zeichen ansonsten jedoch keiner bekannten Schrift oder Symbolik zugeordnet werden können.«

Palles Grinsen wurde breiter. »Aber Sie, Sie haben das Rätsel entschlüsselt und wissen, was es damit auf sich hat.«

»Oh, das wäre schön. Aber nein, leider nein. Stoppen Sie mich, falls die Expertengespräche erahnen lassen, dass ich auf dem Holzweg bin. Ich glaube, dass wir es mit jemandem zu tun haben, der sich seine eigene Symbolik erschaffen hat. Das kann insofern wichtig sein, als dass die Zeichen ja trotzdem eine Bedeutung haben. Sie dienen als Hilferuf, als Beschwörung oder Abschreckung, als etwas Ritualbegleitendes. Sie dienen der Kommunikation. Kommunizieren kann man jedoch nur dann, wenn man verstanden wird. Wenn es irgendwo jemanden gibt, der die Zeichen deuten kann. Würde es sich um eine alte dokumentierte Schrift handeln, könnte man sagen, der Täter strebt danach, von einem kleinen elitären Kreis verstanden zu werden. So aber …«

»Sie meinen, es muss jemanden geben, der eingeweiht ist. Einen Komplizen?«

»Der Täter könnte natürlich auch jemand sein, der vollkommen irrational handelt und in seiner eigenen Welt lebt. Da haben es die Gesetze der Logik schwer. Aber ansonsten … ja. Ich würde sagen, wir haben es mit zwei Tätern zu tun. Oder mehreren. Zumindest Mitwisser sollte es geben.«

»*Wir*?«

Fria lächelte beschämt. »Entschuldigung. Ich war auch mal bei dem Verein – bevor ich in die Archäologie gewechselt bin. In Dänemark.«

»Svensson. Ich hatte mal mit einem Svensson zu tun. Ein grenzüberschreitender Fall. Zweitausendsiebzehn war das, glaube ich. Na ja, der Name ist jetzt nicht so selten bei Ihnen, oder?«

»Du kannst dich nicht, äh Sie, Sie können sich nicht zufällig …«

»Du ist vollkommen in Ordnung.«

»Entschuldigung, in Dänemark ist das echt einfacher. Du weißt seinen Vornamen nicht mehr, oder?«

Palle dachte angestrengt nach, schüttelte dann bedächtig den Kopf.

»Troels?«

Sein Gesicht heiterte sich schlagartig auf. »Ja!«

»Mein Bruder. Jais konnte es eigentlich nicht sein. Und Eskild …«

Palles überraschter Gesichtsausdruck brachte Fria zum Lachen. »Ja, an uns kommst du im Grenzgebiet so schnell nicht vorbei. Alles Familie!«

»Na, dann sollte ich mich wohl demnächst in Acht nehmen.«

Fria wurde wieder ernst. »Gab es nur an einem Torso diese Ritzungen?«

Er schwieg bedeutungsvoll.

Sie verstand. Keine Informationen an Außenstehende. »Wenn auch die anderen Leichen Zeichen eingeritzt bekommen haben, könnte es auf ein Ritual hinweisen.«

»Welche Art von Ritual?« Ohlsen war unbemerkt hereingekommen.

»Die Leichname wurden alle unter Wasser fixiert, richtig? Alle in Rückenlage, mit dem Blick nach oben?« Nachdem es keinen Widerspruch gab, fuhr Fria fort. »Fast scheint es, als habe jemand viel Wert darauf gelegt, die Toten auf genau diese Weise zu bestatten. Wenn man sie einfach nur im See hätte verschwinden lassen wollen, hätte es gereicht, sie in einen Plastiksack zu stecken und irgendwie ihren Auftrieb zu verhindern.« Sie las in Palles Gesicht offenes Interesse. Ohlsen dagegen war schwerer zu deuten. Entschlossen für sie fort. »Also sollte man das Ganze unter dem Gesichtspunkt einer Bestattung betrachten! Schaut man in die Vergangenheit, bringen Menschen weltweit, religionsübergreifend in ihren Ritualen fast identische Dinge zum Ausdruck. Die Bitte um Auferstehung, um ewiges Leben oder die möglichst reibungslose Reise ins Jenseits. Letzteres, so glaubten selbst die Christen lange Zeit, war nicht selbstverständlich gegeben. Es gab die, deren Seelen sofort im Himmel oder aber in der Hölle das Jüngste Gericht erwarteten. Dann aber auch jene, die man *non valde boni* oder *non valde mali* nannte, die nicht eindeutig zugeordnet werden konnten. Die, die sich im Läuterungszustand befanden und durch Feuer und Pein gereinigt werden sollten. Es gab sogar Listen, die sogenannten Nekrologien, über die, die um ihr Seelenheil bangen mussten. Ähnliches findest du in abgewandelter Form übrigens auch in anderen Religionen.«

»Sie glauben also, unser Täter, unsere Täterin ist religiös?« Ohlsen runzelte die Stirn. »Und das Motiv der Taten?«

»Eins nach dem anderen. Religiös nicht im Sinne von christlichem Glauben. Der See ist kein geweihter Boden. Aber gläubig – ja. Die Person glaubt daran, mit dieser Art der Bestattung etwas ganz Bestimmtes zu erreichen. Etwas für sie Wichtiges. Denn dafür geht sie ein hohes Risiko ein – gibt sich wirklich große Mühe. Denkt daran, wie lange es dauert, die Leichen derart zu präparieren, an Ort und Stelle zu verbringen und zu fixieren. Und an das enorme Risiko, entdeckt zu werden. Und dann noch die Furcht davor, dass solche Rituale nicht nur Gutes für den Toten bereithalten. Neben der Bitte um Erlösung und ewiges Leben gibt es auch die Angst vor dem Bösen, das ewig bleibt.«

»Die Toten hatten weder einen Pflock noch eine Silberkugel im Herzen …« Palles Augen funkelten spitzbübisch.

Ohlsens zurechtweisender Blick ließ ihn schuldbewusst den Kopf einziehen.

Fria lächelte nachsichtig. »Kein Grund, sich schlecht zu fühlen. Im Grunde spiegelt auch die Angst vor Vampiren nichts anderes wider als eine uralte, tiefsitzende Furcht vor dem Unbekannten, ultimativ Bösen, das sich in willigen Hüllen manifestiert und unser Leben, unser Seelenheil bedroht. Wenn nicht einmal die menschlichen Hüllen sich gegen das Böse wehren konnten, das in sie hineingefahren ist, wie sollen die redlichen Bürger in ihrem Umfeld das schaffen? Kann man das Böse überhaupt vernichten? Und reicht es, die besessenen Hüllen zu töten?«

»Die Wiedergänger.« Palle sah Fria vielsagend an.

Die nickte. »Zum Beispiel. Je nachdem auf welche Region du dein Augenmerk legst, begleiten verschiedene Formen der Wiedergänger den Volksglauben. In Deutschland gab es die Nachzehrer, die nicht einmal aus ihrem Grab steigen mussten, um die Kraft aus den Lebenden zu saugen. Oder die Aufhocker, die verschiedene Gestalt annehmen konnten, auf den Rücken des Menschen sprangen, dort immer schwerer wurden, bis der unter ihnen zusammenbrach und starb. Wer in der nordischen Mythologie einem Wiedergänger begegnete, dem drohte der baldige Tod. Bei Slaven wandelten die Untoten unter den Lebenden, weil sie noch etwas zu erledigen hatten, etwas Böses, wie zum Beispiel Rache nehmen. Egal, wie du es drehst. Ein Wiedergänger bedeutete nie Gutes. Besser, man verhinderte, dass es dazu kam.«

Ohlsen seufzte. »Aus welcher Zeit stammt dieser Humbug? Ich meine, heute glauben die Menschen nicht mal mehr an Gott!«

»Anfang des zwanzigsten Jahrhunderts war das noch sehr verbreitet. Was ich mit meiner Ausführung eigentlich sagen will, ist, dass es sich vielleicht lohnt, alle Toten und ihr Tun zu Lebzeiten unter diesem Gesichtspunkt zu betrachten: Was könnten sie in den Augen des oder der Täter gemeinsam haben, dass sie eine solche Bestattung verdienten?«

Nachdem Fria gegangen war, saß Ohlsen noch lange in seinem Büro und grübelte über den schrägen Ansatz der Historikerin. Einerseits hatte sie natürlich recht. Der Aufwand, die Leichen auf diese Weise zu entsorgen, war nicht unerheblich, das Risiko, dabei gesehen zu werden, indes groß. Andererseits konnte jemand auch einfach nur versucht haben, auf Nummer sicher zu gehen und die Leichen für Jahrzehnte oder gar für immer verschwinden zu lassen. Niemand wäre auf die Idee gekommen, in diesem See nach ihnen zu suchen. Kein Regen hätte Erde aufweichen und Leichname frei spülen, kein Förster über sie stolpern und kein Wildtier sie ausbuddeln können, wie nach einer Entsorgung im Wald oder auf einer Wiese. Die Fünffachfixierung am Grund sprach für Gründlichkeit, dafür, dass es keine der Leichen schaffen sollte, ihren Platz zu verlassen und doch noch entdeckt zu werden. Und die Bauchritzungen, von denen er nicht einmal wusste, ob sie bei allen Leichen vorhanden gewesen waren …? Vielleicht einfach nur ein Fetisch. Somit könnten auch die Opfer einfach nur Zufallsopfer sein. Zur falschen Zeit am falschen Ort. Der Täter jemand, der Spaß daran hatte, Gott zu spielen und Leben zu beenden. Einer, der sich seit Monaten ins Fäustchen lachte, weil niemand sein Tun bemerkte und ihn stoppen konnte, ein Serienmörder. Und der Ort, an dem er seine Opfer entsorgte, stand nun im Fokus der Medien. Man hatte ihn einer wichtigen logistischen Option beraubt. Was würde er nun tun? Könnte so jemand überhaupt aufhören? Und wenn nicht, wohin brächte er zukünftig seine Leichen?

Ein weiterer Gedanke ließ Ohlsens nicht los. Keinem der Toten fehlte ein Fingerglied. Wo war der Mensch, zu dem der Knochen aus der Dose gehört hatte? Hatte der überhaupt irgendetwas mit den Fällen zu tun?

# SECHS

Fria beeilte sich. Die Zeit war wie im Flug vergangen. Erst der Besuch auf dem Revier, dann die große Runde mit Bølle und danach hatte sie sich in ihrem Artikel verloren. Na ja, verloren hatte sie eigentlich nur ständig den Faden. Ihre Gedanken hingen einfach zu sehr an dem Gespräch mit Palle und Ohlsen.

Sie sprang aus der Dusche, wischte über das beschlagene Display ihres Handys und fluchte. Lars-Emil würde jeden Moment hier sein. Sie schlang sich ein Handtuch um den Kopf und stürzte aus dem Bad. Der Kleiderschrank offenbarte Tragisches. Sie musste dringend waschen. Luftig leichte Sommerkleidung – Mangelware. Einzig ein knielanges, geblümtes Kleid sprang ihr ins Auge. Oben tief dekolletiert, unten weit. Das hatte sie schon ewig nicht mehr angehabt. Jedes Jahr wieder nahm sie es in die Hand und überlegte, es endlich auszusortieren.

»Egal, bevor ich in dicker Cordhose und Rollkragenpulli losziehen muss …«, murmelte sie und schlüpfte hinein.

Ein Geräusch an der Haustür. Gleich darauf hörte sie Martens Stimme. »*Hej*, Bølle, mein Freund. Ist dein Frauchen auch da? Fria? Wo steckst du?«

»In der Maske!« Fria beugte den Kopf nach vorn und rubbelte entschieden ihre Haare trocken.

»Du willst noch weg?« Nun war die Stimme direkt hinter ihr.

Schwungvoll richtete sie sich auf und warf ihre Haare zurück. Dabei fiel ihr Blick auf eine junge Frau, die verschüchtert im Flur hinter ihrem Mitbewohner stand.

Fria griff zur Bürste. Trotz der Fülle würden ihre Haare in Nullkommanichts getrocknet sein. Sie zwinkerte Marten zu. »Sturmfreie Bude für dich. Treffe mich mit einem alten Kommilitonen.«

»Kommilitonen, soso.« Marten wirkte enttäuscht. »Eigentlich dachte ich, du und Emilia, ihr könntet euch mal … Also, ich glaube, du wirst sie mögen.«

Es klingelte.

»Mit Sicherheit!« Fria drückte Marten kurz an sich. »Sie wird bestimmt nicht das letzte Mal hier gewesen sein, oder?« Sie lächelte der jungen Frau zu und eilte zur Haustür.

*

Es war weit nach Mitternacht gewesen. Ohlsen war nach Hause geradelt, hatte geduscht und sich in die Hängematte unter den Walnussbaum gelegt. Nur ganz kurz durchschnaufen, hatte er noch gedacht und war tief und fest eingeschlafen.

Um sechs Uhr fünfundvierzig hatte sein Handy mehrfach schrill geläutet, bevor er endlich langsam zu sich kam und reagierte.

Er brummte etwas Undefinierbares und wartete.

»Fischer hier. Es gibt noch eine Leiche. Ein Trost: Wir sind jetzt endlich durch! Weitere Leichenfunde ausgeschlossen.«

*

Fria stoppte ihren R4 vor der rosenumrahmten Tür des Klüfterhöfter Dorfbäckers. Gut gelaunt sprang sie heraus. Selbst die drückende Wärme dieses frühen Morgens konnte ihrer Stimmung nichts anhaben. Der Abend, besser gesagt, die Nacht mit Lars-Emil war eine schöne Abwechslung gewesen. Mangels Optionen war es zwar auf den Besuch eines Fast-Food-Restaurants hinausgelaufen, für den Rest aber hatte sich das Aufbleiben gelohnt. Sie hatte ganz vergessen, wie unterhaltsam dieser Mann sein konnte. Bei der Erinnerung an ihre Vertrautheit musste sie lächeln. Warum war eigentlich nie etwas zwischen ihnen gelaufen? Er sah passabel aus, konnte unglaublich fesselnd erzählen und interessierte sich für dieselben Dinge wie sie. Trotzdem war er nie mehr gewesen als ein Weggefährte während des Studiums. Wieder lächelte sie.

Schwungvoll riss sie die Ladentür auf. »Guten Morgen!«

Kurz darauf trat sie wieder nach draußen. In ihrer Hand eine große Tüte mit frischen Croissants. Sie würde die Grabungsmannschaft auf dem Biogasgelände mit einem zweiten Frühstück überraschen.

Auf der anderen Seite des Marktplatzes hockte Lütt Henke. Wie er wirklich hieß, wusste nur er allein. Er war jung. Viel zu jung, um auf der Straße zu leben. Zu Anfang hatte Fria versucht, »ihn zu retten«. Sie hatte das Gespräch gesucht, Hilfsorganisationen aufmerksam gemacht, sich bemüht, ihm Unterkunft und sogar Arbeit zu besorgen. Bis sie erkennen musste, dass er nicht aus der Not heraus auf der Straße lebte, sondern weil er es so wollte. Eine Entscheidung, die Fria nur schwer nachvollziehen konnte – aber notgedrungen akzeptierte. Sie hatte Lütt Henke nie zugedröhnt oder alkoholisiert erlebt, auch nicht aggressiv, und trotzdem war er weit davon entfernt, als Durchschnittsbürger Klüfterhöfts durchzugehen.

Sprach er, wirkte er unbeholfen und unreif, irgendwie kindlich naiv. Andererseits schien er über eine sonderbar entrückte Intelligenz zu verfügen. Frias Helfersyndrom ließ sich nur schwer unterdrücken.

»*Hej*! Hast du ausreichend Wasser?«

»Durst ist schlimm. Ich bin immer durstig.«

Fria steckte ihm ein paar Euro zu. »Geh und hol dir noch ein paar Flaschen. Und such dir ein kühles Plätzchen. Die Hitze ist gefährlich.«

Lütt Henke nickte. »Gefährlich. Wie Feuer.«

»Wie wär's mit der Kirche? Die dicken Mauern sind ein guter Schutz. Gerade in der Mittagszeit.«

»Der Pastor hat sie verriegelt. Will keinen wie mich.«

»Ich rede mit ihm.«

Der junge Mann lächelte. Seine Zähne waren ebenmäßig und weiß. »Ist es in deinem Museum auch so heiß?«

Fria nickte. »In den Büros ist es unerträglich. Aber die Ausstellungsräume sind klimatisiert.«

»Das ist das Problem. Das war schon immer das Problem. Der Mensch hängt an Dingen. Dingen, die nicht leben. Mehr als an dem, was lebt und durch ihn stirbt.«

»Pass auf dich auf.« Nachdenklich wandte sie sich ab, drehte dann aber noch einmal um. »Sag mal, wann warst du das letzte Mal am Thorsberger See?«

»Ist lange her. Zu viele Mücken.«

Wieder ihr Nicken. Sorgenvoll betrachtete sie seine schmalen jungenhaften Umrisse. Er wirkte so schutzlos. »Lass dich nicht von Fremden anquatschen oder mitnehmen. Es sind seltsame Zeiten.«

»Du meinst, von Leuten wie dir?«

Sie seufzte. Er hatte recht. Keiner kannte Lütt Henke so richtig. Man sah ihn immer allein. Er schien keine Freunde zu haben, keinen sozialen Rückhalt, nicht einmal andere Obdachlose. Und er war angewiesen auf Almosen, auf ein freundliches Wort, vielleicht sogar auf das Angebot eines Unterschlupfes für eine Nacht. Wie sollte er da unterscheiden? »Halt einfach die Augen auf und gib auf dich acht.«

*

Palle, Oltmann und Carstensen hatten sich schlafen gelegt. Sie brauchten dringend eine Pause. Ohlsen starrte auf die Whiteboards, fünf an der Zahl. Ein weiteres würde herangeschafft werden, Gott allein wusste von wo. Leiche Nummer sechs war weiblich und nur noch anhand des Zahnstatus zu identifizieren, alles andere wie gehabt.

Immerhin wussten sie nun, um wen es sich bei den Opfern vier und fünf handelte. Reik Brenner, mit dreiundvierzig in Klüfterhöft verschwunden, von Beruf Busfahrer, und Lærke Storgaard, achtundzwanzig Jahre jung, Reitlehrerin im Nachbarort. Die Kollegen Fischer und Cassuben drehten bereits jeden Stein im Leben der beiden um.

Was um Himmels willen hatten sie getan, dass der Täter dieses Ende für sie auserwählt hatte? Wieder schien es keine Berührungspunkte, keine Gemeinsamkeiten zu geben. Die Bewegungsdaten der bislang ausgewerteten Handys, wenn es denn welche gab, hatten nichts erbracht. Auch unter den Fotos und Chatverläufen: keine Verknüpfungspunkte. Konnte es sie gar nicht geben? Mordete der Täter nur um des Tötens willen? Opfergaben … Unweigerlich kroch Svenssons Stimme durch seinen Kopf. »Was könnten sie in den Augen des Täters gemeinsam haben, dass sie eine solche Bestattung verdient hatten?« Selbst wenn die Archäologin recht behielte und sie es mit religiös motivierten oder durch Aberglauben geleiteten Taten zu tun hätten, wie sollte ihnen dieses Wissen helfen, den Täter ausfindig zu machen?

Sekten checken, kritzelte er auf einen Notizblock. Und dann noch: psychologische Auffälligkeiten im Umfeld der Toten. Irgendetwas musste die Mordserie ja ausgelöst haben. Vielleicht war das erste Opfer ein Verwandter oder Bekannter gewesen … Falls das erste Mordopfer überhaupt in ihrer Rechtsmedizin lag. Wusste er, wie lange das schon so ging? Ob es nicht noch andere Grabstätten gab?

Ohlsen stöhnte und rieb sich erschöpft die Bartstoppeln. Er hasste derart undurchsichtige Fälle.

»Kommissar Ohlsen?« Einer seiner Beamten hielt ihm einen Hörer hin. »Die Rechtsmedizin.«

Wenn man vom Teufel sprach. »Ebba? Sag, dass du was Brauchbares für mich hast!«

»Der toxikologische Befund von Benno Kranich liegt vor. In seinem Blut befand sich die tödliche Dosis eines Gemischs aus Embutramid und Kaliumchlorid.«

»Ein Medikamentencocktail? Wie verabreicht?«

»In die Vene gespritzt. Embutramid ist ein starkes Narkotikum. Findet eigentlich nur noch in der Veterinärmedizin Verwendung. Im Zusammenspiel mit Kaliumchlorid sehr gebräuchlich für die Euthanasie an Tieren. Letzteres sorgt für einen raschen Herzstillstand.«

»Man hat ihn eingeschläfert?« In Ohlsens müde Knochen kam Bewegung. Endlich eine Spur. »Die Abgabe solcher Mittel ist doch bestimmt strengstens reguliert, richtig?«

»Davon gehe ich aus.«

»Und die Tierarztpraxen müssen über jede Ampulle Buch führen, korrekt?«

»Ohlsen …«

»Entschuldige, du hast recht, nicht deine Baustelle!«

»Ob die Tötungsart auch auf die anderen Opfer zutrifft, kann ich dir noch nicht sagen. Wir werden in den Zähnen und Knochen nach Spuren der beiden Substanzen suchen. Ich melde mich.«

Er spürte, dass sie gerade auflegen wollte, da setzte er nach: »Ebba? Wie muss ich mir das vorstellen? Um jemandem Spritzen in die Vene zu jagen, muss der doch ziemlich stillhalten, oder? Freiwillig wird das kein Opfer über sich ergehen lassen.«

»Abwehrspuren haben wir keine gefunden. Auch keine Hinweise darauf, dass er schon zu Lebzeiten gefesselt oder anderweitig fixiert worden wäre. Dann hätten wir entsprechende Verfärbungen finden müssen.«

»Wieso? Wieso hat er sich nicht gewehrt?«

»Du bist das Kombinationsgenie von uns beiden«, meinte die Gerichtsmedizinerin und beendete das Gespräch.

Ohlsen eilte ins Großraumbüro. »Ich brauch die Adressen und Telefonnummern aller Veterinäre im Umkreis von hundert Kilometern!«, rief er. »Vom Thorsberger Moor ausgehend, nach Entfernung sortiert. Ihr habt eine Stunde.«

*

Sie hatte lange überlegt, was sie nun mit dem, was mal die süße kleine Tilda war, anfangen sollte. Mit diesem kläglichen Rest aus Fleisch, Knochen und Gewebe – und all seiner Flüssigkeiten. Sie war nicht gläubig. Der Tod setzte allem ein Ende. Danach gab es nichts. Keine Reue, keine Liebe, keinen Hass und auch kein Jüngstes Gericht. Was man zu tun hatte, das hatte man mit den Lebenden, im Hier und Jetzt auszufechten.

Auch wenn sie sich über seine Fahrlässigkeit geärgert hatte, so wie die Dinge jetzt standen, spielte es keine Rolle mehr. Ihre Wut war verflogen. Zu echter Trauer war sie nicht fähig. Vielleicht war es sogar besser so. Nun konnte sie sich voll und ganz auf die neue Situation konzentrieren.

Kadaver stanken, Leichen auch, das wusste sie nur zu gut. Aber der Schuppen hatte dicke Wände. Momentan war er der kühlste Ort, den sie kannte. Er war hoch eingezäunt, lag versteckt und zu weit entfernt, um ungebetene Gäste anzulocken. Also beschloss sie, es dabei zu belassen. Zunächst bräuchte sie einen sicheren Plan, wie sie die Leiche loswerden konnte.

*

Ohlsen tigerte unruhig auf und ab. Das dauerte ihm alles viel zu lange. Die Temperaturen stiegen schneller, als dass die Minuten verstrichen. Sein Kopf platzte vor Gedanken und Ermittlungsansätzen, die verfolgt werden mussten. Die Gefahr war enorm, dass ihm ein kostbarer davon abhandenkam, dass er in all dem Trubel unbeachtet unterging. Das durfte nicht passieren. Vielleicht gab es gerade jetzt jemanden, der um sein Leben bangte, dem bald das gleiche Schicksal drohte und den sie retten könnten. Denn nur, weil der Thorsberger See als Grabstätte ausgedient hatte, hieß das nicht, dass der Täter aufhörte.

Er griff nach seinem Handy und wählte Sinjes Nummer. »Wie weit seid ihr?« Zuhörend wanderte sein Blick zu der Anzeige auf seinem Bildschirm. Zehn Uhr dreiundvierzig. Es half alles nichts. Er brauchte die volle Mannschaft. Mehr als ein *power napping* war für Carstensen, Palle und Oltmann nicht drin.

*

»Ich helf dir gern!« Das Handydisplay offenbarte ein strahlendes Lachen.

»Das ist lieb von dir, aber das kann ich nicht annehmen.« Fria veränderte den Winkel ihres Tischventilators. Prompt fegte es ein paar Zettel vom Schreibtisch.

»Das sehe ich anders. Du hast Stress und könntest zwei helfende Hände gebrauchen. Ich habe Zeit und außerdem Lust dazu.«

»Lars-Emil! Du weißt genau, dass das nicht so einfach geht. Wie soll ich das den Mitarbeitern erklären?«

»Ach komm! Hast du die Leitung oder nicht? Und Praktikanten gibt es doch immer, auch bei euch, oder?«

Fria verdrehte die Augen und lachte. »Ein Praktikant mit Doktortitel. Man gönnt sich ja sonst nichts. Und deine Bezahlung?« Sie nahm das Handy und trug sein Abbild vor sich her.

»Zeit mit dir. Der Abend gestern war wirklich …« Er stockte.

Sah sie da etwa Verlegenheit in seinem Gesicht?

»Ich meine, das war wie in alten Zeiten, oder? Und ich geb's gern zu, ich hab's genossen. Wir hatten doch eine gute Zeit damals. Du und ich … – rein platonisch.« Da war es wieder, dieses charmante, unaufdringliche Lächeln.

»Also gut. Morgen früh um halb acht. Stell dich darauf ein, dass Villads ordentlich rumzicken wird. Du pinkelst in sein Revier.«

»Wir werden beste Freunde werden.«

»Das befürchte ich.«

*

Palle gähnte herzhaft. Natürlich hatte er *nicht* in den Schlaf gefunden, obwohl sein Körper vor Erschöpfung ächzte. Schon allein die Hitze hatte das verhindert. Und seine innere Uhr. Oltmann, der konnte so etwas vielleicht, aber der war auch in einem Alter, in dem man immerzu schlafen konnte. Dementsprechend wach sah er aus. Und Carstensen? Palle gähnte erneut.

Ohlsen betrat den Raum und schob ihm einen Kaffee hin. »Die Liste der Veterinäre?«, rief er.

Einer der Beamten hob den Kopf. »Fünfzig Kilometer Umkreis haben wir. Liegt im Drucker. Auch zu finden im E-Mail-Postfach aller.« Sein Kopf nickte in Richtung der Ermittler.

Carstensen erhob sich und steuerte den Drucker an.

»Momentan wissen wir nur, dass Benno Kranich auf die gerade erläuterte Art und Weise umgebracht worden ist.«

»Eingeschläfert wie Vieh«, murmelte Fischer und schüttelte den Kopf.

»Ob das ein sanfter Tod ist? Ich meine, die Halter der Tiere wollen schließlich nicht, dass ihre Lieblinge leiden …« Sinjes fragende Augen suchten die des Hauptkommissars.

Der nickte eifrig. »Genau. Das könnte ein wichtiger Hinweis sein. Er wollte, dass Kranich stirbt, nicht aber, dass er leidet. Was sagt uns das? Dass er eine persönliche Beziehung zu ihm hatte? Dass er keine sadistischen Neigungen hat?«

»Ist das so? Funktioniert das überhaupt beim Menschen? Kann man das Prozedere des Einschläferns eins zu eins übernehmen? Oder leidet das Opfer letztendlich doch. Und der Täter hat diese Art des Mordens nur gewählt, weil es für ihn so einfach war, an das Zeug ranzukommen?«, warf Palle ein.

Wieder nickte Ohlsen entschieden. »Genau das gilt es herauszufinden. Wir teilen uns auf. Jeder von uns wird zusammen mit einem aus der Bereitschaft Tierarztpraxen und Veterinäre dieser Liste abfahren. Wir wissen, wann Benno Kranich zuletzt lebend gesehen wurde und zu welchem Zeitpunkt er mit Sicherheit schon tot war. Ich will die lückenlose Dokumentation aller Alibis für diesen Zeitraum von den Angestellten, die Zugriff auf die Medikamente Embutramid und Kaliumchlorid haben oder hatten. Außerdem werden die Bestände überprüft. Fehlt irgendwo was von dem Zeug? Wenn ja, wie viel und wann hat die letzte Bestandskontrolle stattgefunden? Wer in der Praxis hat die Befugnis, das Zeug zu bestellen? Stimmen die Lieferungen mit den tatsächlichen Beständen überein oder hat da jemand vielleicht ein wenig mehr geordert? Fragt außerdem nach, wie man sich dieses Einschläfern eigentlich vorstellen muss. Was passiert da im Körper und macht es technisch gesehen einen Unterschied, ob ein Hamster, ein Hund, ein Pferd oder ein Mensch getötet wird?«

»Welcher Mensch lässt sich von einem Veterinär eine Spritze verpassen?«, murmelte Carstensen und fächelte sich mit der Liste Luft zu.

»Gute und wichtige Frage.« Ohlsens Augen blitzten hellwach, sahen jeden Einzelnen von ihnen an.

»Vielleicht K.-o.-Tropfen? Das Zeug kann einen ganz schön umhauen. Danach ist alles möglich.« Fischer klickte nachdenklich die Mine seines Kugelschreibers rein und raus.

»Lassen sich leider bei Kranich nicht mehr nachweisen. Aber ja, das wäre ein Ansatz. Und würde erklären, warum er sich nicht gewehrt hat«, meinte Ohlsen.

»Bleibt das Warum und die Frage, nach welchen Kriterien der Täter seine Opfer auswählt.« Palle nahm einen Schluck Kaffee.

»Und wie er es fertiggebracht hat, sie unentdeckt im See zu versenken«, ergänzte Sinje.

»Haben wir da was? Was hat die Überprüfung der Umgebung ergeben?« Ohlsen sah Carstensen auffordernd an.

Die räusperte sich und griff nach einem Tablet. »Zunächst hätten wir die Leute vom Angelverein. Die Liste aller Mitglieder liegt vor. Die meisten besitzen Autos, mit denen sie zu dem kleinen Bootshaus rausfahren. Das wir schon überprüft haben. Es gab zwar ein paar sehr schwache Luminolspuren. Wir gehen aber davon aus, dass es sich um Fischblut handelt.«

»Irrelevant, da der Tötungsakt unblutig verlaufen ist«, warf Oltmann ein.

»Wenn alle auf die gleiche Art und Weise umgebracht wurden – was wir nicht wissen! Außerdem könnte bei den Bauchritzungen …« Palles Einwände wurden von Ohlsen jäh unterbrochen.

»Post mortem. Da ist nicht mehr viel Blut geflossen. Weiter, Carstensen!«

»Wir checken die Verbindungen der Sportfischer zu den Toten sowie die Alibis für den Zeitpunkt, den wir für Kranichs Ableben für wahrscheinlich halten. Die Angler haben Zugriff auf diverse Boote und wären auf dem See nicht aufgefallen.«

»Die Boote?«

»Werden auf Kranichs DNA hin untersucht.« Carstensen seufzte. »Dann haben wir die Stadtreinigung. Es gibt einen Mann, Leo Kötter, vierundfünfzig, der jeden Tag seine feste Route abfährt.« Sie gab ein Foto in die Runde. »Auch den Wanderweg rund um den See. Das macht er mit einem extraschmalen Papierkorbsammelfahrzeug. Das Führerhaus ist für nur eine Person ausgelegt und hinten gibt es eine Art Sammelbehälter, in den er, durch eine kleine Luke, den Müll aus den öffentlichen Abfallkörben schüttet.«

»Groß genug, um eine Leiche zu transportieren?«

»Definitiv.«

»Was sagt die Spusi?«

»Dass die Überprüfung seines Fahrzeugs auf ihrer Liste steht.«

Ohlsens Blick verfinsterte sich.

»Sie tun, was sie können. Aber so wie wir sie momentan zuballern …«

Der Kommissar gab einen knurrenden Laut von sich. »Noch was?«

»Der Tiefkühlkost-Mann legt einmal im Monat mittags eine Pause auf dem Parkplatz am See ein. Dann gibt es noch die regelmäßigen Besuche einer Geo-Catching-Gruppe, einen alten Herrn, der ehrenamtlich für die Denkmalschutzbehörde nach dem Rechten sieht und«, sie machte eine bedeutungsvolle Pause, »den hiesigen Tauchclub, der regelmäßige Unterwassertouren unternimmt.«

# SIEBEN

Bei dem Wort Tauchclub war ein Ruck durch die Gruppe gegangen.

»Ja, ja, ich weiß. Wir sind dran! Die Mitglieder werden überprüft, auch ob es Verbindungen zu den Toten gab. Genau wie ihre Alibis für den Zeitraum, der für Kranichs Ermordung infrage kommt. Ihre Autos … Ich weiß echt nicht, wann wir dazukommen, die zu …«

»Vergleicht die Namen mit denen der Mitarbeiter der Tierarztpraxen. Vielleicht haben wir eine Übereinstimmung. Fischer! Sinje! Was haben eure Nachforschungen zu den beiden Toten Reik Brenner und Lærke Storgaard ergeben?«

Cassuben begann. »Reik Brenner wurde am neunzehnten Juni zweitausendzwanzig als vermisst gemeldet. Und zwar von …« Sie kramte in ihren Unterlagen. »Von seiner Schwester. Brenner war geschieden, keine Kinder. Gearbeitet hat er als Busfahrer bei *Klüfterhöft Reisen*, die auch Busse für den regionalen Linienverkehr stellen. Außerdem für Gruppenreisen und Schulbusfahrten. Er hat Modellautos gesammelt. Zu den Treffen mit Gleichgesinnten ist er wohl hin, ansonsten kaum Aktivitäten. War eher ein Einzelgänger. Bisher keine erkennbare Verbindung zu den anderen Opfern. Hab allerdings noch nicht alles sichten können.«

Ohlsen nickte. »Wie weit lässt sich der Todeszeitpunkt eingrenzen?«

»Er hatte seit dem sechsten Juni Urlaub, musste erst am zweiundzwanzigsten wieder los. Deshalb hat der Arbeitgeber nichts gemerkt. An besagtem Freitag sollte er seine Schwester nach Flensburg zu einem Klinikaufenthalt fahren, kam aber nicht. Sie ist dann bei ihm vorbei – sie hat einen Schlüssel –, fand ihren Bruder aber nicht vor. In der Küche gab es verschimmelte Lebensmittel, dreckiges Geschirr stand herum und im Postkasten stapelten sich die Zeitungen. Sie meinte damals, das wäre sehr ungewöhnlich für ihn. Nachdem sie ihn auch über sein Handy nicht hatte erreichen können, habe sie die Krankenhäuser abtelefoniert und ihn am Abend als vermisst gemeldet. Sein Auto stand übrigens in der Garage. Auch sonst keine Hinweise darauf, dass er spontan verreist wäre.«

»Was kam bei den Ermittlungen der Kollegen raus? Hat man sein Handy gefunden? Was sagen die Bewegungsprofile?«

»So gut wie nichts. Sein Handy wurde nicht gefunden. Die Nachbarin mutmaßte, ihn fünf Tage vor seinem Verschwinden das letzte Mal gesehen zu haben, war sich aber nicht sicher. Die Schwester hatte ihm drei Tage zuvor noch eine Handynachricht geschickt, um ihn an den bevorstehenden Klinikaufenthalt zu erinnern, bekam aber keine Antwort. Was allerdings nichts Besonderes war – eher die Normalität. Einbruchspuren im Haus wurden nicht gefunden, auch sonst wies nichts auf ein Gewaltverbrechen hin. Nachdem die Befragungen des Umfelds nichts ergeben hatten und es keine neuen Hinweise gab …«

Konzentriert wanderte Ohlsen durch den Raum. »Ich nehme an, die Verbindungsnachweise seiner Telefone wurden gecheckt?«

»Ja, die Ausbeute war mehr als dürftig. Das letzte Telefonat führte Herr Brenner drei Tage, bevor er in den Urlaub ging.«

»Mit wem?«

»Seinem Hausarzt.«

»Wissen wir warum?«

»Rezeptnachbestellung. Ein Medikament gegen Bluthochdruck.«

Der Kommissar schloss die Augen. »Also, du sagtest, am sechsten wäre sein erster Urlaubstag gewesen …«

»Ein Samstag, ja.«

»Und am neunzehnten bemerkt Brenners Schwester, dass da was nicht stimmt, dass ihr Bruder weg ist, richtig?«

Sinje nickte.

Ohlsen stöhnte. »Das sind ganze vierzehn Tage!« Er drehte eine Runde um ihren Stuhl. »Ist irgendwo dokumentiert, welche Zeitungen sich im Postkasten stapelten? Waren das diese Gratisblättchen, war das Werbung oder war er Abonnent einer Tageszeitung?«

Sinje schüttelte bedauernd den Kopf. »Damals war man nicht unmittelbar von einem Gewaltverbrechen ausgegangen. Es gibt keine Polizeifotos, die den Zustand der Wohnung zeigen.«

»Frag die Schwester, vielleicht kann sie sich erinnern. Falls es Tageszeitungen waren, weiß sie vielleicht noch, welche Ausgaben. So könnten wir den Zeitpunkt seines Verschwindens eingrenzen.«

»Das Ganze ist über ein Jahr her!«, warf Palle ein. »Außerdem bezweifle ich, dass sie in dieser Situation darauf geachtet hat. Das macht doch keiner!«

Ohlsens fassungsloser Blick ließ ihn ein »Fast keiner« hinterhermurmeln.

»Wissen wir, wann und wo sich Brenners Handy das letzte Mal eingewählt hat?«

»Hab ich nichts zu gefunden. Ich kümmere mich …«, murmelte Sinje.

»Und bei Lærke Storgaard?«

Fischer richtete sich brummend auf. »Können wir zumindest den Zeitpunkt ihres Verschwindens auf ein paar Stunden genau bestimmen. Am sechzehnten Juni zweitausendzwanzig gibt sie um siebzehn Uhr dreißig ihre letzte Reitstunde für diesen Tag. Eine Gruppenstunde für sieben Mädchen im Alter von vierzehn bis siebzehn. Der Unterricht geht bis neunzehn Uhr. Dann noch die Pferde verpflegen, aufräumen, was eben so ansteht. Gesehen wurde sie das letzte Mal um kurz vor acht, wie sie in ihrem Wagen den Hof verließ. Um einundzwanzig Uhr desselben Abends war sie mit ihrer Freundin Tabea verabredet. In der *Klüftertenne*. Sie kam dort nie an. Seltsam war, dass Lærkes Auto, ein auffällig lackierter Mini Cooper, später auf dem Parkplatz eines Supermarktes, gleich in der Nähe ihrer Wohnung, gefunden wurde. Im Kofferraum befand sich eine Papiertüte des Ladens mit Lebensmitteln wie Brot, Käse, Obst und Aufschnitt.«

Anerkennend bemerkte Sinje, dass Fischer für seinen Bericht nicht ein einziges Mal in seine Aufzeichnungen sehen musste. Tatsächlich hatten die beiden Flensburger Kollegen sich extrem schnell in das Norgaarder Team integriert. Man konnte gut mit ihnen zusammenarbeiten. Da hatte sie wirklich schon Schlimmeres erlebt.

Fischers Stimme setzte sich gegen ihre Gedanken durch. »Tabea, also die Freundin von Frau Storgaard, rief noch in derselben Nacht bei der Polizei an. Nachdem sie vergeblich herauszufinden versucht hatte, wo ihre Freundin abgeblieben war. Intensive Ermittlungen gab es allerdings erst zwei Tage später, als man davon ausgehen konnte, dass sie tatsächlich verschwunden war. Dabei wurde das Auto gefunden. Eine Kassiererin konnte sich auch noch an Lærke, äh, Frau Storgaard erinnern. Leider gab es keine weiteren verwertbaren Hinweise. Ihr Handy wurde nie gefunden. Die Telefonnachweise waren unauffällig. Auch die Funkzellenauswertung ergab nichts Ungewöhnliches. Lauter Wege, die zu ihrem gewohnten Leben passten.«

»Die Befragung des Umfelds?«

»Nichts Ungewöhnliches. Alles war wie immer.«

»Und sie konnte allein mit Reitstunden ihren Lebensstil finanzieren? So ein Mini Cooper kostet ein Heidenmoos.«

»Sie war ausgebildete Pferdewirtin. Die Reitstunden waren

nur ein Teil ihres Auskommens. Zusätzlich bekam sie ein festes Gehalt.«

»Ich bitte dich! Wie viel wird das gewesen sein? Auf einem Klüfterhöfter Bauernhof! Oder hat sie für irgendeine Reitsportgröße gearbeitet?«

Fischer schüttelte schweigend den Kopf.

»Wurden ihre Finanzen gecheckt?«

»Ja. Nichts Auffälliges. Ihr Gehalt war nicht üppig, reichte aber scheinbar, um über die Runden zu kommen. Der Mini könnte doch auch ein Geschenk gewesen sein, von ihren Eltern zum Beispiel.«

»Checkt das!«

»Was sollen ihre Finanzen mit dem Tod der anderen zu tun haben?«, murmelte Carstensen.

»Wahrscheinlich nichts! Aber das ist mir scheißegal! Wir stochern jetzt so lange im Leben der Toten herum, bis sich irgendwas ergibt, klar?«

Cilla Carstensen zuckte zusammen.

Sinje hob erstaunt den Kopf. Äußerst ungewöhnlich – der sonst so ruhige, in sich gekehrte Ohlsen hatte für einen kurzen Moment gezeigt, wie es in ihm aussah.

»War sie verheiratet, lebte sie in einer festen Beziehung?«, fuhr Ohlsen fort.

»Nein. Ihre letzte Partnerschaft liegt über ein Jahr zurück. Der Mann wurde befragt. Laut seiner Aussage bestand kaum noch Kontakt. Das Umfeld konnte das bestätigen.«

»Hm …« Ohlsen trat vor das Whiteboard von Lærke Storgaard und betrachtete nachdenklich das Foto der hübschen Achtundzwanzigjährigen. »Kaum zu glauben.« Ruckartig wandte er sich wieder Fischer zu. »Hatte Frau Storgaard weitere Hobbys – außer Reiten?«

»Party machen, Freunde treffen, sonst nichts. Sie arbeitete bis in den Abend hinein, auch samstags. Reicht ihr offenbar.«

»Wie wär's mit einem Fable für Modellautos?« Der Kommissar schnaufte. »Also gut! Fischer, Cassuben, ihr bleibt an den beiden dran! Befragt noch mal das engste Umfeld, insbesondere, was Storgaards letzten Tag angeht. Vielleicht stolpern wir über irgendwas. Aber zuerst ...«, er sah einmal in die Runde, »nehmen wir uns die Tierarztpraxen vor.«

Während die anderen mit den Routen und Adressen aus dem Raum eilten, hielt Ohlsen Sinje zurück. »Wie läuft es mit den beiden Flensburger Kollegen?«

»Bestens!« Sie spürte seinen zweifelnden Blick. »Doch, wirklich! Besser könnte es nicht laufen. Fischer braucht kein Kindermädchen, ist ganz allein losgezogen, um das Umfeld der Storgaard zu überprüfen. Und Cilla –«

»Ihr habt euch getrennt? Sinje, du weißt, was ich vom Vier-Augen-Prinzip halte. Ganz zu schweigen von den Vorschriften. Es ist wichtig –«

Cassuben unterbrach ihrerseits. »Willst du nu Ergebnisse oder nicht? Uns rennt die Zeit weg. Wir wissen nicht, was wir zuerst und was zuletzt machen sollen. Und da kommst du mir mit Vorschriften! Der Fischer wird wohl wissen, worauf es bei einer Hausdurchsuchung und der Befragung des Umfelds ankommt. Macht er ja nicht zum ersten Mal. Oder glaubst du, wir wären jetzt hier, um bei den Veterinären zu helfen, wenn wir bei all dem Händchen gehalten hätten?« Sie schnappte sich ihre Liste, gab einer jungen Frau von der Bereitschaft ein Zeichen und ließ Ohlsen stehen.

*

Wie erwartet, kam Villads erbost in Frias Büro und polterte herum, beschwerte sich über die Anwesenheit von Lars-Emil, darüber, dass er nicht gefragt worden war, ob dieser Typ ... Nicht einmal in Kenntnis gesetzt hatte man ihn!

»So geht das nicht, Fria! Das ist unverantwortlich. Der ist nicht mal versichert. Ich werde das melden!«

»Natürlich ist er versichert. Ich habe ihm eine unbezahlte Forschungsstelle gegeben – befristet.«

»Forschungsstelle? Zu welchem Thema denn bitte?«

»Villads, lass es gut sein! Wir können im Moment wirklich jede helfende Hand gebrauchen. Und Lars-Emil hat sich angeboten, einfach so, ohne Bezahlung. Was dich übrigens vor so mancher Überstunde bewahren könnte.«

»Du hättest mich trotzdem fragen müssen! Ich lass mir doch nicht einfach irgendwen vor die Nase setzten!«

»Nein, das hätte ich nicht. Und Lars-Emil ist nicht irgendwer. Er ist vom Fach und kann uns eine große Hilfe sein. Und jetzt würde ich dich bitten …« Sie nickte mit dem Kopf in Richtung Tür.

Ein wütender Blick, eine abrupte Kehrtwende, eine donnernd zugeschlagene Tür, und Villads war draußen.

Fünf Sekunden später schob sich Lars-Emils Kopf vorsichtig durch selbige. »Er hat's doch super aufgenommen!« Er grinste.

»Er wird sich wieder einkriegen. Villads ist und bleibt eine Diva.«

»Also gut, wie kann ich helfen?« Langsam ging er durch den Raum und stellte sich hinter sie, sodass er auf ihren Monitor sehen konnte. »Oh, was haben wir denn hier?«

Bildschirmfüllend und gnadenlos scharf präsentierten sich die Ritzungen auf Benno Kranichs Bauch.

Fria lächelte unsicher. »Ich versuche herauszukriegen, welche Botschaft hinter den Zeichen steckt. Ich habe alle historischen Quellen durch. Es ist keine bekannte Symbolik. Und trotzdem muss sie für irgendetwas stehen.«

»Aber wie … Ich meine, für wen machst du das? Wem gehört der Bauch?«

»Du hast von den Thorsberger Leichen gehört?« Sie versuchte, in seinem Gesicht zu lesen. »Natürlich hast du das. Ich wurde kurzzeitig hinzugezogen, da man zunächst nicht sicher war, wie alt die Leichen waren.« Es folgte ein ausführlicher Bericht.

*

Schon während Ohlsens Besuchs in der ersten Tierarztpraxis erfolgte die Ernüchterung. Die Veterinärin bestätigte zwar, dass über derartige Medikamente natürlich Buch geführt werde, konnte ihre Bestände auch lückenlos nachweisen, erklärte ihnen im gleichen Atemzug jedoch, wie einfach es sei, sich das Zeug auf dem Schwarzmarkt zu besorgen. Ohlsen entschloss sich trotzdem dazu, die Maßnahme durchzuziehen. Am Ende des Tages hatten sie zwei Praxen, denen man bestenfalls Schlampigkeit nachsagen konnte, und eine ganze Kladde voll mit Namen, die es zu überprüfen galt.

Auf dem Rückweg zur Wache fiel Ohlsen auf, dass er, viel schlimmer noch, dass die Kollegin aus der Bereitschaft seit den frühen Morgenstunden nichts mehr gegessen hatte. Ich bin ein miserabler Chef, schoss es ihm durch den Kopf. »Pizza?«

Sie lächelte erschöpft. »Es gibt ein ganz passables Restaurant hier in der Nähe.«

Sie waren die einzigen Gäste. Dementsprechend schnell brachte man ihr Essen. Ein paar Minuten lang hörte man nur das leise Klirren ihres Bestecks. Die Hitze schlauchte, vor allem, wenn man viel Zeit mit Klinkenputzen verbrachte.

»Sie müssen mich stoppen, sonst verhungern Sie!«

Fragend sah sie auf.

»Ihre Pause einfordern! Es tut mir leid.«

»Ach das. Schon in Ordnung. Habe bei der Hitze eh nicht so viel Appetit. Ich frage mich echt, wie lange das noch so gehen soll.«

»Der Wetterbericht verheißt nichts Gutes. Das Hochdruckgebiet erweist sich als äußerst stabil, könnte sich noch über Wochen halten, meinen die Experten. Dabei können wir hier oben uns noch glücklich schätzen, wir haben das Meer in der Nähe. Ich möchte gar nicht wissen, wie es im Landesinneren aussieht.«

»Darf ich Sie was fragen?«

Ohlsen sah die junge Kollegin auffordernd an. Er ahnte, was sie bewegte, und es beschäftigte ihn zunehmend, dass er darauf keine Antwort hatte.

»Glauben Sie, er wird weiter töten?«

*

Statt sich um die Belange des Ørerup-Museums zu kümmern, hatten sie stundenlang recherchiert, Schriftzeichen verglichen und Deutungsansätze diskutiert. Es war wie damals im Studium. Lars-Emil war ein Mann, der um die Ecke denken konnte, offen war für kreative Lösungsansätze. Ein Wesenszug, der Fria sehr gefiel. Von ihm kam auch die Idee, im Internet nach bestimmten Foren zu suchen, deren Mitglieder sich mit dem Tod und dem, was danach kam, befassten. Über die hohe Trefferquote wunderte Fria sich nicht im Geringsten. War es doch ein Thema, das die Menschheit von jeher bewegte. Es dauerte nur Sekunden, dann hatten Lars-Emil und sie sich in der Flut der Kommentare verloren.

*

Ohlsen hatte es sich gerade auf dem Beifahrersitz bequem gemacht, als sein Handy vibrierte. Die Rechtsmedizin.

»Ebba, was gibt's?«

Das Gespräch dauerte nur sieben Sekunden.

»Danke«, mehr gab Ohlsen nicht von sich.

Stöhnend senkte er den Kopf, holte tief Luft und rief im Büro an. »Ich brauche die Adresse von Frau Röddinghaus-Bruun.«

*

Es war später Abend. Die Büros der Norgaarder Wache waren wie leergefegt. Ohlsen hatte alle nach Hause geschickt. Nun saß er da und starrte auf die sechs Whiteboards. Lærke Storgaard, Miriam Reiter und Benno Kranich konnten zeitlich gut eingeordnet werden. Bei Theo Bretschneider, Reik Brenner und Veronika Bruun ließ sich der Zeitpunkt ihres Verschwindens nur schätzen. Bei Brenner gab es einen Unsicherheitsfaktor von zwei Wochen, bei den anderen beiden ließ sich nicht einmal der Monat bestimmen. Was auch daran lag, dass Theo Bretschneider kein Handy besessen und Veronika Bruun ihres äußerst stiefmütterlich behandelt hatte. Es gab wenige bis gar keine digitalen Spuren der beiden. Und die Gerichtsmedizin tat sich nach wie vor schwer mit belastbaren Aussagen.

Wenn Ohlsen an das Gespräch mit der Tochter von Veronika Bruun dachte, wurde ihm jetzt noch flau im Magen. Sie war zusammengebrochen, als er ihr die Nachricht überbracht hatte, dass ihre Mutter das vorerst letzte Opfer war, das aus dem Thorsberger Moor geborgen werden konnte. Er war sich so mies vorgekommen, hatte sich schuldig gefühlt, obwohl man ihm kein Fehlverhalten vorwerfen konnte. Wahrscheinlich wäre es auf dasselbe hinausgelaufen, wenn er sich gleich, nach der ersten Vermisstenmeldung der Tochter, intensiver um den Fall gekümmert hätte. Denn wer hätte ahnen können, dass die Lehrerin da – höchstwahrscheinlich – schon auf dem Grund des Thorsberger Sees gelegen hatte? Andererseits wären sie vielleicht auf eine frische Spur des Serienmörders gestoßen. Jetzt, da sie davon ausgehen mussten, dass Frau Bruun seit anderthalb Jahren tot war, wie sollten sie da verwertbare Spuren sichern? Ihnen blieb nur die

Überprüfung des Umfelds und die Hoffnung, einen Treffer zu landen, wenn man ihres mit dem der anderen Toten verglich.

Ohlsen nahm die Studie der Seilanalyse zur Hand. Sie wussten bis auf die Faser genau, aus welchen Bestandteilen die Schnüre gefertigt waren, die die Opfer am Grund des Sees gehalten hatten. Sie wussten alles über die Art der Knoten und in welcher Technik das Seil gefertigt worden war, nur, woher es kam, das wussten sie nicht. Obwohl die Naturmaterialien immer mehr von Kunststoffen verdrängt wurden, konnte man sie dennoch überall bestellen – weltweit. Was die Sache zusätzlich erschwerte, war, dass das Labor annahm, es habe sich nicht um Neuware gehandelt. Eine Einschätzung unter Vorbehalt, da der Alterungsprozess unter Wasser bei derart langer Lagerung und großen Temperaturschwankungen schwer zu bestimmen war.

So viele Leichen, so viele Hinweise, und sie traten nach wie vor auf der Stelle. Ohlsen hoffte inständig, dass der Täter sich noch keine neue Grabstelle ausgesucht hatte.

Sein erschöpfter Blick wanderte zurück zu den Whiteboards. Zu den Fotos der sechs Toten. Was hatte sie zu Opfern werden lassen? Wieso ausgerechnet sie? Er sah sich alle Anschläge noch einmal genau an. Ein über siebzigjähriger ehemaliger Hausmeister aus Klüfterhöft, Theo Bretschneider. Aus demselben Ort die Reitlehrerin Lærke Storgaard, achtundzwanzig, und Veronika Bruun, zweiundfünfzig Jahre alt und Lehrerin im Sabbatjahr. Benno Kranich kam aus Glücksburg, ging auf die sechzig zu, arbeitete in einer Autowerkstatt und liebte Katzen. Miriam Reiter hingegen war aus Flensburg, vierunddreißig, arbeitete als Bürokauffrau und war mit einer Frau liiert. Und dann war da noch der Busfahrer Reik Brenner, dreiundvierzig, aus Norgaard. Konnte es mehr Unterschiede geben als zwischen diesen sechs Menschen?

*

Fria trug die Einkäufe hinauf. Natürlich hatte sie wieder nicht daran gedacht, eine Kühltasche mitzunehmen. Das gute Bourbonvanilleeis! Ist bestimmt nur noch handwarme Suppe, dachte sie, klemmte sich die zweite Papiertüte unter die linke Achsel, hielt mit den Zähnen ihre Handtasche fest und kramte darin nach dem Wohnungsschlüssel. Wieso haben Handtaschen immer was von schwarzen Löchern? Endlich spürte sie das kalte Metall an ihren Fingern, griff zu und öffnete die Tür. Gerade noch rechtzeitig, bevor Tüte zwei der Gravitation folgen konnte.

Bølle begrüßte sie stürmisch, lief danach aber sofort wieder davon.

»Du könntest mir durchaus beim Tragen helfen, du kleines Monster! Schließlich befindet sich in den Tüten auch Futter für dich. Marten, bist du da?« Sie spürte, wie sich unter ihrer Bluse Schweißtropfen zusammenschlossen und auf den Weg machten. Flink rissen ihre Hände den Kühlschrank auf und verstauten die Lebensmittel.

»Diese Hitze macht mich noch bekloppt! Ich brauch erst mal 'ne kalte Dusche. Wie lief es bei dir? Bist du weitergekommen? Sag mal, wollen wir heute Abend italienischen Nudelsalat mit Bruschetta machen? Danach gibt's eiskalte Wassermelone, also, wenn der Kühlschrank sie bis dahin frosten konnte.« Sie war an der Tür ihres Mitbewohners angekommen, die nur angelehnt war, klopfte kurz und ging hinein. »Marten?«

Erstaunt blieb sie stehen.

Mitten auf dem Fußboden saß die junge Frau, Martens neue Freundin. Bølle lag genüsslich davor und ließ sich den Bauch kraulen. Immerhin die zuckende Spitze seiner Rute signalisierte, dass er sich freute, Fria zu sehen.

»Sorry, hatte nicht erwartet, jemand anderen … Emilia, richtig? Ich bin Fria.« Sie trat einen Schritt vor und hob flüchtig die Hand. »Wo ist Marten?«

»Wollte kurz zur Uni.«

Fria nickte wissend. Sicher war er wieder bei seinem Ex-Professor, um sich mit Farben, Untergründen oder Werkzeug einzudecken. Oder er hatte eine Idee, die er dringend mit ihm diskutieren musste. Bedeutete, er konnte innerhalb der nächsten Minuten wieder auftauchen oder aber stundenlang wegbleiben. Für Marten war Zeit keine Dimension, sondern eher ein Gefühl. »Lust mitzuessen?«

»Ich will mich hier nicht durchschnorren …«

»Das mit dem Essen ist schon okay, aber das da«, sie sah auf den vor Vergnügen grunzenden Hund, »geht gar nicht.«

Die junge Frau zog erschrocken ihre Hände zurück.

Fria lächelte entwaffnend. »Bølle, du alter Fremdgänger! Du brichst mir das Herz!« Sie machte kehrt und ging zurück in die Küche. »Ich hoffe«, rief sie, »du magst getrocknete Tomaten, Pinienkerne und Basilikum?«

*

Kommissar Björn Fischer saß in *dem* Schlafzimmer, ihrem Schlafzimmer. Das fahle Licht der Straßenlaterne, draußen vor dem Fenster, reichte gerade, um die Kanten des Stuhls, der Kommode und der Bettpfosten aus der Dunkelheit herauszuschälen.

Er versuchte klarzukommen. Er wartete auf das Gefühl. Irgendein Gefühl, das der Lage gerecht würde. Eines des Bedauerns, des Vermissens oder der Trauer. Er fand nichts davon. Da war nur Angst. Das wiederum sollte ihn bestürzen. Aber selbst diese Emotion wollte sich nicht einstellen. Er hatte keinen Platz dafür. Für sie und all das, was für sie gestanden hatte, war kein Platz. Wenn er ehrlich war, hatte es den nie gegeben. Gleich hinter der Angst gab es noch etwas: Wut. Die galt es in den Griff zu kriegen. Er musste jetzt einen klaren Kopf bewahren. Noch hatte er alle Zügel fest im Griff. Und er würde dafür sorgen, dass sich daran auch nichts änderte.

*

»Lies! Ich vermisse dich!« Ohlsen rieb sich die müden Augen. Selbst das Handy an sein Ohr zu halten, kam einem Kraftakt gleich. Während er sich kaum noch auf den Beinen halten konnte, startete sie auf der anderen Seite der Erde in einen neuen Tag.

»Wirklich?« Er lauschte ihrem bezaubernden Lachen, das er so sehr liebte. »Es scheint mir, als gäbe es adäquaten Ersatz. Süß, deine Frau Svensson.«

»Wie bitte?« Verständnislos versuchte er, ihre Worte einzuordnen. Sie klangen weder vorwurfsvoll noch verbittert.

»Ich habe gerade das E-Paper aus der Heimat vor mir. Dein Fall schlägt ganz schön hohe Wellen. Lass dich von der Pressemeute nicht hetzen! Arbeitest du eng mit ihr zusammen? Sie sieht nett aus.«

»Von wem redest du?«

»Von Fria Svensson, der Archäologin des dänischen Museums. Hast du den Artikel gar nicht gesehen? Ihr Foto ist groß abgebildet.«

»Nein. Ich meine, wir arbeiten nicht zusammen. Sie hatte nur, also, da gab es einen Fund, der an ihr Museum geschickt wurde und deswegen … Lies, willst du mich verkuppeln?«

Sie lachte. »Ach, Ohlsen, fang mal an, das Leben zu genießen. Wir wissen beide nicht, wann es vorbei ist. Und nimm nicht alles so ernst!«

Wieder hörte er ihr freies, unbekümmertes Lachen. Er fragte sich, was sie mit der letzten Bemerkung gemeint, ob er sie einfach falsch verstanden hatte.

»Du, ich muss los. Die Brücke wartet! Wir müssen jetzt da hoch und unseren Job machen. Ich liebe dich, Ohlsen, das weißt du.« Dann war die Leitung tot.

Wir, das waren seine große Liebe Lies und eine Handvoll junger, durchtrainierter Industriekletterer, die allesamt so lebenshungrig waren wie sie.

Er dagegen fühlte sich alt, ausgelaugt und obendrein unattraktiv. Schwerfällig erhob er sich, fuhr den Rechner herunter und machte sich auf den Heimweg.

*

Es war eine total bekloppte Idee gewesen, die Kleine sich selbst zu überlassen. Bekloppt, hirnrissig, kurzsichtig, völlig dämlich … Was hatte sie sich nur dabei gedacht? Hatte sie geglaubt, das Mädchen würde sich in Luft auflösen? Die Hitze kochte ihren Verstand weich, so musste es sein. Dabei brauchte es dringend eine saubere Lösung! Warum hatte dieser Irre nicht besser aufgepasst? Ausgerechnet jetzt! Wo eine Seebestattung nicht mehr möglich war. Obwohl … Sie rieb sich die Stirn, um ihre Gedanken besser fließen zu lassen. Wer rechnete schon damit, dass jemand – ausgerechnet dort – eine Leiche verschwinden lassen würde? Die Polizei war abgezogen, die Beweisaufnahme am See abgeschlossen. Wurde er noch bewacht? Das herauszufinden dürfte kein Problem darstellen.

Sie spürte, wie sie tief in ihr brannte, die Wut darüber, dass sie sich gezwungen sah, sich jetzt und abseits jedes narrensicheren Plans darum zu kümmern. Am einfachsten wäre es gewesen, das Mädchen an einen abgelegenen Ort zu bringen und von Unbeteiligten finden zu lassen. Tilda war verhungert oder verdurstet – oder beides. Keine Fremdeinwirkung, keine Hinweise, dass überhaupt jemand an ihrem tragischen Schicksal beteiligt gewesen war. Sie war wohl einfach von zuhause weggelaufen und, traurig, aber wahr, umgekommen.

Wäre da bloß nicht diese scheiß DNA! Diesen Schnüfflern war alles zuzutrauen. Also doch Wasser! Wasser würde sie reinwaschen.

Nur – dieses Mal würde sie es allein machen müssen.

Ab in den See? Nein! Sie schüttelte den Kopf. Das konnte sie vergessen. Auch ohne Polizei. Immer noch pilgerten täglich

Dutzende Menschen hin, um ihre Sensationsgier zu befriedigen. Irgendein dummer Zufall, und sie wäre geliefert.

Das Brennen wurde stärker.

*

Fria stand am verabredeten Treffpunkt und wartete. Lars-Emil hatte ihr partout nicht verraten wollen, in welchem Hotel er untergebracht war. Sie solle nicht auch noch einen Umweg fahren müssen, es sei schon irre nett von ihr, ihn jeden Tag mitzunehmen, hatte er gemeint. Lächelnd schüttelte sie den Kopf. Früher hätte ihm das wenig ausgemacht.

»Wartest du schon lange?« Die Beifahrertür wurde aufgerissen.

»Keine fünf Minuten.«

Er sprang in den Wagen. »Morgen bin ich eher da.«

Mit ihm wehte ein angenehm frischer Duft nach Duschgel und Herrenparfum hinein.

»Mach kein Drama, Lars-Emil! Ich hole dich wirklich gern an deinem Hotel ab.« Ein auffordernder Seitenblick, dann fuhr sie los. »Und, was ist? Zierst du dich jetzt weiter wie eine geheimnisumwitterte Prinzessin? Oder verrätst du mir den Namen deiner Unterkunft?«

»Lasst ab! Bedrängt mich nicht, Ihr schamloser Vagabund! Das ziemt sich nicht. Mich dünkt, Ihr trachtet nach meiner Unschuld. Anders kann ich mir Euer ach so ungestümes Interesse an dem Ort meines Schlafgemachs nicht erklären!« Er reckte die Nase nach oben und wedelte wild mit den Armen.

Fria tat, als gäbe sie ihm eine Ohrfeige und lachte. »Ich hatte fast vergessen, was für ein Spinner du bist!«

»Spinnen ist eine hohe Kunst. Was liegt heute an?«

»Traust du dir eine Zusammenarbeit mit Villads zu? Ihr könntet Fundstücke katalogisieren. Alberte und ich kümmern uns um das Symposium.«

»Wir hatten gestern schon ein sehr erfolgreiches dreiminütiges Anschweigen an der Kaffeemaschine. Noch zwei Tage, dann sind wir so!« Zeige- und Mittelfinger seiner rechten Hand überkreuzten sich.

*

»Der vorläufige Bericht der Rechtsmedizin liegt vor. Leider konnten sie den Todeszeitpunkt von Theo Bretschneider und Veronika Bruun nicht weiter eingrenzen. Klar scheint, dass sie ein bis zwei Jahre im Wasser gelegen haben. Gehen wir von der Vermisstenmeldung der Tochter, Frau Röddinghaus-Bruun, und ein paar wenigen nicht aussagefähigen Handydaten aus, dürfte Veronika Bruun Ende zweitausendneunzehn umgekommen sein. Sie und respektive oder Theo Bretschneider sind somit die ersten bekannten Opfer unseres Serienmörders.« Ohlsens Augen nahmen die nächsten zwei Whiteboards ins Visier. »Dann folgten Lærke Storgaard und Reik Brenner, Mitte zweitausendundzwanzig, genauer gesagt im Juni. Miriam Reiter kam Anfang November desselben Jahres zu Tode und Benno Kranich vor einer Woche.«

»Ziemlich schwankende Zeiträume. Mal tötet er innerhalb von vierzehn Tagen zweimal, dann wieder ein halbes Jahr gar nicht«, merkte Palle an.

»Sagt uns was?«

»Dass Zeit für ihn keine Rolle spielt? Dass er nicht zwanghaft tötet?« Carstensen pustete auf ihren Morgenkaffee.

»Oder, dass wir die anderen Opfer noch nicht gefunden haben?«

»Gott bewahre, Palle. Bleiben wir bei dem, was wir haben.« Ohlsen sah in seine Unterlagen. »Bei Miriam Reiter und Reik Brenner konnte die Gerichtsmedizin Fragmente von Bauchritzungen nachweisen. Wir können also durchaus davon ausgehen, dass alle Leichen welche aufwiesen. Da sie bei beiden Genannten nicht vollständig erhalten sind, bleibt es spekulativ, inwiefern sie denen ähneln, die Benno Kranich zieren. Vielleicht hat ja auch jeder von ihnen seine ganz persönliche Botschaft bekommen. Und es bleibt leider bei einem weiteren Vielleicht. Vielleicht wurden alle auf dieselbe Weise umgebracht. Eine einmalige Gabe von Embutramid und Kaliumchlorid lässt sich weder in Knochen noch in Zähnen nachweisen. Leider ergaben auch die Gewebereste, wo vorhanden, keinen positiven Befund. Die Körper lagen einfach zu lange im Wasser. An keiner der Leichen sind Gewalteinwirkungen auszumachen, die ihren Tod erklären würden. Bei allem anderen ist der Täter sich treu geblieben, Art des Seils und Fesselung, Ablageort, Positionierung … Warum also nicht auch bei der Mordwaffe?«

»Was ist mit den Bauchritzungen? Ich meine, das macht doch keiner einfach nur so …!« Cilla Carstensen nahm einen vorsichtigen Schluck Kaffee und zuckte zurück.

»Die Experten sind sich nur in einem einig: dass diese Schrift, diese Symbolik nirgendwo dokumentiert ist. Sprich, offiziell existiert sie nicht. Frau Svensson, die Leiterin des dänischen Ørerup-Museums, meint, es könne eine Art Bestattungsritual sein. Entweder, um den Toten den Eintritt ins Jenseits zu erleichtern, oder, um auszuschließen, dass sie als Widergänger zurückkehren und weiterhin Unheil anrichten. Im ersten Fall müsste man dem Täter eine sich sorgende, vielleicht sogar liebevolle Beziehung zu den Opfern unterstellen. Im zweiten eine geprägt von Hass und Angst. In jedem Fall gäbe es eine Beziehung.«

»Also keine Zufallsopfer?« Carstensen rieb sich die brennende Lippe.

»Na ja, irgendwie ginge das schon. Sie könnten stellvertretend für etwas stehen.«

»Du meinst, jemand hat einen unbändigen Hass auf verrentete Hausmeister, Busfahrer, Lehrer, Automechaniker, Reitlehrer und Bürokaufleute?« Ohlsen sah Palle ungläubig an.

»Das, was wir bislang an Überschneidungen der Lebensläufe gefunden haben, ist … Bullshit«, schnaubte dieser hilflos. »Spätestens bei Miriam Reiter ist Schluss! Keine Ahnung, ob sie jemals in Klüfterhöft, Norgaard oder Glücksburg war oder hier irgendjemanden kannte.«

»Noch haben wir nicht alles abgeglichen«, beruhigte Cilla ihren Kollegen. »Vielleicht kommt ja noch was.«

Cassuben und Fischer betraten das Büro.

»Ihr kommt wie gerufen. Was habt ihr?« Ohlsen versuchte in Sinjes Gesicht zu lesen. Die mauerte wie eine Auster.

»Die Autos der Anglertruppe werden endlich untersucht. Ich hab den Kollegen ein bisschen Dampf gemacht. Als problematisch erweist sich das Vehikel von der Stadtreinigung. Seit Benno Kranichs Tod ist eine Woche vergangen. Eine Woche, in denen blutige Taschentücher und Pflaster, Eiweiße aus Essensresten und Kotbeuteln durch das Containerinnere geflogen sind. In diesem Müllwagen stecken mehr DNA-Spuren, als ein Labor verkraften kann.« Björn Fischer zuckte resigniert mit den Schultern.

»Es gibt eine direkte Verbindung zwischen Veronika Bruun und Theo Bretschneider.« Sinjes glasklare Stimme bewirkte, dass einige der Kollegen unweigerlich die Luft anhielten.

»Sie liegt zwar in der Vergangenheit, aber … Veronika Bruun war an der Schule angestellt, an der Theo Bretschneider jahrzehntelang als Hausmeister gearbeitet hat.«

*

Der Plan stand. Sie war die Vorgehensweise tausendmal in ihrem Kopf durchgegangen, hatte alle Eventualitäten eingeplant und abgewogen. Nun musste sie zu ihr. Nachschauen, in welchem Zustand sie war, ob die dicken Mauern den Körper der kleinen Tilda geschützt hatten. Beginnender Verfall oder gar Tiere, die sich bedient hatten, würden ihr Vorhaben unangenehm erschweren. Sie schluckte. Ihre arme kleine Tilda …

Sie griff in die Hosentasche und zog den Schlüssel hervor. Dann stutzte sie.

Das Vorhängeschloss baumelte mit geöffnetem Bügel an der Öse des Sperrriegels. Die dicke Holzplankentür war nur angelehnt. Das Tor des Zauns war aber doch verschlossen gewesen …

Eine Spur Adrenalin schoss heiß bis hoch in ihren Kopf. Ihr Herz hämmerte hart gegen die Rippen. Waren sie aufgeflogen? Gab es jemanden, der ihr Versteck ausgemacht und die Kleine gefunden hatte? Hektisch sah sie sich um, horchte auf menschliche Stimmen. Alles schien unauffällig. Oder war derjenige noch drinnen?

Stocksteif stand sie da und starrte auf den geöffneten Bügel – lauschte erneut. Die Stille machte es nicht besser.

Dann registrierte sie, dass das Schloss keinesfalls aufgebrochen worden war. Er! Er musste zurückgekommen sein.

Vorsichtig schob sie die Tür auf und schlüpfte hinein.

Das Licht wirkte noch diffuser als sonst. Sie vermisste die angenehme Kühle, die die Hitze erträglich und ihre Arbeit an diesem grausamen Ort erleichtert hatte. Lag es an ihr, oder war es eine Tatsache, dass warme Luft durch die Ritzen kroch und sich des Schuppens bemächtigte? Langsam schob sie sich vorwärts, in der Hoffnung, ihre Augen würden sich bald an die Dunkelheit gewöhnt haben. Die Werkbank, die Sägen, der Metallspind, alles schien wie immer, oder? Hatte der Stuhl dort beim letzten Mal schon auf dem Boden gelegen? Ihr Atem ging flach, ihre Handinnenflächen schwitzten.

Er hatte behauptet, er käme nicht mehr her. Er wolle sich einen neuen Wirkungskreis suchen. Und er hielt sich im Allgemeinen an das, was er sagte. Sie hatte ihm Zeit geben wollen, hätte ihn schon irgendwann zurückgewinnen können. Hätte sie den Schlüssel umgehend einfordern müssen? War es ein Fehler gewesen, ihm zu vertrauen?

Es roch nach Schmieröl, alten Staub- und Dreckschichten und fauligem Holz. Nicht aber nach Verwesung. Das war gut.

Immer mehr Details erkennend, schritt sie voran. Ihre Augen tänzelten umher, in der Hoffnung, jede Veränderung, jede Gestalt wahrzunehmen, die hinter dem Gerümpel lauernd Zuflucht gesucht hatte.

Ein undefinierbares Geräusch, eine Bewegung aus dem Augenwinkel heraus ließen sie zusammenzucken. Eine Maus, eine Ratte – wer wusste das schon –, verschwand hinter einer Ansammlung von Holz- und Metallplatten. Es war lange her, dass sie derart verunsichert durch diesen düsteren Ort geschlichen war. Und sie erinnerte sich nicht gern daran.

Endlich hatte sie den dicken Pfosten erreicht. Ein letzter Blick über die Schulter, zwei Schritte, den Pfeiler zu umrunden, dann war er da, der freie Blick auf die schäbige Matratze.

Doch die war leer.

# ACHT

Sinjes Aussage hatte alle in Aufregung versetzt. Wie eine frische Brise wehte Hoffnung durch die Polizeistation.

»Und die Bruun und der Bretschneider waren zur selben Zeit an dieser Schule? Sie kannten sich also?«

Sinje nickte. »Bis er in Rente ging.«

Ohlsen sah Palle und Fischer an. »Überprüft, ob es bei den anderen Opfern irgendwelche Verbindungen zu dieser Schule gibt. Dreht alles auf links! Haltet mich auf dem Laufenden. Carstensen, wir sorgen dafür, dass du eine Liste der Schulabgänger erhältst. Vergleich sie mit den Namen auf den Listen der Tierarztpraxen. Vielleicht haben wir Glück. Sinje? Wir fahren!«

Zwanzig Minuten später hielt ihr Wagen vor der Klüfterhöft Skole, einer Gesamtschule, in der die Verbindungen zu Dänemark gelebt wurden, so die Aussage der Internetseite.

»Wir können von Glück sagen, dass die Sommerferien vorbei sind«, bemerkte Sinje und stieg aus. »Die Lehrer und Direktoren an ihren Urlaubsorten ausfindig zu machen, hätte uns massig Zeit gekostet.«

Ohlsen nickte und hielt schnellen Schrittes auf den Eingang zu. Warum auch immer, plötzlich musste er an die kleine Tilda denken. Sie hatte weniger Glück gehabt. Hätte sie nicht zur Schule gemusst, hätte das Schicksal sich vielleicht anders verhalten.

Ein paar Minuten später saßen sie dem Direktor gegenüber, einem jung und sportlich wirkenden Mann Ende vierzig.

»Ja, Theo Bretschneider war über dreißig Jahre lang Hausmeister bei uns«, beantwortete er Ohlsens Frage.

»Was war er für ein Mensch? Herzlich, kommunikativ, offen? Konnte er gut mit dem Kollegium?«

»Nun ja, er war der Hausmeister. In gewisser Weise mussten wir uns gut mit ihm stellen, wenn wir wollten, dass defekte Dinge einigermaßen zeitnah repariert wurden.«

»Das hört sich nicht gerade nach einem guten Verhältnis an«, mutmaßte Sinje.

»Er war einer von der alten Schule. Ich war ziemlich jung, als ich den Posten hier übernommen habe. Wir haben nur kurz zusammengearbeitet. Das trifft übrigens auf die meisten unseres Kollegiums zu. Herr Bretschneider konnte mit vielem, was hier vorging, nichts anfangen. War ihm wohl zu modern. Insofern gab es nicht viele Gesprächsthemen, die ihn und uns zusammengeführt hätten.«

»Und Frau Bruun? Gab es zwischen den beiden Gesprächsstoff?«

»Stimmt es wirklich, dass sie eines der Opfer ist, das aus dem Moor geborgen …? Unfassbar! Wer tut so was?« Er stockte und sah die beiden Beamten erschrocken an. »Sie glauben aber nicht, dass Herr Bretschneider der Moorleichenkiller ist, oder?«

»Keineswegs. Wie war denn nun das Verhältnis von Frau Bruun und Herrn Bretschneider?«

»Normal, würde ich sagen. Weder besonders innig noch von irgendwelchen anderen Emotionen geprägt. Wenn sie seine Hilfe brauchte, wandte sie sich an ihn, so wie wir auch.« Er zuckte mit den Schultern.

»Kein Hinweis darauf, dass sie privat Kontakt hatten, Hobbys oder Leidenschaften teilten?«

Der Direktor schüttelte den Kopf.

»Hatten die beiden mal Ärger mit Eltern oder Kindern? Gab es Zwischenfälle, die Ihnen in Erinnerung geblieben sind?«

»Es gab schon regelmäßig Beschwerden, Herr Bretschneider habe die Kinder zu hart angefasst. Er war eben ein ziemlicher Griesgram.«

Ohlsen und Sinje tauschten Blicke.

»Was meinen Sie mit *hart angefasst*?«

»Wegen Nichtigkeiten strammstehen lassen, anbrüllen, verpetzen und auch mal am Arm festhalten. Er hat sie nicht geschlagen oder so. Es war seine Art, sich Respekt zu verschaffen. Ich sag ja, alte Schule. Es hat zig Gespräche gegeben, wir mussten jedoch feststellen, dass wir ihn nicht mehr ändern würden. Na ja, die meisten Kinder lernten schnell. Sie sind ihm aus dem Weg gegangen. Und er ist ja dann auch bald in Rente gegangen.«

»Gab es jemanden, den er besonders auf dem Kieker hatte?« Sinje knetete nachdenklich ihre Unterlippe.

»Wissen Sie, wie lange das her ist? Immerhin ist er schon seit, warten Sie, das müssen vierzehn Jahre sein, dass er in Rente gegangen ist. Dazu kann ich Ihnen wirklich nichts mehr sagen. Ich kann im Kollegium rumfragen. Viel Hoffnung habe ich allerdings nicht. Wie gesagt, die meisten von uns sind noch gar nicht so lange hier.«

Ohlsen kramte in seiner Aktenmappe und zog ein paar Fotos heraus. »Sagen Ihnen die Namen Benno Kranich, Miriam Reiter, Lærke Storgaard oder Reik Brenner etwas?« Er reichte ihm die Bilder.

»Sind das die anderen Toten?« Der Direktor studierte jedes einzelne, schüttelte immer wieder den Kopf. Bei dem Foto von Brenner stockte er kurz, zumindest sah es für Sinje so aus. Doch dann folgte auch dort eine entschuldigende Geste der Verneinung.

»Besitzt Ihre Schule ein Verzeichnis aller Schüler und Schülerinnen, die hier angemeldet waren?«

Jetzt hellte sich das Gesicht des Schulleiters auf. »Vielleicht nicht von allen, die gemeldet waren, aber von allen, die ihren Abschluss bei uns gemacht haben. Und das sogar digital! Zumindest, was die letzten dreißig Jahre angeht. Weiter zurück sind wir noch nicht.«

»Übermitteln Sie die Liste doch bitte umgehend an diese Mailadresse. Und wenn Sie nachschauen könnten, ob es von den alten Beschwerdevorgängen gegen Herrn Bretschneider noch etwas in Ihrem System zu finden gibt, hängen Sie sie bitte an.«

*

»Und es gibt keine Frau Hoferland? Warum nicht?« Fria schielte über ihr Baguette zu Lars-Emil hinüber.

Er stocherte in seinem Salat, fand die Bestandteile, die ihm zusagten, spießte sie auf und sah Fria an. »Hab die Passende wohl noch nicht gefunden.« So kitschig der Gedanke in Frias Ohren klang, aber es schien, als erlaubten seine Augen ihr einen tiefen Blick direkt in seine Seele.

»Und bei dir?«

Sie schüttelte kauend den Kopf.

»Gab es da nicht mal einen heißen Anwärter auf einen Ring? Wie hieß er noch gleich …«

»Stig. Das ist lange vorbei.«

»Ich hätte schwören können, er macht dir einen Antrag.«

Das hat er auch, dachte sie und lächelte Lars-Emil an. »Wie lange hast du dir Zeit gegeben für deine Forschungsarbeit?«

»Das meiste Material habe ich beisammen, die wichtigsten Stationen bereist. Sie will nur noch geschrieben werden.«

»Nur noch. Du hast meinen allergrößten Respekt. Ich hätte nie so viel Geld zur Seite schaffen können, um mich zwei Jahre auszuklinken.«

»Ich hatte Glück, hatte ein kleines Polster, als die Idee gereift ist. Ab da war ich doppelt sparsam.«

»Und jetzt arbeitest du auch noch für lau für uns. Ich hab ein richtig schlechtes Gewissen.«

»Obwohl das natürlich durchaus gerechtfertigt ist«, er grinste schelmisch, »ist dieser kurze Exkurs selbstgewählt und äußerst inspirierend. Ich könnte mich glatt daran gewöhnen, an deiner Seite zu arbeiten.«

Bevor Fria antworten konnte, schob Villads seinen Kopf durch die Tür. »Ich störe das harmonische Mittagsgeplänkel nur ungern, aber es gibt noch einiges zu tun!«

*

»Seit wir die Anwohner rund um den Thorsberger See durch unsere Fragen sensibilisiert haben, bekommen wir immer mehr Meldungen über angeblich auffälliges Verhalten«, begrüßte Palle Ohlsen und Sinje bei ihrer Rückkehr in die Wache.

»Irgendwas Vielversprechendes?« In Ohlsens Stimme lag wenig Hoffnung.

Palle seufzte schwer. »Ein buntes Portfolio aus Vermutungen, Vorurteilen, übler Nachrede und falsch verstandener Bürgerhilfe, nehme ich an. Wird dauern, bis wir allem nachgegangen sind. Und an der Schule?«

»Herr Bretschneider war eher der grantige Typ und gefürchtet bei den Kindern. Sonst nichts.« Sinje ließ sich auf ihren Bürostuhl fallen und starrte auf die Whiteboards. »Wisst ihr, was mir einfach nicht in den Kopf gehen will? Wir haben sechs vollkommen unterschiedliche Opfer. Unterschiedlich auch von Größe und Gewicht. Es ist ja nicht nur schwer nachzuvollziehen, wie der oder die Täter sie nach vollzogenem Tötungsakt unbemerkt in den See schaffen konnten, sondern auch, wie in aller Welt man es geschafft hat, sie dorthin zu locken, wo ebendieser stattgefunden hat.«

»Du gehst davon aus, dass der Tatort bei allen sechs derselbe ist?«

»Um diese Spritzen zu setzen, braucht es Ruhe und Zeit und ein Opfer, das stillhält. Hätten die sechs den Mörder in ihre Wohnungen gelassen, hätten wir da nicht irgendeine Spur finden müssen? Zu einer Person ihres Vertrauens? Und hätte es eine solche Person gegeben, hätten da nicht enge Freunde, wie Lærke Storgaards beste Freundin oder Miriam Reiters Lebensgefährtin, von ihr gewusst? Wie, frage ich euch, hat er es geschafft, so nah an seine Opfer ranzukommen und in aller Seelenruhe zu agieren?«

»Also zurück zu unserer ersten Theorie? Du meinst, er hat sie betäubt, verschleppt und dann getötet, möglicherweise alle am selben Ort?«

»Betäubt und verschleppt – ohne dass jemand etwas gesehen hat? Sechs Mal? Kann ich nicht glauben. Nein, ich denke, er muss sie zu sich gelockt haben.«

»Aber wäre nicht auch das etwas gewesen, von dem sie ihren nächsten Angehörigen erzählt hätten, also, dass sie vorhaben sich mit jemandem zu treffen?«, wandtePalle ein.

Sinje raufte sich verzweifelt die Haare.

»Bevor wir keine verwertbaren Täterspuren gefunden haben, ist die vielversprechendste Vorgehensweise, nach Übereinstimmungen in den Namenslisten zu suchen«, meinte Ohlsen, bog in die Kaffeeküche ab, kam mit einem Pott in den Händen wieder heraus und steuerte sein Büro an.

Sein Rechner brauchte nur Sekunden, um die Anfrage zu bearbeiten: Im Fall Tilda Dietrich gab es keine weiteren Erkenntnisse.

*

Sie hätte die Finger von dem Kind lassen sollen, hätte nicht von ihrem Muster abweichen dürfen. Aus einem Impuls heraus hatte sie es doch getan. Impulsives Handeln brachte fast immer Chaos.

So wie jetzt.

War eine Chaosreaktion erst einmal in Gang gesetzt, war es kaum mehr möglich, die Auswirkungen zu berechnen und gegenzusteuern. Kontrollverlust! Darauf hoffen, dass das Schicksal es gut mit ihr meinte, ein unerträglicher Zustand! Also musste sie handeln. Ein gefährlicher Umstand, der nur allzu oft unerwünschte Nebenwirkungen mit sich brachte. Sie brauchte Halt! Einen Plan, der sie zurück ins sichere Fahrwasser brachte. Dieser Plan musste allen Widrigkeiten standhalten. Aber zuallererst musste sie wissen, was er mit Tildas Leiche gemacht hatte.

*

»Reik Brenner fuhr eine Zeitlang den Schulbus, der auch die Klüfterhöft Skole ansteuerte.« Björn Fischer sah von seinem Rechner auf. »Ist dürftig, ich weiß, aber immerhin eine Verbindung zur Schule.«

»Kennst du alle Busfahrer, die vor der Flensburger Wache halten?« Carstensen fächelte sich mit einer dünnen Fallakte Luft zu.

Fischer schnaubte auf. »Ich sag doch, is dürftig …«

»Wenn man bedenkt, dass Lehrer und Hausmeister im Allgemeinen nicht mit Schulbussen unterwegs sind – ja!«

»Würde ich so nicht sagen. Zumindest die Lehrerin könnte den Busfahrer auf einem Schulausflug oder einer Klassenfahrt kennengelernt haben«, warf Palle ein.

»Also gut, haben also drei der Opfer eine Verbindung zur Klüfterhöft Skole. Wen können sie so gegen sich aufgebracht haben, dass es sie am Ende das Leben gekostet hat?« Fischer klickte genervt die Mine seines Kugelschreibers rein und raus.

»Einen ehemaligen Schüler? Die Eltern eines Kindes? Einen durchgeknallten Lehrer?«

»Wobei wir wieder beim Abgleich der Listen wären. Cilla,

irgendwas Auffälliges bei den Schulabgängern?« Palle kippte mit dem Stuhl weit nach hinten, um seine Kollegin anzusehen.

»Die alten Beschwerdeverfahren gegen den Bretschneider interessieren mich mehr. Oh Mann, da ist einiges zusammengekommen. Und von wegen, er war nicht gewalttätig! Er stand mehrfach kurz vor einer Anzeige. Aber irgendwie hat es die Schule immer hingekriegt, das abzuwenden. Einen Jungen, den der Hausmeister beim Beschmieren der Klowände erwischt hatte, sperrte er für über eine Stunde in einen Kellerraum, mit der Drohung, ihn dort verrotten zu lassen. Eine Reinigungsfirma zu beauftragen, die Schmierereien zu beseitigen, hätte die Eltern viel Geld gekostet. Also hat man sich geeinigt. Der Hausmeister schrubbte selbst, die Eltern sahen von einer Anzeige ab. Aber wartet, das war noch nicht alles! Immer wieder kam es zu Beschwerden, er habe Kindern Beinchen gestellt.«

»Wie bitte?«, fragte Palle fassungslos.

»Ja, Rennen und Schliddern in den Fluren war strengstens verboten. Wegen der Verletzungsgefahr. Die gebohnerten Granitböden luden aber leider genau dazu ein. Weshalb sich viele Kinder nicht an das Verbot hielten.«

»Und dann hat er ihnen ein Bein gestellt? Was für ’n Arschloch«, brummte Fischer.

»Dabei blieb es nicht immer beim Schrecken und ein paar blauen Flecken«, fuhr Carstensen fort. »Ein Kind trug einen Armbruch davon, ein anderes schlug mit dem Kiefer auf und verlor zwei Zähne.«

»Und immer noch keine Anzeige?« Palle schüttelte den Kopf.

»Der Hausmeister schwor, er wäre nicht beteiligt gewesen, die Kinder wären von allein gestürzt. Vor Schreck, weil er plötzlich um die Ecke gebogen wäre. Da die beiden Fälle mehrere Jahre auseinanderlagen, konnten die Schüler keinen Zusammenhang herstellen. Den Kindern wurde nicht geglaubt, das Ganze als tragischer Unfall verbucht.«

»Aber die Lehrer hätten das gekonnt – einen Zusammenhang erkennen! Zum Beispiel Frau Bruun«, bemerkte Palle. Sinje und Fischer nickten.

»Und der ehemalige Direktor der Schule, ein gewisser Otto Fritz Schauer. Der hat aber schön dafür gesorgt, dass Bretschneiders Aktionen keine zu großen Wellen schlugen.« Carstensen hob vielsagend die Augenbrauen.

»Immerhin wurden die Vorfälle dokumentiert. Da dürfen wir dankbar sein.«

»Ja, das Kürzel ist immer dasselbe: PL. Ob der Direktor sich dessen bewusst war, wage ich zu bezweifeln. Wollt ihr noch mehr hören? Es geht von blauen Flecken wegen brutalen Zupackens über das unrechtmäßige Einkassieren von Wertgegenständen bis hin zu widerwärtigen Verbalattacken.«

»Ein Gespräch mit dem damaligen Direktor wäre sinnvoll.«

»Lebt nicht mehr.«

»Dann mit dem Verfasser der Dokumentation.« Sinje griff zum Hörer und rief das Sekretariat der Schule an. »Ich brauche den Namen des Lehrers, der Lehrerin, die Berichte mit dem Kürzel PL unterzeichnet oder veranlasst hat. Uns liegen Unterlagen aus den Jahren neunzehnhundertzweiundneunzig und -achtundneunzig vor. Ja, danke, ich warte.«

»Glauben wir also, es handelt sich bei dem Täter um jemanden, der von Bretschneider gequält wurde und sich von den anderen Erwachsenen im Stich gelassen fühlte? Und deshalb rächt er sich Jahrzehnte später? Warum ausgerechnet jetzt? Und was sollen die anderen drei Opfer mit der Geschichte zu tun haben?«, flüsterte Fischer und legte endlich den Kugelschreiber beiseite.

*

Die Dunkelheit kam blauschwarz über das Land, brachte das Wasser der Förde noch einmal zum Leuchten. Solche Nächte kannte er sonst nur aus dem Süden Europas. Mediterranes Flair titelte die Tageszeitung. Schlug vor, sich tagsüber zu verkriechen und das Leben in den späten Abend zu verlegen. Für ihn fühlte es sich nicht richtig an. Und er hoffte inständig, das Klima möge es sich noch einmal überlegen. Ohlsen hatte es nicht so mit Hitze. Mit Reisen in den Süden Europas während des Sommers auch nicht. Er liebte seinen Norden, eine steife Brise und die Launen des Wettergottes. Wieder etwas, das ihn von Lies unterschied. Sie konnte überall glücklich sein, Hauptsache es gab genug Action.

Er betrat den Terrassenbereich der italienischen Trattoria. Die schlichten Holzmöbel, die dezente warmweiße Beleuchtung, alles überdacht von der Krone einer uralten riesigen Linde, hatten schon so manch verloren geglaubten Tag gerettet. Als er sah, dass sein Lieblingsplatz frei war, entschädigte ihn das ein wenig für die heutigen Strapazen.

»*Commissario*! Du warst lange nicht Gast bei Armando!« Der Chef des Hauses eilte sofort herbei, wischte den tadellos sauberen Tisch erneut ab und lächelte begeistert. »Ich bringe dir einen Limoncello, *subito*! Das wird dich erfrischen.«

Ohlsen lehnte sich zurück, spürte, wie die Verspannung aus seinen Muskeln wich und lächelte. »Danke, mein Freund.«

Armando gab seinen Angestellten ein Zeichen und fuhr fort: »Ich habe bestes Steinbarschfilet mit Limettenweißweinschaum auf knackigem Gemüse für dich, fangfrisch natürlich. Dazu einen fruchtigen Salat und ein schönes kaltes Glas Weißwein aus meiner Heimat, eh?« Seine Augen leuchteten.

Ohlsen beneidete den Italiener um seine Energie und Leidenschaft. Und er wusste um seine Feinfühligkeit. Nie wäre es Armando in den Sinn gekommen, ihn auszufragen oder auch nur die kleinste Anspielung auf die Moorleichenfunde zu machen.

»Du weißt wie immer genau, was einen alten Mann auf die Füße bringt, Armando!«

»Alter Mann! *Commissario*!« Gesten unterstützten seine Entrüstung. »Du brauchst nur ein bisschen Freude! Du arbeitest zu viel, *Commissario*. Das Böse darf nicht so viel nehmen von dir! Aber jetzt du bist hier. Gut!« Seine Stirn glättete sich zufrieden. Dann eilte er davon.

Ohlsens Augen folgten ihm zur Bar. An einem Tisch ganz in der Nähe entdeckte er die Leiterin des Ørerup-Museums, Fria Svensson. Der Mann ihr gegenüber drehte ihm den Rücken zu. Sie lachte viel, schien vollkommen gebannt von den Worten ihres Begleiters.

Ohlsen dachte an Lies. War sie bei ihm, zog auch sie ihn in seinen Bann. Waren sie getrennt, kamen die Zweifel. Dann fühlte er sich wie ein Kabel, das nicht zum Gerät passte, und suchte verzweifelt nach dem Adapter. Und was, wenn es den nicht gab?

Fria hatte ihn schon beim Hereinkommen bemerkt: Kommissar Ohlsen. Es fiel ihr schwer, ihn einzuschätzen. Vom Alter her dürfte kein großer Unterschied zwischen ihnen liegen. Sein dichtes dunkles Haar schrie nach einem Frisör und auch der Dreitagebart hätte Pflege benötigt. So unauffällig wie möglich beobachtete sie sein Tun. Unter Armandos Worten, die Fria natürlich nicht hören konnte, entspannten sich Ohlsens Gesichtszüge und sie sah ihn das erste Mal lächeln. Seine herausstechenden blauen Augen strahlten bis zu ihr herüber. Faszinierend, wie wandelbar manche Menschen waren.

»Und Villads und Alberte sind auch festangestellt? Echt super! Ich verstehe einfach nicht, warum das bei uns in Deutschland so ein Problem darstellt. Es müsste ein Gesetz gegen diese Art von Ausbeutung geben. Nichts lässt sich planen, kein Hausbau, keine Familiengründung … Man weiß ja nicht, ob man morgen noch einen Job hat!«

Bei dem Wort *Familiengründung* hatte Lars-Emil seine Hand wie zufällig auf die ihre gelegt und gelächelt.

Ohlsen registrierte die Männerhand, die sich nach vorn schob und auf die kleinen, schmalen Finger der Svensson legten.

War er zu grob mit ihr umgegangen?

Ja, es stimmte, er hasste es, wenn Leute sich in Dinge einmischten, für die sie nicht verantwortlich waren. Und eine Historikerin oder Archäologin – oder was auch immer – hatte nun einmal nichts zu suchen in ihrer SOKO. Andererseits hatte sie nur helfen wollen, hatte sich im Fall des Dosenfingerfundes absolut korrekt verhalten. Irgendwie ließ ihn das Gefühl nicht los, er hätte netter sein können. Egal – Kollege Palle hatte das mit seiner sympathischen Art wieder ausgeglichen. Svenssons Ritualmordtheorien konnten sie, den neusten Erkenntnissen nach, eh getrost verwerfen. Diese Ritzungen im Rumpf der Toten hatten wohl eher etwas mit einer Machtdemonstration und dem Fürs-Leben-gezeichnet-Sein zu tun als mit fanatischer Religiosität oder Aberglaube. Ohlsen beschloss, einen Psychiater hinzuzuziehen. Das würde das Erstellen eines Täterprofils vielleicht erleichtern.

Armando riss ihn aus den Gedanken. »Der Küchengruß für den *Commissario, prego*! *Buon appetito*!«

So leise und flüchtig wie sie gekommen war, so schnell hatte er seine Hand wieder zurückgezogen. Fria fragte sich, was Lars-Emil von ihr wollte.

»Eine wirklich gute Idee, hierherzugehen. Das Essen war grandios und das Ambiente … sehr gelungen! Umso mehr betrübt es mich, den schönen Abend beenden zu müssen. Aber ich wollte tatsächlich noch ein wenig an den Rechner.« Er mimte den Verzweifelten. »Ich hab es zu sehr schleifen lassen, und wenn ich mich nicht langsam diszipliniere, kann ich einpacken!« Er hob die Hand und winkte den Kellner heran. »Ich lade dich ein.«

»Auf gar keinen Fall! Du brauchst jeden Cent und ich stehe sowieso schon viel zu sehr in deiner Schuld!«, protestierte Fria.

Ohlsen beobachtete, wie die Dänin kurz protestierte, dem Kellner zulächelte und bezahlte. War das die Art gleichberechtigte Beziehung, wie sie heutzutage normal sein sollte, oder stand Frau Svensson nicht gern in der Schuld anderer? Dann bemerkte er, dass der Mann sich verabschiedete und, ohne dass Ohlsen einen Blick auf das Gesicht hatte werfen können, verschwand. Unangenehmer Nebeneffekt: Sobald Ohlsen nun den Blick hob und geradeaus schaute, sah er ihr ganz unweigerlich ins Gesicht. Blieb nur die Flucht nach vorn, in der Hoffnung, sie würde es nicht als Aufforderung verstehen. Er hob die Hand, lächelte und nickte ihr kurz zu, bevor er sich hochkonzentriert seiner Vorspeise widmete.

Fria hatte beschlossen, noch auf einen Wein zu bleiben. Die Signale, die Lars-Emil ihr sandte, waren mehr als verwirrend. Erst seine Annäherung, und dann ließ er sie allein in der Trattoria zurück. Andererseits war sein Grund durchaus nachvollziehbar. Das machte ihn zu einem qualifizierten, zielstrebigen Kollegen. Vielleicht sollte sie bei der nächsten Stellenvergabe an ihn denken. Er wäre ein echter Gewinn für ihr Museum.

Viel mehr als Lars-Emils Beweggründe interessierte sie aber der Typ ein paar Meter weiter und alles, was in seinem Kopf steckte, all die Erkenntnisse, Neuigkeiten und Schlussfolgerungen zum Fall der Wasserleichen von Thorsberg.

In diesem Moment sah er auf, schien sie zu bemerken und grüßte höflich.

Er hatte das Essen mehr als genossen. Gerade ließ er sich zum dritten Mal nachschenken. Auch der Wein war außergewöhnlich, die Wärme der Nacht unter diesem riesigen Blätterdach nicht ganz so erdrückend. Frau Svensson saß noch immer an ihrem Platz, vor sich ein Glas Rotwein, und war in die Anzeige ihres Handys vertieft.

Ach, was soll's, dachte Ohlsen sich. Die Frau hat echt was gut bei mir!

Beflügelt vom Wein und seiner guten Laune steuerte er ihren Tisch an. Erstaunen, aber keine Ablehnung las er in ihrem Blick, als sie aufsah.

»Frau Svensson, was für eine Überraschung! Nun sitzen wir uns schon den ganzen Abend gegenüber, da wollte ich nicht einfach … Ich störe hoffentlich nicht?«

»Fria, wir waren beim Du, oder? Setz dich doch!«

»Waren wir?« Er stutzte kurz, kam ihrer Aufforderung aber nach. »Kommen Sie häufig zu uns rüber zum Essen? Ich könnte es verstehen, Armando zaubert die schönsten Dinge. Und die Weinkarte kann sich sehen lassen.«

Sie lächelte. »Oh, ich weiß, ich bin sehr oft hier. Ich wohne in Klüfterhöft. Woher kommst du?«

»Aus dem Nachbardorf, Norgaard. Auch nicht viel größer. Wie dem auch sei, schön, Sie hier zu treffen. Ich wollte mich eh noch bedanken, für Ihr Hilfsangebot und die Analysen und Ihre Verschwiegenheit und so.« Er nahm einen Schluck und merkte, dass ihm der Wein schon ziemlich zu Kopf gestiegen war.

»Schön, wenn ich helfen konnte. Du kannst jederzeit wieder anrufen und Fragen stellen.« Danach sagte sie nichts mehr, lächelte nur und nippte an ihrem Wein.

Er hatte erwartet, dass sie versuchen würde, den Ermittlungsstand aus ihm herauszuquetschen, aber sie schwieg.

Fria wäre innerlich beinahe geplatzt vor Neugier. Aber sie musste sich zurückhalten. Der Kommissar war weitaus verschlossener als der nette Palle. Und dann dieses ständige Gesieze! Es schien, als wolle er sie nicht zu nah an sich herankommen lassen. Wenn sie sich also gut mit Ohlsen stellen wollte, durfte sie nicht zu forsch vorgehen. Mit ermittelnden Polizeibeamten kannte sie sich nur zu gut aus. Ihre Familie war voll davon. Ohlsen durfte sich nicht überrumpelt fühlen. Er musste den Eindruck haben, er selbst habe entschieden, sie ins Vertrauen zu ziehen. Also beließ sie es bei unverfänglichem Small Talk, der beiden mit jedem Glas Wein leichter fiel. Am Ende ließ Ohlsen sein Fahrrad stehen und brachte Fria in einem Taxi nach Hause. Es war Samstagmorgen, zwei Uhr sechsunddreißig.

*

Frias Abschiedsworte, gestern im Taxi vor ihrer Tür, waren das Erste, was Ohlsen nach dem Wachwerden durch das müde, verkaterte Gehirn zog: »Glaubst du, er hat aufgehört zu töten?«

Es war das einzige Mal gewesen, dass sie den Fall angesprochen hatte. Danach war sie ausgestiegen.

Für Ohlsen gab es zwei Möglichkeiten. Entweder, der Täter war auf einem Rachefeldzug, dann würde das Morden aufhören, sobald er seine Mission beendet hatte, wenn sie ihn nicht vorher erwischten. Oder Täter und Opfer teilten keine gemeinsame Vergangenheit. Der Mörder wählte sie nach anderen Kriterien aus. Dann wäre sein Durst nie gestillt. Irgendwo gäbe es immer jemanden, der in sein Opferschema passen würde.

Ohlsen rieb sich den schmerzenden Kopf. Er war es nicht gewohnt, so viel Wein zu trinken. Da half es nur bedingt, dass Armandos gute Reben eigentlich keinen Kater nach sich zogen. Zu viel war zu viel.

Er nahm eine eiskalte Dusche und ließ die Kaffeemaschine arbeiten. Noch bevor er sich ganz abgetrocknet hatte, meldete sich sein Handy. Ulf von der Hauptstelle Flensburg. Trotz des offen gelebten gesunden Lebensstils glich die Stimme des Kollegen der eines Säufers und Kettenrauchers. »Wir haben hier was, das solltest du dir unbedingt ansehen.«

*

Fria gähnte herzhaft. Bølle lag vor ihrem Bett und schnarchte, als habe sein Körper den Resonanzboden einer Dogge. Das kühle Leinenlaken unter ihrer nackten Haut, die zwei Ventilatoren, die sich leise brummend um Luftzirkulation bemühten – solange sie sich nicht bewegte, sahen auch ihre Schweißdrüsen keinen Grund, die Arbeit aufzunehmen. Ihre Gedanken hefteten sich an die Erinnerungen des letzten Abends. Der sonst so ernst blickende Kommissar konnte richtig witzig sein. Sie lächelte.

»Hoffentlich muss er heute nicht so früh raus«, murmelte sie, einen Arm aus dem Bett baumeln lassend, und fing an, Bølle zu kraulen.

*

Ohlsens frisch geduschte Haare glänzten dunkel. Auf seiner Stirn hingegen hatten sich schon wieder kleine Schweißperlen breitgemacht, als er sich neben seinen Kollegen hockte. Der Platz war abgesperrt, Gerichtsmedizin und Spurensicherung gingen ruhig und konzentriert ihrer Arbeit nach.

Zuallererst war er froh gewesen, dass der Ort, an den Ulf ihn gelotst hatte, kein Gewässer war. Die Erleichterung war gewachsen, als er registriert hatte: Die Leiche war bekleidet.

Dann kam der Schock.

*

Fria zog ihre Laptoptasche aufs Bett. Wochenende hin oder her, es gab Texte, die geschrieben, und Mails, die beantwortet werden wollten. Solange ihr dreibeiniger Freund friedlich schlummerte, sollte sie den frühen Morgen nutzen.

Eine Stunde später verlangte Bølle nach seiner Gassirunde. Auf dem Rückweg würde sie beim Bäcker vorbeischauen und danach Marten wecken. Sie stöhnte. Ihre dünnen Shorts boten einfach keinen Stauraum für ein Portemonnaie und einen dicken Schlüsselbund. Also zog sie einen Schein aus der Geldbörse und griff an den Haken neben der Eingangstür. Doch der war leer. Eigentlich hing dort immer ein einzelner Ersatzschlüssel. Fria sah stirnrunzelnd zu Martens weit geöffneter Zimmertür herüber.

»Ach egal, Bølle. Das klären wir später. Jetzt düsen wir zwei erst mal los«, flüsterte sie, zog ihren Schlüsselbundring durch den Karabiner von Bølles Leine und verließ die Wohnung.

*

Lars-Emil schwitzte. Es war erst halb sieben am Morgen, aber in seinem Vierzehn-Quadratmeter-Zimmer staute sich die Hitze von drei Monaten. Alles um ihn herum muffelte. Die staubige alte Stofftapete, die vergilbten Gardinen und erst recht die schäbige Matratze. Wie sollte er sich in dieser Umgebung konzentrieren?

Der Cursor auf dem Bildschirm flitzte an den Seitenanfang. »Gehen wir also noch einmal alles durch. Ich kann mir keinen Fehler leisten«, murmelte er. Plötzlich leuchtete das Display seines Handys auf. Leise vibrierend gab es das Brummen an die dünne Tischplatte weiter.

Das war *sie*.

Beim Anblick ihres Namens zog sich sein Magen zusammen. Er würde nicht drangehen. Wieder einmal.

*

Als Fria leise in Martens Zimmer schlich und ihn daliegen sah, so friedlich und unfassbar schön, beschloss sie, ihn doch nicht zu wecken. Es wirkte, als habe er die halbe Nacht durchgearbeitet. Sollte er die Hitze des Tages doch verschlafen!

Kurzentschlossen schlüpfte sie in Bikini und Sommerkleid, riss ein Strandtuch vom Wäscheständer und sah Bølle auffordernd an. »Na, mein Junge, Lust auf ein bisschen Frühsport in der warmen Förde – der derzeit größten Badewanne der Welt?« Bevor der Mischlingsrüde vor Begeisterung Freudengesänge anstimmen konnte, schob sie ihn eilig aus der Wohnung.

*

»Mein Gott, das ist ja noch ein Kind!« Entsetzt sah Ohlsen auf die dünnen Arme und das unreife Gesicht.

»Könnte man meinen. Sieht aber jünger aus, als er ist«, wusste Ulf.

Die Leiche war männlich. Den Gegenständen nach, die neben ihr auf der Ladefläche eines Lastenfahrrads zu erkennen waren, ein Obdachloser. Ohlsen sah Ulf fragend an.

»Es könnte, wohlgemerkt *könnte,* sich um eine Überdosis handeln.« Der Flensburger Kommissar wedelte mit einem Beweisbeutel, in dem sich ein weiterer kleinerer befand, der einige rosafarbige Tabletten enthielt. »Die Rechtsmedizin sagt, die erste Begutachtung der Leiche würde diese These stützen.«

»Woher hat jemand wie er das Geld für so viele Pillen?« Und warum hatte Ulf ihn hergebeten? Ohlsen hob vorsichtig das T-Shirt des Toten hoch. Keine Bauchritzungen! Er ließ die Luft, die er unbewusst angehalten hatte, in einem langen Atemzug entweichen.

Ulf nickte einer Frau der Spurensicherung zu, die neben dem Lastenrad stand und nun vorsichtig ein paar Gegenstände zur Seite schob. »Wir haben nach seinen Papieren gesucht, irgendetwas, um ihn zu identifizieren, und dabei das hier ent–«

Noch bevor Ulf den Satz zu Ende sprechen konnte, hatten Ohlsens Augen das dicke Knäuel Naturfaserseil entdeckt. Erneut hielt er den Atem an.

# NEUN

»Ich brauch euch nicht zu erzählen, was der öffentliche Druck bei denen da oben auslöst.« Ohlsen blickte in die Runde seiner Mitarbeiter. Er hatte sie ausnahmslos antreten lassen. »Der Leichenfund von heute Morgen könnte alles verändern. Insofern fällt das Wochenende für die SOKO Bog Body leider flach.« Die meisten Gesichter verrieten zustimmende Neugier, einige von ihnen auch Müdigkeit. Sein eigenes würde nur wenig besser aussehen, immerhin – er hatte ein paar Stunden Vorlauf. »Der Tote heißt Henke Anders Andresen, geboren neunzehnhundertfünfundneunzig in Hamburg. Er hatte keinen festen Wohnsitz. Vorläufige Todesursache: Überdosis einer Partydroge, wahrscheinlich Ecstasy. Die Rechtsmedizin ist dran. Was ihn für uns interessant macht, ist das, was man in seinem Lastenrad gefunden hat.« Ohlsen deutete auf die Rückseite eines der Whiteboards, die er so lange benutzte, bis eine siebte Magnettafel herangeschafft worden war. Es zeigte einige Fotos. »Ein Stück aufgewickeltes Naturfaserseil, das den Stricken, die zur Fixierung der Toten am Grund des Sees benutzt wurden, verdammt ähnlich sieht. Die Vergleichsanalysen laufen. Dann zwei Spritzen, ungebraucht, aber leider ohne Umverpackung, und … ein Skalpell. Klar ist, dass die Klinge Anhaftungen von Blut und Gewebe aufweist. Wir wissen nur noch nicht, ob von Mensch oder Tier.« Er konnte förmlich hören, wie es in den Köpfen der Teammitglieder arbeitete, und ließ die Informationen erst einmal wirken.

Sinje war die Erste. »Er könnte die Sachen gefunden haben.

Oder er hat den Unterschlupf des Mörders entdeckt und das Zeug mitgehen lassen. Er war bestimmt viel auf Achse, hat Dinge gesehen, die anderen entgangen sind.«

Ohlsen nickte. »Eine Möglichkeit.«

»Wie sieht es mit Fremdverschulden aus? Könnte er beseitigt worden sein? Vielleicht ist er dem Täter zu nahegekommen?«, mutmaßte Palle.

»Und der lässt die Beweise in dem Lastenkarren liegen? Unwahrscheinlich!«, warf Fischer ein. »Wie wär's damit, dass wir hier den Täter haben?«

»Bislang deutet alles auf eine Überdosis durch eine synthetische Droge hin, ob aus Versehen verabreicht oder aus Gründen der Selbsttötung, ist noch unklar. Abwehr- oder Gewaltverletzungen, die auf eine Beteiligung weiterer Personen schließen lassen würden, wurden bislang nicht gefunden. Wir stehen aber noch ganz am Anfang. Bevor wir keine konkreteren Erkenntnisse aus der Rechtsmedizin und KT haben, gehen wir wie folgt vor: Palle, Carstensen, ihr zwei nehmt das Leben des Toten Henke Anders Andresen unter die Lupe. Das, *bevor* er obdachlos wurde. Was zeichnete ihn aus? In welchen Verhältnissen ist er aufgewachsen, wo und mit wem trieb er sich damals rum – den üblichen Kram. Die Dinge, die er in seinem Lastenrad mit sich führte, waren ordentlich gepackt, die Kleidung sauber und ohne große Beschädigung. Einiges davon roch sogar frisch gewaschen. Er war im Besitz eines gültigen Personalausweises. Als Wohnsitz ist die Adresse seiner Eltern eingetragen. Alles in allem hatte er äußerlich kaum etwas mit dem Klischee des dreckigen Penners zu tun. Fahrt in seine alte Wohngegend, befragt die Eltern, Nachbarn, Lehrer und Freunde. Hat er ein Studium oder eine Ausbildung angefangen und eventuell sogar abgeschlossen? Oder hat er abgebrochen? Wenn ja, warum? Gibt es irgendeine Verbindung zur Klüfterhöft Skole oder zu einem der sechs Opfer?«

Palle und Cilla nickten und zogen sich augenblicklich zurück, um sich zu besprechen.

Ohlsen fuhr fort. »Fischer, Sinje, ihr zwei kümmert euch um die Gegenwart. Wieso hat er auf der Straße gelebt? Wie kam es dazu? Gibt es eine erkennbare soziale Struktur, Leute, mit denen er immer wieder gesehen wurde? Wo hat er geschlafen? Hatte er trotz allem einen festen Tagesablauf? Geht auf die Straße und fragt herum. In der Großstadt schauen die Leute weg. Hoffen wir, dass es in Klüfterhöft anders ist. Auch ihr achtet bitte insbesondere auf eine Verbindung zu den sechs Toten, zur Klüfterhöft Skole und zu den Mitarbeitern der Tierarztpraxen, die in einem Umkreis von – sagen wir – dreißig Kilometern angesiedelt sind. Weiter wird er per Rad nicht gefahren sein. Vielleicht bekommen wir so eine Ahnung davon, wo er die Sachen gefunden haben könnte.«

»Fischer hat recht. Es könnte sich auch um sein Zeug handeln. *Er* könnte unser Täter sein. *Er* könnte die sechs umgebracht und im See versenkt haben«, warf Sinje ein.

Natürlich hatte auch Ohlsen schon darüber nachgedacht. »Auch diese Option müssen wir bedenken. Dann müsste er einen Unterschlupf gehabt haben, in dem er die Taten unentdeckt und in Ruhe verüben konnte. Eines finde ich schwer vorstellbar: Warum sollten die Opfer einem Obdachlosen in sein Versteck gefolgt sein – und das freiwillig – oder ihn dort aufgesucht haben, ohne ihrem Umfeld davon zu erzählen?«

Sinje nickte zustimmend, Fischer zog unschlüssig die Schultern hoch, dann erhoben sich beide. »Vielleicht hat er sie doch abgepasst und überwältigt«, murmelte er.

»Eines noch!«, schloss Ohlsen und hob die Stimme. »Das gilt für euch alle!« Er nahm Palle und Carstensen ins Visier. »Kein Wort zu niemandem, was den Leichenfund von Andresen, die Umstände, die gefundenen Gegenstände und möglichen Zusammenhänge zu den Thorsberger Morden angeht. Schon gar nicht zur Presse. Ich will die Meute nicht an den Hacken haben und gegen spekulative Sensationsnachrichten anarbeiten müssen! Verstanden?«

Ohlsen ließ sich schnaufend auf einen Stuhl fallen. »Beten wir«, murmelte er, »dass der Junge nicht umsonst gestorben ist und uns den entscheidenden Hinweis liefern kann.«

Oltmann lächelte zuversichtlich und hielt seinem Chef einen Pott Kaffee unter die Nase.

Sinje war schon ausgestiegen, da rief Fischer: »Bin sofort bei dir. Antworte eben meiner Tochter. Die Kleine ist krank.« Entschuldigend winkte er mit seinem Handy. Er sah, wie sie zum Einverständnis die Hand hob und die Eisdiele am Eingang des Parks ansteuerte. Hier wollten sie mit ihrer Spurensuche beginnen. Der Ladenbesitzer hatte einen freien Blick auf jeden, der den Park betrat oder verließ.

Fischers Augen folgten seiner Kollegin, während das Handy durchwählte. Der Ruf wurde angenommen. Seine eigene Stimme kam ihm fremd vor. »Hören Sie gut zu, denn ich sage das nur einmal. Es wurde eine Leiche gefunden. Heute Morgen. Ein Obdachloser mit seinem Lastenrad. Überdosis. Vermutlich Selbstmord. Man hat belastende Beweise bei ihm gefunden. Ein Seil wie das, mit dem die Thorsberger Moorleichen fixiert waren, ein Skalpell mit Blut- und Gewebespuren und Spritzen.« Dann legte er auf.

*

Natürlich war Bølle vor ihr die Treppe hochgeschossen. Nun hörte Fria ihn aufgeregt herumtapsen. Als sie um die Ecke bog, sah sie ihn freudig erregt um Emilias angezogene Knie tanzen. Die junge Frau hockte im Flur, darauf wartend, dass man sie einließ.

»Marten schläft sicher noch.« Fria schloss auf und bat den Besuch herein. »Lust auf Frühstück?«

Emilia setzte sich an den kleinen Küchentisch, was der Mischlingsrüde sofort ausnutzte und ihr auf den Schoß sprang.

Bølle, du Charmeur, dachte Fria. Es erstaunte sie immer wieder, wie schnell er heraushatte, welcher Mensch Tieren besonders zugetan war. Oft sensible Typen, mit einem Ohr für die Zwischentöne des Lebens. Leider war Fria sich nicht so sicher, ob das mit Emilia und Marten auch so gut zusammenging. Nicht dass sie sich herausnahm, ein Urteil über die Beziehung anderer zu fällen, in diesem Fall jedoch schlug ihr Bauchgefühl Alarm. Marten war ein ganz besonderer Mensch. Er war zerbrechlich wie ein kleines Kind und hatte die philosophischen Ansätze eines uralten Greises. Er lebte in seiner eigenen Welt, musste dennoch mit dieser hier klarkommen. Mit seiner Art konnte er das Leben anderer unglaublich bereichern, sein eigenes jedoch jeden Moment auslöschen. Er hätte jemanden gebraucht, der ihn für all das liebte, der jedoch mit beiden Beinen fest im Leben stand, der Schutz bot für zwei. Emilia aber wirkte selbst ein wenig entrückt, sanft und … Fria stöberte in ihren Gedanken nach dem richtigen Wort. Hilflos war wohl das, was es am ehesten traf. »Wie habt ihr euch eigentlich kennengelernt, Marten und du?« Sie hielt Emilia den Brotkorb hin.

*

Erwartungsvoll betraten Ohlsen und Oltmann die Pathologie. Die erfahrene Ebba Sigmundsen hatte in ihrem Ein-Satz-Telefonat aufgeregt geklungen, als sie sie herzitiert hatte. Naturgemäß arbeitete sie Hand in Hand mit der KT. Allerdings gab sie auch nur zu gern deren Ermittlungsergebnisse bekannt.

»Das Wichtigste zuerst. Die KT hat jede Menge Gewebespuren gefunden. Ich meine nicht am Skalpell, sondern in der Transportbox des Lastenfahrrads. Die Flächen, die Seiten und der Boden wurden mit einem scharfen Reinigungsmittel gesäubert, aber in den Ritzen … Der DNA-Abgleich läuft noch. Einen Treffer haben wir aber schon. Wir konnten die von Benno Kranich nachweisen!«

Ohlsens Augen wurden weit. »Du meinst …« Hilflos runzelte er die Stirn.

»Wir gehen davon aus, dass das Lastenrad dazu gedient hat, Kranichs Leiche zu verstecken oder zu transportieren. Er muss drin gelegen haben. Anders können wir uns die Spurenlage derzeit nicht erklären.«

In Ohlsens Gehirn arbeitete es auf Hochtouren. Groß genug war die Ladefläche, wenn man die Körper ein wenig zurechtlegte. Eine Abdeckung gab es auch. Und wer interessierte sich schon für das Zeug eines Obdachlosen? Die meisten Menschen sahen sogar bewusst weg, wenn sie merkten, wen sie vor sich hatten.

»Es war unfassbar heiß. Lange konnte er die Leiche nicht da drin lassen. Der Gestank hätte ihn verraten.«

Die Rechtsmedizinerin zog die Schultern hoch. »Das zu beurteilen ist dein Job.«

»Und die anderen Thorsberg-Toten?«

»Wie gesagt, der Abgleich läuft. Ebenso der von der Skalpellspitze. Die Faser des Seils ist, den ersten optischen und chemischen Tests nach, identisch. Aber auch hier bitte ich dich noch um ein wenig Geduld. Die KT arbeitet auf Hochtouren. So wie wir! Kommen wir also zu den außerordentlich aufschlussreichen Ergebnissen meiner Leichenschau des Toten Henke Anders Andresen. Er war kerngesund und in einer sehr guten körperlichen Verfassung. Übrigens war da nichts, was auf einen gewohnheitsmäßigen Konsum irgendeiner Droge schließen ließe. Gesunde Zähne, keine Mangelerscheinungen. Blutwerte tipptopp, Leber gesund. Dem Alkohol schien er auch nicht übermäßig zugetan gewesen zu sein. Getötet hat ihn ein Cocktail aus Energydrink und Ecstasy, viel Ecstasy. Und hier wird's seltsam. Er hatte so viel davon im Blut, dass es für einen Overkill gereicht hätte.«

»Also keine unbeabsichtigte Überdosierung?«

Ebba schüttelte entschieden den Kopf.

»Selbstmord?«

»Möglich.« Die Chefin der Rechtsmedizin und die beiden Ermittler sahen nachdenklich zu, wie der Assistent Hartmuth Boeffel in dem durch eine Glasscheibe abgetrennten Laborteil kleine Röhrchen befüllte und in eine Zentrifuge steckte. »Kannst du dich an den Fall mit dem Champagner erinnern? Vor zwei oder drei Jahren, als in einem Nobelrestaurant in Flensburg zwei Gäste starben, nachdem sie von dem edlen Tropfen gekostet hatten?«

Ohlsen kramte in seiner Erinnerung. Oltmann, der etwas im Hintergrund stand, nickte.

»Die Flaschen waren versehentlich in den Ausschank geraten. In ihnen war so viel Ecstasy, dass wenige Schlucke reichten, um die ahnungslosen Gäste umzubringen«, fuhr Ebba fort.

»Stimmt! Ein Drogenclan hatte die Tabletten im Champagner aufgelöst, die Flaschen originalgetreu versiegelt und durch den Zoll geschmuggelt. Alles, um das Zeug danach wieder zu extrahieren, zu trocknen und auf den Markt zu bringen«, wusste Oltmann.

»Du glaubst, Henke hat die Tabletten im Energydrink aufgelöst und dann getrunken?«, fragte Ohlsen.

»Bei der hohen Dosis halte ich das für sehr wahrscheinlich.«

»Würde man das schmecken, dass Drogen im Drink sind?«

»Wohl kaum.«

»Dann können wir auch Mord nicht ausschließen. Von jemandem, dem er vertraut, hätte er bestimmt – ohne dass Gewalt von Nöten gewesen wäre – eine Dose genommen und arglos getrunken.«

»Aber wie willst du eine einmal geöffnete Dose wieder originalgetreu verschließen? Selbst bei einem mini Loch durch eine

Spritzeninjektion wäre die Kohlensäure raus. Das fällt doch auf, Chef«, gab Oltmann zu bedenken.

»Wenn ich dir jetzt eine Dose Cola hinhalten würde, schon geöffnet, würdest du zweifeln und sie ablehnen?«

»Nein, aber wir kennen uns auch schon ewig.«

»Eben! Wir sollten in Betracht ziehen, dass Henke Anders Andresen an den Taten beteiligt war, das denke ich auch. Aber ihn als alleinigen Täter anzusehen? Ich weiß nicht. Wie hat er seine Opfer dazu gebracht, ihm derart zu vertrauen, dass er allen sechs eine Spritze setzen konnte? Und wo hat er das gemacht? Er müsste Zugriff auf eine entsprechende Räumlichkeit gehabt haben.«

»Also hatte er mindestens einen Komplizen! Vielleicht einen Arzt? Von wem sonst würde man sich ohne Weiteres Injektionen verpassen lassen?«, mutmaßte Oltmann.

»Bei den Hausärzten der sechs Opfer gab es keine Überschneidungen. Wir werden die Angehörigen nach Spezialbehandlungen fragen.« Ohlsens Blick suchte das blasse Gesicht des toten Andresen ab, als sei dort die Antwort zu finden. »Möglich wäre natürlich, dass jemand den armen Kerl ausgenutzt hat. Auf der Platte hilft man sich doch gegenseitig! Was, wenn er sein Lastenrad nur verliehen hat? Als Tausch gegen einen Schlafplatz, eine warme Mahlzeit …? Wir müssen rauskriegen, mit wem er regelmäßig Kontakt hatte, mit wem er gesehen wurde.« Erst jetzt bemerkte Ohlsen den leicht genervten Gesichtsausdruck der Gerichtsmedizinerin. »Oh, entschuldige, Ebba, wir stehlen deine kostbare Zeit!«

Etwas milder gestimmt, meinte die: »Erwähnenswert ist wohl der Umstand, dass die Leiche fast schon akribisch sauber war. Ich meine, das Opfer war augenscheinlich sehr ordentlich, besonders im Hinblick auf seine Zunft, aber das hier ist schon mehr als reinlich.« Sie strich in einer fließenden Bewegung über den Leichnam, stoppte an der rechten Hand und hielt sie wie zum

Beweis hoch. »Der Körper wurde mit Kernseife geschrubbt, die Fingernägel sind kurz bis auf die Nagelhaut. Also entweder unterlag der arme Kerl einem Waschzwang oder …?« Die Augenbrauen hinter ihrer dicken roten Brille schnellten nach oben.

Auf dem Weg zurück ins Büro wies Ohlsen seinen Kollegen an, die Gegenstände aus dem Lastenfahrrad auf Kernseife hin zu überprüfen.

*

Nach dem Frühstück nahm Fria einen Kaffeepott mit auf den Balkon. Wie blankpoliert die Wasseroberfläche der morgendlichen Förde daherkam! Das leichte Sommerblau des Himmels spiegelte sich ebenso in ihr wie die vielen kleinen Segeljachten, die dem Ganzen ein Postkartenidyll verliehen. Die Temperaturen würden erneut nach oben schnellen, an diesem Samstag im August. Fria konnte sich nicht erinnern, dass es jemals so lange so heiß gewesen war. Ebenso wenig, wie an eine derart lange Zeit ohne nennenswerten Wind. Wind gab es hier eigentlich immer! Sie schüttelte den Kopf und überlegte, sich im Bikini an den Rechner zu setzen. Dann schielte sie auf die zusammengeklappte Fördezeitung, die neben ihr auf der Bank lag. Bølle machte es sich neben ihr bequem und zusammen lasen sie das Neuste vom Tag. Die Titelseite stand ganz im Zeichen der Thorsberger Mordfälle. Obwohl das Blatt nicht zu denen gehörte, die jede Schreckensnachricht aufbauschten und unappetitlich ausschlachteten, fanden sich auch hier mittlerweile erste unseriöse Ansätze. Die Polizei wurde offen kritisiert, die Angst der Bevölkerung unterschwellig angeheizt.

Fria bemerkte Emilia, unschlüssig vor der offenen Balkontür stehend. »Fühl dich wie zuhause! Ich muss eh gleich arbeiten und Marten – das kann dauern!« Sie wedelte mit der Zeitung. »Falls du etwas Tagesaktuelles lesen magst?«

Emilia hob abwehrend die Hände und schüttelte den Kopf. Sie klemmte sich neben Bølle auf das verbliebene bisschen Bank und streichelte ihm sanft das Fell. Der Rüde ließ begeistert die Rute tanzen.

Wenn ich mich jetzt nicht aufraffe …, dachte Fria und beobachtete noch einen Moment lang, wie sehr ihr Hund die Schmuseeinheiten Emilias genoss.

*

Lars-Emil stöhnte und drückte den steifen Rücken durch. Dieser Stuhl machte ihn fertig! Er wusste gar nicht, wohin mit seinen langen Beinen. Vorsichtig drehte er beide Fußgelenke, was von hässlichen Knacklauten begleitet wurde. Davon abgesehen war er zufrieden. Er war gut vorangekommen. »Auf in eine hoffentlich rosige Zukunft!«, murmelte er, besah sich sein schäbiges Pensionszimmer und fand, es sah gleich ein bisschen freundlicher aus.

*

Ihre Augen starrten auf das Handy, auf die aktuellen Nachrichten der Region. Immer wieder las sie die blutroten Lettern des Aufmachers: *Thorsberger Serienkiller ein Obdachloser – Mörder richtet sich selbst.* Wie in Zeitlupe widmete sie sich dem Artikel, ganz so, als befürchtete sie, eines der nächsten Worte könnte ihr Schicksal auf das Grausamste und unwiderruflich besiegeln. Sie inhalierte jeden Buchstaben, versuchte zwischen den Zeilen zu lesen und zu begreifen, wo ihr Platz war. Wo, bei alldem, stand sie? Nervös kratzten ihre Fingernägel über die juckende Narbe. Wieder einmal fühlte sie sich hilflos. Etwas, das sie nie wieder sein wollte. Warten müssen, was als Nächstes passierte! Abhängig sein von dem, was andere taten! Nicht selbst agieren und bestimmen können! Sie spürte, wie Übelkeit in ihr aufstieg. Immer wieder fragte sie sich, warum es sich so entwickelt hatte. An welchem Punkt hätte sie einschreiten können? Und warum hatte sie nichts davon kommen sehen? Sie war nicht gründlich genug gewesen! Sie hatte einfach nicht hart genug gearbeitet. Die Vorbereitungen waren nicht akribisch genug gewesen. Sie hatte Schwächen zugelassen. Und – sie wusste immer noch nicht, wo er ihre arme, unschuldige Tilda hingebracht hatte. Jetzt war ihr so übel, dass sich der Brechreiz kaum noch unterdrücken ließ. Sie rannte zum Klo.

*

»Was, zum Teufel, ist das für ein Krach da vorne?« Ohlsen schob sich verärgert ein paar nassgeschwitzte Haarsträhnen aus der Stirn.

Kaum ausgesprochen stand einer der Kollegen von der Bereitschaft vor ihm. Unklar, ob sein hochroter Kopf der Hitze oder Aufregung geschuldet war. »Kommissar Ohlsen? Die Presse! Sie stürmen die Wache!«

»Was soll das denn jetzt?«, murmelte Ohlsen und begab sich energisch nach vorn, in den Empfangsraum der Norgaarder Polizeistation. Verdutzt hielt er inne und betrachtete das Gedränge.

Schon hatten einige sein Kommen bemerkt. Die Krähe tat sich am lautesten hervor. »Ohlsen! Wo bleibt die offizielle Stellungnahme? Die braven Bürger der Region haben ein Recht darauf zu erfahren, was das für ein Bursche war, der ihnen nach dem Leben getrachtet hat! Wieso hat er sich umgebracht? Habt ihr ihn in die Enge getrieben? Wart ihr ihm auf den Fersen? Was war sein Motiv? Waren die sechs Toten Opfergaben? Wir wollen Details! Reden Sie! Das sind Sie den Bürgern schuldig!«

Wie in einem Schock gefangen starrte Ohlsen fassungslos auf die Menschentraube, auf die hochgereckten Handys, Mikrofone und Kameras. Der Leichenfundort war extrem abgelegen gewesen, die Fundzeit so früh am Morgen … Wie zum Geier hatte die Nachricht des toten Obdachlosen so schnell die Runde machen können? Wieso dachten sie, es handele sich um den Mörder der Thorsberger Wasserleichen? Wie gut waren die Medien überhaupt informiert? Wussten sie von den Beweismitteln, die sie in dem Lastenrad gefunden hatten?

Ohlsen holte tief Luft, hob beide Hände, um sich Gehör zu verschaffen und versprach, dem Begehr der Presse auf einer Konferenz am Sonntagabend nachzukommen. Dann ließ er die Wache räumen.

»Durchforstet das Internet«, murmelte er einem Mitarbeiter zu. »Ich will wissen, was schon geschrieben wurde. Versucht herauszufinden, wer der Erste war, der was ins Netz gestellt hat. Woher hatte derjenige seine Infos?« Die Stirn in tiefe Falten gelegt, ging er zurück nach hinten. Dieser Fall war eine echte Herausforderung.

Zurück im Großraumbüro schob sich Oltmanns Kopf über den Bildschirmrand seines Computers. »Sackgasse! Bei vier der sechs Opfer gab es keine anstehenden ärztlichen Maßnahmen, keine Spezialbehandlungen, keine Termine bei Heilpraktikern oder Ärzten und keine kosmetischen Eingriffe. Nichts, was darauf schließen ließe, dass sie sich irgendwo Spritzen verabreichen lassen wollten. Es findet sich auch kein Hinweis darauf, dass alle sechs Kontakt zu ein und demselben Mediziner gehabt hätten. Zudem konnte keiner der Bekannten oder Verwandten eine Vertrauensperson bestätigen, die in den letzten Jahren neu im Beziehungskreis der Opfer aufgetaucht wäre. Die Angehörigen der verbliebenen beiden Opfer habe ich noch nicht erreichen können.«

Ohlsen schloss die Augen. »Wie weit sind wir mit den Verbindungen zur Klüfterhöft Skole? Irgendeinen Treffer bei Lærke Storgaard, Miriam Reiter oder Benno Kranich?«

»Steht als Nächstes auf meiner Liste. Carstensen war dran, dann hast du sie und Palle losgeschickt …«

Ohlsen wiegelte ab. Im selben Moment wurde er ans Telefon gerufen. Die KT. Man hatte die DNA aller sechs Opfer in der Transportbox des Lastenrades nachweisen können. Die wichtigste Nachricht aber war: ausschließlich die der sechs ihnen bekannten Opfer! Es gab keine DNA, die nicht zugeordnet werden konnte. Hieß das also, dass es vorbei war? Dass es keine weiteren Morde gegeben hatte?

Ohlsen zwang seine Gedanken zurück in das Gespräch.

An dem Skalpell, so der Ermittler, habe man hingegen keine Spuren der Opfer gefunden. Die Anhaftungen bestanden aus Käse und rohem Rindfleisch. Die Fingerabdrücke auf dem Griff des Messers stammten von dem Toten Henke Anders Andresen. Ausschließlich von ihm. Das Naturfaserseil war identisch mit dem Material, das bei den Wasserleichen sichergestellt wurde. Zu den Spritzen gab es wenig Aussagekräftiges. Sie waren neu und ungebraucht. Keine Fingerabdrücke. Alles, was die KT noch sicherstellen konnte, Fasern, Haare und kleine Partikel, war noch in der Prüfung. Sollte man an ihnen DNA-Spuren finden, die weder Andresen noch den Opfern zuzuordnen waren, würde man sie archivieren und später abgleichen können – wenn nötig.

»Im Profil der Reifen des Lastenfahrrades haben wir leider nichts Verwertbares finden können. Nicht mal irgendwelche Steinchen oder Pflanzenfasern. Und für alles andere war es in den letzten Monaten zu trocken, tut mir leid«, schloss der Kriminaltechniker.

Es war später Samstagabend, als die Zweierteams Fischer und Cassuben sowie Reepschläger und Carstensen einrückten. Ohlsen eilte in die Kaffeeküche, zog sechs Flaschen alkoholfreies Bier aus der Kühlung, ließ die Kronkorken ploppen, ging zurück in den Besprechungsraum und reichte die Erfrischung herum.

»Na, dann wollen wir mal hoffen, dass du uns keine Drogen untergemischt hast.« Sinje lächelte erschöpft.

»Wenn das hier ausgestanden ist, läuft Norgaard auf Minimalbesetzung und ihr feiert eure Überstunden ab, versprochen!« Gespannt blickte Ohlsen in die Runde.

Palle nickte Cilla zu.

Die nahm einen großen Schluck und begann. »Henke Anders Andresen, geboren am fünfzehnten April neunzehnhundertfünfundneunzig in Hamburg Bergedorf. Eine Schwester, zehn Jahre älter als er. Henke wächst in gutbürgerlicher Umgebung auf. Sein Vater war Postbeamter, seine Mutter Einzelhandelskauffrau, beide sind heute Rentner. Nette Leute. Ich glaube, sie werden eine Weile brauchen, um zu begreifen, dass ihr Sohn tot ist.«

»Wussten sie, dass er als Obdachloser in Klüfterhöft lebte?«

Carstensen schüttelte den Kopf. »Vielleicht hatten sie eine Ahnung, wollten es aber nicht wahrhaben. Frau Andresen meinte, er habe Probleme gehabt, sich in feste Strukturen zu begeben. Das sei schon als Kind so gewesen. Er habe es schwer gehabt in der Schule, sie auch nicht abgeschlossen.«

»In Deutschland gibt es eine Schulpflicht!«

»Du kennst das: Der Schüler erscheint nicht zum Unterricht, besteht die Abschlussprüfung nicht, verpatzt die Versetzung. Einmal, noch einmal, dann wird er der Schule verwiesen. An der neuen kommt er nie richtig an. Zu Anfang versuchen die Ordnungshüter vielleicht noch, ihn aufzuspüren und hinzuschleifen. Dann ist der Jugendliche mit einem Mal untergetaucht. Selbst seine Eltern wissen nicht, wo er steckt. Nicht immer gibt es Strafen gegen die Eltern, die ihre Fürsorgepflicht verletzen, weil jeder weiß, wie groß die Hilflosigkeit in solchen Fällen sein kann. So ähnlich war es auch im Hause Andresen. Die Mutter beschrieb, alles getan zu haben, um Einfluss auf Henke auszuüben. Es sei einfach an ihm abgeprallt. Dann wäre er immer öfter weggeblieben.

Zu Anfang war die Sorge und Verärgerung groß. Dann haben sie aufgegeben.«

»Gab es Kontakt?«

»Sehr sporadisch. Meist zu den Geburtstagen der Eltern oder zu Weihnachten. Da rief er an, beteuerte, es gehe ihm gut. Auf die Frage, was er denn mache, womit er sich seinen Lebensunterhalt verdiene und wo er wohne, antwortete er immer mit einem Lachen und den Sätzen: Ich wohne hier und überall, genieße das Leben und meine Freiheit. Solltet ihr auch mal versuchen. Macht glücklich!«

»Wann haben sie ihn das letzte Mal gesehen?«

»Vor fünf Jahren. Er wollte den dicken Bauch seiner Schwester sehen. Sie war schwanger.«

»Was für einen Eindruck hatten sie von ihm?«

»Wie hat sich Frau Andresen ausgedrückt? ›Leider war er unreif wie immer. Seine Kleidung sauber, aber einfach und von Frisur keine Rede. So war es immer mit ihm. Ob es sich geändert hätte, wenn er zu Geld gekommen wäre, ist fraglich. Insofern nein, wir hatten keine Ahnung, dass er als Obdachloser herumgezogen ist.‹«

»Und seine Schwester hat nie versucht, ihn ausfindig zu machen?«

»Das Verhältnis war nicht sonderlich gut. Sie waren zu weit auseinander, nicht nur was das Alter betraf.«

»Freunde, Lehrer, Nachbarn?«

»Freunde gab es laut der Eltern nur wenige. Und wenn, dann aus Kindertagen. Sie haben keine Ahnung, wo die heute leben oder was aus denen geworden ist. Wir haben die Namen von zwei Lehrern, die wohl noch vor Ort wohnen.«

»Gut, hakt da nach. Ich nehme an, eine Ausbildung oder etwas in der Art hat es nie gegeben? Wie sieht es mit einer Verbindung zu unseren sechs Wasserleichen aus? Oder zur Klüfterhöft Skole?«

Cilla und Palle schüttelten den Kopf.

Ohlsen wandte sich Fischer und Cassuben zu. Sein Blick war Aufforderung genug.

»Wie es scheint, lebte Henke Anders Andresen seit mindestens drei Jahren als Wohnungsloser in Klüfterhöft«, begann Sinje. »Was er davor gemacht hat, wo er herkam, wusste niemand. Alle, die nicht nur Phrasen für uns hatten, sprich, die, die wirklich hingeschaut oder sich mal mit ihm unterhalten haben, sagen eigentlich dasselbe. Er sei zurückhaltend gewesen, nie aufdringlich, habe nicht gestört, aber auch nicht viel erzählt. Keiner der Befragten konnte sich erinnern, Andresen betrunken oder auf Drogen gesehen zu haben. Das erbettelte Geld habe er in Nahrung und Duschmarken umgesetzt.«

»Duschmarken?«

»Die Frau vom örtlichen Hallenbad hat zugegeben, ihm des Öfteren den Eintritt erlassen zu haben, da er ja eh nur duschen wollte. Und im Klüfterhöfter Leuchtturmhäuschen, einer kleinen Familienpension, ließen sie ihn einmal die Woche Wäsche waschen.«

»Wie kam es dazu?«

»Eines Tages sei er durch die Tür gekommen, habe freundlich gegrüßt, eine Packung Waschmittel auf den Tresen gestellt, ein paar Euro danebengelegt und gefragt, ob er ihre Waschmaschine nutzen dürfe.«

Ohlsen zog überrascht die Augenbrauen hoch. »Während seine Wäsche ihre Runden drehte, gab es doch bestimmt den einen oder anderen ausführlicheren Plausch!«

Sinje schüttelte den Kopf. »Nee, der ist immer raus, hat sich auf die andere Straßenseite gesetzt und abgewartet. Die nasse Wäsche legte er glatt gefaltet in eine große Plastiktüte. Dann ist er wieder weg. Wir nehmen an, er hat sie irgendwo an der Luft trocknen lassen. Dafür allerdings gibt es keine Zeugen.«

»Bei Frost hatte er dann gefrorene, bretthart Wäsche. Super, oder?« Björn Fischer grinste.

Sinje verdrehte die Augen. »Die Pensionswirtin meinte, er habe sich immer möglichst windige, trockene Tage ausgesucht.«

»Und das Lastenrad?«

»Hier scheiden sich die Geister. Sicher ist, er wurde in den letzten zwei Jahren damit gesehen. Die einen meinen, er habe es von Anfang an dabeigehabt, die anderen glauben, zunächst wäre er ohne unterwegs gewesen. Keiner wusste, wo er es herhatte.«

»Gab es einen festen Unterschlupf für die Nacht, für schlechtes Wetter?«

»Dazu konnten wir bislang nichts herausfinden. Was er schon hatte, war so etwas wie einen eingespielten Tagesrhythmus. Morgens saß er oft vor der Bäckerei. Manchmal ging er direkt hinein und kaufte sich sein Frühstück, manchmal erbettelte er sich erst ein paar Cent. Abends, kurz bevor der Laden schloss, war er dann wieder da.«

»Um sich sein Abendbrot zu holen?«

»Um etwas von dem entgegenzunehmen, was der Bäcker am Tag nicht hatte verkaufen können. Ein Geschenk des Hauses.«

»Gut, er holt sich morgens also sein Frühstück. Und dann?«

»Je nach Wetterlage. Bei gutem Wetter sah man ihn häufig unten am Hafen oder im Park unter den großen Linden, bei schlechtem unter dem Torbogen an der Gasse, die zum Dorfplatz führt.«

»War er immer allein? Was ist mit anderen Obdachlosen?«

»Momentan scheint er der Einzige gewesen zu sein, der auf der Straße gelebt hat. Es gibt zwar noch ein paar Bettler in Klüfterhöft, die sind aber in Sozialwohnungen untergebracht.«

»Könnten die ihm Unterschlupf geboten haben? Gab es engeren Kontakt?«

»Negativ. Die zwei Männer und eine Frau bestreiten das. Auch die Nachbarn konnten nichts Derartiges bestätigen. Wobei wir nicht das Gefühl haben, dass sich die Anwohner besonders füreinander interessieren. Ist also durchaus möglich, dass keiner mitbekommen hat, dass Henke zu Gast war.«

»Hatte Andresen Freunde? Gab es Kontakte, die über ein kurzes Gespräch hinausgingen?«

Sinje zuckte mit den Schultern. »*Wir* haben keine gefunden. In der momentanen Situation, während der großen Hitze, kriegen die Leute eh nicht viel mit, vermeiden es, sich draußen aufzuhalten. Somit ist es kein Wunder, dass keiner was gesehen hat.«

»Na, eines hat der Bäcker auf jeden Fall gesehen!« Fischer richtete sich auf und verlieh seiner Stimme Ausdruckskraft.

Sinje seufzte. Alle anderen sahen dem Ermittler gebannt ins Gesicht.

»Eine der Letzten, die mit Henke Anders Andresen gesehen wurde, war …« Er zog die Pause künstlich in die Länge. »Fria Svensson, die Museumsbraut aus Dänemark.«

# ZEHN

»Lütt Henke … tot?« Frias Augen sahen ihn entsetzt an.

Ohlsen saß an ihrem Küchentisch. Die Fenster der Altbauwohnung waren weit geöffnet, monotones Brummen von Ventilatoren erfüllte die Räume, hatte eine seltsam verlangsamende Wirkung auf die Taktzahl seines Pulses. »Du kanntest ihn?« Hier, mitten in der Nacht an ihrem Küchentisch, schien es ihm plötzlich absurd, sie weiter zu siezen.

»Ja und nein. Er gehörte irgendwie zum Dorfbild. Ich hab ihm manchmal was zugesteckt. Gerade jetzt, bei dieser Hitze, für Wasser und so.« Sie öffnete den Kühlschrank und nahm eine Karaffe aus dem Seitenfach. »Möchtest du?«

Ohlsen nickte. »Gern, danke.«

Schweigend verfolgten sie, wie der Wasserstand in den Gläsern zunahm.

»Was war er für ein Typ?«

Ein leichtes Lächeln umspielte ihren Mund. »Ich hab versucht, ihn zu retten, am Anfang.« Bei der Erinnerung daran schüttelte sie den Kopf. »Das war vor drei Jahren. Es war Herbst, die Tage waren nass und windig, die Nächte rattenkalt. Ich hab ihm 'ne Unterkunft in einem Obdachlosenheim in der Stadt besorgt, den Sozialdienst auf den Plan gerufen. Ständig war ich mit anderen Leuten da, stand mit neuen ausgetüftelten Ideen vor ihm, um seinem Leben Richtung und Geborgenheit zu geben. Er war so jung!« Versonnen versetzte sie ihr Wasserglas in Rotation. »Er hat alles ausgeschlagen. Es hat gedauert, bis ich es begriffen habe. Er war nicht gescheitert.

Er war nicht in etwas hineingerutscht, nicht vom Schicksal im Stich gelassen! Er war genau da, wo er sein wollte!«

»Hat er mal erzählt, warum er diesen Lebensweg gewählt hat?«

»Seine Freiheit und Unabhängigkeit schienen im wichtig. Ansonsten hat er nicht viel von sich preisgegeben. Er war nicht auf Gespräche aus, stellte selten Fragen, wollte in Ruhe gelassen werden.«

»Kennst du seinen Rückzugsort, seinen Unterschlupf für schlechtes Wetter?«

»Warum bist du hier, Ohlsen? An einem Samstagabend, kurz vor Mitternacht? – Wie ist Lütt Henke zu Tode gekommen? Hat der Mörder der Thorsberg-Leichen ihn …?«

»Das wissen wir nicht. Selbstmord, Mord, noch kommt beides infrage.«

Ihr fragender Gesichtsausdruck forderte eine Erklärung.

»Überdosis mit berechtigtem Zweifel an Suizid«, erläuterte er und nahm einen Schluck Wasser. »Es besteht der Verdacht auf Mittäterschaft.«

»An den Thorsberg-Morden?« Ihre Augen wurden weit.

Ohlsen nickte. »Wir haben Dinge bei ihm gefunden.«

»Dinge?«

»Fria, ich kann nicht …«

»Du bist derjenige, der hier mitten in der Nacht auftaucht!«

»Ich wollte dich nicht vorladen.« Er seufzte. »Fria, bitte: Hatte Andresen irgendwelche seltsamen Ansichten, hat er sich mal aggressiv oder abwertend über bestimmte Personen geäußert? War er irgendwie anders, an dem Tag vor der Bäckerei, als ihr euch das letzte Mal unterhalten habt?«

Fria überlegte kurz. Dann schüttelte sie den Kopf. »Ich hab ihn zum Pastor geschickt. Die Kirche mit ihren dicken Wänden, dort ist es kühl. Lütt Henke hat gemeint, sie wäre abgeschlossen und der Geistliche alles andere als erpicht darauf, ihn dort zu haben. Überdosis von was?«

»Ecstasy.«

Ungläubig schnaubte Fria auf. »*Falls* er das Zeug konsumiert hat, dann nie in der Öffentlichkeit. Ich jedenfalls habe ihn nie zugedröhnt erlebt.«

»Mit dieser Aussage bist du nicht allein. Dennoch hatte er Unmengen davon im Blut – und noch etliches bei sich.«

»Wie bitte hätte er das bezahlen sollen?«

»Nur weil er ein einfaches Leben auf der Straße vorzog, heißt das nicht zwangsläufig, dass er kein Geld hatte.«

Auch wieder wahr, dachte Fria und versuchte, sich die einzelnen Begegnungen mit Lütt Henke in Erinnerung zu rufen.

Als sie damals meinte, sie würde ihn allmählich besser verstehen, war dies eine Erkenntnis gewesen, dass er ein Mensch war, der nie zurückblickte. Ein Mann ohne Vergangenheit. Was hinter ihm lag, war ihm schlichtweg nicht mehr wichtig. Ebenso wenig blickte er nach vorn.

Als sie ihm einen Job als Pizzaboten bei Armando verschaffen wollte, hatte er sie mitleidig angelächelt und gemeint: »Du musst mehr genießen, Museumsfrau. Der Morgen kommt, wenn er kommt. Und *wenn* er da ist, gucken wir mal.«

War sein Geist durch den Konsum von Drogen umnebelt gewesen? Bislang hatte sie ihn einfach als einen jungen Aussteiger gesehen, der beschlossen hatte, den gesellschaftlichen Zwängen den Rücken zuzudrehen. Absolut harmlos. Wäre er zu einer Mittäterschaft an den Thorsberg-Morden in der Lage gewesen?

»Was für Dinge habt ihr bei ihm gefunden, Ohlsen?«

Der Kommissar erhob sich. »Es ist spät, die Nacht kurz. Danke, dass ich dich noch stören durfte.«

Sie folgte ihm in den Flur.

Marten war in seinem Atelier. Beide Flügeltüren waren weit geöffnet. Durch sein Zimmer hindurch hatte man einen perfekten Blick auf ihn und sein Werk. Er wirbelte vor der großen Leinwand hin und her, vollkommen vertieft in die Arbeit. Die Klänge eines traurigen spanischen Liedes begleiteten seine fließenden Bewegungen.

Ohlsen blieb fasziniert stehen. Die ganze Szene hatte etwas Unwirkliches. Die Türrahmen, die die Zuschauer von dem Kunstschaffenden trennten. Das fließende Licht, das ausschließlich den Atelierraum flutete. Der junge, zarte Mann, bei dem Ohlsen zunächst zweifelte, ob es wirklich einer war. Seine ausschweifenden Bewegungen, und dazu diese tragischen Klänge! Als wäre der Künstler selbst Teil einer Inszenierung.

Fria liebte das. »Ich könnte ihm stundenlang zuschauen.« Um einen ähnlichen Blickwinkel zu haben, war sie nah an Ohlsen herangetreten.

Sein Blick löste sich widerwillig. Er drehte den Kopf, registrierte erstaunt die Nähe ihres Gesichts, ihre großen Augen, ihre fein geschwungenen Lippen.

Er hätte sie vorladen sollen! »Er ist Ihr …?«

»Dein …! Er ist mein Mitbewohner.«

»Mitbewohner, natürlich.«

*

Wind! Da – schon wieder! Ganz zart, als müsse er sich erst ankündigen. Die alte Autotür quietschte kläglich. Fria lehnte sich an den Wagen und schloss die Augen. Vor ein paar Tagen hatten die Wetterfrösche noch behauptet, die Großwetterlage bliebe ihnen erhalten. Und jetzt? Veränderung lag in der Luft! Das sanfte Atmen der Natur war warm, das schon, aber nicht mehr so heiß wie an den vorangegangenen Tagen, von denen sich nur wenige überhaupt mit ein wenig Wind rühmen konnten.

Lars-Emil beobachtete sie grinsend. »Na, fit für eine neue Woche?« Sein Kopf tauchte in den Innenraum des alten Renaults ab, als er sein Zeug zusammenkramte.

»Klar, du nicht?«

Beide sahen sich an und lachten.

Sie nahm an, dass er, ebenso wie sie, das ganze Wochenende über seinen Texten gehangen hatte.

Im Bürotrakt des Museums brannte Licht. Irgendwer musste vor ihnen angefangen haben.

»Falls du jemanden brauchst, der Korrektur liest …«, meinte Fria und lugte neugierig in jedes Büro.

»Komme ich supergern auf dich zurück. Du wirst dich gedulden müssen. Stehe noch ganz am An…« Lars-Emil stockte, als Albertes fassungsloses Gesicht vor ihnen auftauchte. »Einen wunderschönen guten Morgen, Alberte!«, besann er sich.

»Fria, kann ich dich sprechen?«, stammelte sie. »Es ist dringend!«

»Aber na klar! Gehen wir in mein Büro.« Fria schloss die Tür hinter sich und sah ihre Kollegin fragend an.

»Das Symposium. Die Buchungen für das Hotel Pæregården, alle vierundzwanzig storniert. Ebenso die siebzehn des Hotels Slot!«

»Bitte was?«

»Ich wollte ein paar Sonderwünsche nachordern, ging aber nicht, weil es gar keine Buchungen gab. Es hat mich eine geschlagene Stunde gekostet, bis wir den Grund herausgefunden haben. Freitagnachmittag wurden alle Zimmer storniert.«

Das durfte doch nicht wahr sein! »Von wem denn bitte storniert?«

»Zunächst dachte ich, es müsse ein Fehler im System des Hotels sein, aber nachdem auch bei dem zweiten Haus Stornierungen eingegangen waren … Zusammen mit den Hotelangestellten bin ich alle Möglichkeiten durchgegangen.«

»Sind wir gehackt worden?« Aber wozu dann die Stornierungen? Was bezweckte man damit? Fria merkte, wie ihr der Schweiß ausbrach.

»Ich weiß es nicht. Aber es kommt noch schlimmer!«

»Wie meinst du das?«

»Ich habe natürlich sofort versucht, die Zimmer neu zu buchen. Aber es ist Sommer, viele Menschen reisen und am Samstag und Sonntag hatten sie Zeit, ins Internet zu gehen und Zimmer zu reservieren.«

»Wie viele? Alberte! Wie viele stehen jetzt ohne da?«

»Neunzehn. Uns fehlen neunzehn Zimmer. Ich habe die Suche ausgeweitet, bei anderen Hotels angefragt. Nichts zu machen. Wir werden bis nach Padborg gehen und Shuttle-Busse einsetzen müssen. Was anderes fällt mir nicht ein.«

»Egal. Mach das! Sieh zu, dass die Verteilung …«, sie suchte nach den richtigen Worten, »den Erwartungen entspricht.« Nicht auszudenken, wenn die Angesehensten ihrer Branche während eines Seminars *ihres* Museums unangemessen untergebracht wären. Das würde sofort die Runde machen. Der Ruf des Hauses, ihr Ruf als Leitung bekäme einen nachhaltigen Knacks.

»Fria?« Lars-Emils Stimme ließ beide Frauen zusammenzucken.

Wie lange stand er schon da?

»Entschuldige, aber Alberte wirkte so durcheinander und ich dachte, ich könnte vielleicht helfen.«

Sein Ausdruck, Fria kannte den von früher. Er machte sich Sorgen. »Wir kommen zurecht. Ich hab alles im Griff.«

»Wirklich? Alberte, du sagtest, du bist mit den Hotelangestellten alle Möglichkeiten durchgegangen. Wie wurden die Stornierungen durchgeführt?«

»Per Internet. Die Angaben waren alle korrekt, inklusive der Buchungsnummern.«

Lars-Emil sah Fria bedeutungsvoll in die Augen. »Woher sollte ein Hacker diese Informationen haben? Außerdem wäre das ein ziemlich großer Aufwand! Für was denn?«

Er hatte recht! Wer würde sich damit befassen, ihren Museumsaccount oder ein Hotelportal zu knacken, um Buchungen zu stornieren?

»Vielleicht war das nur der Anfang? Teil eines großangelegten Angriffs, um dem Museum zu schaden, um Geld zu erpressen?« Sie fand es unsinnig, sobald sie es ausgesprochen hatte. Wer glaubte schon, dass es bei einem so kleinen Museum etwas zu holen gab?

»Und wenn das gar nicht gegen uns geht, sondern gegen die Hotels?«

»Haben wir überprüft. Es gab keine weiteren ungewöhnlichen Stornierungen, weder bei Hotel Slot noch beim Hotel Pæregården. Die Buchungsvorgänge der anderen Kunden verliefen völlig normal!«

»Ich versteh das nicht. Wer sollte etwas davon haben, uns das Leben schwer zu machen?« In Frias Kopf liefen die Gedanken Amok.

Kurze Zeit schwiegen alle betreten.

»Wenn es niemand von außen war …« Alberte schluckte, knetete nervös ihre Hände.

»Zu den Rechnern hier oben haben nur drei Personen Zugang.«

Fria sah ihre Kollegin an. »Du, Villads und ich!«

»Und der EDV-ler«, warf Alberte ein.

»Und ich …«, fügte Lars-Emil hinzu.

Fria nickte gedankenverloren.

»Habt ihr alle dasselbe Passwort? Das, was ich an dem Gastrechner auch habe?« Er begann, im Zimmer auf und ab zu gehen.

»Nein. Jeder hat für seinen Rechner ein eigenes. Da alle auf denselben Server zugreifen, ist es nicht notwendig, an fremde Rechner zu gehen. Jeder von uns hat zu jeder Zeit auf alle Dokumente Zugriff.«

»Und nach ein paar Minuten Untätigkeit schalten die Rechner in den Sicherheitsmodus«, murmelte Lars-Emil. »Ein Umstand, der mich übrigens schon einige Nerven gekostet hat. Ständig muss man sich neu anmelden. Heißt in unserem Fall: Ein Außenstehender könnte auch nicht ohne Weiteres in eure Büros, um eure Abwesenheit auszunutzen.«

»Du glaubst also allen Ernstes, einer von uns dreien hätte die Veranstaltung boykottiert und die Zimmer storniert? Vergiss es! Du spinnst, Lars-Emil! Alberte, selbst Villads … nein! Unmöglich!« Fria schüttelte energisch den Kopf. »Es muss einen anderen Grund geben! Ein Virus, ein geistig umnachteter Hotelangestellter …!«

»Der gleichzeitig für zwei Hotels arbeitet? Oder hat er einen Zwillingsbruder?« Der Klang seiner Stimme war sanft. »Das lässt sich ganz leicht überprüfen, Fria. Wir brauchen uns nur die Browser-Chroniken ansehen. Alberte hat bestimmt die Zeitangaben der Stornierungen.«

Albertes Kopf war hochrot. Sie nickte vorsichtig.

»Nein! Auf keinen Fall! Ich vertraue meinem Team!«

»Geh mit gutem Beispiel voran. Lass uns zunächst deinen Rechner und dein Notebook ansehen. Fria, wenn du das jetzt nicht klärst, sitzt das wie ein Stachel, der immer wieder für Probleme sorgen wird, das weißt du!«

Sie wollte das nicht. Alles in ihr sperrte sich – und doch schoben sich ihre Fingerspitzen ganz langsam in Richtung Maus. Das Hochfahren des Rechners dauerte quälend lang. Drei Klicks und der Verlauf des besagten Tages entblößte ihr Nutzerverhalten. Kein Zugriff auf die Buchungsplattform der Hotels. Obwohl Fria nichts anderes erwartet hatte, war es eine Erlösung, die angehaltene Luft auszuatmen.

Vollkommen steif vor Anspannung stakste sie voraus, um Albertes Rechner zu überprüfen. »Es tut mir leid! Ich weiß, es ist vollkommen unsinnig, aber …«

Alberte blieb ihr eine erlösende Absolution schuldig. Auch bei ihr gab der Verlauf für den besagten Tag nichts Verdächtiges her.

Sie nahmen sich den Gastrechner vor, der momentan hauptsächlich von Lars-Emil genutzt wurde.

Fria schielte verstohlen zu ihm herüber. Er wirkte unsicher, knetete nervös seinen Unterarm.

»Oh Mann, ich weiß echt nicht, was ich … Ich meine, ihr alle kennt das Kennwort für diesen Rechner!« Er biss sich auf die Unterlippe.

Aber auch der Verlauf des Gastrechners war unauffällig. Wieder atmete Fria etwas auf, fand langsam zurück zur alten Gelassenheit. Es konnte auch gar nicht anders sein! Keiner der Verläufe würde etwas hergeben! Die Ursache musste woanders liegen!

»Was ist das denn hier für ein Auflauf? Irgendwas Interessantes, das ich vielleicht auch wissen sollte?« Erschrocken drehten alle drei sich um. Villads!

»Tu mir den Gefallen, komm mit in dein Büro und fahr deinen Rechner hoch. Wir müssen uns kurz was anschauen.«

*

Ohlsen spürte den Luftzug auf der Kopfhaut. Das hatte drei Gründe. Er radelte Richtung Polizeistation, die Wolle auf seinem Schädel war dem Rasierer zum Opfer gefallen und – es ging ein ganz leichter Hauch, der das Wort Wind schwerlich verdiente. Dennoch – ihm war, als kündigte sich eine Wende an.

Die stünde ihnen auch im Fall der Thorsberger Morde gut zu Gesicht. Bislang aber folgte alles eher der Chaostheorie. Mit Ungemach dachte er an die Pressekonferenz des gestrigen Abends. Ein Eiertanz. Eine geifernde Meute gegen ihn, den einsamen zahnlosen Wolf.

Die Internetrecherche hatte ergeben, dass es die Krähe gewesen war, die den Ball angestoßen und die ersten Berichte über den toten Obdachlosen als Mörder von Thorsberg in Umlauf gebracht hatte. Natürlich wollte der Kerl partout nicht preisgeben, auf welche Weise er an die Informationen gekommen war. Und die hatten es in sich gehabt. Die Presse wusste von dem Seil, vom Skalpell und von den Spritzen. Absolute Insiderinformationen, die kein Beobachter des Polizeieinsatzes hätte wissen können. Zum wiederholten Male fragte Ohlsen sich, wer die Krähe so gut versorgt hatte.

Geendet hatte die Pressekonferenz mit tumultartigen Zuständen. Sie hatten ihn in die Mangel genommen, ihn gedrängt, Henke Anders Andresen als Mörder von Thorsberg zu bestätigen. Ohlsen hatte ruhig dagestanden, seine einstudierten Phrasen verkündet und um Geduld gebeten. Es sei noch zu früh. Die Ermittlungen befänden sich in vollem Gange. Doch damit hatte sich keiner abspeisen lassen wollen. Es war zu unschönen Verbalattacken gegen die Polizei und im Speziellen gegen ihn selbst gekommen. Am meisten ärgerte ihn, wie nachhaltig diese Worte durch seinen Kopf zogen, wie sehr sie ihn belasteten. Danach hatte er das getan, was er längst hätte tun sollen: die viel zu dicke wärmende Haarpracht bis auf drei Millimeter abrasiert!

»Moin!«

»Moin Chef!« Palle und Sinje grüßten gelassen, als er die Wache betrat, die beiden Flensburger Kollegen aber starrten sprachlos auf seinen kahlgeschorenen Kopf.

»Schön, dass ich euch mit meiner bloßen Anwesenheit beeindrucken kann. Carstensen, Fischer, ihr zwei macht euch auf den Weg. Ein paar Stationen, die Andresen fast täglich besucht hat, konnten wir schon ausmachen. Geht dieser Spur nach, sucht die Umgebung ab nach leerstehenden Gebäuden, verwahrlosten Hütten, nach allem, was man als Unterschlupf umfunktionieren könnte. Klingelt an Türen, fragt die Anwohner, ob sie etwas beobachtet haben, das uns hilft. Sollte es sich bei Andresen tatsächlich um unseren Täter handeln, muss er einen Raum gehabt haben, in dem er die Morde begangen hat! Uns fehlen außerdem immer noch die Kleidungsstücke der Opfer. Sie werden ja nicht nackt auf Andresen oder ihren Mörder gestoßen sein. Oltmann, wie weit bist du mit den Listen? Gibt es eine Verbindung der drei Toten Storgaard, Reiter und Kranich zur Klüfterhöft Skole?«

»Negativ. Bislang nichts! Es gab aber woanders einen Treffer. Ein Mitarbeiter der Tierarztpraxis Schäfersee, achtzehn Kilometer vom Tatort entfernt, ein gewisser Samuel Ludwig Bogen, dreiunddreißig, war bis vor fünfzehn Jahren Schüler an besagter Klüfterhöft Skole. Ich meine, da war er nicht der Einzige. Dreiviertel der Gegend ist zur Klüfterhöft Skole gegangen. Die anderen Ex-Schüler, die eine Karriere in der Tiermedizin eingeschlagen haben, sind aber zu jung, sie können den Bretschneider nicht mehr gekannt haben. Bogen schon.«

»Gab es Auffälligkeiten in der Praxis Schäfersee? Wurden die Bestände von Embutramid und Kaliumchlorid überprüft?«

»Überprüft ja, Auffälligkeiten nein.«

»Egal. Fahr mit einem kleinen Team noch einmal hin und stell alles auf den Kopf. Und bring mir diesen Herrn Bogen her.« Ohlsen registrierte Sinjes ungläubigen Blick. »Wir können es uns nicht leisten, einer solchen Spur nicht nachzugehen, auch wenn gefühlt halb Norddeutschland auf diese Schule gegangen ist. Wäre immerhin möglich, dass der kleine Samuel Ludwig unter den Kindern war, die ganz besonders unter Theo Bretschneider gelitten haben. Wie weit sind wir da eigentlich? Haben wir Namen? Hat die Auswertung der Beschwerdeverfahren was ergeben?« Ohlsen wartete. »Sinje?«

Doch die war mit den Gedanken ganz woanders. »Findest du es eigentlich nicht seltsam, dass auf den Spritzen keine Fingerabdrücke gefunden wurden? Irgendwer muss sie doch in die Transportbox des Lastenrades gelegt haben!« Sie ging zum siebenten Whiteboard und studierte die Fotos.

»Du kannst sie in Pappboxen beziehen, einzeln und steril verpackt, zu fünfzig Stück oder mehr. Er kann sie herausgeschüttelt und die Umverpackung weggeschmissen haben. Ich glaube, Sterilität war ihm jetzt nicht so wichtig.«

»Hm, er führt die Spritzen mit sich, das Embutramid und Kaliumchlorid aber nicht?«

»Sicher muss es kühl aufbewahrt werden. Er braucht also einen Kühlschrank oder Ähnliches. Umso mehr müssen wir seinen Unterschlupf finden!«

»Was ist mit der Kernseife?« Ihre Augen suchten die Fotos ab.

»Keine Kernseife.« Palle reichte Sinje einen Kaffee.

»Hm, ein blank geschrubbter Mörder mit Verdacht auf Waschzwang ohne Seife?« Sinjes Stirnfalte grub sich noch tiefer ein.

»Keine Kernseife, aber Duschgel aus dem Discounter. Das haben wir bei ihm sichergestellt.«

»Sigmundsen meinte aber, er wäre mit Kernseife geschrubbt worden, nicht mit Billig-Duschgel!«

»Geschrubbt worden?« Ohlsen schaltete sich ein. »Du glaubst also, Andresen wurde ermordet und als Täter inszeniert?«

»Vielleicht hatte er die Kernseife einfach nur aufgebraucht?«, mutmaßte Palle.

»Hm …«

*

»Ich kann das nicht glauben! Ich, ich …« Fassungslos stand Villads in seinem Büro und baute sich wie ein Bollwerk zwischen dem Rechner und seinen Kollegen auf. »Ihr denkt allen Ernstes, ich hätte …?« Seine Stimme kiekste, dann schnaubte er entrüstet auf.

»Villads, bitte! Wir glauben gar nichts. Keiner verdächtigt hier irgendwen. Wir wollen nur sichergehen. Eine reine Formalität. Damit wir diese Möglichkeit abhaken können. Die anderen Rechner haben wir auch schon kontrolliert.« Fria sah ihn versöhnlich an. »Würdest du dich bitte einloggen?«

»Gar nichts werde ich! Ihr spinnt doch! Aber das war ja klar, dass es irgendwann mal so weit kommen würde, Fria! Nur weil du es nicht hinkriegst! Aber dass du zu solchen Mitteln greifen würdest …«

»Villads, bitte, zieh es nicht unnötig in die Länge!«

»Das hab ich nicht verdient, Fria! Und nein, ich werde dir keinen Einblick in meinen Rechner geben. Wenn du mir nicht vertraust, wenn mein Wort nichts wert ist, dann weiß ich nicht, wie das hier mit uns weitergehen soll!«

»Villads, verdammt! Keiner glaubt, dass du so was machen würdest. Aber ich brauch Belege. Denn auch ich muss Rechenschaft ablegen. Falls das alles irgendwie nach oben gespült wird, muss ich Rede und Antwort stehen können. Also fahr jetzt deine verdammte Kiste hoch und meld dich an! Oder soll ich dem Kösterschün Bescheid sagen? Dann weiß es spätestens morgen ganz Ørerup!«

Villads gab sich geschlagen. Flemming Kösterschün war der Service-Techniker des Museums, hatte Admin-Rechte und kam überall rein. Verärgert klickte Villads den Browser an und tippte auf den Verlauf des besagten Tages. »Bitte schön! Jetzt zufrieden?« Seine Stimme krächzte gekränkt. Er sah sie herausfordernd an.

Fria, Alberte und Lars-Emil aber starrten sprachlos auf den Monitor, auf das leere Fenster. Der Verlauf war gelöscht worden.

*

»Frau Cassuben, was verschafft mir die Ehre?« Rechtsmedizinerin Ebba Sigmundsen rückte ihre Brille zurecht.

Sinje atmete tief durch. Eigentlich wäre ihre Frage bei der KT besser aufgehoben, eine schnellere Antwort würde sie jedoch garantiert hier bekommen – hoffte sie.

Die Seziertische waren blitzsauber, ein Hauch von Desinfektionsmittel hing in der Luft und, um einiges dominanter, eine Wolke von Ebbas Parfum. Der Raum war angenehm kühl. Hartmuth Boeffel kam herbeigeeilt. »Wie wäre es mit einem Kaffee?«

»Nun, Frau Cassüben hat bestimmt 'ne Menge zu tun, Herr Boeffel, genau wie wir! Oder sind Sie gekommen, um sich Abkühlung zu verschaffen?« Sinje wurde eingehend gemustert.

»Ich überlege, meinen Schreibtisch in die Rechtsmedizin zu verlegen.« Lachend zwinkerte sie dem Assistenten zu. »Nein, ich bräuchte Ihre fachmännische Einschätzung.«

Aus dem angrenzenden Labor ertönte ein durchdringendes Piepen. Erst Sigmundsens unerbittlicher Blick brachte Boeffel dazu, seinen Pflichten nachzugehen. Nicht ohne einen tiefen Protestseufzer abzusetzen, ließ er die beiden Frauen stehen.

»Er ist neugieriger als alle Katzen Flensburgs zusammen«, murmelte die Rechtsmedizinerin. »Also?«

»Sie sagten, auf dem Skalpellgriff seien Andresens Fingerabdrücke.« Sinje mochte die Sigmundsen, gleichzeitig hatte sie einen Heidenrespekt.

Nebenan klapperte Boeffel lauter als wahrscheinlich nötig.

»Lässt sich feststellen, in welcher Hand er es gehalten hat, ob die Position von Daumen und Fingern auf einen glaubwürdigen Gebrauch des Werkzeugs schließen lässt?«

Sigmundsens Augen verengten sich zu einem Schlitz. Ein Zeichen, dass sie hochkonzentriert war. »Sie wollen ausschließen, dass jemand anderes Andresens Fingerabdrücke auf den Griff gedrückt hat?«

»Ich meine, es wurde ja wohl kurz zuvor noch Käse und Fleisch damit geschnitten. Das verlangt nach einer bestimmten Handhaltung. Und zwar der Linken. Henke Anders Andresen war Linkshänder. Ihre Einschätzung würde uns sehr dabei helfen, seinen Tod sowie seine mögliche Mittäterschaft einzuordnen.«

»Das müssen Sie mir nicht erzählen!« Abrupt drehte die Rechtsmedizinerin um und eilte zu einem der langen Arbeitstische. Ihr Ruf glich dem eines Befehlshabenden des Militärs. »Boeffel! Ich brauche das Skalpell aus dem Lastenrad, die Fotos der Abdrücke, die Analysen dazu und – Boeffel, bringen Sie Frau Cassuben endlich ihren Kaffee!«

*

»Warum ausgerechnet diesen, Villads?« Fria hatte Lars-Emil und Alberte gebeten, das Büro zu verlassen. Sie warteten auf Flemming Kösterschün. »Warum hast du ausgerechnet den Verlauf von letztem Freitag gelöscht?« Sie hatten sich die Tage davor und danach angesehen. Es war alles noch da.

»Ich hab da nichts gelöscht! Ich meine, klar mach ich das ab und zu, damit der Rechner nicht so zugemüllt wird, aber nicht letzten Freitag. Ich finde es immer noch unglaublich, was du mir da unterstellst, Fria!« Er stand da wie ein trotziges Kind, seine Stimme aber klang längst nicht mehr so fest und selbstsicher.

Es klopfte, Flemming schob sein gebräuntes Gesicht durch den Türspalt. Schweigend setzte er sich an Villads Rechner. Er brauchte nur einen winzigen Moment, dann tauchten die Tabs wieder auf. Einer nach dem anderen, nach Uhrzeit sortiert. Ein »Bitte schön«, schon war der Servicetechniker wieder draußen.

Fria betete inständig, es mögen harmlose, meinetwegen auch Pornoseiten sein, die Villads sich angeschaut hatte. Sie fühlte sich elend, ja schämte sich regelrecht. Als durchwühle sie einen privaten Kleiderschrank, stecke ihre Nase tief in fremde Unterwäsche.

Ein schneller Blick, ein kleiner, schmerzhafter Stich in der Herzgegend. Das Logo des Hotel Pæregården erkannte sie sofort. Mit zitternder Hand klickte sie auf den Tab. *Ihre Buchung wurde erfolgreich storniert*, prangte in grünen Lettern auf dem Monitor.

*

Es war unfassbar warm und stickig. In der gesamten Norgaarder Polizeistation. Sehnsüchtig schielte Ohlsen hinüber zu seiner Bürotür. Wenn doch die verdammte Klimaanlage wieder funktionieren würde! Die benachrichtigte Wartungsfirma hatte ihm keine großen Hoffnungen gemacht. Die Techniker seien alle unterwegs, die Auftragsbücher zum Bersten voll und noch dazu viele Mitarbeiter im Urlaub. Wie konnte man Klimatechnikern zu dieser Zeit freigeben?

Er drehte den Standventilator so, dass er ihm direkt ins Gesicht blies.

»Okay, ich bin so weit.« Sinje ließ sich neben ihm auf einen Bürostuhl fallen.

Auch Palle kam hinter seinem Rechner hervor.

Ohlsen nickte der Kollegin zu.

Die reichte ein paar Fotos herum. »Hier, schwarz eingefärbt, die Fingerabdrücke, die wir auf dem Skalpell sichergestellt haben. Zum Vergleich ein baugleiches Skalpell mit meinen Fingerabdrücken, rot eingefärbt, nachdem ich mit dem Messer ein Stück Käse geschnitten habe. Und als drittes meine Hand an besagtem Messer, wie ich versuche, es genau so zu halten, dass das gleiche Fingerabdruckmuster wie bei Andresen herauskommt.« Ihr Blick sagte alles. »Hätte Frau Sigmundsen das Skalpell nicht an der Schneide festgehalten, wäre es heruntergefallen. Keine Chance, es in dieser Finger-Daumen-Haltung in der Luft zu halten, beziehungsweise es überhaupt dort hinzubekommen. Und Fleisch oder Käse schneiden geht erst recht nicht.«

»Andresens Hand ist sicherlich ganz anders beschaffen als deine, Sinje. Wer hat schon so Mini-Fingerchen wie du?«

»Haben wir bedacht. Klappt trotzdem nicht.«

»Vielleicht hat er den Griff gesäubert und das Werkzeug danach nur noch hin- und hergeschoben.« Palle studierte aufmerksam die Fotos.

»Er säubert den Griff, die Schneide aber nicht? Obwohl er

damit leicht verderbliche Lebensmittel geschnitten hat? Unwahrscheinlich! Außerdem sitzt der Daumenabdruck auf der anderen Seite. Nur eben nicht so, dass es zum Griffschema passen könnte.«

Ohlsen nickte zufrieden. »Gut gemacht, Sinje. Wenn uns also jemand weismachen will, Andresen habe dieses Skalpell benutzt, verfolgt er damit ein klares Ziel. Zum Beispiel, um von sich selbst abzulenken. Wir müssen davon ausgehen, dass weitere Spuren fingiert und extra für uns gelegt wurden. Das Seil, die Spritzen, es wäre ein Einfaches, diese Dinge in der Transportbox zu deponieren. Wahrscheinlich ist das die Erklärung dafür, warum die Spritzen ohne Umverpackung im Lastenrad gelegen haben. Die Chargennummer hätte es uns ermöglicht, den Hersteller herauszufinden und die Lieferung nachzuverfolgen. Die Frage, die sich mir stellt: Warum das Skalpell?«

»Wegen der Bauchritzungen! Nur hatte der Täter die Klinge längst wieder gereinigt. Die Opfer lagen bei uns in der Rechtsmedizin. Keine Möglichkeit, belastende DNA an die Schneide zu bekommen.« Sinje fächelte sich Luft zu.

»Und da entscheidet er sich für Käse und Rindfleisch?« Palle grinste ungläubig.

»Für einen ersten rechtsmedizinischen Aha-Effekt reicht es: Blut- und Eiweißspuren.«

»Von den Bauchritzungen wusste niemand – ein Detail, das bislang Gott sei Dank noch nicht durch die Medien gegangen ist«, sagte Ohlsen. »Dazu das identische Seil …«

»Spricht dafür, dass der Täter selbst die Finte gelegt hat«, meinte Palle. »Einen Trittbrettfahrer halte ich für ausgeschlossen.«

»Aber das Lastenrad! Es gehörte Andresen! Wir haben DNA von allen sechs Opfern in der Transportbox gefunden. Glauben wir immer noch, er hat es verliehen?«, fragte Sinje.

»Oder es war eben doch nicht seins«, warf Ohlsen ein. »Es könnte durch ein baugleiches ersetzt worden sein. Palle, nimm ein Foto des Rads und frag den Bäcker, die Pensionswirtin und alle, denen Lütt Henke öfter begegnet ist, ob sie der Meinung sind, dass dieses Rad genau das ist, das er immer mit sich führte. Sinje, wir brauchen den Bericht der KT. Was ist mit Fingerabdrücken auf dem Lastenrad? Gibt es welche? Von wem sind sie? Außerdem will ich verdammt noch mal wissen, von wem die Krähe ihren Tipp über die Leiche Andresens und die Beweise im Lastenrad hatte. Wenn es wirklich der Täter ist, der uns Andresen als Bauernopfer präsentieren will, war er es auch, der sich mit der Krähe in Verbindung gesetzt hat! Wir hätten einen direkten Kontakt!«

Sinje nickte und sah in ihre Unterlagen. »Eine Sache hätte ich noch. Du hattest mich doch nach den Namen der Kinder gefragt, die in dem Beschwerdeschreiben über Theo Bretschneider als Opfer auftauchen? Es war nicht ganz einfach, sie ausfindig zu machen. Namensänderung durch Heirat, Umzug in andere Städte, das Übliche. Aber jetzt: Bis auf zwei habe ich alle erreicht und auch gesprochen. Die Geschichten waren wirklich haarsträubend. Absolut unfassbar, dass der Typ bis zum Schluss so weitermachen konnte. Das Kürzel PL unter der Dokumentation des Beschwerdevorgangs steht übrigens für die Lehrerin Pernille Lauritsen. Sie lebt heute in der Nähe von Gravenstein, in Dänemark. Sie war fast zwanzig Jahre an der Klüfterhöft Skole, zeitgleich mit Theo Bretschneider, und sie hat kein gutes Haar an ihm gelassen. Mit Hilfe ihrer Tochter hatte ich einen Video-Call mit ihr. Sie beschreibt den Hausmeister als grausamen und verschlagenen Mann. Sie meint, sie habe sich damals sehr für Gerechtigkeit eingesetzt, dafür, dass Bretschneider entlassen wird und keinen Schaden mehr anrichten kann. Leider kämpfte sie auf verlorenem Posten. Der damalige Direktor Otto Fritz Schauer hielt große Stücke auf Bretschneider und immer eine schützende Hand über ihn. Sie habe das nicht verstanden. Aber Schauer wäre auch so ein Ewiggestriger gewesen.«

»Ewiggestriger?«

»Konservativ, streng, unnachgiebig, ohne Verständnis für Befindlichkeiten.«

»Was ist mit den Kindern, die in dem Beschwerdeschreiben auftauchen?«

»Also die Frau, der er damals zwei Zähne ausgeschlagen hat, ihr erinnert euch an das miese Beinchenstellen, kann sich jedenfalls auch heute noch ordentlich in Rage reden. Mann, ist die abgegangen, als ich den Bretschneider erwähnt habe!«

»Wir müssen die Betroffenen von damals vorladen.«

»Sie wohnt in der Nähe von München. Auch von den anderen ist nur ein Einziger hier in der Nähe geblieben.«

»Vielleicht reicht es, wenn wir überprüfen, wo sie zu den Zeitpunkten von Benno Kranichs und Lærke Storgaards Verschwinden gewesen sind. Von den beiden liegen uns die präzisesten Angaben über den Todeszeitpunkt vor. Überprüf ihre Alibis für diesen Zeitraum.«

Sinje nickte.

»Hat die Dame sich zu der Bruun geäußert?«

»Sie konnte nichts Nachteiliges über die Lehrerin sagen. Etwas altbacken, aber nett. Nicht sehr durchsetzungsstark. Die besonders frechen und älteren Schüler seien ihr auf der Nase herumgetanzt.«

»Der Busfahrer?«

»Mit dem Namen Reik Brenner konnte sie zunächst nichts anfangen. Ich hab ihr per Mail ein Foto geschickt. Da hat es dann klick gemacht. Ja, an den konnte sie sich gut erinnern. Immer schlecht gelaunt sei er gewesen. Er habe einen der Schulbusse gefahren, sei auch bei mehreren Klassenfahrten dabei gewesen. Und das, Zitat der Befragten, obwohl er Kinder augenscheinlich hasste.«

»Hat sich wie geäußert?«

»Meistens durch Rumbrüllen. Wer nicht absolut pünktlich an

der Haltestelle war, dem hat er schon mal die Bustür vor der Nase zugemacht und ist einfach gefahren.«

»Tätliche Übergriffe?«

»Nicht bekannt.«

Eine junge Polizistin trat an sie heran. »Kommissar Ohlsen? Telefon für Sie. Ich hab ihr gesagt, dass Sie nicht zuständig sind, aber die Dame lässt sich nicht abwimmeln.«

»Worum geht es denn?«

»Um den Vermisstenfall Tilda Dietrich.«

# ELF

Fria saß vollkommen erschöpft in ihrem Büro und versuchte wieder runterzukommen. Die Auseinandersetzung mit Villads hatte sie viel Kraft gekostet. Und sie wusste absolut nicht, wie sie mit alldem umgehen sollte.

Sie konnte es nicht glauben! Das war das, was sie am meisten blockierte. Es wollte einfach nicht in ihren Kopf, dass er tatsächlich in der Lage gewesen sein sollte, sie dermaßen zu hintergehen und dem Museum auf so hinterhältige Art zu schaden. Warum? Lag es an ihr? Hasste er sie? Weil sie den Leitungsposten bekommen hatte und nicht er?

Sie stöhnte, vergrub das Gesicht in ihren Händen.

Ein Klopfen – ganz leise.

Sie antwortete nicht.

Es klopfte erneut. Lars-Emil schob sich vorsichtig durch den Türspalt. »Hey!«

Ihr abweisender Blick wollte ihn rückwärts wieder hinausschieben.

Er zog einen dampfenden Kaffee und ein Stück *Drømmekage* hinter seinem Rücken hervor, das nicht umsonst Traumkuchen hieß. »Es gibt nichts, was ein bisschen Koffein und eine ordentliche Portion Zucker nicht wieder zurechtrücken könnten, erinnerst du dich?«

Sie antwortete ihm mit einem gequälten Lächeln. In der Tat hatten sie im Studium so manch verpatztes Referat und die eine oder andere versemmelte Klausur durch diese Maßnahmen besser aussehen lassen. Aber hier ging es um etwas anderes. Um Vertrauen, das unwiderruflich zerstört war.

Er setzte sich ihr gegenüber und sah sie an. Nicht mitleidig oder unangenehm berührt, sondern offen und freundschaftlich. Fria erinnerte sich an die vielen Male, die sie sich gegenseitig getröstet hatten. Wenn das Studium nicht rund lief oder die Schönheit aus dem Semester über ihnen von Lars-Emil nichts wissen wollte. Genau in dem Moment, als sie ihn fragte »Was würdest du an meiner Stelle tun?«, meinte er: »Ich glaub das nicht!«

»Was? Was glaubst du nicht?«

»Dass er das war mit den Stornierungen. Von seinem Rechner! Also, da wär ich doch wenigstens an den Gastrechner gegangen. Oder ich wäre in die nächste Stadt gefahren und hätte das über ein Internetcafé laufen lassen. So dumm ist Villads nicht! Ich meine, ich kenn ihn erst ein paar Tage, aber …« Er schüttelte den Kopf.

»Du hast doch selbst gesagt, das mit dem Hacker wäre Unsinn!«

»Ich weiß. Trotzdem würde ich Villads' Rechner überprüfen lassen. Und noch mal überlegen, ob es hier im Haus nicht doch jemanden gibt, der dir oder vielleicht auch ihm schaden will. Das Ganze könnte ja auch gegen Villads gehen!«

»Er hat die ganze Zeit seine Unschuld beteuert.«

»*I know*, ihr wart nicht zu überhören.«

Die Stirn tief gerunzelt, nahm Fria einen Schluck Kaffee. Sie wusste nicht, was sie denken sollte.

»Eigentlich ist er ein ganz feiner Kerl. Etwas verstockt vielleicht, aber ansonsten … Er hat nie schlecht über dich geredet«, sagte Lars-Emil.

»Eher würde er sich die Zunge abbeißen. Er weiß, dass wir befreundet sind.« Sie holte tief Luft. »Er war auch scharf auf diesen Posten. Und er weiß, wie schwer das gute Gelingen einer solchen Veranstaltung wiegt.«

»Lass seinen Rechner durchchecken. Am besten wäre es natürlich, du könntest jemanden von außen beauftragen, der sich zusätzlich euren IT-ler vornimmt. Schließlich hat der auf alles Zugriff.«

»Das schlägt Wellen. Das muss ich begründen, allein der Kosten wegen.«

Lars-Emil zuckte mit den Schultern.

Fria schob den Kuchen zu ihm herüber. »Hilf mir gefälligst. Oder meinst du, ich will allein dick werden?«

*

Ohlsen war nassgeschwitzt, als sie vor der Schule hielten. Er war gefahren wie ein Berserker. Hätte er nach rechts gesehen, hätte er von Sinjes Gesicht ganze Geschichten ablesen können. Sie handelten von tragischen Zusammenstößen, überfahrenen Kindern und durchgeknallten Vorgesetzten. Aber Ohlsen hatte nicht nach rechts gesehen. Er war fokussiert, nichts drang zu ihm durch. Er konnte nicht glauben, was er vor ein paar Minuten gehört hatte.

Er sprang aus dem Auto, die Tür weit geöffnet und rannte los.

Sinje lief ihm hinterher.

Unfreundlicher als gewollt rief er der erstbesten Lehrerin zu, die ihnen auf dem Flur begegnete: »Loreena Sandner?«

Sie zeigte den Flur entlang. »Dritte Tür rechts.«

»Ohlsen!« Sinje war gleich hinter ihm. »Chef, warte!«

Doch der rannte einfach weiter.

Sie legte einen Zahn zu und erreichte ihn gerade noch, bevor er in das Zimmer stürzen konnte. »Stopp!« Sie drückte sich gegen die Tür. »Schnauf erst mal durch! Du wirkst wie ein Irrer.«

Er sah sie an, erst verärgert, dann irritiert. Dann schien er zu verstehen. Er nahm die Hände hoch, schloss die Augen und atmete tief ein und aus. Nach drei Atemzügen nickte er ihr zu.

Behutsam öffnete sie die Tür.

*

Ein wenig gefasster steuerte Fria Villads Büro an. Es war leer. Sie ging die anderen Räume durch.

Aber nur Alberte blickte ihr entgegen. »Er ist eben raus.«

»Nach Hause?«

»Ich kann's ihm nicht verdenken.«

»Ich bin hier nicht der Buhmann, das weißt du schon, oder?«

»Ich kann mir nicht vorstellen, dass er …«

»Ich doch auch nicht. Aber was soll ich denn machen, bei der Sachlage? Hat er sich noch um die zwei Grabungsteams und die Pressemitteilung gekümmert?«

Alberte zog die Schultern hoch.

Okay, dann kommt das noch *on top*, dachte Fria und seufzte innerlich. Sie traute sich kaum zu fragen. »Bist du mit den Buchungen weitergekommen?«

Alberte nickte. »Ich musste sie allerdings auf vier Häuser in Padborg verteilen. Ich hab dir aufgeschrieben, wen ich wo untergebracht habe. Vielleicht guckst du selbst noch mal. Die vom British Museum und Museo Nationale Romano bleiben sicherlich im Pæregården, oder? Bei den Niederländern war ich mir nicht sicher. Sonst musst du noch mal schieben. Der Shuttleservice für die drei Tage jedenfalls geht auch klar.«

»Du bist unsere Rettung, danke, Alberte!«

Wofür sie sonst empfänglich war, entlockte ihr diesmal nicht den Hauch eines Lächelns.

»Lass uns das Conference Dinner noch mal durchgehen.« Frias Augen baten um Entschuldigung.

»Noch mal?«

»Nur zur Sicherheit.«

*

Fast lautlos gab die Tür den Blick frei. Ohlsens Herz schlug ihm bis zum Hals. Er sah nur die Lehrerin, erkannte Loreena Sandner an ihrer Frisur. Sie hockte vor einem Stuhl, wandte ihnen den Rücken zu. Als sie sie bemerkte, drehte sie sich um und dann …

»Mein Gott, sie ist es«, flüsterte Ohlsen und spürte, wie sich alles in ihm verkrampfte.

Frau Sandner wirkte gestresst, schaffte es aber, ihre Stimme einigermaßen ruhig zu halten. »Tilda, das sind zwei sehr liebe Polizisten. Die haben ganz doll nach dir gesucht. Wir alle sind so froh, dass du wieder da bist.« Sie wandte sich ihnen zu. »Ich wusste nicht, was ich machen sollte. Ich wollte ihre Mutter anrufen, aber da hat die Kleine so schrecklich gewimmert …«

Bei dem Wort *Mutter* fing Tilda an zu zittern. In ihren Augen stand die blanke Angst.

Jetzt hockte auch Sinje sich hin. »Schhht, Tilda, alles in Ordnung. Wenn du nicht zu deiner Mama willst, ist das vollkommen okay. Hast du Hunger? Magst du was essen?«

Während seine Kollegin beruhigend auf die Kleine einwirkte, nahm Ohlsen die Lehrerin vorsichtig zur Seite.

»Wo haben Sie sie gefunden?«

»Im Keller der Schule gibt es einen Raum, in dem wir alles Mögliche lagern. Kostüme, Anschauungsmaterial, Deko, die Stühle für Veranstaltungen und und und. Dort hatte sie sich verkrochen.«

»Kommt man da ohne Weiteres rein?«

»Der Raum an sich ist nicht verschlossen. Da unten lagern ja keine wertvollen Sachen. Der Abgang in den Keller schon.«

Ohlsens fragender Blick ließ sie fortfahren.

»Nun ja, wenn einer von uns häufiger runtermuss, weil viele Dinge nach oben oder zurück in den Keller geräumt werden müssen, wird nicht nach jedem Gang abgeschlossen. Auch die Putzkolonne hat ihr Zeug in einem der Kellerräume. Sie schließen erst wieder ab, wenn sie fertig sind. Zu der Zeit sind ja eh keine Kinder mehr im Haus. Die Kleine könnte also einen unbeobachteten Moment genutzt haben.«

»Seit wann könnte sie im Keller gewesen sein?«

Loreena Sandner zog überfordert die Schultern hoch. »Ich weiß es nicht. Der Hausmeister meint, er wäre vor drei Tagen noch unten gewesen, um einen Stuhl zu reparieren. Aber wenn sie sich versteckt hat …«

»Ich muss den Raum sehen! Hatte sie Zugang zu einer Toilette, zu Wasser und Nahrungsmitteln?«

»Wir lagern dort Toilettenpapier, Küchenrollen und so was. Aber auch ein paar Packungen Kekse. Eine Toilette ist da nicht, aber ein Waschbecken …«

Sinje winkte und zog Ohlsens Aufmerksamkeit auf sich.

»Sie sagt keinen Ton, ist total verstört. Und hast du ihre Füße gesehen? Sie muss dringend in ein Krankenhaus«, flüsterte sie leise und lächelte Tilda zu.

Ohlsen nickte und entfernte sich wieder. »Einen Rettungswagen?«

»Habe ich gerufen, sobald es die Situation zuließ. Kurz nachdem wir gesprochen hatten«, berichtete die Lehrerin.

Ohlsen beobachtete das kleine Mädchen. Es rührte ihn zu Tränen. So dünn, so zerbrechlich. Von oben bis unten dreckig. Ihre nackten Füßchen waren mit Wunden übersäht, ihre Haare vollkommen verfilzt. Aber am schwersten zu ertragen waren ihre vor Angst weit aufgerissenen Augen und ihre zitternde und abwehrende Körperhaltung.

Mit einem Mal fühlte er sich elend und hilflos.

Es hatte lange gedauert. Die kleine Tilda war mit ihren Kräften am Ende, das sah man, und doch hatte ihr Körper tapfer gegen das Bedrohliche angekämpft. Und da derzeit alles bedrohlich schien, hatten es die freundlichen Sanitäter und der hinzugezogene Notarzt nicht leicht gehabt.

Nachdem der Rettungswagen mit Tilda und Sinje an Bord gefahren war, sammelte sich Ohlsen kurz. Sein Logiksystem sollte die Chance bekommen, das aufgewühlte Chaos in seinem Innern in den Griff zu kriegen.

Die Schule hatte Tilda vermisst gemeldet. Nun war die Kleine ausgerechnet hier wieder aufgetaucht. War sie die ganze Zeit da unten gewesen? Und war das freiwillig geschehen? Wieso hatte der Ranzen an der Straße gestanden, mitten auf ihrem Schulweg? Er wandte sich Loreena Sandner zu, der die Erschöpfung deutlich anzusehen war. »Wer hat Tilda Dietrichs gefunden – in Ihrem Keller?«

»Unser Fräulein Bröckelmann.«

»Eine Lehrerin?«

Sandner schüttelte den Kopf. »Sekretariat.«

»Und wer war seitdem dort unten?«

»Na also, sie und Hausmeister Nientid und ich.«

»Bitten Sie die beiden her! Der Keller darf bis auf Weiteres nicht betreten werden.« Dann zog er sein Handy heraus und rief die Spurensicherung an.

*

Fria ging rastlos auf und ab. Die warme Luft in den Büros des Museums schien ihren Brustkorb zusammenzudrücken.

Im Lauf des Tages hatten Alberte und sie weitere Unregelmäßigkeiten entdeckt, deren Ursprung auf Villads Rechner lag. Daraufhin hatte sie sich in seinem Büro verschanzt und war die Chroniken der letzten zwei Monate durchgegangen. Es war beängstigend, wie oft er sie gegoogelt hatte. Sogar Privates, wie ein Besuch auf der Vernissage von Marten, hatte er sich angesehen. Das Foto des Artikels in der Fördezeitung zeigte, wie sie Marten gratulierte, ihn strahlend umarmte. Sie war auf Foren gelandet, die von Hobbyarchäologen betrieben wurden, und hatte mit Entsetzen gelesen, was Villads über sie gepostet hatte. Ihre Kompetenz intern mit jeder ausgesprochenen Zeile jeden Tag aufs Neue infrage zu stellen, reichte ihm wohl nicht mehr aus. Er wollte sie fertigmachen! Zum wiederholten Mal nahm sie das Telefon und wählte seine Nummer. Vergebens.

*

Ohlsen saß im Wagen vor der Wache, mit seinem Handy am Ohr. Das gleichmäßige Tuten nagte an seinen Nerven.

Aufgebracht schrieb er Lies eine Nachricht. »Warum kannst du nicht *ein*mal drangehen, wenn ich dich brauche?« Kurz bevor sein Daumen auf *Absenden* drücken konnte, löschte er nach und nach jeden einzelnen Buchstaben.

Der Tag war fast rum. Er dachte an die vergangenen Stunden. Mit der Spusi war auch Ulf zur Schule gekommen, der den Fall Tilda Dietrich ja schließlich leitete. Sie hatten sich besprochen, hatten den Hausmeister und die Sekretärin befragt, die vorläufigen Ergebnisse der Kriminaltechniker angehört und waren dann hintereinander her zum Krankenhaus gefahren. Ohlsen war Ulf dankbar, dass er ihn nicht auf seinen Platz verwiesen hatte.

Die Ärzte hatten der Kleinen ein leichtes Beruhigungsmittel verabreicht. In Form von Tropfen. Etwas anderes ließ das Mädchen nicht zu. Sie war mangelernährt, verwahrlost und völlig erschöpft. Zudem hatte sie ein schweres Trauma. Eine Befragung war derzeit nicht möglich. Immerhin schien sie vor Sinje keine Angst zu haben. Die wollte deshalb vor Ort bleiben, bis klar wäre, wer sich Tildas annehmen würde.

Danach waren die beiden Ermittler zu Ina Dietrich gefahren. Deren Reaktion spukte Ohlsen immer noch im Kopf herum. Was hatte er erwartet? Dass sie weinend vor Glück zusammenbrach? Dass sie ihnen vor Erleichterung um den Hals fallen würde? Sie aber hatte dagestanden und sie mit großen Augen angestarrt. Dann hatte sie immer wieder gefragt, wie es sein könne, dass man ihre Tochter im Keller der Schule vergessen habe. Als Ulf ihr eröffnet hatte, sie dürfe Tilda vorerst nicht sehen, war Ina Dietrich ausgetickt. Eine Antwort auf die Frage, warum ihre Tochter Angst vor ihr haben könnte, war sie ihnen schuldig geblieben. Ulf hatte sie mitgenommen.

Und Ohlsen war ratlos zurückgeblieben. Es gab so viel zu klären! Wie war der Ranzen an die Straße gekommen, wenn Tilda die Schule nie verlassen hatte? Wie war sie in den Schulkeller geraten? Hatte sie sich versteckt? Wenn ja, vor wem? Vor ihrer Mutter? Oder war die Kleine dort unten eingesperrt worden? Ulf war ein erfahrener Ermittler. Dennoch: Tilda hatte Ohlsens Herz in Beschlag genommen. Es fiel ihm unfassbar schwer, sich von ihr abzuwenden und seinem eigenen Fall zu widmen.

*

»Papa, ich brauche deinen Rat«, tippte Fria in ihr Handy und schickte die Nachricht ab. Sie hatte durchgerufen. Er war nicht drangegangen. Das machte es nicht besser.

Der Verrat von Villads lag wie eine Blockade in ihrem Kopf. So würde sie heute Abend keine vernünftige Zeile aufs Papier bringen, geschweige denn Tagungsmappen Korrektur lesen können.

Sie dachte an ihren Vater. Eskild war ihr Fels in der Brandung. Seit ihre Mutter sie und ihre Brüder alleingelassen hatte, war er Vater, Mutter, Berater und bester Freund für sie gewesen. Vor allem in ihrer Sturm- und Drangzeit. Jetzt war er dreiundsechzig und vertrat des Öfteren ziemlich konservative Einstellungen. Trotzdem waren er und ihre Brüder ihr Rettungsanker.

Sie packte ihr Notebook ein. Vielleicht sah sie nach einem Gespräch mit ihrem Vater klarer.

Im Flur stoppte sie. »Mist, Lars-Emil!«, murmelte sie und drehte um. Er saß in seinem Büro und katalogisierte Fundstücke.

Er sah auf und bemerkte ihre Tasche. »Du gehst?«

»Ja, also nein, nicht nach Hause. Ich will zu meinem Vater. Meine Familie wohnt nicht weit von hier.«

»Das nenn ich doppelt Glück gehabt! Wer kann schon eine Stelle wie diese inklusive Familienanschluss abgreifen?«

»Ja, das stimmt. Ich hole dich auf dem Rückweg ab, okay? Wie lange willst du noch machen?«

»Ich könnte auch jetzt direkt! Gib mir fünf Minuten!« Eiligst speicherte er das Dokument, schloss die Programme und begann, den Computer herunterzufahren.

Fria atmete tief ein. Ein Besuch ohne ihn wäre ihr lieber gewesen. Aber nun denn! Dann musste sich eben einer ihrer Brüder um ihren ehemaligen Kommilitonen kümmern.

»Okay, dann los!«

*

Palle war geknickt. Eine kurze Mitteilung, und danach hatte er stundenlang nichts von Sinje und seinem Chef gehört. Gleichzeitig war er neugierig. Tilda Dietrich war gefunden worden – was für eine Nachricht!

Als er sah, dass Ohlsen die Wache betrat, sprang er auf und ging ihm entgegen. Gleichzeitig erhob auch Oltmann sich schwerfällig, versuchte mit seinem Chef Schritt zu halten.

»Bericht?« Der Kommissar ignorierte Palles flehenden Blick und eilte auf sein Büro zu.

»Samuel Ludwig Bogen. Er war zur bestellten Zeit hier. Fischer und ich haben ihn vernommen«, berichtete Oltmann.

Der Flensburger Kollege erhob sich und folgte den dreien.

»Und?« Ohlsen drehte den kleinen Hahn des Waschbeckens voll auf und wusch sich die Hände. Dann schaufelte er sich Wasser ins Gesicht.«

»Ich dachte, Ulf bearbeitet den Tilda Dietrich Fall?« Björn Fischer konnte und wollte seinen Unmut nicht verbergen.

Ohlsen ignorierte ihn.

Schnell begann Oltmann die Befragung des Tiermedizinischen Assistenten Samuel Ludwig Bogen zusammenzufassen. »Bogen hat für die meisten Stunden der fraglichen Zeit, also die, die für die Ermordung Benno Kranichs infrage kommen, zwar kein Alibi, er bestreitet aber, ihn gekannt zu haben. Ebenso wenig wie Lærke Storgaard und Miriam Reiter. An Theo Bretschneider kann er sich dagegen gut erinnern. Er selbst habe nicht unter ihm zu leiden gehabt, Angst wäre aber schon da gewesen. Frau Bruun war vier Jahre lang Bogens Englischlehrerin. Sie sei eine sehr farblose, langweilige Person gewesen. Ansonsten harmlos. Gehasst habe sie, seiner Meinung nach, niemand. Eher belächelt. Und an den Busfahrer wollte sich der Befragte nicht erinnern können.«

»Was ist mit Lütt Henke? Irgendeine Verbindung?«

Oltmann schüttelte den Kopf. »Bogen bestreitet auch hier, ihn zu kennen.«

»Den einzigen Landstreicher Klüfterhöfts mit seinem auffälligen Lastenrad – nie gesehen?«

»Wenn ja, will er ihn nicht bewusst wahrgenommen haben.«

»Wie ist seine Verbindung zu den Stoffen? Was ist mit Embutramid und Kaliumchlorid? Kennt er sich damit aus?«

»Er sagt: rein theoretisch. Diese Art von Spritzen dürften nur die Ärzte verabreichen.«

»Zugang dazu hat er trotzdem oder werden diese Mittel separat –?«

Fischer fiel ihm ins Wort. »Nein, werden sie nicht. Wir haben die Bücher der Praxis nochmals überprüft. Nach wie vor keine Auffälligkeiten.«

»Er kann sich das Zeug übers Internet besorgt haben«, merkte Palle an. »Es wäre sinnvoll, sich seinen Computer und seine Wohnung anzusehen.«

»Ja, das wäre es. Wir werden aber keinen Durchsuchungsbefehl bekommen. Nur weil er vor fünfzehn Jahren auf diese Schule gegangen ist, wie übrigens halb Klüfterhöft, und als Tiermedizinischer Assistent arbeitet … das ist zu dünn! Wir brauchen ein Motiv! Irgendeine Verbindung zu den Opfern. Oltmann, konzentrier dich auf Ludwig Bogen. Versuch mehr über ihn rauszufinden!« Ohlsen ließ sich in seinen Sessel fallen. »Was ist mit dem Lastenrad, Palle?«

»Um sicherzugehen, habe ich drei Fotos mit Lastenrädern herumgezeigt, die sich in einigen Details unterscheiden.«

Ohlsen nickte anerkennend.

»Wie zu erwarten, glich das Ganze eher einem Ratespiel. Vorher waren fast alle der Meinung, sie würden das Rad von Andresen hundertprozentig identifizieren können. Nachdem ich ihnen die drei Fotos gezeigt habe, war es vorbei mit der Sicherheit. Die Frau von der Pension, vom Klüfterhöfter Leuchtturmhäuschen, war die Einzige, die richtiglag. Wenn ihr mich fragt, reiner Zufall!«

»Also könnte jemand Andresen umgebracht und danach die Lastenräder ausgetauscht haben. Wir sollten herumfragen, wer in der Umgebung noch mit so ’nem Ding herumfährt«, schlug Oltmann vor.

»Der Platz, an dem wir Andresen gefunden haben, liegt extrem abgelegen. Ich wüsste nicht, was er dort gemacht haben soll. Es war heiß. Dort gibt es keinen Schatten, keinen Unterschlupf, nicht mal Menschen, die er um Unterstützung bitten konnte. Gehen wir also davon aus, dass er woanders umgebracht wurde. Dann muss der Mörder ihn dorthin gebracht, abgelegt, sein eigenes Lastenrad stehen gelassen, das Hab und Gut von Andresen umgepackt haben und mit Andresens Lastenrad wieder gefahren sein. Geht das überhaupt, logistisch gesehen?«, fragte Ohlsen.

»Nur, wenn der Mörder sein eigenes Rad genommen, Andresen hineingelegt und zur Ablagestelle gefahren hat. Dann mit demselben Vehikel zurück ist, um die Klamotten vom Andresen in das kontaminierte Fahrrad umzupacken, und noch mal zum

Fundort der Leiche geradelt ist und es dort abgestellt hat, um dann zu Fuß zurückzugehen.«

Die vier Männer sahen sich zweifelnd an.

Palle atmete geräuschvoll aus. »Und wenn sie zu zweit waren?«

»Was ist mit Fingerabdrücken auf dem beschlagnahmten Rad, auf Lenker, Sattel oder Sonstigem? Wollte Kollegin Cassuben sich nicht darum kümmern?« Provokant sah Björn Fischer Ohlsen an.

Der holte verärgert Luft und wollte gerade ansetzen, als Palle einsprang.

»Die KT hat keine Fingerabdrücke gefunden. Weder an den Griffen noch sonst wo auf der Lenkstange. Auch nicht am Sattel oder am Rahmen. Nicht die von Andresen und auch sonst von niemandem.«

»Da ich ja mal nicht annehme, dass Lütt Henke durchweg freihändig gefahren ist oder bei vierzig Grad im Schatten Handschuhe trug, wurden sie also abgewischt!« Ohlsen rieb sich die Stirn. »Dann wäre auch klar, dass wir Suizid mit großer Wahrscheinlichkeit ausschließen können und uns Henke Anders Andresen als Mörder auf dem Silbertablett präsentiert werden soll. Er ist ein Bauernopfer.« Der Kommissar fixierte seinen Kollegen. »So, Björn, dann lass mal hören. Was haben Carstensen und du … Wo ist sie eigentlich?«

Fischer lief rot an. »Zahnarzt. Wenn du deine Mails gelesen –«

»Ach ja, stimmt. Also! Habt ihr die Gegend, in der sich Andresen hauptsächlich aufgehalten hat, nach einem Unterschlupf abgesucht? Irgendwelche relevanten Ergebnisse der Haus-zu-Haus-Befragung?«

Fischer räusperte sich. »Vorweg: Was wir *nicht* gefunden haben, ist eine Räumlichkeit, die Otto Normalbürger aufsuchen würde, um sich Spritzen setzen zu lassen. Auch nichts mit Kühlschrank, geschweige denn Strom, um Arzneimittel aufzubewahren. Während der Sommermonate hat man Henke Andresen oft im hinteren Teil des Stadtparks gesehen. Dort steht ein ziemlich zugewachsener alter Pavillon, in dem er manchmal geschlafen haben soll. Oder er hat unter freiem Himmel am Strand genächtigt. Immer sehr versteckt. In einer der kleinen, schwer zugänglichen Buchten. Die Leute sagen, man habe sein Lager, wenn überhaupt, eher zufällig entdeckt. Dann soll es Zeiten gegeben haben, da habe man ihn wochenlang nicht gesehen. Im Herbst und Winter, wenn Nässe und Kälte die Tage bestimmten, wurde er oft in Bushäuschen gesehen. Der Förster meinte, er sei sich sicher, Andresen habe auch schon auf seinen Hochsitzen übernachtet. Das Ehepaar von der Fördeperle, dem Campingplatz zwischen Küfterhöft und Norgaard, hat bestätigt, Andresen habe im vorletzten Winter eines ihrer Mobilheime bewohnt. Umsonst. Dafür habe er ein Auge auf den Campingplatz gehabt.«

Ohlsen horchte auf. »Hattest du nicht gesagt: kein Raum mit Kühlschrank?«

»Erstens, ist das zwanzig Monate her. Danach war Andresen nie wieder dort.«

»Sagen die Campingplatzbetreiber!«, unterbrach Ohlsen bedeutungsvoll.

»Sagen die Campingplatzbetreiber. Und zweitens, er hatte keinen Strom.«

»Wie bitte?«

»Das Ehepaar betreibt den Platz nur in den Sommermonaten. Im Winter leben sie in Spanien. Dann sind Strom und Wasser abgestellt. Henke war das egal. Er war dankbar für ein trockenes Plätzchen mit einem Dach und vier Wänden.«

Ohlsen sah Fischer auffordernd an.

Der nickte. »Natürlich sehen wir uns trotzdem vor Ort gründlich um. Steht für morgen auf meiner Agenda.«

»Auf so 'nem Campingplatz gibt es bestimmt diverse Möglichkeiten. Vielleicht ist er übers Jahr rein und raus, ohne dass es die Betreiber gemerkt haben. Schließlich hatte er einen Winter lang Zeit, das Gelände zu erkunden.«

Ohlsen starrte einen Moment vor sich hin. »Ein Obdachloser hat keine Privatsphäre. Er lebt sein Leben vor den Augen aller. Wenn Andresen wirklich nur ein Bauernopfer ist, wird er uns nicht zum Täter führen«, murmelte er.

Dann schlug er die Hände auf den Tisch und meinte: »Gute Arbeit, Jungs. Ab in den Feierabend! Geht duschen! Ist ja nicht auszuhalten mit euch!« Er versuchte ein kumpelhaftes Lächeln.

Fischer war sofort weg. Oltmann und Reepschläger blieben zögerlich stehen.

»Chef, was ist denn jetzt mit der kleinen Tilda?«, fragte Palle.

*

»Lars-Emil Hoferland, ist das die Möglichkeit?« Troels tiefe Stimme donnerte durch die alte Landhausküche. Der Angesprochene grinste breit und eilte Frias Bruder entgegen. Dann klopften sich beide überschwänglich auf die Schultern.

»Troels, hast du kein Zuhause?« Fria fiel in seine Arme und drückte ihm einen Kuss auf die Wange.

»Kaja hat Mädelsabend – bei uns.« Er verdrehte die Augen.

»Wie schrecklich, allein unter Frauen! Kein Wunder, dass du zu Papa rennst.« Fria lachte und linste in einen großen Topf, der auf dem Herd stand und aus dem es wunderbar duftete. »Was gibt es Gutes?«

»Lars, schön dich mal wiederzusehen. Fria hat gar nichts erzählt.« Eskild reichte dem Besuch die Hand und warf seiner Tochter einen vorwurfsvollen Blick zu.

»Ich gehe stramm auf die vierzig zu. Da müssen Väter nicht mehr alles wissen!«

»Solange ihr in schöner Regelmäßigkeit bei mir einfallt und die Töpfe leert, will ich auf dem Laufenden gehalten werden.«

Sein Lachen klang fast wie das von Troels. Sie waren sich so ähnlich!

»Setzt euch! Es ist genug für alle da!« Eskild wies zu dem großen alten Holztisch.

Der war rasch gedeckt.

»Hmm, *Hønsekødssuppe* mit *Rugbrød* und *Tandsmør*!« Fria leckte sich die Lippen und hielt ihren Teller hin.

»Verrätst du mir, was ich gleich Köstliches essen werde?« Lars-Emils Teller wurde zuerst befüllt.

Eskild warf seiner Tochter einen tadelnden Blick zu. »Hühnersuppe mit Lauch, Karotten und Rindfleischklößchen. Nach einem traditionellen dänischen Rezept mit Thymian und Petersilie. Dazu Roggenbrot und …«

»Zahnbutter«, kam Fria ihm zu Hilfe.

»Zahnbutter?« Lars-Emils verstörter Gesichtsausdruck brachte alle anderen zum Lachen. »Möchte ich wissen, aus welchen Zähnen die gewonnen wird?«

»Ich zeig's dir.« Fria griff nach einem kleinen Steinguttöpfchen, versenkte ihr Messer in der weißen Masse und strich eine ordentliche Portion davon auf ihr Brot. »So … nicht zu dünn! Das ist salzige Butter. Und jetzt!« Sie biss ein großes Stück ab und präsentierte stolz die Brotscheibe. »Wenn du 'n Zahnabdruck sehn kannst, isses richtig«, nuschelte sie mit vollem Mund.

Eskild brummte ablehnend. »Sag uns lieber, wie es dir ergangen ist, Lars! Was machst du? Bist du verheiratet?«

Der schüttelte verlegen den Kopf. »Ich versuche mich nach wie vor als Ur- und Frühgeschichtler. Nur nicht ganz so erfolgreich wie deine Tochter.«

»Quatsch nicht!« Fria schluckte ihren Bissen schnell hinunter. »Er schreibt an einer Forschungsarbeit. Reist durch Nordeuropa und trägt Material zusammen. Dafür muss er zwei Jahre vom Eingemachten leben. Also ich bekäme das nicht hin!«

»Wo lebst du normalerweise?« Troels reichte den Brotkorb herum.

»In der Nähe von Bremen. Ist aber nur eine Zwischenstation. Bin schon oft umgezogen. Eine richtige Heimat hab ich noch nicht gefunden.«

Fria bemerkte die Sehnsucht, mit der er ihre Familie ansah. Plötzlich empfand sie tiefe Dankbarkeit.

»Hast du noch Kontakt zu Kommissar Ohlsen?«, fragte Troels seine Schwester.

»Er hat mich zu dem Obdachlosen, zu Lütt Henke befragt.«

»Du kanntest den?«

»Wie man eben jemanden kennt, dem man ab und zu einen Euro zusteckt. Ich kann mir nicht vorstellen, dass dieser Jungspopo allein all die Leute umgebracht haben soll.«

Es entbrannte eine heftige Diskussion über die Thorsberger Morde, die Vorgehensweise der Polizei, die Arbeit der Presse und die Verwicklung des Wohnungslosen Andresen.

Es war schon spät, als Fria ihren Vater beiseite zog. »Hast du einen Moment?«

*

Wieder so eine mediterrane Nacht. Jedoch nur bezogen auf die Farben. Im Fördemeer, noch immer blankgeputzt, spiegelten sich der blauschwarze Himmel, die zahlreichen Sterne und die Positionslampen der Schiffe. Die Luft aber, sie war eine andere. Immer noch warm und ohne Wind, dennoch fühlte Ohlsen den Unterschied.

Er hatte nur kurz überlegen müssen, dann war er rechts abgebogen und dem Strandweg gefolgt. Er lehnte das Fahrrad an den Wildrosenbusch und steuerte eine Bank an. Einen tiefen Atemzug nehmend, ließ er sich fallen und schloss die Augen. Verrückt! Heute Morgen noch hatte er den Wind gespürt, ganz leicht, wie er über seinen kurzgeschorenen Kopf gestrichen war und Veränderung versprochen hatte. Und jetzt?

Tilda Dietrich war wieder da. Und genau deshalb saß er jetzt hier, mitten in der Nacht.

Die Kleine hatte ihm keine Ruhe gelassen. Er hatte sich auf seinen Drahtesel geschwungen und war die kurze Strecke von Norgaard nach Klüfterhöft gefahren, war über den Nachteingang ins Krankenhaus gelangt und hatte sich persönlich davon überzeugt, dass es ihr gut ging. So gut, wie unter diesen Umständen möglich.

Natürlich hatte Ohlsen mit Ulf darüber gesprochen, ob sie Tilda Dietrich nicht doch unter Polizeischutz stellen sollten. Immerhin war es denkbar, dass die Kleine entführt und versteckt worden war, sich dann aber hatte befreien und fliehen können. In diesem Fall konnte sie den Täter möglicherweise identifizieren, wäre somit in Gefahr. Andererseits hatten die ärztlichen Untersuchungen keine Hinweise auf Missbrauch oder Gewalteinwirkung ergeben. Der Gedanke lag nahe, dass die Kleine einfach von zuhause abgehauen war. Und sie war ja nicht allein in ihrem Krankenzimmer.

Dafür hatte Sinje gesorgt! Ohlsen musste lächeln, als er an das Gespräch mit ihr dachte. Sie hatte das Zepter an eine ältere Dame vom Jugendamt weitergegeben, die nun, nach langem bürokratischem Ringen und Sinjes gutem Zureden, an Tildas Seite wachte. Was weder selbstverständlich noch behördlicherseits vorgesehen war. Und das wiederum hatte Sinje unfassbar aufgeregt.

Die Sozialarbeiterin war per richterlicher Eilverfügung zu Tildas Vormundin ernannt worden, nachdem sich herausgestellt hatte, dass der Kindsvater schwer alkoholabhängig war und kaum mit dem eigenen Leben klarkam. Die Mutter kam wegen des laufenden Verfahrens nicht infrage, andere geeignete Verwandten waren auf die Schnelle nicht auszumachen gewesen.

Eine Vormundschaft bedeutete allerdings keineswegs eine Rundumbetreuung. Sinje hatte sich mit der Sozialarbeiterin, einer Frau namens Gisela Frandsen, lange unterhalten. Deren Job beschränkte sich nämlich lediglich darauf zu gewährleisten, dass die kleine Dietrich untergebracht und versorgt war und alle behördlichen Vorgänge abgewickelt wurden. Ihr Job war es nicht, auf Tilda aufzupassen, eine persönliche Bindung aufzubauen oder sie gar zu erziehen. Da gab es ganz klare Regeln und einen ebenso eindeutig festgelegten wie knappen Kostenrahmen. Für Tildas Seelenheil waren andere Stellen verantwortlich. Nachdem der Amtsarzt sich ein Bild von der körperlichen und seelischen Verfassung des Mädchens gemacht hatte, hatte er die Einweisung in eine Traumaklinik angeordnet – sobald es die äußeren Verletzungen zulassen würden. Für diese war die Klüfterhöft Klinik zuständig. So wurden die physischen Wunden zwar gerade professionell versorgt, zu mehr sah sich das Krankenhaus jedoch auch nicht in der Lage. Sehr zu Sinjes Entsetzen, wie sie Ohlsen mitgeteilt hatte. Ihrer Meinung nach konnte man die Kleine nicht einfach allein auf dem Zimmer lassen. Also hatte Sinje der Sozialarbeiterin so lange ins Gewissen geredet, bis diese zähneknirschend zugestimmt hatte, ein paar unbezahlte Überstunden zu schieben und sich in Tildas Krankenzimmer einzuquartieren. Wie gut, dass die meisten Sozialarbeiter mit einem Helfersyndrom zur Welt gekommen waren.

Gesprochen hatte Ohlsen Frau Frandsen bei seinem spätabendlichen Besuch nicht. Er wollte ja niemanden stören. Er wollte nur Gewissheit. Morgen würde er wiederkommen und den behandelnden Arzt sprechen.

Er verschränkte die Arme hinter dem Kopf, öffnete die Augen und genoss das Panorama. All der Stress, all das Aufgewühlte fiel von ihm ab. Diese großartige Landschaft schaffte es immer wieder, ihn zu erden, ihn tief in sich ruhen zu lassen. Dieser Platz hier war unfassbar schön. Er sollte öfter herkommen und – er sollte heute Nacht einfach sitzen bleiben.

*

»Es ist gleich Mitternacht! Natürlich fahre ich dich zum Hotel, keine Widerrede!« Der R4 rauschte am Klüfterhöfter Ortsschild vorbei.

Lars-Emil verkniff sich eine Bemerkung, als er ihren Gesichtsausdruck sah. »Danke. Die zweite rechts.« Sein Finger schnellte unterstützend nach oben.

Kurze Zeit später hielt Fria vor dem Fräulein Ella, einem kleinen, recht modernen Hotel. Zufrieden grinste sie ihn an. »Na dann, bis morgen!«

»War wirklich schön, deinen Vater und Troels mal wiederzusehen.«

»Ja, war ein schöner Abend.«

»Und Fria?« Er beugte sich zu ihr herüber, bis ihre Nasen sich fast berührten. »Das mit der Zahnbutter ist echt ekelig!« Lachend drehte er sich weg und stieg aus.

»Du weißt ja nicht, was gut ist, Lars-Emil Hoferland! Morgen um sieben an gleicher Stelle!«

Er winkte und machte sich auf den Weg zum Eingang.

Fria gab Gas.

Nur Augenblicke später kam der Strandweg in Sicht. Kurzentschlossen riss sie das Lenkrad herum, fuhr ihn bis zum Ende, parkte, zog die Sandalen aus und lief das letzte Stück zum Strand. Sand kitzelte zwischen ihren Zehen. Ihr Körper atmete. Ihre Gedanken konnten fließen. Morgen würde sie erneut versuchen, mit Villads zu reden, dann Kontakt zum Vorstand aufnehmen und das weitere Vorgehen durchgehen. Sie konnte Villads nicht ohne Begründung für längere Zeit beurlauben. Sein Verhalten ignorieren konnte sie ebenso wenig. Unmerklich schüttelte sie den Kopf. Sie konnte es immer noch nicht glauben.

Vor ihr öffnete sich die Landschaft. Ihre Parkbank kam in Sicht. Sie stockte. Was war das? Sie sah, wie sich der Schattenriss zweier Arme nach oben reckte und hinter den eines Kopfes legte. Die Bank war besetzt!

Sie sollte nach Hause gehen. Es war ein langer Tag gewesen und irgendwie merkte sie gerade, wie erschöpft sie war. Ein letzter sehnsüchtiger Blick, dann machte sie sich auf den Heimweg.

Ein Uhr siebenunddreißig. Im Einklang mit sich stand Ohlsen auf und schlenderte langsam zu seinem Fahrrad zurück. Er kramte nach dem Telefon. Lies hatte versucht, ihn zu erreichen. Drei Mal in den letzten fünf Stunden.

»Es waren zwei Königskinder …«, murmelte er, schwang sein Bein über den Sattel und fuhr los.

# ZWÖLF

Fria gähnte herzhaft und nahm einen letzten Schluck Kaffee. Der Frühstückstisch war gedeckt, frische Brötchen lagen bereit. Das würde die beiden bestimmt freuen.

Bølle und sie hatten eine schöne Morgentour hinter sich. Und ja, das Wetter würde sich ändern. Bald! Sie konnte es förmlich spüren. Ihr Blick blieb an der zusammengefalteten Fördezeitung hängen. Was stand da? Neugierig deckte sie den Titel auf. *Siebenjährige nach dreizehn Tagen wieder aufgetaucht!* Schnell überflog sie den Artikel. Ganz automatisch fanden ihre Hände den Hund und kraulten ihn. »Endlich mal eine gute Nachricht! Aber jetzt muss ich los, du kleiner Rabauke. Und damit du mir nicht die Brötchen auffrisst, gehst du mal schön zu Marten und Emilia.«

Leise schob sie Martens Tür auf. Bølle tippelte hinein, sprang auf das Bettende und rollte sich ein. Fria schloss die Tür, schnappte sich ihren Kram und verließ die Wohnung.

*

»Ich bin dir sehr dankbar, Ulf.« Ohlsen wechselte den Hörer in die andere Hand.

»Ich weiß. Tilda Dietrich schweigt. Sie scheint vollkommen traumatisiert. Hat sich in sich zurückgezogen. Kein Rankommen. Sobald man ihre Mutter erwähnt, fängt sie an zu zittern und wimmert herzerweichend. Kriegt regelrecht Panik. Eine Frau vom Jugendamt ist rund um die Uhr bei ihr. Sobald Tilda entlassen werden kann, wird sie in eine Fachklinik für Traumafälle überwiesen. Es kann also dauern, bis wir bei ihr weiterkommen – wenn überhaupt.«

»Der Schulkeller?«

»Wasser wird sie aus der Leitung getrunken haben. Wir haben einen Eimer gefunden, in dem sie sich erleichtert hat. Dazu angebrochene Kekspackungen. Beides sehr übersichtlich. Spricht dafür, dass sie noch nicht lange da unten war. Wir schätzen drei, maximal vier Tage. Sie wird nicht freiwillig gehungert haben.«

»Die Befragungen des Hausmeisters und der Sekretärin?«

»Beide beteuern, nichts davon gewusst zu haben, dass sich die Kleine im Kellerraum versteckt. Sie wirkten ehrlich betroffen.«

»Ihr habt sie überprüft?«

»Und nichts Auffälliges finden können. Bislang gehen wir davon aus, dass Tilda im Schulkeller Zuflucht gesucht hat, weil sie nicht wusste, wohin sonst. Versuchen jetzt herauszufinden, wo sie vorher war. Wir haben alle Spuren an ihr und ihrer Kleidung gesichert. Die Auswertung dauert, wie du weißt.«

»Ina Dietrich?«

»Haben sie stundenlang befragt. Die Frau ist vollkommen überfordert. Wir werden sie in ein paar Stunden unter Auflagen freilassen müssen.«

»Pferde.«

»Wie bitte?«

»Tilda Dietrich liebt Pferde. Vielleicht bekommt ihr darüber Zugang zu der Kleinen.«

*

Villads war nicht zu erreichen. Also blieb Fria nicht anderes übrig, als ihm eine Mail nach Hause zu schicken, ihm einen offiziellen Brief zu schreiben und ihre Gedanken zu zwingen, sich auf anderes zu konzentrieren.

Keine halbe Stunde später lag seine Krankmeldung vor.

Sie setzte einen Kaffee auf, der Tote geweckt hätte, und besprach sich mit Alberte. Dann sah sie bei Lars-Emil vorbei, der sie anstrahlte und meinte, die Pressemitteilung habe er gleich fertig.

»Was hast du?«

»Alberte hat mich gebrieft. So kannst du dich schon auf was anderes konzentrieren.«

Sie merkte, wie er versuchte, ihr Gesicht zu lesen.

»Nicht okay?«, setzte er nach.

Überrascht nickte sie. »Doch, na klar! Danke!«

»Wir kriegen das schon hin, Fria! Das Symposium wird großartig! Und Alberte ist 'ne Arbeitsmaschine. Ein echtes Organisationstalent!«

»Gut, dann wende ich mich mal meinen Texten und Tagungsmappen zu. Wer Wachmacher braucht«, sie schwenkte die Kaffeetasse, »das Zeug frisst sich durch jede Magenwand!«

*

So jung wie der Tag war, so stickig gaben sich die Büroräume der Polizeistation Norgaard. Lüften war irgendwie zwecklos. Ohlsen ließ den Blick durch das Großraumbüro gleiten, was von Palle nicht unbemerkt blieb.

»Fischer und Carstensen sind zum Campingplatz rüber.«

»Liegt die chemische Zusammensetzung der Ecstasy-Pillen vor?«

Palle nickte. »Minderwertiges Zeug. Die Kollegen sagen, vor gut einem Jahr sei es aus der Berliner Szene über ganz Deutschland geschwemmt worden. Hat sich aber schnell rumgesprochen, dass es nicht die gewünschte Wirkung nach sich zieht.«

»Für einen Drogentoten hat's gereicht. War wahrscheinlich günstig zu haben. Ich nehme an, die Kollegen wissen nicht, an welche Türen wir klopfen müssten, um auch etwas von dem besonderen Gemisch zu kaufen?«

»Wie das Wort schwemmen schon sagt … Die Möglichkeiten gehen ins Unendliche.«

»Okay. Kommen wir zum Lastenrad. Konntest du ermitteln, ob in Klüfterhöft noch jemand mit so einem Ding unterwegs ist?«

»Bislang negativ. Es gibt eine Pizzeria, deren Bikes sehen aber total anders aus. Haben auch ihr Logo drauf. Dann gibt es welche, die haben vorn Sitze für Kinder. Und eines von einem Architekten, das ist knallrot. An mehr konnten die Befragten sich nicht erinnern.«

»Heißt natürlich nicht, dass es deshalb nicht existiert.«

»Trotzdem. Diese Dinger sind schon recht auffällig. Klüfterhöft ist klein. Und ich habe mir die Finger wund telefoniert.«

Cassuben bog um die Ecke. »Moin!«

»Moin Sinje.« Ohlsen lächelte ihr freundlich zu.

Palle sprang auf. »Setz dich! Ich hol dir 'nen Kaffee.«

»Leute, ich sage euch, ich hätte am liebsten gekündigt und mich vierundzwanzig/sieben um dieses kleine Häufchen Elend gekümmert. Wahnsinn, was für ein System! Die hätten die Kleine da echt allein gelassen auf ihrem Zimmer!« Sie schmiss ihre Tasche auf den Schreibtisch und ließ sich in den Bürostuhl fallen. »Keine Ahnung, was Tilda Dietrich erlebt hat, aber es muss der Horror gewesen sein.«

Palle schob ihr einen Kaffeepott hin. »Hat sie überhaupt gesprochen?«

Sinje schüttelte den Kopf. »Nicht ein Wort. Nicht mal im Schlaf. Sie wirkt wie eine Puppe, wie eine leere Hülle. Nur wenn die Tür aufgeht, schreckt sie regelmäßig zusammen. Und diese Angst in ihren großen Augen – bei jedem, der hereinkommt. Das haut einen echt um! Ich weiß nicht, wie sie diese kaputte Seele wieder hinkriegen wollen.«

»Wie ist die Jugendamtstante?« Palle zog sich seinen Stuhl heran.

»Nett. Einfühlsam. Routiniert. Die haben echt einen harten Job. Bei so einer Inobhutnahme müssen sie sofort funktionieren. Egal, ob nachts oder am Wochenende. Sie kriegen eine Adresse, die Anweisung vom Amtsgericht und einen Kostenschlüssel, der genau definiert, welche Leistungen abgedeckt sind. Das sind meist nur die organisatorischen Dinge. Unterbringung, Verpflegung, Behördenkram. Dabei geht es doch um Menschen, um Kinder! Ich möchte nicht wissen, wie oft sich einer der Sozialarbeiter mehr einbringt, als ihm zusteht, als er bezahlt kriegt. Ich meine, so viel Elend lässt doch keinen kalt! Und mir kann keiner erzählen, dass die abends nach Hause gehen und den Dreck im Büro lassen können!«

»Wahrscheinlich nicht.« Ohlsen räusperte sich, um irgendwie die Überleitung hinzukriegen. »Sinje, wir müssen uns noch mal die Kinder, die jetzt erwachsen sind, vornehmen, die auf der Beschwerdeliste von Theo Bretschneider stehen. Die Alibis …«

»Ja, na klar, lege sofort los.«

»Palle, wir beide fahren nach Flensburg und besuchen Emma Hansen. Ich will wissen, ob sie Henke Anders Andresen wiedererkennt. Vielleicht hatte der Mann zwei Gesichter und sie und ihre Lebensgefährtin Miriam Reiter kannten ihn unter anderem Namen.«

»Ich dachte, wir glauben, er sei ein Bauernopfer?«

»Wie kommen dann diese verdammten DNA-Spuren der sechs Opfer in sein Lastenrad? Auch wenn jemand versucht, ihm alles in die Schuhe zu schieben, können wir ihn als Mittäter nicht ausschließen. Wenn es sein Fahrrad war, muss er den Mörder zumindest gekannt haben …«

*

Fria lehnte sich seufzend zurück und reckte die Arme nach oben. Heute war sie mal so richtig gut vorwärtsgekommen. Etwas steif vom vielen Sitzen stakste sie aus ihrem Büro, linste in Albertes. »Ich fahr nach Hause. Für heute reicht's. Mach auch Feierabend!«

Alberte nickte. »Ja, gleich.«

Fria ging weiter zu Lars-Emil. »Lust auf etwas Antipasti mit Fördeblick?«

»Das lass ich mir nicht zweimal sagen.« Er schloss das Dokument und fuhr den Rechner herunter.

»Wollte noch einen Abstecher zur Grabung Biogasareal machen.«

»Arbeiten die immer noch?«

»Was? Nein! Ich will mir nur die Fläche anschauen. Sehen, wie weit sie sind.«

Zwei Stunden später saßen sie auf Frias Balkon, um sich herum lauter leckere kleine Schweinereien, ein kaltes Bier in der Hand, und redeten ausgelassen. Das Thema Villads umschifften sie geflissentlich. Leicht flackernde Windlichter verrieten den zarten Hauch, der sich immer noch weigerte, mehr als das zu sein. Bølle lag eingekringelt zu Frias Füßen. Seit Wochen war es das erste Mal, dass sie das Meer riechen konnte. Ganz leicht. Ein Duft, unbeschreiblich, weil es dafür einfach keine Worte gab. Das Wetter, es würde sich ändern!

Langsam drängte sich Lars-Emils Stimme in den Vordergrund.

»… ich meine, Professor Superwichtig mit seinem: *Wenn Sie dies nicht verinnerlichen, werden Sie kläglich scheitern!*« Er zog das Wort *kläglich* theatralisch in die Länge und lachte. »Der Typ hatte echt 'ne Meise.«

Fria stimmte ein. »Oh Mann, ich würde zu gern wissen, wie viele unserer ehemaligen Kommilitonen heute noch in unserem Job tätig sind.«

»Zwanzig Prozent. Wenn überhaupt. Es gibt einfach zu wenig Stellen, von denen man leben kann.«

Sie nickte. Leider war das wohl so. »Was machst du nach deiner Forschungsarbeit?«

Lars-Emil zuckte mit den Schultern. »Taxifahren. Umschulung zum Geschichtslehrer. Als Quereinsteiger hab ich da echte Chancen.«

Er sah ihr betretenes Gesicht. »Quatsch, nein, ich finde schon was! Ich komme einfach zu euch!«

»Wenn wir eine Stelle zu vergeben haben: sofort!« Sie ging in die Wohnung, holte zwei kalte Flaschen Bier aus dem Kühlschrank, löschte das Küchenlicht und trat zurück auf den Balkon.

Er richtete den Oberkörper auf und warf übermütig seinen Kopf nach hinten. »Kannst du dich noch an Cordula erinnern?« Er klapperte kokett mit den Wimpern.

»Oh komm, wir sahen alle scheiße aus damals. Meine Frisur! Und die Klamotten, oberpeinlich! Los, zeig mal dein Führerscheinbild!«

Er zog sein Portemonnaie heraus, öffnete es, schloss es dann aber sofort wieder. »Nur, wenn du deines auch rausrückst!«

Sie stand auf und holte ihre Tasche.

»Das ist echt gruselig!« Als wäre sie unsicher, schwenkte sie ihre Geldbörse hin und her. »Eigentlich nicht für die Öffentlichkeit bestimmt.« Sie grinste provokant.

Er streckte ihr seine geschlossene Hand mit dem Führerschein entgegen. »Los! Tausch – auf drei!«

Die tumultartige Übergabe brachte Bølle dazu, aufzuspringen und aufgeregt zu bellen.

Zettel, Karten und Ausweise flogen durch die Gegend. Fria wusste nicht, wann sie das letzte Mal so albern pubertär gewesen war. Spaß machte es trotzdem. Sie lachte übermütig, als sie sein Foto sah. »Hab ich dich *so* kennengelernt? Nicht wahr, oder?«

»Oh komm, Princess Cool! Wer im Glashaus sitzt …«, rief er und wedelte mit ihrem Ausweis.

In diesem Moment flitzte Bølle los in Richtung Wohnungstür.

Fria lauschte. Tatsächlich, jetzt hörte sie es auch. Es klingelte.

*

Die Dämmerung war weit fortgeschritten. Ohlsen stand da, die Norgaarder Wache im Rücken. Nirgends eine Menschenseele.

Das Telefonat mit Lies war kurz gewesen. Sie war mal wieder unterwegs. Konnte nicht in Ruhe sprechen. Dass sie noch einen Monat länger weg sein würde, ein spannender und lukrativer Folgeauftrag lockte, so viel hatte er immerhin verstanden. Und er? Sein Team und er steckten fest. Sie fanden einfach keine Verbindung, die über die der drei von der Klüfterhöft Skole hinausging. Das Täterprofil der Polizeipsychologen war derart vage, dass es auf einen Großteil der Bevölkerung zutraf. Andresen konnte alles sein, Täter, Komplize, Mitwisser oder Bauernopfer. Aber auch was ihn anging, liefen all ihre Bemühungen ins Leere. Dass sie keine weiteren Toten gefunden hatten, war zwar erfreulich, beruhigte ihn aber keineswegs. Der Mörder schien mit größeren Tatabständen kein Problem zu haben. Und dann war da noch Tilda. Auch hier hatten die Flensburger keinen Schimmer, was dem kleinen Mädchen zugestoßen war. Zur Zeit tippten sie auf die missglückte Flucht aus einem Kindeswohl gefährdendes Elternhaus.

Warum schmiss er nicht einfach alles hin, reiste Lies hinterher und tat das, was sie ihm schon so oft vorgeschlagen hatte? Das Leben genießen! Mit der Kohle, die sie verdiente, kämen sie dicke hin. Was also hielt ihn ab?

»Du bist schon genauso verschroben wie dein alter Herr«, murmelte er. »Bist lieber allein mit dem Elend anderer Leute als mit deiner großen Liebe auf der Überholspur.«

Er schwang sich auf sein Fahrrad. Sein kleines Fischhus schien ihm zu eng für das riesige Brett Einsamkeit, das an ihm hing, also radelte er los. Irgendwohin. Hauptsache, seine Muskeln arbeiteten.

Er fuhr neue Wege, durchstreifte erst Norgaard, dann Klüfterhöft. Die Stille gab ihm Raum. Leere um ihn herum – Leere in seinem Kopf.

Die Siedlung hier kannte er. Eine Straße weiter, ganz am Ende, lag das alte Haus, in dem Fria Svensson wohnte. Mit diesem Mitbewohner. In ihrem Alter eine WG? Obwohl – irgendwie passte das zu ihr. Andererseits, woher sollte er wissen, was zu ihr passte? Er dachte an ihre letzten Begegnungen. Sie war direkt. Faselte nicht um den heißen Brei. Das mochte er. Sie wäre ein perfekter Spiegel, dachte er. Jemand, dem man Theorien unterbreiten, vollkommen zusammenhanglose Gedankenfetzen vor die Füße werfen könnte, um danach zwanglos darüber zu diskutieren. Ja, das wäre sie … Oder war das reines Wunschdenken?

Überrascht stellte er fest, dass er bis vor ihre Haustür gefahren war. Dort oben – ihre Fenster! In zweien brannte Licht. So spät war es noch gar nicht, befand er.

»Du bist ein Idiot, Ohlsen. Ein von Einsamkeit zerfressener Idiot! Was machst du hier?«, Wieder murmelte er vor sich hin.

Das Licht hinter dem einen Fenster erlosch.

Überlegst du gerade wirklich, mit einer unbeteiligten Zivilistin Fallakten zu diskutieren? Einer Wildfremden dein Leid zu klagen? Was erhoffst du dir? Mitleid? Er wendete sein Rad.

Da hörte er einen Hund bellen und dann – ihr Lachen.

Bevor sein Kopf ihn davon abhalten konnte, hatte er den Drahtesel abgestellt, war zum Eingang gegangen und hatte geklingelt. Dreimal geatmet. Schon sah er seinen Zeigefinger erneut auf den Knopf drücken. Im selben Moment hätte er sich am liebsten vom Acker gemacht.

Der Summer ging. Oben am Treppenabsatz erschien ihr überraschtes Gesicht.

»Kommissar Ohlsen! Was machst du denn hier?«

»Ich, äh, ich hätte da noch eine Frage. War gerade in der Gegend und dachte … Ich hoffe, ich störe nicht?«

»Komm rein!« Sie öffnete die alte Holztür und ging voran. Der dreibeinige Mischlingsrüde tänzelte aufgeregt vor seinen Füßen herum. Sie führte Ohlsen bis auf den Balkon.

Und da saß er, der Typ aus dem Restaurant! Reste von Tapas, stimmungsvolle Windlichter … Ohlsen, du Arsch, du sprengst hier gerade einen romantischen Abend! Ist doch klar, dass eine Frau wie sie nicht allein zuhause hockt! Was hatte er sich nur gedacht?

»Darf ich vorstellen? Kommissar Ohlsen aus Norgaard. Und das hier ist Lars-Emil Hoferland, ein Arbeitskollege.«

Der Mann nickte ihm zu und sprang auf. »Ich hau ab, Fria. Es ist spät und wir müssen früh raus. Sehen uns morgen! War wirklich schön.« Er nahm sie kurz in den Arm. Einen Atemzug später war er in der Wohnung verschwunden.

Ohlsen hätte sich am liebsten dematerialisiert. »Es tut mir leid. Es war nicht meine Absicht, Ihren Bekannten … Hätten Sie mich doch einfach abgewiesen, vorn an der Tür!«

Sie hörten, wie selbige ins Schloss fiel.

Er versuchte, in ihrem Gesicht zu lesen.

»Ja, das hätte ich tun sollen. Aber nicht wegen Lars-Emil. Den sehe ich morgen wieder. Nein, weil du einfach nicht von diesem Siezen ablässt. Das ist unhöflich, Ohlsen! Was glaubst du, wie ich mir vorkomme, wenn ich dich duze und du mich ständig behandelst, als wäre es besser, wir wären uns nie begegnet?«

Entschuldigend hob er die Hände.

»Bier?«

Er nickte.

Sie nahm das angebrochene von Lars-Emil und tauschte es gegen ein frisches. Dann setzte sie sich und wartete.

Er gönnte sich einen Moment und sah über die Brüstung.

»Ein toller Ausblick!« Damit konnte sein Fischhus nicht aufwarten.

Ein Lächeln huschte über ihre Lippen, ihre Augen aber waren starr auf ihn gerichtet. Auffordernd.

Er nippte an seiner Flasche.

»Deine Frage, Ohlsen?«

Ja, die Frage … Einen peinlichen Moment lang war es erschreckend still. »Das Lastenrad. Hauke Anders Andresen hatte dieses Lastenrad.«

Sie nickte. »Und?«

»Seit wann hatte er das? Kannst du dich erinnern, ihn früher einmal ohne gesehen zu haben?«

Nach einer Antwort suchend lehnte sie sich zurück. »Ich weiß nicht.«

»Wie war das damals, als du ihn hast retten wollen?«

Ihre Augen leuchteten auf. »Stimmt! Nein, da rannte er immer mit so einem großen Rucksack herum. Babyblau war der. Aber seit wann er dieses Fahrrad hatte? Puh – keine Ahnung. Ist das wichtig?«

»Kennst du jemanden, der ein ähnliches besitzt? Hier in Klüfterhöft?«

Kurzes Nachdenken, dann Kopfschütteln. »Tut mir leid.«

Der Hund sprang auf ihren Schoß, reckte den Hals und schnüffelte in seine Richtung.

»Oh-oh, Bølle nimmt Witterung auf.«

»Muss ich Angst haben?«

»Definitiv! Diese Rasse, der dreibeinige kaukasische Senfhund, ist für ihre aggressiven und vollkommen ad hoc ausgeführten Angriffe bekannt.«

Ohlsen mimte Erschrecken.

»Zum Glück kannst du das Exemplar hier leicht besänftigen. Es ist bestechlich. Mit einem Leckerchen bist du fein raus.«

»Dem Tod von der Schippe gesprungen.«

Sie lachte. »Nein, Bølle ist mein Therapiehund, mein Stimmungsaufheller, mein Freund für dunkle Stunden.«

Definitiv kein Pferd, dachte Ohlsen. Andererseits für die Kleine wahrscheinlich vertrauenerweckender als jeder Mensch.

»Wie ist er mit Kindern?« Nachdenklich ruhte sein Blick auf dem Tier.

»Er liebt Kinder. Wieso, hast du welche, die du uns gern vorstellen würdest?«

Irritiert sah er hoch. »Ich? Was? Nein!« Wieso schaffte sie es ständig, ihn aus dem Konzept zu bringen? »Da gibt es dieses kleine Mädchen. Sie muss Schlimmes erlebt haben. Sie war fast zwei Wochen verschwunden. Sie schweigt beharrlich, vertraut sich niemandem an. Ich überlege gerade, ob dein niedlicher Freund mit seinen Knopfaugen ihr vielleicht Sicherheit geben könnte. Eigentlich ist sie mehr das Pferdemädchen.«

»Wenn Kinder vor so großen Tieren wie Pferden keine Angst haben, dann auch nicht vor Katzen oder Hunden. Also Bølle und ich stehen bereit. Wir helfen gern. Ich habe in der Zeitung davon gelesen. Die Arme! Und ihr habt keinen Anhaltspunkt, wo sie gewesen sein könnte?«

Ohlsen verneinte. Dann begann er zu erzählen.

*

Die Landschaft lag ruhig da. Idylle pur. Der Gesang der Vögel klang leicht und unbeschwert. Keine Wolke trübte den strahlend blauen Himmel.

Und dann kam sie. Wie aus dem Nichts! Ihre ganz persönliche Windhose. Sie fraß sich durch ihr Leben, machte alles kaputt, was sie sich so mühsam aufgebaut hatte. Und sie konnte nichts tun. Der Kurs des nimmersatten Rüssels war unberechenbar. Weglaufen, ausweichen – unmöglich. Hilflos sah sie dabei zu, wie Grundfesten durch die Luft gewirbelt wurden und mit lautem Getöse zerbarsten. Sie selbst war kurz davor, die Bodenhaftung zu verlieren. Und dann? Was bliebe ihr, wenn der Sturm vorüber war?

Unruhig rannte sie in ihrer Wohnung auf und ab. Denk nach! Denk nach!, schalt sie sich.

Tilda lebte! Aber wie konnte das sein? Sie selbst hatte neben ihr gehockt. Gesehen, dass sie tot war! Gefühlt, dass sie zu spät gekommen war!

Sie blieb stehen, wippte vor und zurück, hörte seine Stimme in ihrem Kopf: »Ja, damit hast du nicht gerechnet, was? Sie hatte keine Zeichen! Und jetzt ist die süße kleine Tilda wieder da! Und sie wird Rache nehmen!«

»Halt die Klappe!«, schrie sie. »Sie hätte gar nicht sterben sollen! Nicht so! Das ist allein deine Schuld!« Sie hatte sich nicht mehr unter Kontrolle, schrie wie eine Wahnsinnige und trieb ihre Fäuste gegen Wände, Schränke und Türen. So lange, bis die Erschöpfung gnädig ihren Mantel über sie warf.

Von unten hämmerte es. An der Tür klingelte jemand Sturm. Dann eine Stimme. »Ist jetzt endlich Ruhe? Durchgeknallte Fotze!« Sie lauschte den sich entfernenden Schritten. Oller Sozialbunker! Hier bekam einfach jeder alles mit. Sollten sie sich doch ihre Mäuler zerreißen! Egal. Ganz egal.

Vollkommen in sich zusammengesunken, die Knie angezogen, hockte sie auf dem Fußboden und starrte auf die Seitennaht des verschlissenen Sofas. Irgendwo in ihrem Kopf musste es eine Antwort geben. Irgendwo gab es die Lösung, das Mittel, um unbeschadet aus allem herauszukommen. Sie musste es nur finden.

*

Ohlsen war weg. Mit dem Fahrrad in die Nacht hinaus. Langsam trottete Fria die Treppenstufen zu ihrer Wohnung hoch. Sie fand es schwer, ihn und seinen Besuch einzuschätzen. Die Frage nach

Andresens Lastenrad hätte er auch telefonisch stellen können. Dass er vorbeigekommen war, wertete sie als Zeichen, dass er ihre Anwesenheit als angenehm empfand. Oder bildete sie sich da zu viel ein? Andererseits wirkte er immer so fokussiert, als gäbe es nichts anderes als die Fälle, an denen er und sein Team gerade arbeiteten. Sie warf einen Blick zur Uhr. Ein Zuhause schien der Kommissar jedenfalls nicht zu haben.

»Komm, Bølle! Wir sollten schlafen gehen.«

Beim Zuziehen der Wohnungstür fiel ihr Blick auf den Haken. »Sieh mal einer an, der Ersatzschlüssel!«

Marten war noch immer unterwegs. Vielleicht übernachtete er bei Emilia. Oder er und sein Busenfreund, der Professor, debattierten mal wieder die ganze Nacht durch.

Gähnend schlurfte sie auf den Balkon, stellte Gläser, Flaschen und Teller auf das Tablett und wollte gerade die Windlichter auspusten, da fiel ihr Blick auf ein Stück Papier, das zu Boden gefallen war. Neugierig bückte sie sich. Es war ein Foto von Lars-Emil und einer Frau. Sie hatte kurzes blondiertes Haar. Während sie in die Kamera lächelte, hatte er seinen Arm um sie gelegt. Wenn er das Foto noch immer mit sich herumtrug, war diese Frau nicht irgendeine Freundin.

Fria musste über ihre eigene Naivität lachen. Nur weil er kundgetan hatte, nicht verheiratet zu sein, und sie glaubte, er habe mit ihr geflirtet, hieß das ja nicht, dass er Single war.

»Ups, da ist ja noch was.«

Unter der Bank lag eine Karte – sein Ausweis. Sie griff danach und sah sich weiter um. Bei ihrem Gerangel um die Führerscheine war anscheinend so einiges herumgeflogen, was später unentdeckt geblieben war.

»Auch ein schönes Foto«, murmelte sie und betrachtete seinen Perso von beiden Seiten. Als Meldeadresse war eine Anschrift in Regensburg eingetragen. Er hatte ihn offenbar erst letztes Jahr neu beantragt, denn er war noch neun Jahre gültig.

Wahrscheinlich, kurz bevor er nach Bremen gezogen ist. Hat ja gesagt, er wäre oft umgezogen, dachte sie, steckte beides in ihre Tasche und beeilte sich, ins Bett zu kommen.

*

Wie verabredet, stand Fria am nächsten Morgen um sechs vor dem Krankenhaus. Bølle genoss es sichtlich, mit ihr unterwegs zu sein.

Ohlsen blickte unruhig auf ihre große schwarze Tasche mit dem seitlichen Netzbezug.

»Du bist die Polizei. Warum meldest du uns nicht einfach an?« Fria tätschelte Bølles Kopf.

»Ich kriege uns zwar rein, auch in Tildas Zimmer, den Hund aber werden sie wohl kaum dulden. Schaffst du es, dass er sich in der Tasche ruhig verhält? Wir müssen ihn reinschmuggeln.«

»Wie angenehm, das aus dem Mund eines Polizisten zu hören.« Sie lächelte ihm aufmunternd zu. »Das kriegen wir hin. Weiß wenigstens die Frau vom Jugendamt Bescheid?«

Ohlsen kniff die Lippen zusammen und zog entschuldigend die Schultern hoch.

Sie schafften es tatsächlich unbehelligt bis zu Tildas Krankenzimmer.

»Warte hier«, meinte er und verschwand hinter der Tür. Kurze Zeit später ließ er sie herein.

Der Raum war quadratisch und hätte einer weiteren Lagerstätte Platz geboten. Ein kleiner Tisch, zwei Stühle, der rollende Nachtschrank mit dem abklappbaren Tablett und das Bett, in dem man die zarte Patientin suchen musste, wirkten genauso verloren wie das dunkelblonde Mädchen mit den riesigen, angsterfüllten Augen. Das dünne Laken vermochte ihren knochigen Körper nicht zu verdecken. Tilda lag auf dem Rücken, lang ausgestreckt, die Arme gerade neben sich – angespannt wie ein Flitzebogen. Nur der Kopf war dem Eindringling zugewandt.

Einen Meter vom Bett entfernt stand die Sozialarbeiterin Frau Frandsen. Ihr Gesichtsausdruck lag irgendwo zwischen Fassungslosigkeit und Neugier.

Auch Ohlsen hielt ein wenig Abstand zur Patientin. »Tilda, das hier ist eine sehr liebe Freundin. Und sie hat dir jemanden mitgebracht, der dich unbedingt besuchen wollte.« Vor dem Wort *Freundin* war er kurz ins Stocken geraten. Jetzt nickte er Fria zu.

Die ging in die Hocke und öffnete das Verdeck der Tasche. Bølle schob seinen Kopf heraus. Sein stürmisches Wedeln brachte die enge Behausung ins Wanken.

Alle Augen hefteten sich an Tildas Mimik. Ihre dagegen ließen Bølle nicht mehr los. Und tatsächlich veränderte sich etwas in ihrem Gesicht.

»Das ist Bølle. Das heißt auf Deutsch Rabauke. Was meinst du, erlaubst du ihm, aus der Tasche herauszukommen? Es ist eng da drin und er würde so gern mal dein Zimmer erkunden.«

Tilda hatte keine Augen für Fria – nur für Bølle. Dann kam ihr Nicken. Ganz langsam und in einer klitzekleinen Bewegung.

»Da hast du aber Glück gehabt, Bølle, mein Freund, dass Tilda Tiere so sehr mag. Dann komm, hopp! Aber benimm dich! Du bist hier nur zu Besuch!«

Der Hund sprang heraus, schüttelte sich und lief schnüffelnd das ganze Zimmer ab.

In Ohlsens Brustkorb wurde es warm, als er sah, wie das Mädchen sich streckte, um den Hund nicht aus den Augen zu verlieren.

Nachdem ihre dreibeinige Geheimwaffe alles inspiziert hatte, lief sie zu Tilda, legte die Vorderpfote auf die Kante und suchte in Frias Gesicht nach Zustimmung.

Die hatte beobachtet, dass das Mädchen kein bisschen zurückgeschreckt war. »Mich musst du nicht angucken! Ob du in Tildas Bett darfst, kann nur sie allein entscheiden. Frag sie!«

Und da war es. Ein zartes Lächeln huschte über das Gesicht der Kleinen. Bølle nahm es als Zustimmung und sprang auf das Krankenlager. Wieder kein Zurückzucken, kein Anzeichen von Angst. Im Gegenteil, die Gesichtszüge der Kleinen entspannten sich ein wenig.

Bølle schnüffelte auch hier alles ab, ihre Hände, ihren Oberkörper, dann ihr Gesicht. Am Ende drehte er sich zweimal um sich selbst und legte sich an ihre Seite, den Kopf auf ihre kleine Brust. Sie ließ es geschehen, hob die Hand und begann, ihn ganz vorsichtig zu streicheln.

Ohlsen bemerkte den verdächtigen Glanz in Fria Augen.

Und dann – plötzlich – bewegten sich ihre Lippen. Der kindlichen Stimme merkte man an, dass sie lange nicht gesprochen hatte. »Warum hat er nur drei Beine?«

*

»Mit dem Hund ins Krankenhaus …!« Fischer grinste, als hielte er den Leiter der SOKO Bog Body für bekloppt. Die Temperatur in der Norgaarder Wache näherte sich schon wieder unangenehmen siebenundzwanzig Grad. Aber – es geschahen noch Zeichen und Wunder – zwei Klimatechniker werkelten in Ohlsens Büro! Mit ein bisschen Glück konnte er sich später etwas durchfrosten lassen.

»Super Idee, Chef!« Palle nickte anerkennend. »Und toll, dass Frau Svensson gleich mitgezogen hat. Woher wusstest du eigentlich von ihrem dreibeinigen Hund?«

Ohlsen überging die Frage. Musste ja nicht jeder wissen, dass er nachts Hausbesuche abstattete. Er strahlte sein Team an, fühlte sich so fit und dynamisch wie lange nicht mehr. »Gegenfrage:

Wie steht's mit den Alibis der Frauen und Männer, denen Theo Bretschneider die Schulzeit zur Hölle gemacht hat?«

»Immer noch keine heiße Spur«, meldete Sinje sich zu Wort. »Es gibt nur einen, der in der Nähe lebt. Hat für den Zeitraum des Todes von Benno Kranich leider ein überzeugendes und nahezu lückenloses Alibi. Die anderen wohnen weit weg, einer sogar im Ausland. Ihre Tagesabläufe schließen eine Reisetätigkeit aus. Ich wüsste nicht, wie sie es angestellt haben sollten. Auch wenn es unter ihnen einige gibt, die bei dem Namen Bretschneider hochgradig allergisch reagiert haben.«

»Und wenn es ein Angehöriger war? Als Vater oder Mutter tickst du doch aus, wenn der Hausmeister Dinge tut, die dein Kind verletzen«, überlegte Palle.

»Und der reagiert erst jetzt? Warum so viele Jahre später? Und weshalb ermordet er oder sie die anderen fünf?«

»Fischer, Sinje, seid ihr euch sicher, dass der Campingplatz nichts hergibt?«, fragte Ohlsen.

»Die meisten Dauercamper wussten nicht mal, dass Andresen einen Winter lang dort gewohnt hat. Von November bis März kommen auch sie nicht her. Nicht einer von ihnen hat bestätigen können, Henke Andresen in den Sommermonaten danach auf dem Campingplatz gesehen zu haben. Es gibt ein Clubhaus mit Kühlschrank. Die Betreiber meinen aber, das sei während des Winters verschlossen. Andere Verstecke haben wir auf dem Grundstück nicht gefunden.« Fischer zuckte bedauernd mit den Schultern.

»Im Sommer herrscht auf dem Platz echt viel Betrieb. Ich weiß nicht, wie man dort jemanden reinschmuggeln, umbringen, schänden und lagern sollte, ohne dass die anderen Gäste das mitkriegen«, meinte Sinje.

»Reinschmuggeln musste man die sechs vielleicht gar nicht. Könnte doch sein, dass sie schon dort waren.« Palle sah bedeutungsvoll von einem zum anderen.

»Du glaubst, sie alle waren Camper?«

»Wäre immerhin ein Grund, warum Miriam Reiter aus Flensburg und Benno Kranich aus Glücksburg hier in Klüfterhöft gewesen sein könnten, in direkter Nachbarschaft zum Thorsberger Moor.«

»Meinst du nicht, Emma Hansen, die Freundin von der Reiter, hätte uns längst davon erzählt, wenn ihre Lebensgefährtin, oder sie beide, in Klüfterhöft Urlaub gemacht hätten?«

Fischer räusperte sich. »Ich glaube auch nicht, dass Theo Bretschneider, Veronika Bruun und Reik Brenner ausgerechnet in der Stadt Campingurlaub machen, in der sie zuhause sind.«

»Überprüf das trotzdem!« Ohlsen nickte Fischer zu. »Sinje, Palle – wir drei Hübschen gehen jetzt noch mal alles durch, was wir über Miriam Reiter, Benno Kranich und Lærke Storgaard gesammelt haben. Vielleicht haben wir irgendwas übersehen, das sie doch noch mit der Klüfterhöft Skole und/oder dem Hausmeister Bretschneider, der Lehrerin Bruun und dem Schulbusfahrer Brenner verbindet. Sollten wir nicht bald etwas finden, müssen wir davon ausgehen, dass der Täter seine Opfer willkürlich aussucht. Falls er sich weiterhin still verhält oder in einer anderen Region weitermacht, könnte das Ding zum Cold Case mutieren. Wie beschissen die Spurenlage ist, brauche ich keinem von euch zu erörtern.«

»Da wird sich die Presse aber freuen.« Cilla Carstensen stöhnte genervt.

»Gutes Stichwort! Cilla, was ist mit der Krähe? Ich will wissen, woher sie den Tipp hatte!«

»Die Krähe!« Carstensen stieß verächtlich Luft aus. »Die mutiert zum Stockfisch! Der Typ hat mich echt zur Weißglut gebracht mit seiner selbstgefälligen Arroganz!«

»Lass ihn antreten. Ich werd ihn mir vornehmen. Was die anderen angeht: Halt sie noch ein bisschen hin. Vertröste sie mit dem üblichen Blabla. Laufende Ermittlungen, schwierige Spurenlage, eine Pressekonferenz so bald wie möglich …«

»Als ob ich in den vergangenen Tagen irgendwas anderes gemacht hätte«, murmelte Carstensen leise.

Eine Frau und ein Mann im Blaumann betraten das Großraumbüro. »So, das wär's!«, meinte die Klimatechnikerin und hielt Fischer einen DIN-A4-Bogen und einen Kuli unter die Nase. »Eine Unterschrift, bitte!«

Der hob abwehrend die Hände und verwies auf den leitenden Ermittler. »Ich geh dann mal kontrollieren, ob das Ding funktioniert.«

*

Die Strahlen stachen in den Augen und brannten auf der Haut. Erschöpft und genervt aussehende Menschen versuchten, von einer Schatteninsel in die nächste zu huschen, ohne sich übermäßig anzustrengen. Wer nicht musste, ging schon lange nicht mehr vor die Tür.

Fria hatte einen Parkplatz in der prallen Sonne nehmen müssen, eilte dann durch die Straße. Ein Haus reihte sich an das nächste. Ihre Fronten wirkten gepflegt, die Fenster mit Sprossen aus weißem Zuckerguss, die Flächen in gedecktem Sand, Lachs und Wollweiß. Einige Eingänge waren mit liebevoll bepflanzten Blumenkübeln geschmückt, der ein oder andere Bistrostuhl lud zum Verweilen ein. Nicht die schlechteste Gegend!

Ihre dünne Bluse klebte an Rücken, Brust und Armen. Es war nicht einmal Mittag und sie sehnte sich nach einer kalten Dusche. Vor einem Vier-Parteien-Haus in Eierschalengelb mit großem Erker und Schaugiebel blieb sie stehen. Auf ihr Klingeln meldete sich die Gegensprechanlage. »Ja?«

»Hier ist Fria. Können wir bitte reden?«

Es knackte. Dann war es still.

# DREIZEHN

Fria wartete. Mein Gott, hoffentlich überlegte er nicht zu lange. Die Strahlen auf ihrem Hinterkopf – es fühlte sich an, als würde ihr Gehirn gebruzzelt.

Endlich, der Summer. Schnell drückte sie die Tür auf. Einen Treppenabsatz hinauf, dann sah sie ihn.

»Bist du gekommen, um dich zu entschuldigen?« Wie ein Bollwerk, mit vor der Brust verschränkten Armen stand Villads in der geöffneten Tür.

Fria rang nach Luft, auch wegen des Aufstiegs und der Hitze, aber nicht nur. »Lässt du mich rein oder müssen wir das hier im Flur klären?«

Er ließ sich Zeit, bevor er langsam einen Schritt zur Seite trat und sie mit mürrischem Blick an sich vorbeiziehen ließ.

Sein Einrichtungsstil war schlicht und strukturiert. Für das Klischee Historiker vielleicht einen Tick zu stilvoll. Und die Wohnung war klimatisiert. Fria atmete durch. Sie wusste nicht, wann sie das letzte Mal echte einundzwanzig Grad erlebt hatte. Außer vielleicht in den Ausstellungsräumen des Museums.

»Und?« Er blieb stehen. Bot ihr keinen Platz an.

Sie holte tief Luft und straffte die Schultern. »Okay, pass auf. Ich glaube, aus meiner Position heraus gibt es genau zwei Möglichkeiten. Entweder, du warst das wirklich, hast die Hotelbuchungen storniert, Essen beim Caterer umbestellt und alles getan, um das Symposium scheitern zu lassen und mich in Misskredit zu bringen. Dann will ich wissen warum! Ich will es verstehen, Villads!«

Sein Gesicht verschloss sich noch mehr. Die Kieferknochen traten hervor, wahrscheinlich, weil er die Zähne aufeinanderpresste. Sein Mund glich einem Strich.

»Oder«, sie fuhr fort, »wir sind beide Opfer eines unbekannten Dritten. Dann erwarte ich von dir, dass du deinen Teil dazu beiträgst, die Sache aufzuklären, statt dich zuhause zu verkriechen und die beleidigte Leberwurst zu spielen.«

»Ich möchte dich mal sehen, wenn man dich so beschuldigt und vor den Augen aller als Saboteur darstellt! Ich habe übrigens einen Anwalt beauftragt. Du wirst sicherlich in den nächsten Tagen von ihm hören. Gefallen lasse ich mir das jedenfalls nicht!«

Sie seufzte und setzte sich. Sollte er doch stehen bleiben und schmollen. »Du bleibst also dabei, du hast nichts damit zu tun?«

Er schnaubte verächtlich auf. »Dass du das überhaupt annehmen kannst, ist eine solche Ungeheuerlichkeit!«

»Willst du eigentlich gar nicht wissen, wer uns da an den Karren fahren will? Ich meine, du stehst hier und regst dich fürchterlich auf, über mein Misstrauen dir gegenüber, aber irgendwer muss ja dahinterstecken! Irgendwer hat die Buchungen storniert. Irgendwer hat den Caterer kontaktiert. Von deinem Telefon aus!«

»Wie, von meinem Telefon aus?«

»Es lässt sich nachvollziehen, welche Nummern angerufen wurden, Villads. Nicht unendlich viele, aber die letzten zehn oder zwanzig …«

Sie bemerkte, wie seine Schultern leicht nach unten sanken.

»Komm schon! Lass uns die Rollen tauschen, nur in Gedanken! Du bist Leiter des Museums und von dem Rechner deiner Mitarbeiterin aus wurden Buchungen storniert und über ihr Telefon Essen abbestellt. Was machst du? Ignorierst du sämtliche Beweise und lässt sie weiterarbeiten? Oder fragst du dich, ob das Unmögliche möglich sein könnte? Nämlich, dass sie dich so sehr hasst, dass sie dich fertigmachen will. Ist das so, Villads? Hasst du mich? Warum? Weil ich die Museumsleitung bekommen habe und nicht du?«

Sein Körper ging erneut in Abwehrstellung. »Ich war das nicht! Und überhaupt! Als ob sich alles nur um dich drehen würde. Du nimmst dich ganz schön wichtig!«

»Warum hast du mich gegoogelt?«

»Ich hab bitte was?«

»Vor ein paar Wochen. Das genaue Datum können wir nachsehen, da hast du einen Artikel über mich aufgerufen. Martens Ausstellungseröffnung. Warum? Was interessiert dich, was ich privat mache?«

»Zufall? Was weiß ich, was ich da gesucht habe.«

»Oh, das kann ich dir ganz genau sagen. Du hast meinen Namen in das Suchfeld eingegeben. Das wird im Verlauf angezeigt, weißt du …?«

»Dann habe ich eben deinen Namen eingegeben, na und? Vielleicht interessiert es mich, wie wir in der Öffentlichkeit dastehen? Schließlich bist du es, die die Interviews im Namen des Ørerup-Museums gibt, Ausstellungen eröffnet und wichtige Leute trifft!«

Konnte es wirklich so profan sein? Wenn es nur so wäre …, dachte Fria. »Okay. Angebot! Gehen wir mal davon aus, jemand hat sich große Mühe gemacht, mir oder uns zu schaden und dir die Aktion untergeschoben. Dann stellen sich zwei, nein, drei Fragen: wer, wie und warum. Was glaubst du, wer dahinterstecken könnte? Wer hat Zugang zu unseren Büros, kennt dein Passwort oder ist in der Lage, es herauszubekommen, und wusste über Interna wie Hotelbuchungen und Catering Bescheid?«

»Du – und Alberte. Die EDV. Ich.« Seine Augen zogen sich zu Schlitzen zusammen. »Und dein Ex-Kommilitone Lars-Emil Hoferland.«

»Hast du ihm dein Passwort gegeben?«

»Natürlich nicht!«

»Steht es auf deiner Schreibtischunterlage?«

Villads brummte verärgert.

»Wie also soll er sich bei dir eingeloggt haben?«

»Was weiß ich. Versteht sich vielleicht darauf, Passwörter zu hacken.«

»Er kann kein Dänisch.«

»Was hat das damit zu tun?«

»Der Anruf beim Caterer war auf Dänisch. Eine Männerstimme.«

»Dann bleibt ja wohl nur Flemming Kösterschün.«

Fria beugte sich nach vorn. »Nehmen wir also an, Flemming steckt dahinter. Das Wie ist klar. Er hat auf alles Zugriff. Wobei ich nicht weiß, ob die Telefonanlage sich so manipulieren ließe, dass der Anruf auf deinem Apparat angezeigt wird, obwohl er von ganz woanders geführt wird. Und Flemming in deinem Büro – das wäre irgendwie aufgefallen, denkst du nicht? Egal. Bleibt das Warum! Warum sollte Flemming nach so langer Zeit des friedlichen Zusammenarbeitens eine Veranstaltung seines Arbeitgebers sabotieren? Ist es ihm in der EDV zu langweilig geworden?«

»Vielleicht hat er ein Problem mit dir?«

»Wohl eher mit uns. Schließlich bist du es, der unter den Anschuldigungen zu leiden hat.«

»Hätte doch sein können, dass ihr gar nicht herausfindet, von welchem Rechner aus die Stornierungen angewiesen wurden.«

»Oh bitte! Wer ist so naiv und glaubt, dass nach so einer Aktion keine Nachforschungen angestellt werden? Und ein gelöschter Verlauf ist nun echt kein Hindernis.«

»Er hat den Verlauf wiederhergestellt – unser Admin!«

»Gut.« Fria erhob sich. »Ich werde mit Flemming sprechen. Bis dahin wäre es gut, wenn du selbst noch mal in dich gehst. Gibt es noch jemanden, der infrage kommt? Und versuch dich daran zu erinnern, was du zu den besagten Zeiten gemacht hast. Sobald ich im Büro bin, suche ich sie heraus und schicke sie dir.

Also Tag und Uhrzeit, zu der die Stornierungen ausgeführt wurden und das Telefonat mit dem Caterer stattgefunden hat. Vielleicht kommen wir so weiter.«

Seine Gesichtszüge wurden ein wenig sanfter. Er nickte.

An ihrem R4 angekommen, öffnete sie als Erstes alle Türen. Die Luft über Motorhaube und Autodach flimmerte. Mit Sicherheit hätte man Spiegeleier braten können. Ihr Blick ging zum Himmel. Nach wie vor keine einzige Wolke. Wo blieb der Wetterumschwung, den sie zu spüren glaubte?

Sie musste an Lars-Emil denken, der heute ohne sie zur Arbeit gefahren war. Er war der Einzige, der nicht zum Team gehörte. Eine neue Variable in der altbewährten Gleichung, die eine ganz andere Dynamik mit sich brachte. Logischerweise sollte ihm das meiste Misstrauen entgegengebracht werden. Doch wenn sie die drei W-Fragen auf ihn anwendete, stand da nichts, das Sinn ergab. Bezogen auf das Wie könnte man ja noch annehmen, er habe Villads' Passwort irgendwie herausbekommen. Spätestens beim Telefonat aber war Feierabend. Die Dame vom Caterer war sich sicher, dass der Mann Dänisch gesprochen hatte – und zwar fließend. Blieb das Warum. Was für Ambitionen sollte Lars-Emil haben, ihr das anzutun? Sie verstanden sich gut, sie hatten eine gemeinsame Vergangenheit, auf die sie beide gern zurückblickten. Er war erfolgreich, angesehen und nur auf der Durchreise. Absolut abwegig, ihn in Betracht zu ziehen. Prüfend testeten ihre Finger die aufgeheizten Sitze. Sie betete nur, dass die Sabotage nun ein Ende hatte.

Ein paar Minuten später war sie auf dem Weg zur Grabung Biogasareal.

*

Palle, Sinje und Ohlsen saßen im klimatisierten Büro und steckten die Köpfe zusammen, als es klopfte.

Oltmann schob seinen Körper hinein. Er wedelte mit einem

dünnen Stapel Papier. »Entschuldigt, wenn ich störe. Ich denke nicht, dass es wichtig ist, aber … Ina Dietrich steht auch auf der Liste.«

Ohlsen hob fragend die Augenbrauen. »Welcher Liste?«

»Die der Klüfterhöft-Skole-Abgänger.«

Nach kurzem Schweigen meldete Palle sich zu Wort. »Aber war das nicht zu erwarten? Ein Großteil der Region ging und geht auf diese Schule.«

»Wann hatte sie ihren Abschluss?«

»Vor elf Jahren. Mit sechzehn. Nach der zehnten Klasse.«

»Dann muss sie ihre weiterführende Schullaufbahn sechs Jahre zuvor begonnen haben.«

Oltmann nickte.

»Wann ging Theo Bretschneider noch mal in Rente?«

»Drei Jahre bevor sie die Schule verlassen hat. Sie könnte ihm also durchaus zum Opfer gefallen sein.«

»Wollen wir wirklich behaupten, Ina Dietrich käme als Täterin infrage, nur weil ihr Name in Verbindung mit einem anderen Fall auftaucht, der absolut keine Parallelen zu den Thorsberger Morden aufweist? Und weil sie ihr Kind vernachlässigt?« Palle streckte sich.

»Danke, Oltmann, wir behalten das im Hinterkopf. Aber ich fürchte, der Kollege hat recht.«

Oltmann schielte auf das Durcheinander an Fotos und Schriftstücken auf dem Schreibtisch. »Wie geht ihr vor?«

»Momentan konzentrieren wir uns darauf, bei den zwei auswärtigen Opfern, Miriam Reiter und Benno Kranich, nach einer Verbindung zu Klüfterhöft zu suchen und durchforsten die Kontoauszüge und Kreditkartenbelege.«

»Hm. Ich hätte da noch einen etwas abwegigen Gedanken …«

»Immer heraus damit. Die naheliegenden haben nichts gebracht. Ich nehme jetzt so ziemlich alles!« Ohlsen lächelte aufmunternd.

»Die Lærke Storgaard, die war doch Reitlehrerin.«

»Und Pferdewirtin«, ergänzte Sinje.

»Und wir suchen nach jemandem, der an Präparate rankommt, die normalerweise zum Einschläfern von Tieren genutzt werden. Ich möchte wetten, dass auf dem Hof der Storgaard schon so manchem Pferdeleben ein Ende bereitet wurde.«

»Wissen wir, welcher Tierarzt zuständig ist?« Ohlsen blickte in die Runde.

Palle schüttelte den Kopf. »Ich check das!« Schon war er aus dem Büro.

»Die Praxis wird auf jeden Fall zu denen gehören, die wir überprüft haben.«

»Dann sollten wir abgleichen, ob es die eingeschläferten Pferde, die in der Dokumentation der Tierarztpraxis auftauchen, auch wirklich gegeben hat.« Ohlsen strich sich mantraartig über seinen Dreitagebart.

Oltmann nickte. »Das wäre tatsächlich eine ziemlich clevere Art, das Zeug zu bunkern, ohne dass die Buchhaltung Wind davon kriegt.«

»Schon, ginge aber nur, wenn die Serumdosen auch abgerechnet werden könnten. Jede verspritzte Ampulle wird ja irgendeinem Kunden in Rechnung gestellt. Sagt Tierarzt A also, er habe Embutramid und Kaliumchlorid gebraucht, um Bauer B's Pferd Galopper einschläfern zu lassen, so wird die Buchhaltung von Tierarzt A Bauer B eine detaillierte Rechnung schicken. Per Post …«, erläuterte Sinje.

»Wenn der Chef die Post abends auf dem Nachhauseweg einwirft, kann er die besagten Briefe ganz leicht aussortieren und vernichten,« konterte Oltmann.

»Was nicht verhindert, dass die Buchhaltung nach einem Monat die erste Mahnung losschickt, da der Betrag von Bauer B als offen angezeigt wird.«

»Funktioniert also nur, wenn der Rechnungsnehmer, der Hof

auf dem Lærke Storgaard gearbeitet hat, mitmacht. Wem gehört der Hof eigentlich?«, fragte Ohlsen.

Sinje rollte mitsamt ihres Bürostuhls zu seinem Rechner und fing an zu tippen. »Penelope Birger-Hansen. Ich schätze sie auf Anfang siebzig. Ich lasse mal eine Anfrage laufen.«

»Wohnt sie auf dem Hof?«

»Scheint so.«

»Ehemann, Kinder?«

»Sie ist Witwe. Zwei Kinder.«

»Finde raus, wo die leben. Ob einer der Sprösslinge den Hof übernehmen wird. Wer für die Tiere zuständig ist, wer für die Buchhaltung und wer für die Finanzen.«

Sinje nickte. »Nehmen wir mal einen Moment an, wir hätten recht mit unserer Vermutung, das Embutramid und Kaliumchlorid wären auf diese Weise zur Seite geschafft worden. Dann könnte es doch sein, das Lærke Storgaard was mitbekommen hat und deshalb sterben musste.«

»Oder sie gehörte zum Täterkreis und wollte aussteigen«, mutmaßte Oltmann.

»Ich brauche alles über diese Familie Birger-Hansen. Sucht insbesondere nach Verknüpfungspunkten zu den anderen Opfern und zur Klüfterhöft Skole. Und natürlich zu Henke Anders Andresen. Wir sollten die Reiter fragen, ob sie ihn auf der Anlage gesehen haben.«

»Wird gemacht.« Sinje nickte.

»Auf so 'nem Hof gibt es bestimmt viele Gebäudeteile und Schuppen, die sich eignen würden, Leichen zu verstecken.«

Ohlsen schüttelte resignierend den Kopf. »Wegen einer toten Reitlehrerin bekommen wir keinen Durchsuchungsbeschluss. Bislang gibt es keine hinreichenden Beweise, dass ihr Beruf mit ihrem Tod in Zusammenhang steht.«

Palle stürmte herein. »Der zuständige Tierarzt heißt Schmitz, Markus Schmitz, dreiundvierzig, verheiratet, ein Sohn. Er ist seit fünf Jahren Veterinär bei den Birger-Hansens. Sein Vorgänger ging in Rente. Schmitz hat dann die Praxis übernommen, mitsamt den Bestandskunden, zu denen auch der Reiterhof gehörte. Sie liegt ein paar Kilometer westlich von Klüfterhöft.«

»Haben wir die Praxis überprüft?«

»Klar haben wir das«, antwortete Oltmann. »Bin gleich wieder da.«

»Fehlt uns immer noch das Motiv. Und wie Andresens Lastenrad da hineinpasst.« Ohlsen grübelte. »Sinje, wir sehen uns morgen mal ein bisschen auf dem Hof um. Und wenn wir auf der Suche nach der Hausherrin die eine oder andere Tür öffnen, nimmt uns das bestimmt keiner krumm.«

»Bis dahin hast du alle Infos zur Birger-Hansen-Familie, an die ranzukommen ist. Ich setze mich gleich dran.« Sie verließ das Büro.

»Okay. Und wir beide gehen weiter die Kreditkartenbelege durch.« Er grinste Palle an. »Aber zuerst hol ich uns 'nen Kaffee.«

*

Lars-Emil hatte zwar geschrieben, sie könne ihm den Ausweis am nächsten Tag mit zur Arbeit bringen, aber jetzt, wo sie auf dem Rückweg beinahe direkt an seinem Hotel vorbeikam … Fria bog ab, fuhr durch die Allee, unter mächtigen Kastanien hindurch, und hielt vor dem Fräulein Ella. Von Alberte wusste sie, dass er das Museum längst verlassen hatte.

In der Empfangshalle war es angenehm kühl. Der junge Mann hinter dem Tresen schaute auf und lächelte sie an. »Guten Abend. Was kann ich für Sie tun?«

»Guten Abend. Ich möchte bitte zu Herrn Hoferland. Ob Sie mir seine Zimmernummer sagen könnten?«

»Einen Moment.« Er tippte, suchte und stutzte. »Wie war der Name?«

»Lars-Emil Hoferland aus Bremen.«

Wieder dauerte es einige Sekunden, dann sah er sie entschuldigend an. »Tut mir leid. Wir haben keinen Gast dieses Namens. Sind Sie sicher, dass er schon heute anreisen wollte? Warten Sie!« Wieder hörte sie ihn tippen. »Nein, auch in den nächsten Tagen habe ich keine …«

»Nein, nein, er müsste schon eine ganze Weile bei Ihnen wohnen.«

»Kann es sein, dass man Ihnen das falsche Hotel genannt hat? Vielleicht versuchen Sie es mal im *Drangenbart*?«

Sie kam sich vor wie ein Kleinkind, dem man zum zehnten Mal erklärte, dass Bonbons nicht auf Bäumen wuchsen. »Aber das kann nicht sein. Ich habe ihn doch selbst jeden Morgen hier …«, murmelte sie vor sich hin. Unschlüssig stand sie da. Der mitleidige Blick des Portiers bewirkte, dass sie sich umdrehte und davonging.

Jetzt mal ganz langsam. Morgens stand er genau hier, sah mich kommen und stieg zu mir ins Auto. Gesehen, wie er die Hotellobby verlassen hat, habe ich tatsächlich nie. Wie er abends hineinging, das schon!, dachte sie und sah an der Fassade hoch. Denk nach, Fria! Wo liegt der Fehler? Er wird ja wohl kaum unter falschem Namen eingecheckt haben. Oder?

*

Sie war fast verrückt geworden. Je mehr Zeit verstrich, desto konfuser wurde das Durcheinander in ihrem Kopf. All das Klare, all das Strukturierte, es fügte sich einfach nicht mehr zusammen. Sie wusste, sie musste an das Kind herankommen. Wenn es nicht schon zu spät war. Andererseits, noch hatten sie nichts gegen sie in der Hand, sonst hätten sie sie längst weggesperrt. Ihre kleine Tilda, sie war der Dominostein, der alles zum Kippen bringen konnte! Sie entschied, ob und wann das Kartenhaus zusammenstürzen würde. Das war so ungerecht! Hatte sie nicht alles für dieses Kind getan? Trotz ihrer Lage? Sie hatte sich aufgeopfert! Und jetzt? Jetzt würde ihr ihre Fürsorge und Gutherzigkeit zum Verhängnis. Sie musste aus dieser Abwärtsspirale raus! Immerhin wusste sie jetzt, wo man die Kleine untergebracht hatte. Nur nutzte ihr das nichts! Sie kam nicht an sie ran! Selbst wenn – und das war utopisch –, selbst wenn sie ungesehen in das Krankenzimmer käme, was dann? Würde Tilda schreien, wenn sie sie sähe? Oder würde sie sich vielleicht doch freuen?

*

Marten fand Fria auf dem Balkon ihrer Altbauwohnung. Bølle hatte eine Packung Taschentücher auseinandergenommen, kleingehäckselt und gleichmäßig verteilt. Das allein sah ihm gar nicht ähnlich. Sein Frauchen saß im Schneidersitz auf der Bank und stierte Löcher in die Luft. Marten hockte sich vor sie.

»*Hej*, so schlimm?«

»Ich versteh es einfach nicht!«

»Konntest du immer noch nicht mit Villads reden? Hab Geduld, das wird schon!«

Irritiert suchten ihre Augen seine. Normalerweise würde sie ihn verträumt oder fast liebevoll ansehen oder ihn mit ihrem warmherzigen Lächeln mitreißen. Jetzt aber hatte sie was von einer Ertrinkenden.

Fria griff nach ihrem Handy und hielt es ihm unter die Nase. »Ich hab ihn angerufen. Mehrmals. Er geht nicht ran. Und hier! 'ne Nachricht hab ich ihm auch geschrieben. Er hat sie gelesen. Siehst du? Aber er antwortet nicht. Ich versteh das nicht! Ich versteh es einfach nicht!«

Marten sah auf das Display, las: Kannst du mir deine Zimmernummer schicken? Bringe dir deinen Perso. Der Adressat: Lars-Emil. »Du hast Probleme mit deinem Ex-Kommilitonen?«

»Ich war in seinem Hotel, wollte ihm seine Sachen bringen. Die an der Rezeption meinten, sie hätten keinen Gast mit Namen Hoferland.«

»Okay … Der Name seiner Frau?«

»Er ist nicht verheiratet.«

»Das Hotel …«

»Ist das, das er mir genannt hat. Das, wo ich ihn jeden Morgen abgeholt und jeden Abend abgesetzt habe. Ich hab ihn da reingehen sehen, Marten!«

»Vielleicht war der Typ an der Rezeption ein bisschen verpeilt. Welches Hotel war das?«

Sie nannte ihm den Namen.

Er rief an, bekam eine Frau an die Strippe. Aber auch die beteuerte, ein Lars-Emil Hoferland sei nicht bei ihnen abgestiegen.

»Du hast doch das Foto.«

»Nein, ich hab kein Foto von ihm. Woher auch? Also eines von früher, aus unserer Studentenzeit, bestimmt irgendwo, aber ein neueres – nein.« Sie stockte. »Halt, stopp, doch! Das Foto aus seiner Brieftasche. Das mit der Frau drauf.« Sie lief in den Flur und kam mit dem Bild in der Hand zurück.

Er lächelte nachsichtig. »Du hättest auch das auf dem Perso nehmen können. Fahr zum Hotel und frag, ob sie ihn kennen. Vielleicht benutzt er einen anderen Namen, warum auch immer.« So durcheinander hatte er sie wirklich selten erlebt.

»Jetzt noch?«

»Na, die Rezeption ist momentan jedenfalls noch besetzt.«

Sie rannte an ihm vorbei, kam aber sofort wieder zurück. »Die werden mir keine Auskunft geben. Das dürfen die doch gar nicht.«

»Lass es auf einen Versuch ankommen.«

*

Zufrieden ließ Ohlsen das Handy in das vertrocknete Etwas, das sich einmal Rasen nannte, plumpsen und streckte seine Arme nach hinten. Die Hängematte schaukelte sanft. Sterne funkelten durch das Blätterdach des alten Walnussbaums. Eine perfekte Nacht, um draußen zu schlafen.

Ihre Stimme zu hören, hatte gutgetan. Dieses Mal hatten Lies und er sich Zeit gelassen. Er hatte von seinem Fall erzählt, sie aus der aufregenden Welt ihres Industriekletterer-Daseins. Momentan hing sie tagtäglich an einer Brücke, gute fünfhundert Meter über dem Nirgendwo des Beipan Jiang. Der Wind sei die größte Herausforderung, hatte sie gemeint. Und dass sie vielleicht doch etwas eher zurückkommen könne.

Morgen würde er zum Reiterhof der Birger-Hansens fahren. Und zwar nicht nur mit Sinje, sondern auch mit Tilda! Die Idee war ihm am späten Nachmittag gekommen. Er hatte Ulfs Okay. Die Dame vom Jugendamt war informiert, ebenso wie das Krankenhaus, das keine Einwände hatte. Sie meinten, die Kleine stünde eh kurz davor, entlassen zu werden. Wenn Tilda Dietrich bei einem Hund wie Bølle schon so vielversprechende Fortschritte machte, wie würde es erst werden, wenn sie ihre geliebten Pferde streicheln durfte? Was Tilda anging, war Ohlsen rastlos. Er musste einfach etwas tun.

*

Sie war eine halbe Stunde eher losgefahren als sonst. Sie hatte den Wagen geparkt und war den Rest zu Fuß gegangen. Nun stand sie im Schatten einer Garageneinfahrt, verdeckt von einer immergrünen Hecke, die die Trockenheit bislang erstaunlich gut weggesteckt hatte, und beobachtete das Terrain des Hotels Fräulein Ella. Frustriert dachte Fria daran, wie sie am späten gestrigen Abend an der Pforte geklingelt hatte. Zunächst hatte der Nachtportier ihr keine Auskunft geben wollen. Die rührende

Geschichte, die sie sich zurechtgelegt hatte, gepaart mit ihrem Flehen und Betteln, hatte ihn nach zähem Ringen umstimmen können. Er hatte sich das Foto von Lars-Emil angesehen und ihr sein Bedauern mitgeteilt. Diesen Mann habe er noch nie im Fräulein Ella gesehen.

Ob er die Gäste denn alle kennen würde, hatte sie gefragt. Nein, natürlich nicht. In der Nacht gebe es keinen so regen Verkehr. Da müsse sie schon die Tagschicht fragen. Dann hatte er sich verabschiedet.

Nervös beobachtete sie den Eingang, den Teil der Lobby, den man durch die Scheiben erkennen konnte, und auch die Tiefgarageneinfahrt links und den Bürgersteig rechts behielt sie im Blick.

Die ganze verdammte Nacht hatte sie nicht schlafen können. Kein Szenario, das ihr Hirn ihr angeboten hatte, hatte den gordischen Knoten zu lösen vermocht.

Ein silberner Benz schob sich aus der Tiefgarage. Ein älteres Ehepaar, das in Zeitlupentempo auf die Straße fuhr und ebenso rasant aus Frias Beobachtungszone verschwand. Putzfrauen betraten die Lobby. Ein kleiner Lkw setzte rückwärts vor den Lieferanteneingang. Der Fahrer sprang heraus, klappte die Hecktüren um und sicherte sie. Was ausgeladen wurde, blieb ihr verborgen.

Zwanzig Minuten lang saß sie auf heißen Kohlen – dann endlich sah sie ihn. Stirnrunzelnd legte Fria eine Hand auf ihren Mund. Er kam nicht aus der Lobby des Fräulein Ella. Er eilte die Straße herauf, sah sich dabei mehrmals um. Dann bog er in den gepflasterten Weg ein, der zum Hotel führte, und verschwand aus ihrem Blickfeld.

Vorsichtig löste sie sich von der Garagenwand und überquerte die Straße. Ein paar große Büsche gaben ihr Schutz. Als sie sich auf Zehenspitzen stellte, sah sie ihn an der Ecke des Hotels stehen. Eine Position, die von innen nicht eingesehen werden konnte. Er sah in die andere Richtung, die Straße hinunter. Dorthin, von wo sie und ihr R4 eigentlich jeden Moment erscheinen müssten – wie jeden Morgen.

Sie schluckte, holte tief Luft und bog in den Weg ein und kam damit von jetzt auf gleich in sein Blickfeld.

Sein Gesicht sprach Bände. Erschrocken starrte er sie an. Dann fing er sich. »Fria, da bist du ja schon! Entschuldige! Ich wollte dir antworten, aber dann hab ich's total vergessen. Ich war gestern so vertieft in meine Forschungsarbeit. Hab mir die halbe Nacht um die Ohren gehauen.« Er kam ihr entgegen, breitete die Arme aus.

Doch sie wollte keine Nähe. Sie wollte Antworten.

»Wo kommst du her?« Ihre Stimme klang schärfer als beabsichtigt.

»Was meinst du?«

»Du bist nicht aus dem Hotel gekommen. Also! Wo kommst du her?«

Das wiedergewonnene Lächeln verlor seinen Lars-Emil-Glanz.

»Beim Bäcker. Das heißt, ich wollte! Hab aber so früh noch keine Brötchen bekommen. Fria, was ist denn nur los?« Er machte einen unsicheren Schritt nach vorn, wollte ihren Arm berühren.

Sie entzog sich ihm. »Im Hotel kennt man keinen Lars-Emil Hoferland.«

Kurzatmig stand sie vor ihm, beobachtete, wie er nach Worten suchte, nach Fassung rang.

»Ich kann dir das erklären.«

»Ich bitte darum!«

Seine Stimme war leise, sein Kopf von ihr weggedreht. »Du hast recht, ich wohne nicht hier. Ich hab dich angelogen.« Er stockte. Fuhr sich mit beiden Händen durch die Haare. »Meine Pension liegt nicht weit von hier.«

Lähmendes Schweigen breitete sich aus.

»Warum?«, fragte sie, als sie es nicht länger aushielt.

Jetzt wendete er sich ihr zu. »Weil es das letzte Drecksloch ist. Weil es mir nicht so gut geht, wie ich dich glauben machen wollte. Weil ich nicht wollte, dass du siehst, wie ich …«

»Aber deswegen musst du mir doch nichts vorspielen! Mir doch nicht! Lars-Emil, wir …«

»Ach verdammt, Fria! Ich will weder dein Verständnis noch dein Mitleid. Lass mir doch einfach dieses kleine bisschen Würde!« Seine Arme machten eine wegwerfende Bewegung. »Ich hätte es dabei belassen sollen, an der Straßenecke zu warten. Aber nein! Du wolltest ja unbedingt, dass ich dir verrate, wo ich untergebracht bin.«

Das war es also! Deswegen dieses künstliche Geziere, das ganze Theater! Unangenehm berührt und nach den richtigen Worten suchend, stand sie ihm gegenüber. Sie wusste, sie sollte schweigen, aber die Stille war unfassbar schwer auszuhalten. »Ob man gerade knapp bei Kasse ist, sagt nichts über den Wert eines Menschen aus. Wir kennen uns so lange. Ich dachte, du wüsstest, wie egal mir so was ist.«

»Mir aber nicht.«

»Bist du jetzt weg? Ich meine, war's das jetzt mit dir und dem Ørerup-Museum?« Als er schwieg, setzte sie nach. »Ich werd aus der unbezahlten eine bezahlte Stelle machen! Ich weiß noch nicht wie, aber das krieg ich hin! Wir können echt noch jemanden gebrauchen. Das werden die da oben schon einsehen.«

Er verdrehte die Augen. »Siehst du, und genau das meine ich! Du mit deinem Helfersyndrom. Ich bin kein gestrandeter Wal. Ich will nicht von dir ins Wasser zurückgezogen werden, Fria! Ich bin bei euch, weil es mir guttut, weil ich mich wohlfühle. Ja, ich kann derzeit keine großen Sprünge machen, aber ich komm zurecht. Wenn ich vierundzwanzig-sieben über der Forschungsarbeit hängen würde, würde ich verrückt. Deshalb hab ich mir die Auszeit mit euch gegönnt. Wobei ich mir tatsächlich nicht mehr sicher bin, ob das nicht 'ne scheiß Idee war mit der Forschungsarbeit. Aber das steht auf einem anderen Blatt und wird hier und jetzt garantiert nicht zur Diskussion freigegeben.«

»Okay, ich mach dir einen Vorschlag. Ich spionier dir nicht mehr hinterher und halte meine Klappe – und du steigst in mein Auto und kommst mit ins Museum. Wenn du das Bedürfnis hast, mir was zu erzählen, weißt du ja, wo du mich findest.«

Ein kurzer Moment, dann nickte er.

Sie ging voraus, blieb dann aber stehen und kramte in ihrer Tasche. »Hier, dein Perso. Und das Foto muss auch rausgefallen sein.«

Er nahm beides entgegen.

Sollte sie jetzt nach der Frau in seinem Arm fragen? Nein, einen schlechteren Moment gab es nicht. Also lächelte Fria ihn nur an und setzte ihren Weg fort.

Sie waren gerade am Museum angekommen, da klingelte ihr Handy. Kommissar Ohlsen.

# VIERZEHN

Der Morgen begann chaotisch. Am Krankenhaus angekommen, wurde schnell klar, Ohlsens Plan wies Schwächen auf. Tildas Verletzungen der Fußsohlen machten einen Rollstuhl unabdingbar. Der Kofferraum des Einsatzfahrzeugs aber war voll mit Polizeiausstattung. Als er dann noch in die ängstlich aufgerissenen Augen der Kleinen sah, verließ ihn der Mut.

»Du darfst in einem echten Polizeiauto mitfahren. Da kann dir ganz bestimmt nichts passieren. Du hast mein Wort!«

Er bemerkte das leichte Zittern ihres schmalen Körpers. Tilda glaubte ihm nicht, dass er sie zu den Pferden brachte. Wie sollte sie auch. Vielleicht war es genau so ein Versprechen gewesen, mit dem man die Kleine in ihr Martyrium gelockt hatte.

»Und wenn Fria und Bølle mitkämen?« Ohlsen ging in die Hocke und zwinkerte ihr zu.

Die Frau vom Jugendamt intervenierte, der Arzt riet dringend dazu, die Psychologin einzubeziehen.

»Bølle würde sofort mitbekommen, wenn einer dir was Böses will. Das würde er nicht zulassen.«

Er hörte ein ungläubiges Schnauben hinter sich. Die Frau vom Jugendamt.

»Herr Ohlsen, Ihr Versuch in Ehren, aber …«

Er hob den Arm, um sie zum Schweigen zu bringen, und wartete, bis sein Handy das Gespräch aufgebaut hatte. »Fria, es tut mir leid. Kannst du doch noch zum Krankenhaus kommen? Ja, jetzt gleich. Mit Bølle natürlich. Das macht nichts, wir warten. Danke!«

Sinjes fragender Ausdruck ließ ihn erklären. »Sie ist auf der dänischen Seite, im Museum. Fährt jetzt zurück und holt den Hund. In jedem Fall braucht sie gut ’ne Stunde.«

Sie nickte. »Ich geh zum Wagen und arbeite. Ein paar Dinge bezüglich des Birger-Hansen-Nachwuchses stehen noch auf meiner Agenda.«

»Gut.« Ohlsen winkte den Arzt zu sich, der zeitgleich mit Cassuben das Zimmer verlassen wollte.

»Tut mir leid, Herr Kommissar, ich muss dringend zu den anderen Patienten.«

»Das verstehe ich. Eine Frage noch. Darf Tilda aufstehen? Ich meine, mit ihren Verbänden …«

»Die trägt sie wegen der Schnittverletzungen an ihren Fußsohlen. Wie schon erläutert, muss sie große Strecken barfuß zurückgelegt haben und dabei unter anderem durch Scherben gelaufen sein. Es sollte auf keinen Fall Dreck in die Wunden gelangen. Das Immunsystem des Kindes ist geschwächt.«

»Die Füße sind ja dick eingepackt. Und wir passen auf. Hat sie Schmerzen?«

»Wenn sie auftritt, bestimmt! War’s das?« Er wandte sich ab.

»Ja. Äh, halt, nein! Eins noch! Bei Ihrem Check-up, sind Ihnen da alte Verletzungen aufgefallen, die auf eine Misshandlung schließen lassen würden?«

»Nein. Aber das hab ich alles schon Ihrem Kollegen erzählt.«

»Ja, natürlich. Schönen Tag noch!« Ohlsen ließ den Arzt ziehen und wandte sich der Frau vom Jugendamt zu.

»Sie müssen uns nicht zum Reiterhof begleiten. Wir passen gut auf Tilda auf.«

»Das hatte ich auch nicht vor! Diese Vierundzwanzig-Stunden-Betreuung übersteigt bei Weitem meine Kapazität.«

Ohlsen nickte anerkennend. »Wir sind Ihnen wirklich sehr dankbar dafür. In den achtundvierzig Stunden, die Sie jetzt bei ihr sind, hat Tilda da mal irgendwas erzählt?«

»Nein. Nicht einmal, dass sie Durst hat oder auf die Toilette muss. Wird sie unruhig, setzt die Schwester sie auf den Topf. Solange wir Abstand zu ihr halten, zeigt sie keinerlei Regung, liegt nur da. Als Ihre Kollegin mit dem Hund auftauchte, das war das einzige Mal, dass Tilda gesprochen hat.«

Fria hatte sich beeilt. Ihr leicht errötetes, verschwitztes Gesicht sprach für sich. »Du hast vielleicht Nerven«, zischte sie Ohlsen zu. Dann ging sie in die Hocke und nestelte am Reißverschluss der Hundebox herum. »*Hej*, Tilda. Wie geht es dir? Erinnerst du dich an mich? Schau, wen ich dir wieder mitgebracht habe!«

Bølle sprang heraus, lief geradewegs zum Krankenbett, machte einen großen Satz, sodass er direkt vor Tildas Kopf landete, und schleckte ihr emsig übers Gesicht. Und da war es wieder, das zarte Lächeln, für das es sich gelohnt hatte, wie eine Bekloppte zwischen Dänemark und Deutschland hin und her zu gurken.

Ohlsen ließ ihr ein paar Minuten Zeit. »Na, bereit für einen Ausflug zum Pferdehof?«

Geduldig und mit viel Überredungskunst gelang es Ohlsen schließlich, Tilda dazu zu bewegen, ins Auto zu steigen. Am Ende klemmte der Rollstuhl im R4, der von Sinje gefahren wurde. Die Revolverschaltung war nicht ihr Ding, wie der hoppelnde Fahrstil vermuten ließ.

Tilda, Bølle und Fria wurden im Polizeiwagen kutschiert. Der Hund schien zu merken, wie aufgeregt die Kleine war, und schmiegte sich an sie.

Der Reiterhof der Birger-Hansens war eine kleine, sehr gepflegte Anlage. Das alte Herrenhaus stand etwas abseits der Stallungen und der offen gebauten Reithalle. Im Hintergrund dösten Pferde auf der Weide. Daneben schloss sich ein Sandplatz mit Hindernissen an. Es gab sogar eine kleine Führanlage. Alles in allem sah der Hof nicht aus, als wären die Besitzer knapp bei Kasse.

Sinje schob den Rollstuhl passend neben die Autotür und Fria hob Tilda hinein. Der Dreibeinige sprang sofort auf ihren Schoß. »Na, Bølle mag dich ja wie verrückt! Oder bist du nur zu faul zum Laufen, alter Freund? Wenn er dir zu schwer wird, sag Bescheid oder schmeiß ihn einfach runter!«

Tilda drückte den Hund sanft an sich, was ihn verleitete, ihr über das Ohr zu schlecken. »Er darf gefahren werden. Genau wie ich. Wir beide können nicht gut laufen.«

Worte aus dem Mund des Kindes. Was für ein Geschenk! Sinje und Ohlsen warfen sich einen verstohlenen Blick zu.

»Na, viel los ist um diese Zeit ja nicht gerade«, meinte er und betrachtete die verwaiste Hofstelle. »Ich würde sagen, ihr macht euch auf zum Stall und schaut mal nach den Pferden, und Sinje und ich suchen Frau Birger-Hansen.« Er wandte sich seiner Kollegin zu. »Wie wär's, wenn du hinten bei der Reithalle nachsiehst, während ich am Herrenhaus mein Glück versuche?«

Fria schob Tilda langsam durch die Stallgasse. Feinste Staubpartikel flogen durch die Luft, es roch nach Einstreu, Pferden und ganz leicht auch nach Leder. Beim Blick in die Sattelkammer wussten sie warum. Die erste Box war leer. Je näher sie der zweiten kamen, desto deutlicher hörten sie das sanfte Atmen. Fria sah Tilda ins Gesicht. Wieder waren die Augen des Mädchens stark geweitet. Diesmal nicht vor Angst.

Fria warf einen Blick durch die Gitter. Ein großes Pferd, fuchsrot, mit sanften Augen, wandte ihnen den Kopf zu.

»Ich darf die Box nicht öffnen und von da unten kannst du nichts sehen. Ich könnte dich aber hochheben, was meinst du?«

Sie merkte, wie Tilda haderte, sich dann durchrang und nickte. Behutsam zog Fria sie hoch.

Bølle ging derweil auf Erkundungstour.

Tildas Augen glänzten. Und als Fria den Wallach lockte, sich umzudrehen, und dieser seine weichen Nüstern an die Stäbe drückte, war das Glück des kleinen Mädchens perfekt.

»Du hast ein Händchen für Tiere. Siehst du? Er mag es, wie du ihn streichelst.«

Die Kleine strahlte. Für einen kleinen Moment schien alles andere vergessen. »Guck mal! Wie Kleine Sonne!«

»Wer ist Kleine Sonne?«

»Mein Pferd.«

»Wie schön, du hast ein eigenes Pferd?«

Tilda nickte, dass ihre Haare tanzten. »Es ist immer bei mir. Es ist mein bester Freund! Es würde mich nie allein lassen, auch nicht da, wo es …« Ihr Gesicht verfinsterte sich für einen kurzen Augenblick. Dann schmiegte es sich an die Gitterstäbe. »Die Haare an der Nase, sie kitzeln.« Sie lachte.

»Oh ja! Und wie lang die sind.« Frias Finger spielte an einem besonders imposanten Exemplar unterhalb der Nüstern. »Wenn ich ihn noch lange ärgere, muss er bestimmt gleich niesen.« Sie deutete ein Kichern an. »Und wie weich seine Lippen sind. Schade, dass wir nichts dabeihaben. Aber vielleicht hat ja die Hofbesitzerin ein paar Äpfel oder Möhren für uns.«

Tilda drehte ihren Oberkörper. »Dahinten.« Ihr dünner Arm wies die Stallgasse hinunter.

»Du möchtest in die anderen Boxen sehen?«

Das Mädchen schüttelte den Kopf. »Äpfel.«

Fria erstarrte. »Du warst schon mal hier?«

Da war sie wieder, die Angst. Zwei große Kinderaugen und ein zusammengekniffener Mund, als würde sie sich rügen, gesprochen zu haben.

Fria ignorierte den Stimmungswechsel und gab sich locker. »Hätte ich mir denken können! Wo du doch so ein großer Pferdefreund bist. Ich würde ja sagen, wir gehen hin und stibitzen ein paar der leckeren Äpfel. Allerdings wissen wir nicht, ob der Hübsche hier so etwas überhaupt darf.« Sie sah sich um. »Frau Birger-Hansen kommt bestimmt gleich. Die fragen wir. Kennst du sie?«

Doch Tilda hatte sich schon zurückgezogen.

Sinje lief im Zickzackkurs über den hinteren Teil der Hofanlage. »Frau Birger-Hansen?«, rief sie immer wieder. »Hallo? Ist hier jemand?« Die Sonne stach. Eine Bremse schien in der Beamtin ein lohnendes Ziel zu sehen und hatte die Verfolgung aufgenommen. »Hau jetzt ab, du Scheißvieh!«, murmelte Sinje und wedelte mit den Armen, während sie das Gelände nach geeigneten Verstecken durchsuchte. Es gab kleine Schuppen, so verstaubt und voller Gerümpel, dass sie nicht infrage kamen. In einem standen Fahrräder, leider ähnelte keines Andresens Lastenrad. Eine Scheune voller Heu. Eine Remise mit Hängern, Leitern, Schubkarren und Besen. Sinje wischte sich den Schweiß von den Schläfen und blickte zum Herrenhaus hinüber. Dort gab es mit Sicherheit eine Menge Räume. Zudem einen riesigen Keller. Aber ohne Durchsuchungsbeschluss …

Bevor Ohlsen es an der Haustür versuchte, ging er einmal um das komplette Gebäude. Er stieg den Kellereingang hinunter, in der Hoffnung auf eine unverschlossene Tür. Fehlanzeige. Er linste durch Fenster, sah altmodisch eingerichtete Räume, dekoriert mit gerahmten Jagdszenen und Trophäen an den Wänden. Vorn angekommen, erklomm er die in einem ansehnlichen Bogen verlaufenden Stufen und klingelte. Links neben dem Gebäude gab es eine freistehende Doppelgarage mit Spitzdach, stilistisch passend zum Haupthaus. Die Tore waren geschlossen.

Es dauerte eine ganze Weile. Dann öffnete sich die imposante Holztür und eine weißhaarige Dame blickte ihn gleichmütig an. »Wenn Sie Ihr Kind zu Reitstunden anmelden möchten, müssen Sie heute Nachmittag wiederkommen. Frau Thedering kann Ihnen mehr sagen.«

»Penelope Birger-Hansen, nehme ich an? Kommissar Ohlsen, Kripo Flensburg, guten Tag. Dürfte ich reinkommen?«

Sie runzelte die Stirn. Dann entdeckte sie jemanden an der Führanlage. »Gehört die zu Ihnen?«

Ohlsen wandte den Kopf. »Meine Kollegin. Sie liebt Pferde und bewundert gerade ihre außergewöhnlich schöne Anlage.«

»Sie kann hier nicht einfach herumrennen und sich alles ansehen. Dazu hat sie keine –«

»Lærke Storgaard«, unterbrach Ohlsen sie.

»Haben Sie ihren Mörder gefunden? War das dieser Obdachlose?«

»Kannten sie ihn?«

»Wie, bitte, sollte ich mit so jemandem Kontakt haben?«

»War er mal hier?«

»Grundgütiger, nein!«

Ohlsen folgte ihr in eine Art Salon. Sie bedeutete ihm, Platz zu nehmen.

»Wie lange hat Lærke Storgaard für Sie gearbeitet?«

»Seit sechs Jahren. Sie hat auf einem Gestüt Nähe Freiburg gelernt und kam danach zu uns.«

»Das heißt, sie stammte nicht aus der Region?«

»Doch, doch, sie ist für die Ausbildung nach Süddeutschland. Es gibt gute Höfe da unten.«

»Weshalb ist sie in die Heimat zurückgekehrt?«

»Das kann ich Ihnen nicht sagen. Sie war meine Angestellte, nicht meine Gesellschafterin.«

»Hat sie mal jemanden mit hergebracht?«

»Sie meinen eine Liebschaft? So weit kommt es noch. Hier gelten strenge Regeln. Oder bringen Ihre Mitarbeiter ihren Familienanhang mit auf die Polizeistation?«

»Was war Lærke Storgaard für ein Typ?«

»Habe ich das nicht schon Ihrem Kollegen erzählt?«

»Seien Sie so freundlich und erzählen es mir noch mal.«

»Jung, nicht auf den Mund gefallen, mitunter schnippisch – ehrgeizig. Ich weiß, sie wäre gern auf einem namenhaften Zuchtgestüt untergekommen.«

»War sie beliebt?«

»Die Kinder und Jugendlichen hatten Respekt. Das ist wichtig. Die Eltern hegen eine gewisse Erwartungshaltung. Schließlich zahlen sie dafür. Wir sind ja kein Streichelzoo.«

»Wie war Ihr Verhältnis zu Lærke Storgaard?«

»Professionell.«

»Sie mochten sie also nicht besonders?«

»Ich mochte, dass sie die Zügel fest in der Hand hatte und keine Schlampereien duldete. Mehr interessiert mich in der Regel nicht.«

»Hatte sie Stress mit irgendwem vom Hof oder mit Reitschülern oder deren Eltern?«

»Meinungsverschiedenheiten gibt es in jeder Klasse. Mal mit den Schülern, mal mit den Eltern. Sie wusste sich, trotz der jungen Jahre, durchzusetzen.«

»Keine Vorfälle, die herausstachen, die besonders erwähnenswert wären? Ausgestoßene Drohungen, Handgreiflichkeiten?«

»Mir sind keine bekannt.«

»Wie sieht es aus mit Ihrem Tierarzt, mit Markus Schmitz? Verstanden sich die beiden gut?«

Penelope Birger-Hansen zog eine Augenbraue hoch. »Was hat der Schmitz damit zu tun?«

»Würden Sie bitte einfach antworten?«

»Wie war die Frage?«

Die hat sie ganz genau verstanden, dachte Ohlsen. »In welchem Verhältnis standen Herr Schmitz und Frau Storgaard zueinander?«

»Verhältnis! Du liebe Güte. Sie war meine Reitlehrerin und er ist mein Tierarzt. Die meiste Zeit bin ich dabei, wenn er Hand anlegt. Keine Chance für ein heimliches Tête-à-Tête im Heu, falls Ihnen dieses Klischee vorschwebt.«

»Frau Storgaard war bei den Behandlungen der Pferde nicht anwesend?«

»Doch, auch. Wenn es der Schulbetrieb zuließ.«

»Kommt es schon mal vor, dass ein Tier eingeschläfert werden muss?«

Ihr misstrauischer Gesichtsausdruck wurde um eine Stirnfalte reicher. »Ja, natürlich, wie auf jedem anderen Hof auch. Wieso ist das von Belang? Schon im Interesse der Wirtschaftlichkeit und des Tierwohls wägen wir ganz genau ab, wann wir diesen Schritt gehen.«

»Welches Mittel wird gespritzt?«

»Ich würde gern wissen, welches Interesse die Kriminalpolizei an derlei Wissen hegt.«

»Bitte!«

»Das müssen Sie schon Herrn Doktor Schmitz fragen.«

»Dann nehme ich an, das Medikament wird nicht hier gelagert?« Er glaubte, ein Zögern zu bemerken.

»Hier auf Gut Birger-Hansen? Nein! Das entspräche nicht den Richtlinien. Herr Doktor Schmitz ist ja kein Anfänger.«

In diesem Moment läutete es.

Penelope Birger-Hansen machte sich auf den Weg in die Diele.

Ohlsen folgte ihr. »Ich hätte noch eine Bitte«, sagte er und sah, wie sie öffnete.

Das Kopfsteinpflaster glühte. Schatten gab es derzeit nur innerhalb der Gebäude. Aber auch dort stand die Luft. Tilda hatte ihr gebeichtet, dass sie mal musste, also hatte Fria den Rollstuhl am Treppenabsatz stehen lassen und war, mit Tilda auf dem Arm, zum Herrenhaus hochgestiegen, Bølle hechelnd an ihrer Seite. Der Ton der Türglocke passte zum Ambiente.

Und dann stand sie da, kerzengerade, die weißen Haare zu einem strengen Dutt gesteckt und schaute auf sie herunter. Tilda hatte ihr Gesicht in Frias Halsbeuge versteckt.

»Darf ich vorstellen? Fria Svensson und das hier, die junge Dame auf ihrem Arm, ist Tilda Dietrich.« Ohlsen war hinter der Hausherrin aufgetaucht.

»Ohlsen, die Kleine muss mal«, flüsterte Fria und lächelte der Frau zu. »Ah, ob wir wohl einmal Ihre Toilette benutzen dürften?«

Penelope Birger-Hansen stand nach wie vor regungslos da, als habe sie einen Stock verschluckt, und starrte auf die Neuankömmlinge.

»Danke schön, wirklich sehr freundlich«, murmelte Fria und drückte sich an der Frau vorbei ins Hausinnere. Der Hund tat es ihr gleich.

Die Tür wurde geschlossen. »Zweite rechts«, tönte es unfreundlich.

»Können Sie mir diesen Auflauf vielleicht mal erklären?« Penelope Birger-Hansen wandte sich Ohlsen zu.

»Sie haben von dem Kind gehört, das fast zwei Wochen verschwunden war?«

»Am Rande. Was hat das mit meiner ehemaligen Reitlehrerin zu tun? Oder mit mir?«

»Sie könnten uns einen großen Wunsch erfüllen. Eigentlich könnten Sie *ihr* einen großen Wunsch erfüllen. Die Kleine ist traumatisiert. Sie hat eine schlimme Zeit hinter sich. Sie liebt Pferde über alles.«

»Wir sind kein Therapiezentrum.«

Ohlsen schob aufkeimende Hassgefühle beiseite. »Aber Sie sind eine gebildete und emphatische Frau, die Kindern wertvolle Impulse mit auf den Weg gibt. Da werden Sie hier nicht zögern. Ein braves, sanftes, gut ausgebildetes Reittier ist in einem Stall wie dem Ihren mit Sicherheit zu finden. Schenken Sie dem Kind ein paar Minuten auf dem Rücken und wir sind wieder weg.«

»Sie wollen sie reiten lassen?«

»Nicht reiten. Sie möchte nur auf dem Rücken liegen, ohne Sattel.«

»Frau Thedering ist noch nicht da. Die erste Stunde beginnt um halb fünf.«

»Wenn sich einer mit Pferden auskennt, dann Sie!«

Penelope Birger-Hansen holte tief Luft.

Die Türglocke läutete ein weiteres Mal.

»Hier geht's ja zu wie im Taubenschlag«, murmelte sie.

Ohlsen heftete sich an ihre Fersen.

»Ah, Sinje. Die schon erwähnte Kollegin«, erklärte er.

Die Ermittlerin nickte grüßend.

»Das ist ja alles schön und gut, Herr Kommissar, aber es wäre mir lieb, wenn Sie meinen Hof nun verlassen würden.«

»Das Pferd, Frau Birger-Hansen …«

Sinje und er tauschten vielsagende Blicke.

Die Hofbesitzerin seufzte genervt. »Nun gut. Das wäre dann wohl meine gute Tat für heute.«

»Die Toilette ist geradeaus durch, dann die zweite rechts«, sagte Ohlsen. Wieder hielt er Sinjes Blick einen Moment lang fest.

Irritiert drehte sich Penelope Birger-Hansen um. »Wie bitte?«

»Meine Kollegin, sie müsste auch mal Ihre Toilette …«

Die Hausherrin verdrehte die Augen. »Meinetwegen, aber ziehen Sie danach die Tür hinter sich zu. Noch ist es einigermaßen kühl im Herrenhaus. Wäre schön, wenn das so bliebe.«

»Sicher, vielen Dank.« Sinje nickte leicht, als Ohlsen ihr den versteckten Wink gab, sich umzusehen.

*

Tilda klammerte sich regelrecht an Frias Hals fest. »Schhh, alles gut. Lass mir noch ein wenig Platz zum Atmen!«

Alles an dem Kaltblut war gewaltig. Ohlsen fragte sich, warum Birger-Hansen ausgerechnet den größten und dicksten Gaul im Schlepp hatte. Sicherheitshalber hielt er Abstand.

Fria ging mit der Kleinen nah an das Tier ran. Erst als Tildas nacktes Bein den Pferdebauch berührte, blieb sie stehen. »Was für ein liebes Tier. So ein weiches Fell.« Ihre freie Hand streichelte über Kamm, Widerrist, den Rücken entlang bis zur Kruppe.

Ohlsen sah, wie Tilda sich langsam löste, ihren Kopf aus Frias Halsbeuge nahm.

»Magst du ihn auch mal streicheln?«

Ein paar Minuten später lag die Kleine bäuchlings auf dem breiten Rücken, ihren Kopf an den Pferdehals geschmiegt, die Arme in der Mähne vergraben. Der sanfte Riese blieb ganz ruhig stehen. Was für ein Bild! Mutige kleine Tilda!

Weniger geduldig gab sich die Besitzerin, die Ohlsen die Zügel hinstreckte. »Wie wär's, wenn Sie den Job übernehmen. Sagen Sie Bescheid, wenn das hier ein Ende hat.«

Ohlsens Blick hastete zum Herrenhaus. Abwehrend hob er die Hände. »Auf keinen Fall! Ich hab's nicht so mit großen Tieren. Und die nicht so mit mir.« Er breitete die Arme aus. »Und Frau Svensson muss die Kleine festhalten«, setzte er eilig nach. »Es tut mir leid, liebe Frau Birger-Hansen, Sie werden gebraucht! Sie erweisen uns wirklich einen großen Dienst. Ich bin mir sicher, dem Mädchen wird es nach diesem intensiven Erlebnis schnell besser gehen. Sie wird in der Gesprächstherapie große Fortschritte machen.«

Eine Stunde später rollten die Autos vom Hof. Im Einsatzwagen herrschte angespanntes Schweigen. Tildas Anwesenheit ließ sie die Worte hinunterschlucken, die so dringend gesprochen werden wollten. Hinter ihnen im R4 ging Sinje in Gedanken durch, was sie Ohlsen zu berichten hatte.

Vor der Klinik angekommen, sah Fria Tilda an. »Das war toll, oder? Vielleicht können wir das ja noch mal machen!«

Das Mädchen kraulte Bølle die Ohren. »Wohnt er bei dir?«

»Die kleine Fellnase hier?« Fria nickte. »Ja.«

Tilda beugte sich tief über den Hund, hielt ihr Gesicht an die Schnauze. Schon fand seine Zunge ihr Ohr. Sie nickte, zum

Zeichen, ihn verstanden zu haben. »Bølle fragt, ob Tilda eine Nacht bei ihm schlafen darf.«

Fria hielt den Atem an. Dann sah sie Ohlsen an.

Der presste bedauernd die Lippen aufeinander und schüttelte leicht den Kopf.

Fria schluckte. »Ich kann Bølle gut verstehen. Ich fände es auch toll, wenn du uns besuchen kämst, Tilda, aber momentan …« Verzweifelt suchte sie nach den richtigen Worten, sah, wie die Kleine wieder in sich zusammensank. »Zuerst musst du aus der Klinik entlassen werden, okay? Und wenn die Ärzte sagen, dass du bei Bølle übernachten darfst, dann machen wir das, ja? Tilda?«

Aber das Mädchen sah sie nicht mehr an. Fria hätte heulen können.

»Ich lade die Damen zum Essen ein«, meinte Ohlsen, als die drei aus der Klinik traten. »Zu Armando? Wenn wir Glück haben, verlängert er für uns den Mittagstisch.« Sinje nickte. Fria hing ihren Gedanken nach. Im Museum wartete ein Berg an Arbeit, sie hatte einen Sabotageakt aufzuklären und dieses Kind … Es machte sie verrückt, nicht für Tilda da sein zu können. Tatsache war aber auch, dass ihr Magen knurrte.

Sie hatten Glück und Armando hatte ein Einsehen.

»Ah, das zischt!« Ohlsen stellte sein Wasserglas ab. »Dann erzähl mal, Sinje. Irgendwas Verdächtiges auf dem Grundstück Birger-Hansen?«

Seine Kollegin warf einen Blick auf Fria und zögerte.

»Oh, keine Angst. Ich hab eine angeborene Sprechsperre, wenn es um polizeiliche Ermittlungen geht.« Fria dippte ein Stück Landbrot in die Paprikacreme.

»Was sie sagen will, ist, ihr Vater, ihre Brüder, allesamt bei der Polizei. Sie selbst hat die Ausbildung begonnen und zugunsten der Archäologie ad acta gelegt. Sollte ein Fall ihretwegen in

Schieflage geraten oder gar platzen, wird sie enterbt«, erklärte Ohlsen und grinste.

»Gut, das wäre mir jetzt neu. Fakt ist: Ich schweige wie ein Grab!«

Sinje nickte. »Zuerst hab ich mir die Reithalle, die Führanlage, den Heu- und Fahrradschuppen und die Remise vorgenommen. Alles unauffällig. Keine versteckten Räume, Luken, Türen und leider auch kein Lastenrad. Im Herrenhaus ist das schon anders. Der Waschkeller ist komplett gefliest. Ein Kühlschrank steht auch drin, sogar angeschlossen und in Betrieb.«

»Inhalt?«

»Medikamente! Die meisten für Tiere. Ich hab sie fix durchgesehen. Leider kein Embutramid und auch kein Kaliumchlorid. Es gibt einen großen Heizungskeller, einen Vorratskeller, einen Raum mit Werkzeug, einen für alte Möbel und so weiter. Zwei Räume waren so gut wie leer. Viel Platz und Ruhe, um Dinge zu tun, die niemand mitkriegen soll. Hinweise, dass eines der Opfer mal dort unten war, habe ich auf die Schnelle leider keine gefunden. Ich bin dann hoch in die erste Etage, hab aber nur kurz in alle Zimmer geschaut. Erwischen lassen wollte ich mich jetzt echt nicht. Ein Raum war verschlossen. Die zweite Etage und der Dachboden waren mir zu heikel. Ich war schon viel zu lange im Haus.«

»Eine Botoxparty im Herrenhausambiente. Für besonders nette Kunden gibt's eine Embutramid-Kaliumchlorid-Dosis gratis dazu! Exklusiv von Doktor Schmitz!« Fria probierte die Knoblauchcreme.

»Ich stell mir Theo Bretschneider gerade auf einer Botoxparty vor.« Sinje fischte sich eine Scheibe Brot aus dem Korb. »Wir haben einfach nicht genug, um die Hütte mal gründlich auf links zu drehen.«

»Nach dem Essen statten wir dem guten Doktor Schmitz einen Besuch ab.« Ohlsen nickte seiner Kollegin zu. »Danach fahren wir zurück zum Hof und befragen die Reitlehrerin Frau Thedering und ihre Schüler. Mal sehen, was der Hoftratsch zu berichten hat, von dem die Birger-Hansen uns nichts erzählen will.«

»*Prego, signore e signori*!« Armando reichte ihnen die Teller. »Hausgemachte Ravioli mit Füllung aus Trüffel in Salbeibutter. *Buon appetito*!«

Nach der Hälfte des Essens lehnte Fria sich zurück. »Sie war schon mal da. Sie kennt sich aus.«

Ohlsen schluckte den Bissen hinunter. »Wer?«

»Tilda. Sie wusste ganz genau, wo im Stall Äpfel und Möhren lagern.«

»Na ja, sie mag Pferde und das ist der einzige Reiterhof in unmittelbarer Nähe«, bemerkte Sinje.

»Die Dietrichs sind extrem knapp bei Kasse. Glaubt ihr wirklich, da wären Reitstunden drin?«

»Heißt nicht, dass sie nicht trotzdem dort war. Zum Pferde streicheln und zuschauen.

»Und wie soll sie hingekommen sein? Von den Dietrichs bis zum Hof dürften es mindestens sieben Kilometer sein. Ina Dietrich wird sie kaum hingebracht haben. Sie hat weder die Zeit noch besitzt sie ein Auto.« Fria spießte ein Raviolo auf.

»Und Freunde hat die Kleine keine«, erinnerte sich Ohlsen.

»Noch was. Ich weiß, Tilda hat momentan vor so ziemlich allem und jedem Angst, trotzdem fand ich ihre Reaktion auf Frau Birger-Hansen auffällig«, sagte Fria.

»Inwiefern?«

»Tilda hat sich richtiggehend vor ihr versteckt. Entweder war ihr Gesicht in meiner Halsbeuge oder in der Mähne des Pferdes vergraben. Stand die Birger-Hansen eher rechts vor dem Kopf des Tiers, schmiegte Tilda sich an dessen linke Halsseite. Wechselte die Hofbesitzerin ein wenig nach links, rutschte das Mädchen auf die rechte Seite. Nicht gemerkt?« Sie sah Ohlsen fragend an.

Der schüttelte nachdenklich den Kopf. »Was glauben wir? Dass Tilda die größte Zeit ihres Verschwindens auf dem Hof gewesen ist? Und wenn ja, glaubt ihr dann, sie hat sich dort versteckt? Oder wurde sie hingelockt und festgehalten? Aber hätte sie sich dann auf dem Hof nicht anders verhalten? Hätte sie nicht mehr Angstsymptome zeigen müssen?«

Sinje tupfte sich mit der Serviette die Lippen ab. »Gegenfrage: Warum sollte eine Frau wie die Birger-Hansen ein kleines Mädchen entführen und festhalten? Sie hat jeden Tag den Hof voll von pferdeverrückten kleinen Mädchen. Ganz ehrlich? Ich gehe davon aus, Tilda hat es zuhause nicht mehr ausgehalten. Wer weiß, welchem physischen und psychischen Druck sie da ausgesetzt war. Bestimmt hatte sie auch ein festes Ziel. Wollte irgendwohin, wo sie schon einmal gewesen ist, wo sie es toll fand. Vielleicht sogar auf diesem Reiterhof. Ein Tag der offenen Tür, ein Familienausflug der Dietrichs, wer weiß? Ihre Mutter kann da bestimmt Auskunft geben. Also hat sich die Kleine durchgeschlagen, immer mit der Angst im Nacken, entdeckt und wieder nach Hause gebracht zu werden. Gleichzeitig hat sie nicht bedacht, was Weglaufen bedeutet. Nachts allein im Dunkeln, kein Essen, kein Wasser. Sie muss sich unglaublich gefürchtet haben. Das allein ist traumatisierend. Und was machen Kinder im Allgemeinen, wenn sie sich fürchten? Sie suchen Schutz bei den Eltern. Aber genau zu dieser Person, ihrer Mutter, kann sie nicht zurück, denn die ist der Auslöser.«

Ohlsen winkte Armando heran. »Ein Kind wie Tilda, die so gut wie nichts besitzt, lässt ihren Ranzen nicht einfach an der Straße stehen.«

# FÜNFZEHN

Fria fand IT-Experten Flemming Kösterschün im Keller des Museums, im Serverraum. Sie bat ihn, das System auf Sicherheitslücken hin zu überprüfen, erklärte, sie habe das Gefühl, jemand habe sich Zutritt verschafft und im Namen des Museums geschäftliche Maßnahmen durchgeführt. Sein Gesichtsausdruck schwankte zwischen Erstaunen und Ungläubigkeit. Sie versuchte, ihn in ein lockeres Gespräch zu verwickeln, fragte nach seiner Familie, Urlaubsplänen und beruflichen Zielen. Seine Einsilbigkeit entsprach dem Normalzustand und ließ Fria ebenso ratlos gehen, wie sie gekommen war.

Jetzt hatte sie noch zwei Stunden bis zu dem Gespräch mit dem Vorstand. Lars-Emil hatte recht. Um Licht ins Dunkel zu bringen, war es unabdingbar, einen außenstehenden, unabhängigen Fachmann hinzuzuziehen. Sie musste wissen, von wo aus die Sabotage gegen sie, das Symposium, gegen das Museum durchgeführt worden war.

*

Der Reitlehrerin Juliane Thedering waren Fragen zu ihrer Vorgängerin unangenehm, das merkten Ohlsen und Sinje sofort.

»Sie haben sich also gekannt?« Ohlsen trat einen Schritt zur Seite, als das Pferdemaul neugierig näher kam.

Juliane Thedering fummelte am Bauchgurt des Sattels herum, zog einmal kräftig und setzte den Dorn ein Loch weiter ein. Das

Pferd tänzelte zur Seite weg. »Sie war fest angestellt, ich habe nur den einen oder anderen Kurs übernommen.«

»Jetzt sind *Sie* fest angestellt.«

Sprachlos und offenbar in Sorge, ob sich hinter dieser Aussage eine Anschuldigung verstecken könnte, blickte sie auf.

»Haben Sie sich gut verstanden?«

Thedering nickte. Besonders überzeugend wirkte sie nicht.

»Frau Storgaard und Herr Doktor Schmitz, gab es da mal besondere Vorfälle? Standen die beiden sich nahe?«

Sie zuckte mit den Schultern. »Das weiß ich wirklich nicht.«

»Und Frau Birger-Hansen? Wie kam die mit Lærke Storgaard zurecht?«

Ein unsicherer Blick zum Herrenhaus. »Warum fragen Sie sie nicht selbst?«

»Wir würden gern Ihre Meinung hören.«

»Sie waren auf einer Wellenlänge.«

»Inwiefern?«

»Frau Birger-Hansen mag es diszipliniert. Pferdesport ist für sie bitterer Ernst. Je strenger die Ausbildung von Pferd und Reiter, desto erfolgversprechender.«

»Und Frau Storgaard sah das genauso?«

»Das nicht. Es kam aber aufs Gleiche raus.«

»Wie darf ich das verstehen?«

»Lærke war sehr streng.« Juliane Thedering stockte.

»Hören Sie! Ich kann mir vorstellen, welche Gedanken gerade in Ihrem Kopf herumspuken. Über Tote soll man nicht schlecht reden, stimmt's? Damit helfen Sie ihr aber nicht. Wir versuchen, ihren Mörder zu finden und dazu müssen wir, so gut wie es eben geht, über ihr Leben Bescheid wissen. Auch über die Schattenseiten.« Ohlsen sah die Reitlehrerin beschwörend an.

»Sie war nicht gut zu den Kindern. Zu den Pferden auch nicht«, begann Juliane Thedering leise. »Sie schien sich über jeden Fehler der Reiter zu freuen, hat das geradezu ausgeschlachtet und sich lustig gemacht oder den Kindern ihr Fehlverhalten immer wieder unter die Nase gerieben. Es gab Mädchen, die sind nicht mehr wiedergekommen, weil sie Angst vor ihr hatten und ihre Gehässigkeit fürchteten. Andere sind geblieben, weil es die einzige Möglichkeit war zu reiten. Der nächste Hof ist weit weg. Bei Pferden, die nicht so wollten wie sie, wurde Lærke schnell ungeduldig. Die Gerte war nur eines der Mittel, die sie einsetzte. Frau Birger-Hansen hat natürlich nicht alles mitgekriegt. Lærke wusste genau, wo sie eine Grenze ziehen musste. Unerbittliche Strenge gegenüber Kindern gehörte nicht dazu.«

»Das führte doch bestimmt zu Konflikten mit den Eltern?«

Juliane nickte. »Es endete meistens damit, dass sie ihre Kinder vom Reitunterricht abmeldeten.«

»Gab es jemanden, der Lærke Storgaard besonders hasste?«

Unsicheres Schulterzucken. »Die Pferde?«

»Kein Kind, das sie besonders auf dem Kieker hatte, an dem sich alles entlud?«

»Das weiß ich wirklich nicht. Ich würde sagen, sie hat ihr Gift gleichmäßig versprüht.«

Sinje zog ihr Handy heraus, suchte den Speicher durch und hielt der Befragten ein Bildschirmfoto unter die Nase. »Haben Sie dieses Mädchen schon mal gesehen?«

»Das ist die Kleine, nach der alle gesucht haben, oder?«

»War sie mal auf dem Hof?«

Thedering nickte. »Ich selbst habe sie nie gesehen. Das Ganze war, kurz bevor ich meine ersten Kurse gegeben habe. Aber als das Bild durch alle Medien ging, wurde hier darüber geredet. Das Mädchen ist wohl ein echter Pferdenarr. Na ja, welches Mädchen ist das nicht? Auf jeden Fall soll sie immer zum Zuschauen gekommen sein. Reitstunden waren wohl nicht drin.«

»Wissen Sie, wie sie herkam? Wer hat sie gebracht?«

»Das war es ja. Niemand. Sie ist hergeradelt.«

Sinje runzelte die Stirn. »Entschuldigen Sie, wann war das genau?«

»Vor anderthalb Jahren hab ich angefangen, Reitkurse zu geben. Es muss irgendwann knapp davor gewesen sein.«

»Da kann Tilda nicht älter als fünfeinhalb, sechs gewesen sein«, flüsterte Sinje.

»Keiner wusste, wo sie hingehörte. Nur dass sie nicht von den Nachbarhöfen kam, das war klar. Es war unverantwortlich, sie mit dem Rad zu uns rausfahren zu lassen, allein, so jung wie sie war. Das wusste auch Lærke. Trotzdem hat sie nichts unternommen. So sagt man. Also alles unter Vorbehalt, weil, wie gesagt, damals war ich noch nicht hier.«

»Und Frau Birger-Hansen?«

»Hat das Drama spätestens mitgekriegt, als die Mutter auf dem Hof aufgetaucht ist. Da soll es richtig geknallt haben.«

Sinje und Ohlsen befragten noch einige ältere Reitschüler. Danach ging es für die Ermittler zurück nach Norgaard.

Sinje zog die Augenbrauen hoch. »Halten wir mal fest: Lærke Storgaard war ein junger, hübscher Kotzbrocken, der seine Macht gern gegenüber Kindern und Tieren auslebte. Ich fürchte, wir haben unsere Gemeinsamkeit gefunden.«

Ohlsen antwortete nicht. Vollkommen in Gedanken versunken steuerte er den Wagen.

»Theo Bretschneider, Hausmeister an einer Gesamtschule, hatte Spaß daran, Kinder zu quälen und zu verletzen. Reik Brenner, schlecht gelaunter Busfahrer, hasste Kinder, brüllte sie an, ließ sie einfach an der Bushaltestelle stehen. Und jetzt Lærke Storgaard, die Reitschüler schikaniert und Pferde geschlagen hat«, fuhr Sinje fort. »Die als harmlos beschriebene Englischlehrerin Frau Bruun passt nicht ganz ins Bild, aber vielleicht haben wir da noch nicht tief genug gegraben! Auf jeden Fall sollten wir die Reiter und den Kranich dahingehend überprüfen, ob es Verhaltensauffälligkeiten gegenüber Kindern gegeben hat.« Sinje stutzte. »Wohin fährst du eigentlich?«

»Zu Ina Dietrich. Ich will wissen, was da damals auf dem Hof passiert ist.«

Sinje seufzte. »Das machst du nicht!«

»Bitte?«

»Ruf Ulf an. Es ist sein Fall. Ich würde seine Geduld nicht überstrapazieren.«

Er ging vom Gas. Seine Kiefermuskulatur arbeitete.

»Du weißt, dass ich recht habe, Ohlsen!«

*

Das Gespräch mit dem Vorstand war gelaufen. Die größte Anspannung fiel von ihr ab. Man hatte sich bestürzt gezeigt, war geneigt, Villads als Verdächtigen zu sehen. Trotzdem war es Fria gelungen, eine größere Untersuchung anzustoßen und die Notwendigkeit eines unabhängigen Sachverständigen durchzudrücken.

Sie saß in ihrem Büro, lauschte dem monotonen Brummen des Ventilators und starrte auf den Monitor. Ihre Rede stand kurz vor der Vollendung. Wenn sie sich doch nur konzentrieren könnte! Das enttäuschte Gesicht Tildas ließ sie nicht los. Fria hatte beim Jugendamt angerufen. Die hatten sich zugeknöpft gegeben. Egal, wo sie anrief, alle versicherten ihr, man würde gern helfen, könne es aber nicht. Tilda war für Fria unerreichbar. Am liebsten wäre sie hin und hätte die Kleine auf eigene Faust zu sich geholt.

Dann flogen ihre Gedanken zurück zu der Sabotage. Die eine Frage, die sich immer wieder aufdrängte: Wem nutzte sie? Villads schien nicht gewusst zu haben, dass die Telefonanlage des Museums aus- und eingehende Anrufe automatisch abspeicherte. Hatte er sich deswegen sicher gefühlt und von seinem Apparat aus beim Caterer angerufen? Ebenfalls überrascht schien er davon zu sein, dass jemand auf die Idee kam, die hauseigenen Rechner zu überprüfen. War das ein Indiz dafür, dass er naiv genug war, ein solches Ding von seinem eigenen Rechner aus durchzuziehen? Was hätte er davon?

Ich stünde ziemlich doof da, dachte Fria. Die Branche würde sich das Maul zerreißen. Und Villads liebt es, mich kleinzureden. Er hätte einen erheblichen Angriffspunkt, an dem er immer wieder ansetzen könnte. Oder glaubte er gar, der Vorstand würde ihr sein Vertrauen entziehen? Und dann? Würde man ihn zur Leitung machen? Fria schüttelte den Kopf. Eher würden sie einen Externen holen.

Extern … Ihre Gedanken fanden Lars-Emil und hielten ihn fest. Die Stornos, das Telefonat mit dem Caterer, selbst die Anfeindungen in den sozialen Netzwerken hatte es erst gegeben, nachdem sie ihn ins Haus geholt hatte.

Sie vergrub ihr Gesicht in den Händen. »Was für ein ausgemachter Quatsch! Warum sollte er mir das antun? Nein!«

Sie rückte ihren Stuhl zurecht, drückte ihr Kreuz durch, legte die Hände auf die Tastatur und fixierte den blinkenden Cursor. Aber, vielleicht war er der Auslöser? Vielleicht hat Villads Angst, ich wolle ihn durch Lars-Emil ersetzen?

*

»Habt ihr was Neues zu Lærke Storgaard rausfinden können?« Björn Fischer passte Sinje und Ohlsen am Eingang der Polizeiwache ab.

»Sie war ein Kotzbrocken. Hat Kinder und Pferde malträtiert.« Sinje ging direkt weiter zur Kaffeeküche.

»Nicht euer Ernst! Dieses hübsche Mäuschen?«

»Ich liebe Männer, die mit ihrem Johannes denken«, murmelte Sinje vor sich hin und rief: »Chef, auch 'ne Erfrischung?« Sie hörte seine Zustimmung, griff in den Kühlschrank und kam mit zwei Wasserflaschen zurück. »Ich glaube, irgendwer versucht, die Gegend von Kinderquälern zu bereinigen.«

»Dazu müsste derjenige über die Gepflogenheiten der Opfer Bescheid gewusst haben. Fragt sich, ob ein Hörensagen reicht oder ob der Täter in all den Fällen selbst Opfer war.« Mit einem lauten Zisch ließ Ohlsen Kohlensäure entweichen.

»Die Reitschüler sind zumeist weiblich und ziemlich jung. Wie soll ein Kind oder ein Jugendlicher diese Taten begangen haben?« Palle schüttelte zweifelnd den Kopf.

»Dann vielleicht die Angehörigen eines gequälten Kindes«, warf Sinje ein.

»Man müsste überprüfen, wer sowohl an der Klüfterhöft Skole als auch an der Reitschule unter den späteren Opfern gelitten hat.« Fischer fing wieder an, Kugelschreiberminen zu klicken.

Und Sinje, ihn dafür zu hassen. »Und wie willst du das anstellen, du Schlaumeier? Ich glaube nicht, dass Pferdehöfe über ihre Reitschüler Buch führen. Sind ja keine Vereine.«

»Fischer, Carstensen, ihr nehmt euch noch einmal den Kranich vor. Fragt die Nachbarn, die Arbeitskollegen und diese Frau Hilper, ob sie sich erinnern können, wie Benno Kranich so mit Kindern war. Sinje, wir kümmern uns um Miriam Reiter.«

»Was ist mit der Lehrerin, Veronika Bruun?« Palle hatte sich neben Sinje positioniert.

»Die lassen wir erst mal außen vor.«

»Und der Tierarzt, dieser Doktor Schmitz? Habt ihr dem einen Besuch abgestattet?«

Ohlsen nickte und rieb sich die Bartstoppeln. »Normal ist noch untertrieben.«

»Man guckt den Leuten nur vor den Kopf.«

»Wohl wahr. Trotzdem glaube ich nicht, dass er unser Mann ist. Die Pferde, die er auf dem Birger-Hansen-Hof eingeschläfert hat, hat es alle gegeben. Als Miriam Reiter starb, war er auf einer Fortbildung in München, zum Zeitpunkt von Kranichs Tod mit seiner Familie auf Teneriffa. Natürlich müssen wir das noch überprüfen. Das Zeug zum Einschläfern könnte er zwar trotzdem geliefert haben, durch die Bücher ist das Mittel dann aber nicht gegangen.«

»Dafür habe ich was! Es betrifft die Kreditkartenbelege: Es gibt eine Verbindung zwischen Miriam Reiter und einem Tierheim in Klüfterhöft. Dazu musste ich in den Auszügen bis zum dreizehnten Juni zweitausendachtzehn zurückgehen.« Palle schnaufte.

»Betrag?«

»Vierhundertfünfzig Euro Schutzgebühr.«

Ohlsens fragender Blick ließ Sinje erklären. »Wenn du dir ein Tier aus dem Tierschutz holst, bekommst du das nicht umsonst. Sie verlangen eine Schutzgebühr. Zum Teil finanzieren sie sich darüber, außerdem wollen sie nicht, dass man sich aus einer Laune heraus einen Hund oder eine Katze anschafft, ohne dem Tier gerecht werden zu können. Wenn es Geld kostet, überlegen die Menschen dreimal. Bei vierhundertfünfzig Euro gehe ich von einem Hund aus.«

»Gut, fragen wir die Lebensgefährtin Emma Hansen. Ist zwar nicht sehr wahrscheinlich, aber möglicherweise ist Miriam Reiter bei dieser Gelegenheit ihrem späteren Mörder begegnet.«

»Du denkst noch an die Krähe, Chef?« Cilla Carstensen erhob ihre Stimme und tippte auf ihre Armbanduhr.

Ohlsen nickte. »Sag mir Bescheid, wenn er da ist.« Dann verschwand er in seinem Büro.

»Versucht er immer noch rauszukriegen, von wem die Krähe den Tipp über Andresens Leiche hat?«, raunte Fischer Carstensen zu. Nicht leise genug. Sinje bekam es trotzdem mit.

»Na klar. Immerhin ist es möglich, dass die Krähe mit unserem Serienkiller gesprochen hat.«

*

Die Flure leerten sich. Der grau-blaue Linoleumfußboden schluckte letzte eilende und schlurfende Schritte. Dass man das leise Sirren der Deckenbeleuchtung hören konnte, selten überlagert von entferntem Klappern oder gedämpften Stimmen, sprach eine deutliche Sprache. Es kehrte Ruhe ein in diesem Abschnitt des Krankenhauses.

Die braune Lockenperücke war die Hölle. Schweiß lief ihr in Rinnsalen den Nacken hinunter. Die Kopfhaut juckte, das Herz hämmerte. Die dicke Hornbrille hatte ihm gehört. Es war ihr zuwider gewesen, sie aufzusetzen. Dann hatte sie es doch getan. Den geblümten Pyjama und den lilafarbenen Bademantel hatte sie im Schnäppchenladen gekauft. Ebenso wie die Filzpantoffeln.

So ausgestattet war sie den ganzen Tag durch die verschiedenen Teile des Krankenhauses gegangen. Eine leicht gehbehinderte Patientin, die nicht lange sitzen konnte und gern durch die Flure spazierte. Rastlos wie so manch anderer alter Mensch. Wurde sie von einer Schwester angesprochen, hatte sie abgewunken und per Handzeichen versichert, ihr gehe es gut, sie wolle sich nur die Füße vertreten. Dabei hatte sie den Schichtwechsel des Personals beobachtet. Hatte die Frau vom Jugendamt observiert. War nie zu lang an einer Stelle geblieben, damit sie nicht auffiel. Hatte alte Patienten auf ihren Zimmern besucht, sich über deren Krankheiten und über die Medikamente, die verabreicht wurden, unterhalten. Sie war geschickt vorgegangen. Die Alten waren froh gewesen, sie zum Quatschen zu haben, jemanden, der sich für ihre Gebrechen interessierte. Sie hatten bereitwillig Auskunft gegeben. Sie war auf vielen Etagen gewesen. Alle dachten, sie sei eine von ihnen. Gegen vier Uhr nachmittags war sie mit ihrer Inspektion durch gewesen. Sie wusste jetzt genau, welche der alten Damen ein Mittelchen bekam, um besser schlafen zu können.

Und immer wieder war sie an der Tür vorbeigekommen, hinter der ihre Kleine lag.

Gott sei Dank sah die Polizei keine Gefahr für Tilda, bewachte sie nicht.

Sie wusste, wie riskant das Ganze war, aber es war ihre einzige Chance. War das Kind erst in der Traumaklinik, gab es kaum noch ein Herankommen.

Gegen fünf hatte sie ihren Raubzug begonnen. Die Medikamente waren mit dem Abendbrot ausgegeben worden. Sie hatte geplauscht, gescherzt, Kissen aufgeschüttelt, Trinkgläser und Medikamentendöschen gereicht. Und – sie hatte es geschafft, sich vier Pillen einzustecken.

*

Die Luft in dem kleinen Büro des Ørerup-Museums war verbraucht. Wütend sprang Fria auf. Zehn Zeilen geschrieben, sieben wieder gelöscht. So ging das seit Stunden. Sie konnte sich einfach nicht konzentrieren. Ständig spukte Tilda in ihrem Kopf herum. Sie hasste diese Untätigkeit. Warten – darauf, dass sich die zuständige Ärztin der Traumaklinik bei ihr meldete. Man hatte ihr versprochen, die Bitte um Rückruf weiterzuleiten. Und während sie zum Nichtstun verdammt war, verlor Tilda das kleine bisschen Vertrauen, das sie Fria so großzügig geschenkt hatte.

Ihr Blick fiel auf ihr Handy. Tilda und sie hatten ein Selfie gemacht. Natürlich mit Pferd. Wie dünn und zerbrechlich die Kleine aussah! Fria seufzte. Sie wollte ihr Versprechen unbedingt einhalten. Tilda sollte bei ihr und Bølle übernachten.

Sie wirbelte herum und gab einen Knurrlaut von sich. Dann fand ihr Blick zurück auf das Display. Sie wischte zum vorigen Handybild. Lars-Emil mit der unbekannten Frau. Fria hatte es abfotografiert. Genau wie seinen Personalausweis.

Sie rief die Suchmaschine des Browsers auf, gab den Namen ihres Ex-Kommilitonen ein und tippte auf *Enter*.

*

Mit einem breiten Grinsen griff er in den Kniff und legte seinen dunkelbraunen Filzhut auf den Tisch. Das aschblonde, leicht angegraute Haar hing ihm lang und strähnig bis auf die Schultern. Schweißperlen glitzerten in der spärlichen Anzucht eines Oberlippenbärtchens. Zwischen seinen kleinen Augenschlitzen funkelte es vergnügt. »Ohlsen, ich find's prima! Wir zwei, ein Gespräch von Mann zu Mann! Ich weiß das sehr zu schätzen.« Die Krähe lehnte sich genüsslich zurück.

»Das freut mich. Und deshalb können wir uns das Vorgeplänkel, das Bitten, Appellieren und Drohen, das Dementieren und Informantenschutzgedöns sparen. Ich will wissen, wer dich kontaktiert und dir den Fundort der Leiche inklusive der kriminaltechnisch relevanten Gegenstände verraten hat. Hilfst du mir, helf ich dir. Eine Hand wäscht die andere.«

Die Krähe richtete sich auf. »Ein kluger Plan! Wie lautet dein Angebot?«

Ohlsen sah ihn kritisch an.

»Hey! Deine Leute haben mich bis auf die Unterhose gefilzt. Keine versteckten Mikrofone. Das Handy haben sie mir auch abgenommen.«

»Gut, hier mein Angebot: Vorabinformationen, eine Stunde vor einer Pressekonferenz. Exklusiv.«

»Und das, wo ihr so im Trüben fischt? Was soll ich mit Vorabinformationen, die keinen interessieren? *Nichts Neues* lockt keinen hinterm Ofen vor!«

»Was willst du?«

Wieder dieses feiste Grinsen. »Ein Interview mit dir. Ganz persönlich. Mit runtergelassenen Hosen. Wie du als Provinzbulle damit klarkommst, dass der Fall des Thorsberger Serienkillers 'ne Nummer zu groß für dich ist. Hey, und wenn du das Ding doch noch aufklärst, machen wir 'ne Erfolgsstory draus.«

Sie taxierten sich.

»Nur, wenn du deinen Kontakt ausspuckst.«

Die Krähe lachte. »Das werde ich, glaub mir! Das werde ich!«

Ohlsen legte die Stirn in Falten. »Soll das heißen, der Hinweis kam nicht anonym?«

»Oh doch, schon.« Er grinste vielsagend.

»Du hast rausgekriegt, wer dahintersteckt?« Ohlsens Herzfrequenz legte einen Zahn zu.

»Deal?«

Der Kommissar zögerte nur kurz. »Also gut.«

»Dann wäre es von Vorteil, wenn ich mein Handy zurückbekäme.«

Ohlsen ließ es ihm bringen. Keine drei Minuten später hatte die Krähe ihm die Information übermittelt.

*

Das Internet spuckte nicht viel aus über einen Lars-Emil Hoferland. Es gab viele Lars, einige Emil und auch Männer mit Nachnamen Hoferland. Im Zusammenhang mit Bremen gab es keine Treffer. Setzte sie Regensburg dahinter, fand sich immerhin ein Eintrag im Telefonverzeichnis. Das musste der seiner alten Meldeadresse sein. Fria schüttelte den Kopf. Es brachte nichts, da anzurufen. Die Nummer konnte nicht mehr gültig sein.

Sie rieb sich die Stirn, fuhr den Rechner herunter, verabschiedete sich von Alberte und sah bei Lars-Emil vorbei. »Ich werde zuhause weitermachen. Muss noch was erledigen.«

»Alles gut?« Er konnte sie noch immer lesen.

Fria nickte. »Was machen wir jetzt mit dir?«

»Schon okay. Ein guter Grund, mich wieder an die Forschungsarbeit zu setzen.« Rasch packte er zusammen.

*

Ohlsens erster Gedanke war, zu Fischer zu rennen und ihn zusammenzufalten. Immer noch fassungslos starrte er auf die Information der Krähe, auf die Nummer mit dem dazugehörigen Namen. Björn Fischer! Sein eigener Ermittler hatte ermittlungsrelevantes Insiderwissen an die Presse weitergegeben. Und das nicht etwa versehentlich oder unter Druck, nein, er hatte bei der Krähe angerufen. Er hatte sie ihm angeboten. Warum? Ohlsen ließ Björn Fischer durch den Polizeirechner laufen. Seine Akte war unauffällig. Dann rief er Ulf an.

»Ohlsen, du schon wieder«, hörte er zur Begrüßung. »Wir haben noch nicht mit Ina Dietrich gesprochen. Da waren ein paar andere Sachen dringender. Aber ich bleib dran, ich versprech's. Du kriegst deine Antwort, was damals auf dem Reiterhof los war.«

»Ist gut, Ulf, danke. Die Kleine wird noch immer morgen verlegt?«

»Ja.«

»Vielleicht könntest du mir bei Gelegenheit die behandelnden Ärzte der Traumaklinik nennen. Ich glaube, sie wären interessiert an den Erfahrungen, die wir bislang machen konnten.«

»Auch das. Wie sieht es in der SOKO Bog Body aus? Kommt ihr voran?«

»Schleppend. Wir haben mehrere Ansätze. Uns fehlt der entscheidende Durchbruch. Reine Sisyphusarbeit. Bislang läuft vieles ins Leere. Carstensen und Fischer haben sich ganz gut eingefunden.«

»Freut mich.«

»Wie kam es eigentlich dazu? Gab es einen besonderen Grund, dass du mir ausgerechnet diese beiden geschickt hast?«

»Seltsame Frage.«

»Ich weiß.«

»Carstensen macht gute Arbeit und war gerade frei. Sie war kurz zuvor aus dem Urlaub gekommen. Und Fischer hat sich freiwillig gemeldet.«

»Hat er gesagt warum?«

»Nein, hab ihn auch nicht gefragt. Ohlsen, was ist los?«

»Er hat die Presse angerufen und ermittlungsrelevante Infos rausgegeben.«

Beklemmendes Schweigen in der Leitung.

»Ist er früher schon mal aufgefallen?«

»Er ist ein Macho und Fleiß ist nicht gerade sein zweiter Vorname, aber sonst … Ich gebe zu, es kommt nicht oft vor, dass er sich freiwillig zu einem Einsatz meldet.«

»Ulf, diese Sache bleibt vorerst …«

»… unter uns. Schon klar. Dein Fall, deine SOKO. Sag mir Bescheid, wie du verfahren bist.«

*

Fria hatte Lars-Emil abgesetzt. Sie fand einen Parkplatz in der Nähe und stieg die Treppen zu ihrer Wohnung hoch. Die Luft war seltsam schwül. An der Hitze hatte sich nichts geändert.

»Marten?«

»Der ist nicht mehr da. Er hat sich aufgelöst. Einzig ein Rest Schweiß ist übrig und klebt auf diesen wunderschönen Planken.«

Bølle kam angerannt und begrüßte sie überschwänglich.

Sie folgte Martens Stimme. Er lag langgestreckt auf der Bank, draußen auf dem Balkon.

»Fria, Lieblingsmensch, stell dir vor, du und ich, wir lägen nackt in einer riesigen weißen Schneewehe aus abertausend herrlich erfrischenden Kristallen!«

Lächelnd bemerkte sie seinen ungewöhnlich roten Kopf. »Sag

mal, warst du zu lang in der Sonne?« Ihre Hand legte sich auf seine Stirn. Er glühte. »Hast du genug Wasser getrunken?«

»Ach Fria, du Glucke.«

Sie eilte in sein Zimmer. Ein schwerer Vorhang aus Lösungsmitteln und Ölfarbe schlug ihr entgegen. Sie bekam kaum Luft. Wasserflaschen sah sie keine. Sie riss die Fenster auf, schaltete die Ventilatoren an und schloss alle Gläser und Tuben, die sie in die Hände bekam. Dann ging sie in die Küche und kehrte mit einer Wasserflasche und kalten nassen Waschlappen auf den Balkon zurück. »Trinken!« Die Waschlappen landeten auf seinem Kopf.

Er setzte sich auf, kniff dabei immer wieder die Augen zu.

»Kein Wunder, dass du Kopfschmerzen hast. Marten, echt jetzt? Du bist doch kein Kleinkind mehr!«

»Warum behandelst du mich dann wie eines?«

»Das fragst du jetzt nicht wirklich, oder?«

*

Ohlsen hatte wirklich lange hin und her überlegt. Die Krähe hatte verneint, als er gefragt hatte, ob Fischer Geld für die internen Polizeiinformationen bekommen hatte.

Ohlsen verstand es nicht. Was konnte ein Ermittler aus Flensburg davon haben, fallrelevante Dinge an die Öffentlichkeit zu bringen? Fischer hatte sich nicht damit gebrüstet, er hatte sie heimlich weitergegeben. Es war kein Versehen, keine Angeberei! Es ging darum, dass die Bevölkerung von Henke Anders Andresen erfuhr! Dem Mann, der ihnen mithilfe von fingiertem Belastungsmaterial, als Täter verkauft werden sollte. Hätten sie den Köder geschluckt, hätte die SOKO Andresen als Täter oder Mittäter präsentiert. Was für ein Erfolg! War es das? Wollte Fischer auf der Ruhmeswelle mitschwimmen? Egal, was es war, Ohlsen musste ihn darauf ansprechen und ein Verfahren gegen ihn einleiten. Vorher würde er aber noch einmal ganz genau schauen, was der Kollege Fischer in den letzten acht Tagen so getrieben hatte.

*

Der Gedanke war die ganze Zeit da gewesen. Fria hatte ihn von einer Seite ihres Gehirns in die andere geschoben. Jetzt war Schluss! Marten war versorgt und Fria fest entschlossen. Sie klemmte sich die schwarze Tiertransporttasche unter den Arm, nahm Bølle und ging mit ihm zu ihrem Auto. Heute war Tilda noch hier, in Klüfterhöft, im Krankenhaus. Morgen nicht mehr. Fria würde alles daransetzen, sie noch einmal lächeln zu sehen.

*

Die Frau vom Jugendamt kam aus Tildas Krankenzimmer, lief den Flur entlang bis zum Balkon und verschwand nach draußen.

Vorsichtig, mit wippender Lockenperücke, folgte sie ihr und schielte durch die Glasscheibe. Die Frau selbst konnte sie nicht sehen, sehr wohl aber den Rauch, den sie ausstieß. Tildas Wachhund rauchte! Sie konnte ihr Glück kaum fassen. Es lebe die Tabakindustrie! Sie zählte die Sekunden, schlich unauffällig zurück, checkte den leeren Gang zu beiden Seiten und öffnete ganz leise Tildas Zimmertür. Vom Rahmen aus konnte man nur das Bettende sehen. Auch der Patient hatte keinen freien Blick auf den, der hineinkam. Sie zog den eng zusammengefalteten weißen Kittel aus der Tasche. Zählte immerzu weiter, versuchte so, den Überblick über die verrinnende Zeit zu behalten. So eine Zigarettenpause war kurz. Lautlos ließ sie den Bademantel zu Boden fallen und schlüpfte in den Kittel. Ihr Herz hämmerte gegen ihre Brust. Mit gesenktem Kopf trat sie ans Bett. Tilda sah fern, hatte Kopfhörer auf. Dann drehte der Kopf der Kleinen sich langsam zu ihr. Wenn Tilda sie erkannte und zu schreien begann, blieb ihr keine andere Wahl, dann musste sie es hier und jetzt tun. Aber nichts geschah. Sie vermied es, der Kleinen in die Augen zu sehen und stellte die geöffnete Dose Fanta mitsamt dem Strohhalm auf das ausgeklappte Tablett. Ein kleines Winken zum Abschied und sie verschwand hinter der Zimmerecke, tauschte Kittel gegen Bademantel, stopfte das Arztgewand wieder in die Seitentasche und öffnete vorsichtig die Zimmertür. Ein Blick in den Flur und sie war draußen. Eilig huschte sie den Gang entlang, bis sie außer Sichtweite war. Durchatmen. Jetzt konnte sie nur noch hoffen, dass die Tante vom Jugendamt dem Kind nicht die Brause wegtrank.

*

Fria hielt vor dem Klüfterhöfter Krankenhaus. Warnend sah sie Bølle an. »Du musst schön leise sein, hörst du? Dieses Mal haben wir keinen Polizeischutz. Hoffen wir, dass uns die Dame am Empfang erkennt.« Dann klappte sie die Lasche um und zog den Reißverschluss zu.

Als sie die großräumige Halle betrat, sah sie sofort, dass es am Einlass einen Personalwechsel gegeben hatte.

»Einen wunderschönen guten Abend.« Sie lächelte den Mann hinter der Glasscheibe an.

»Guten Abend.« Er dagegen blickte fragend.

»Mein Name ist Fria Svensson. Kommissar Ohlsen von der Kripo Flensburg und ich waren in den vergangenen Tagen mehrfach bei der Patientin Tilda Dietrich.«

Er studierte seine Unterlagen.

»Sie wird morgen verlegt. Ich müsste noch einmal kurz zu ihr.«

*

Jetzt kam der riskantere Teil. Sie schob sich die Lockenperücke in die Stirn und kratzte sich am Hinterkopf. Dann kicherte sie überdreht. Der riskantere Teil! Als ob es bis hierher ein Spaziergang gewesen wäre! Am liebsten wäre sie einfach abgehauen und hätte sich diese ekeligen Klamotten vom Leib gerissen. Abhauen – ja, warum eigentlich nicht? Noch hatte sie eine reelle Chance. Niemand brachte sie mit den Thorsberger Leichen in Verbindung. Noch nicht. Aber ihre Seelenverwandte, ihre kleine Tilda, sie hatte alles gesehen. Und sie konnte jederzeit anfangen zu reden. Würden sie einem traumatisierten Kind Glauben schenken? Wollte sie es darauf ankommen lassen? Sie stöhnte. Sie musste absolut verrückt sein!

Sie schlurfte so unauffällig wie möglich den leeren Gang entlang. Dann versteckte sie sich hinter der Ecke, die den Eingang zu den Putz- und Bedarfsmittelräumen bildete. Sie sah auf die Uhr. Mit ganz viel Glück ging die Frau vom Jugendamt noch einmal rauchen. Was natürlich dauern konnte. Falls nicht, müsste sie einen anderen Weg finden, sie aus Tildas Zimmer zu locken.

*

Fria nannte dem Mann am Empfang den Namen der Frau vom Sozialdienst. »Falls sie noch Zweifel haben, fragen Sie sie! Sie ist die ganze Zeit oben bei dem Kind.«

»Weshalb sind Sie noch mal hier?«

»Ich habe etwas mit Tilda und Frau Frandsen zu besprechen. Morgen klappt das nicht mehr, da die Kleine dann schon verlegt wird.«

Er kratzte sich am Kopf. Dann zeigte er zu einer Reihe Stühle. »Warten Sie da.« Er griff zum Telefon. »Holger hier, Moin. Du, guck doch mal bei der minderjährigen Patientin Tilda Dietrich rein. Die Betreuung, die Frau vom Jugendamt, brauche ich. Kannst du mir die mal eben an den Hörer holen? Dank dir!«

Fria ging langsam zu einem der Stühle. Hoffentlich scheiterte es jetzt nicht an Tildas Eskorte.

*

Die Zeit verging quälend langsam. Der Minutenzeiger ihrer Uhr wollte sich einfach nicht vorwärtsbewegen. Aus ihrem Versteck heraus riskierte sie immer wieder einen Blick in den Krankenhausflur.

Plötzlich vernahm sie ein leises Trippeln. Eine Schwester kam den Gang entlang.

Hektisch sah sie sich um. Wenn die in einen der Materialräume wollte, wäre sie geliefert. Wie sollte sie erklären, dass sie sich hier in der Ecke herumdrückte? Verzweifelt versuchte sie, sich auf den Moment des Zusammentreffens vorzubereiten. Welche Worte wären die richtigen? Sollte sie einen Schwächeanfall vortäuschen? Nein! Erste-Hilfe-Maßnahmen hätten unweigerlich eine Enttarnung zur Folge. Auch das Vortäuschen einer Demenz ginge nicht. Sie würden versuchen, sie einem Zimmer zuzuordnen.

Was dann? Was dann? Warum fiel ihr nur nichts ein?

Keine Schritte mehr.

Vorsichtig lugte sie um die Ecke. Tildas Tür, sie stand offen! Die Schwester war in Tildas Zimmer verschwunden!

Sie schob sich die Lockenperücke aus der verschwitzten Stirn und atmete auf. Ihr Puls raste, ihre Hände zitterten.

Kurz darauf kamen die Frau vom Jugendamt und die Schwester auf den Gang hinaus. Sie schlossen die Tür und redeten leise miteinander. Die Krankenpflegerin wedelte mit einem mobilen Telefon. Tildas Wachhund schüttelte den Kopf, nahm das Gerät dann aber doch entgegen, sprach kurz und reichte es zurück. Nach ein paar weiteren Worten ging die Betreuerin zurück ins Zimmer. Die Pflegerin eilte den Flur hinunter, in die Richtung, aus der sie gekommen war.

Ihr Puls hatte sich gerade ein wenig beruhigt, als sie das typische Schließgeräusch einer Tür wahrnahm. Wieder linste sie um die Ecke. Die Sozialarbeiterin drehte ihr den Rücken zu und ging ebenfalls den Gang in Richtung Fahrstuhl.

War das ihre Chance? Woher sollte sie wissen, wie viel Zeit sie haben würde? Und ob Tilda bereits tief und fest schlief?

*Woher, woher, woher …*

Sie haderte und wiegte ihren Oberkörper hin und her. Was, wenn das ihre einzige Chance bleiben würde?

Das Risiko, viel zu hoch …

Kurzentschlossen stellte sie sich auf den Gang und horchte. Es blieb still.

*Okay, alles nach Plan!*

Sie huschte in das Zimmer Nummer dreihundertneun, drei Türen weiter. Die stark demente über neunzigjährige Patientin lag auf dem Rücken. Ihr Kopf war nach hinten überstreckt. Sie schnarchte zum Steinerweichen.

Flink öffnete sie den Schrank und zog einen in einen großen blauen Müllsack eingeschlagenen Gegenstand heraus, den sie vor vielen Stunden hier deponiert hatte. Es war ein zusammengeklappter Buggy. Ein schäbiges Teil mit Verdeck, das immer unten im Hausflur ihres Wohnblocks herumgestanden hatte.

Dazu noch ein paar Sandalen und eine dünne Decke.

Bademantel und Filzpantinen landeten im Müllsack, den sie in das Fach unter die Sitzfläche quetschte. Sie kontrollierte den Sitz ihres Rocks und der Lockenperücke, öffnete vorsichtig die Tür von Nummer dreihundertneun und beobachtete den Flur.

*

»Frau Svensson!« Seufzend fiel Frandsens Blick auf die Tasche zu Frias Füßen. »Ist *er* wieder da drin?«

»Sie können nicht bestreiten, wie erfolgreich Bølle bisher war.«

»Tilda kommt morgen früh in professionelle Hände. Und das ist gut so.«

»Da stimme ich Ihnen zu. Lassen Sie mich noch einmal zu ihr. Ich bin mir sicher, sie würde sich unfassbar freuen.«

»Das mag sein. Aber sie schläft tief und fest.«

Fria überlegte kurz. »Wir warten. Wir sind ganz leise. Sie wird bestimmt noch einmal wach.« Sie sah auf die Uhr. Viertel nach acht. »Es ist ja noch früh.«

»Es tut mir leid. Ich bin froh, dass das Mädchen schläft. Das ist nicht selbstverständlich. Meistens schreckt sie nach ein paar Minuten hoch. Deswegen muss ich jetzt auch zügig zurück.«

»Kann man ihr nichts verabreichen?«

Die Frau vom Jugendamt lächelte gequält. »Sie hat es nicht zugelassen, dass man ihr einen Zugang legt. Die Ärzte wollten sie nicht weiter bedrängen. Ihre körperliche Verfassung ließ es wohl zu, darauf zu verzichten. Die Untersuchungen waren für alle Beteiligten stressig genug.«

Bølle wurde langsam unruhig. Seine Nase sog Luft durch das Netzgewebe. Die Tasche beulte sich unter seiner Bewegung.

»Auf Wiedersehen, Frau Svensson. Vielen Dank für Ihr Engagement.«

Enttäuscht sah Fria Gisela Frandsen nach.

*

Tilda schlief. Sie schlief tatsächlich!

Mit zittriger Hand griff sie nach der Fantadose, schüttelte sie vorsichtig. Sie war so gut wie leer. Erste Glückshormone machten sich auf den Weg.

*Reiß dich zusammen, noch seid ihr nicht hier raus!*

Sie streckte den Zeigefinger aus und tippte das Mädchen an. Erst ganz vorsichtig, dann immer fester. Sogar ein Schütteln brachte keine Reaktion. Perfekt! Sie packte das Kind, legte es in den nach hinten geklappten Buggy, breitete die dünne Decke über ihren Unterkörper und klappte das Verdeck so, dass keiner erkennen konnte, wer im Inneren lag. Dann nahm sie die Fantadose, schüttete den Rest ins Waschbecken, stopfte sie unten in den Buggy und verließ mit Tilda zusammen den Raum. Eilig ging sie den verwaisten Krankenhausflur entlang. An den drei Fahrstuhltüren stoppte sie, drückte alle drei Knöpfe. Eine Schwester und ein Pfleger bogen in den Gang ein, schenkten ihr jedoch keinerlei Beachtung. Sie senkte den Kopf, stellte sich so, dass ihr Rücken zu den Fahrstuhltüren zeigte. Mit einem leisen Scharren öffnete sich die erste. Nachdem die Stille verriet, dass niemand drin war, drehte sie sich und den Buggy nach vorn und betrat die leere Kabine. Sie drückte auf E und sah den Schiebetüren zu, wie sie sich langsam schlossen. Ihr Herz pochte wild gegen ihre schmale Brust. Nun galt es nur noch, unentdeckt aus dem Haus zu kommen.

*Nur noch …*

Was für ein Irrsinn!

# SECHZEHN

Ohlsen hatte sich durch die Ermittlungsakten der letzten elf Tage gelesen, den Fokus ganz auf Fischers Arbeit gelegt.

Er griff zum Hörer. »Sinje, komm doch mal eben rüber!«

Einen Moment später klopfte es an seine Bürotür.

»Setz dich!«, empfahl er.

»Ich hab eben mit Emma Hansen, der Lebensgefährtin von Miriam Reiter, telefoniert«, begann sie eifrig. »Ich hatte recht. Die Reiter hat zweitausendachtzehn einen Hund aus dem Tierschutz bei sich aufgenommen. Dafür war sie zweimal in Klüfterhöft. Also eigentlich insgesamt dreimal. Es hat nämlich nicht geklappt mit den beiden Frauen und dem Hund. Also hat Miriam Reiter ihn wieder zurückgebracht.«

Ohlsen hörte nur mit einem halben Ohr zu.

»War doch richtig, oder? Wir wollten uns das Umfeld der Reiter noch mal genauer anschauen.«

»Schon … Vorher noch was anderes. Björn Fischer.«

Er sah Sinjes überraschten Gesichtsausdruck.

»Hast du während eurer Zusammenarbeit irgendwann mal das Gefühl gehabt, dass da was nicht stimmt?«

»Genauer geht's nicht?«

Er schüttelte den Kopf.

»Fragst du dich, ob er sauber genug gearbeitet hat?«

»Zum Beispiel.«

Sinje dachte kurz nach. »Mir ist nichts aufgefallen. Meines Erachtens hat er seinen Job genauso gemacht wie wir anderen.«

»Hat er mal erwähnt, warum er zur SOKO Bog Body gestoßen ist?«

»Weil er abbeordert wurde.«

»Meint wer?«

»Er! Er hat es mal erwähnt.«

»Äußert er sich dir gegenüber, wie er den Fall sieht? Ist er einverstanden mit unserem Vorgehen?«

»Für ihn war von vornherein klar, dass die sechs Thorsberg-Leichen Zufallsopfer sind. Er glaubt, den Grund in ihrem Umfeld zu suchen, sei Zeitverschwendung.«

Ohlsen spürte ihren nachdenklichen Blick auf sich ruhen.

»Er weiß aber trotzdem, dass es wichtig ist, allen Spuren nachzugehen. Ich denke, er ist Profi genug. Ist irgendwas mit Fischer?«, setzte sie nach.

Er sah ihr lange in die Augen. Er vertraute ihr. Genau, wie er Palle und Oltmann vertraute. Sie konnten sich hundertprozentig aufeinander verlassen.

Sie verstand. »Nichts davon verlässt diesen Raum«, versicherte sie.

»Er wurde nicht abbeordert, er hat sich freiwillig gemeldet. Was, laut Ulf, so gar nicht zu ihm passt. Und er war es, der die Krähe angerufen und die polizeilich relevanten Details an die Presse gegeben hat.«

Sinjes Augen wurden weit. »Er verkauft Informationen?«

Ohlsen schüttelte den Kopf. »Nein. Kein Geld! Er hat keine Gegenleistung dafür erhalten. Fragt sich, worin sein Interesse dann liegt.«

»Weiß er, dass du …?«

»Nein. Bevor ich ihn zur Rede stelle, möchte ich wissen, was er bislang in meinem Revier getrieben hat. Sinje, fahr los und klappere die Stationen ab, die er als Ermittler bearbeitet hat. Insbesondere die, zu denen er allein gefahren ist.«

»Lærke Storgaards privates Umfeld.«

»Zum Beispiel. Und vielleicht horchst du Carstensen ein wenig aus, aber unauffällig. Sie kennt ihn schließlich schon ’ne ganze Weile.«

*

Bis zum Erdgeschoss lief alles reibungslos. Nervös zupfte sie ihre Lockenperücke zurecht. Damit auch wirklich niemand einen Blick in den Buggy werfen konnte, stand sie selbst mit dem Gesicht zu der sich öffnenden Fahrstuhltür, bereit, den Kinderwagen herauszuschieben. Je breiter der Schlitz wurde, desto mehr senkte sie den Kopf, tat, als benötige etwas im Innern des Buggys ihre Aufmerksamkeit.

Beine! Es stand jemand vor dem Fahrstuhl.

Ihr von Adrenalin gefluteter Körper geriet leicht ins Wanken.

*

Mit hängenden Schultern und bleischweren Beinen schlurfte Fria aus der Eingangshalle des Krankenhauses. Sie steuerte eine der Bänke an, ließ sich drauf fallen und hob die Tasche auf die Sitzfläche. Es war schwierig, den Reißverschluss zu öffnen, da der kleine Kerl immer wieder ungeduldig mit der Nase dagegen stupste. Dann aber war es geschafft und der Hund sprang freudig wedelnd heraus. »Wir haben es wenigstens versucht, oder, Bølle?« Fria vergrub ihre Nase in seinem Fell.

*

Sie zwang sich, ruhig zu bleiben, den Fahrstuhl nicht fluchtartig zu verlassen. Nur keine Aufmerksamkeit erregen!

Diese Schuhe! Sie kannte diese Schuhe! Sie gehörten Tildas Wachhund. Das war’s! Jetzt war alles aus!

Die Frau trat ein. Eine Stimme sagte: »Hallo!«

Ihre eigene versagte, blieb die Antwort schuldig. Sie versuchte ein knappes Nicken und fing an zu schieben. Drei Schritte und sie waren draußen. Vor lauter Anspannung vergaß sie das Atmen. Nicht zu schnell! Es musste vollkommen natürlich aussehen. Eine Mutter mit ihrem Kind auf dem Weg nach Hause. Die große Fensterfront, der breite Ausgang – alles zum Greifen nah.

Fria ließ den Karabiner der Leine zuschnappen. Nicht, dass Bølle weglaufen würde. Aus Erfahrung wusste Fria aber, dass unangeleinte Hunde an Plätzen wie diesem nicht gern gesehen waren. Bølle sprang von der Bank und begann, den verbrannten Rasen abzuschnüffeln. Traurig sah seine Besitzerin die Fassade des Krankenhauses hinauf, suchte die dritte Etage. Irgendwo dort lag Tilda. Ihr Fenster ging nach vorne raus. Wie schön wäre es, wenn sie heruntersehen und ihr winken würde! Fria suchte jede einzelne Scheibe nach einer passenden Silhouette ab.

Eine Nacht noch, dann würde Tilda unter einer anderen Obhut stehen. Endlich! Gisela Frandsen seufzte. Denn obwohl es sich gut angefühlt hatte, das kleine Mädchen etwas mehr als üblich zu unterstützen, und obwohl sie vom Krankenzimmer aus gearbeitet hatte, war doch vieles liegen geblieben. Angelegenheiten anderer in Not geratener Menschen. Bis zu neunzig Kinder und deren Familien betreute sie gleichzeitig. Viel zu viele, um allen gerecht werden zu können. Die Probleme waren so vielschichtig wie das Leben selbst und betrafen immer den gesamten Familienverbund. Sie und ihre Kollegen bemühten sich nach Kräften. Trotzdem gab es selten ein echtes Happy End. Sie waren nur die Feuerlöscher. Mit den Folgen des Brandes mussten die Opfer ihr Leben lang zurechtkommen.

Die Fahrstuhltür öffnete sich. Der Gang der dritten Etage lag leer und ruhig vor ihr. Sie ließ sich Zeit, plante gedanklich schon mal, was sie morgen nach der Übergabe tun würde. Leise öffnete sie die Zimmertür und trat ein. Alles war still. Schön. Schlaf war doch die beste Medizin. Einmal um die Ecke. Der Blick zum Bett. Sie stoppte überrascht. Die Decke war aufgeschlagen, die Matratze leer.

»Tilda?«

Stirnrunzelnd hielt sie auf die Badezimmertür zu, klopfte – wartete.

Die Klinke ließ sich problemlos herunterdrücken. Drinnen war alles dunkel. Keine Tilda. Mit langen spitzen Fingern griff die Nervosität nach ihr. War die Kleine aufgewacht und suchte nun nach ihr?

Als die riesigen Glasschiebetüren des Eingangsportals sich hinter ihr schlossen, hätte sie am liebsten die Arme nach oben gerissen und laut gejubelt. Adrenalin und Endorphine überschwemmten ihren Körper. Aber noch durfte sie nicht auffallen. Also riss sie sich zusammen und bemühte sich, langsam und ruhig weiterzugehen. Sie waren eine Mutter und ihr Kind auf dem Weg nach Hause. So, wie es jeden Tag Millionen Mal passierte.

Fria suchte vergebens. Hinter keinem der Fenster war etwas zu erkennen, das einer menschlichen Silhouette glich. Frustriert wanderte ihr Blick zurück, heftete sich an eine Frau um die vierzig, die eine gebeugte Seniorin stützte. Beide steuerten den Eingang des Krankenhauses an.

Zwei Sanitäter stiegen aus ihrem Rettungswagen. Eine Frau schob ein Kind im Buggy vor sich her, eine andere, in Schwesterntracht, überholte sie und eilte von dannen, wahrscheinlich froh, endlich Feierabend zu haben.

»Komm, Bølle, gehen wir auch nach Hause!«

Nachdem Gisela Frandsen zum dritten Mal erfolglos den Flur entlanggeeilt war, um nach Tilda zu suchen, hatte sie die Stationsschwester informiert. Die hatte die Meldung an alle Abteilungen des Hauses weitergegeben.

Sie suchten anderthalb Stunden, fragten den Pförtner und andere Schwestern. Niemand hatte ein Kind, das Tildas Beschreibung entsprach, gesehen.

*

Um Viertel nach zehn ging in der Polizeiwache Flensburg der Notruf ein.

Weitere zwei Stunden später hielt ein Streifenwagen vor der Tankstelle, in der Ina Dietrich arbeitete. Die Beamten nahmen sie fest.

Um kurz nach zwei Uhr nachts leuchtete Ohlsens Handy auf. Die Nachricht war von Ulf und denkbar kurz: »Bist du noch wach?«

Ohlsen rief ihn sofort an. »Was ist los?«

Er hörte Ulf müde seufzen. »Es tut mir leid, die kleine Dietrich ist wieder verschwunden.«

»Aber …« Ohlsen atmete tief durch. »Wie das?«

»Die Betreuerin vom Jugendamt kam ins Zimmer zurück, da war das Mädchen weg. Die Frau meinte, sie hätte die Kleine keine zehn Minuten allein gelassen. Tilda hätte geschlafen. Zunächst wurde vermutet, das Mädchen könne aufgewacht sein und angefangen haben, nach der Betreuerin zu suchen. Also haben die Dame vom Jugendamt und zwei Kräfte des Krankenhauses die gesamte Etage durchsucht. Nichts. Auch auf den anderen Gängen gab es keine Sichtung. Der Pförtner beteuert, er hätte es bemerkt, wenn ein Kind allein das Krankenhaus verlassen hätte. Meine Leute haben das ganze Gebäude durchsucht. Keine Spur von der Kleinen.«

»Hintertüren? Personaleingänge? Zugang zu den RTWs?«

»Möglich. Aber bis dahin hätte sie erst einmal kommen müssen. Und das wäre aufgefallen. Etwas allerdings *ist* aufgefallen. Leider zu spät. Es gab eine Frau, die genau zum fraglichen Zeitpunkt das Krankenhaus verlassen hat. Mit einem Kind, das eigentlich schon zu groß war für den Buggy, in dem es lag.«

Ohlsens Eingeweide zogen sich zusammen. Er hielt die Luft an.

»Die Hinweise verdichten sich. Wir gehen von einer Entführung aus. Wir haben Ina Dietrich festgenommen. Wir haben sie an der Tankstelle aufgegriffen. Sie hat regulär gearbeitet. Tilda war nicht bei ihr. In ihrer Wohnung ist das Kind auch nicht. Wir haben alles durchsucht.«

»Alibi?«

»Hat sie nicht. Hat angeblich geschlafen und ist dann um zehn Uhr zur Arbeit.«

»Konnte jemand die Frau mit dem Buggy beschreiben?«

»Braune Locken. Hornbrille. Schlank. Da sind sich Gisela Frandsen vom Jugendamt und der Pförtner einig. Alles andere ist eher vage.«

»Braune Locken? Vielleicht eine Perücke?«

»Wir haben keine bei Ina Dietrich gefunden.«

»Sie könnte sie längst entsorgt haben.« Ohlsen schwieg kurz. »Wie sicher sind wir, dass Tilda in diesem Buggy lag?«

»Ziemlich sicher. Wir haben alle Patienten befragt. Keiner hatte Besuch von einer jungen Frau mit braunen Locken und einem Kind in einem Buggy. Dafür haben einige von einer Patientin mit braunen Locken und Hornbrille erzählt. Sie sei sehr nett gewesen, habe sich mit vielen vornehmlich alten Menschen unterhalten. Auch das Pflegepersonal kann sich an sie erinnern. Sie sei immerzu die Flure entlanggegangen.«

»Hat sich denn niemand gefragt, was die da macht?«

»Na ja, sie sah aus wie eine ganz normale Patientin, in Bademantel und Pantinen, die sich ein bisschen die Beine vertritt. Und bei der Größe des Krankenhauses …«

»Und den Buggy? Den hat sie irgendwann aus ihrem Bademanteltäschchen gezogen, oder was? Wir sind doch nicht bei Mary Poppins!«

»Wo der hergekommen ist, wissen wir noch nicht. Was wir aber wissen, ist, dass es zurzeit keine Patientin gibt, die den Beschreibungen der Frau mit den braunen Locken entspricht.«

Ohlsen fuhr sich gestresst über den kahlgeschorenen Kopf. »Scheiße, Ulf, wir hätten die Kleine unter Polizeischutz stellen müssen!«

»Du weißt genau, dass wir dafür nicht genug in der Hand hatten. Seien wir ehrlich. Als man sie in der Schule entdeckt hat, dachten wir doch alle, dass sie von zuhause weggelaufen ist!«

»Was ist mit Ina Dietrich?«

»Wir nehmen sie weiterhin in die Mangel. Wir setzen alles daran, das Mädchen zu finden. Das Gelände um das Krankenhaus herum, der Weg zu Ina Dietrich und der Umkreis ihres Hauses werden abgesucht. Vielleicht finden wir die Perücke oder den Buggy.«

»Ulf, wenn ihr die Dietrich festhaltet …«

»Ich weiß. *Wenn* sie ihre Tochter entführt hat und irgendwo versteckt hält, ist sie jetzt nicht mehr in der Lage, die Kleine zu versorgen. Falls sie das überhaupt vorhatte. Verstehst du das? Also ich nicht! Ihr musste doch klar sein, dass wir sie als Erste verdächtigen! Wieso geht sie dieses Risiko überhaupt ein? Ich meine, so 'ne Nummer wie die im Krankenhaus muss man erst mal durchziehen!«

»Sie wollte ihre Tochter unbedingt zurück! Wusste Ina Dietrich, dass man Tilda morgen in die Traumaklinik nach Flensburg verlegt hätte?«

»Klar. Wir sahen keinen Grund, ihr das zu verschweigen.«

»Wenn das mal kein Fehler war! Du weißt schon, dass Ina Dietrich die Vormundschaft über ihr Kind entzogen wurde? Die letzte Chance, an ihr Kind heranzukommen, war die Klinik in

Klüfterhöft. Ihr Arm reicht nicht bis nach Flensburg. Sie besitzt kein Auto. Außerdem: Glaubst du nicht, das Mädchen hätte sich bei jedem anderen gewehrt?«

»Wenn wir Ina Dietrich nicht weichgekocht kriegen und auch sonst keine Hinweise finden, müssen wir sie in ein paar Stunden laufen lassen.«

»Du lässt sie doch …«

»Observieren. Herr Kollege!« Zu Recht drang Entrüstung durch den Hörer.

»Ich weiß, Ulf, entschuldige! Ich kann das nur gerade schwer ertragen.«

»Ja. – Ohlsen?« Der Flensburger Kollege schien nach Worten zu suchen. »Die Svensson, erzähl mir von ihr. Was ist das für eine? Wie habt ihr euch kennengelernt?«

Ohlsen stutzte kurz, begann dann aber zu berichten.

»Kennen sich die beiden, Ina Dietrich und Fria Svensson?«

»Nein. Also ich gehe mal davon aus, dass sie nicht … Das hätte sie erwähnt. Ulf, worauf willst du hinaus?«

»Ich lasse sie gerade abholen. Fria Svensson.«

»Warum denn das? Wenn du sie zu unseren Besuchen im Krankenhaus oder auf dem Reiterhof befragen willst, kannst du genauso gut mit mir reden. Ich war dabei.«

»Aber heute Abend warst du nicht dabei. Sie war da, Ohlsen. Sie war im Krankenhaus. Wusstest du davon? *Sie* war der Grund, warum Frau Frandsen nicht an Tildas Bett gesessen hat. Und jetzt frage ich mich natürlich, ob das wirklich Zufall sein kann, oder ob Frau Svensson die Betreuerin absichtlich aus dem Zimmer gelockt hat.«

*

Die Zimmertüren und die Fenster der Altbauwohnung standen sperrangelweit offen. Trotzdem bewegte sich nicht das winzigste

Lüftchen. Die Nacht kam genauso schwül daher, wie der Tag sich verabschiedet hatte. Fria lag wie ein Seestern auf der dünnen Leinendecke und versuchte, Schlaf zu finden. Auch Bølle drehte und rollte sich von einer Seite auf die andere. Momentan lag er auf dem Rücken, den Kopf zur Seite, seine drei Beine zur Decke gestreckt.

Es klingelte an der Tür. Im Nu stand Bølle senkrecht und rannte bellend los. Frias Hand wanderte zum Handy. Kurz nach zwei. Sie setzte sich auf.

Es klingelte ein zweites Mal.

Auf dem Flur traf sie Marten, der sie total verpennt anblinzelte. »Wenn man einmal nachts nicht arbeitet …«, murrte er. »Gehst du?« Er drehte ab und verschwand in seinem Zimmer.

Fria schlüpfte in kurze Shorts, trat zur Wohnungstür und überlegte gerade, ob sie den Summer drücken sollte oder nicht, da ließ sie ein lautes Klopfen zusammenzucken. Dann hörte sie Stimmen im Hausflur.

»Fria Svensson? Polizei! Würden Sie bitte die Tür öffnen?«

*

Ohlsen war sofort losgefahren, dennoch hatte Frias Befragung schon begonnen. Der Pförtner in der Leitstelle Flensburg hatte ihm verraten, dass die Beamten gemeinsam mit ihr vor einer Viertelstunde eingetroffen waren.

»Ah, schau an, Team Norgaard! Was machst du denn hier, Ohlsen?« Spusi-Arne kam ihm auf dem Flur entgegen.

Ohlsen klopfte ihm wortlos auf die Schulter und eilte weiter. »In welchem Raum sind sie?« Im Gehen riss er alle Türen auf.

Hinter der dritten wurde er fündig. Sechs Augen starrten ihn an.

Fria. Er wollte ihr so gern zur Seite stehen. Sie wirkte entsetzt, gleichzeitig verwirrt.

Wütend sprang Ulf auf. »Verdammt, Ohlsen! Mach die Tür von außen zu!« Er baute sich vor seinem Kollegen auf, wollte ihn aus dem Raum schieben.

»Lass mich dabei sein, Ulf, bitte«, flüsterte er, dem Ermittlungsleiter so nah, dass er sein Aftershave riechen konnte. »Ich setz mich hinten rein, bin ganz still, störe nicht – versprochen!«

Ulfs verkniffener Mund zuckte. Mit einer winzigen Kopfbewegung wies er in Richtung eines einzelnen Stuhls, der sich etwa drei Meter hinter Fria befand. Dann setzte er sich wieder. »Entschuldigen Sie bitte die Unterbrechung. Also, Sie wollten nichts weiter, als die kleine Tilda Dietrich noch einmal besuchen, ist das richtig?«

Ohlsen sah Fria nicken.

»Warum so spät?«

Die Stimme der Dänin klang fremd. »Ich war arbeiten. Tilda, sie wollte so gern bei mir übernachten. Wegen Bølle. Und das ging nicht, weil … Es ging eben nicht. Sie war so traurig. Da wollte ich ihr einfach noch mal eine Freude bereiten. Sie hat so gut auf Bølle reagiert!« Sie drehte sich zu Ohlsen um.

Der sah in ihre feucht glänzenden Augen, bemerkte ihre feuchten Wangen.

»Das hat sie doch …?« Frias Stimme kippte.

»Frau Svensson, würden Sie sich bitte wieder nach vorn drehen? Danke. Verstehe ich das richtig? Sie behaupten also, die Idee, Tilda Dietrich noch einmal zu besuchen, sei Ihnen eher spontan gekommen?«

»Sie ist den ganzen Tag über gereift. Und ich wusste ja, dass sie morgen nach Flensburg verlegt werden würde.«

»Genau! Sie wussten das. Genau wie Frau Dietrich. Und deshalb mussten Sie beide schnell handeln. Wieso helfen Sie ihr? Woher kennen Sie Ina Dietrich?«

»Ich kenne diese Frau nicht! Und ich hab ihr nicht geholfen! Weshalb sollte ich das tun? Warum glauben Sie mir denn nicht?

Ich habe nur versucht zu helfen! Tilda ist so ein wunderbares Mädchen …«

Wieder drehte Fria sich zu Ohlsen um. Anklagend bettelten ihre Augen um Hilfe.

»Warum wir Ihnen nicht glauben? Für wie bescheuert halten Sie uns eigentlich? Wären Sie nicht erschienen und hätten darauf bestanden, dass die Betreuerin vom Jugendamt zu Ihnen herunterkommt, hätte Tilda Dietrich nicht entführt werden können! Sie haben maßgeblich dazu beigetragen, dass die Sache funktioniert. Sie waren sozusagen die Schlüsselfigur!«, polterte Ulf. Dann wurde der Klang seiner Stimme um einiges sanfter. »Frau Svensson! Noch will ich glauben, dass Ihnen das Wohl des Mädchens am Herzen liegt. Sagen Sie uns, wo sie ist! Noch kann das hier gut ausgehen! Sie werden keine hohe Strafe zu befürchten haben. Wenn das Kind aber erst stirbt …«

Er sah, wie sie die Schultern hängen ließ, wie der Kopf sich nach vorn neigte.

»Ich weiß doch nichts«, flüsterte sie. »Sie irren sich!« Sie hob den Kopf. »Bitte! Sie müssen Ihre Ermittlungen in eine andere Richtung lenken! Sie verschwenden hier Ihre Zeit! Sie müssen Tilda finden!«

»Und dafür brauchen wir Ihre Hilfe!«

Frias Schrei war Verzweiflung pur. »Hören Sie mir überhaupt zu? Ich kann Ihnen nicht helfen!«

»Mein Team stellt gerade Ihre Wohnung auf den Kopf, Frau Svensson. Wir werden etwas finden! Irgendetwas finden wir immer! Bleibt nur die Frage, ob das rechtzeitig geschieht. Rechtzeitig genug, um die kleine Tilda noch zu retten!«

Ohlsen starrte auf Frias Rücken, sah, dass sie hektisch ein- und ausatmete.

Ulf stand auf, nickte einem Bereitschaftspolizisten zu. »Sie bleibt vorerst in Gewahrsam. Bringt sie weg.« Dann wandte er sich wieder Fria zu. »Überlegen Sie es sich gut! Sie brauchen uns nur zu rufen. Wir hören uns jederzeit an, was Sie zu sagen haben.«

Als sie die Dänin aus dem Raum führten, suchte sie noch einmal Ohlsens Blick. Ihr Mund formte die Worte: Finde Tilda!

Ohlsen folgte Ulf in sein Büro. Der Norgaarder Polizist setzte mehrfach an, aber Ulf kam ihm zuvor.

»Muss ich dich für befangen erklären? Du lässt sie zu einer Geschädigten ans Krankenbett, schleppst sie mit zu Befragungen auf diesen Reiterhof … Was ist das mit euch?«

»Sie ist eine sehr kompetente Person, die mir in den letzten Tagen viel geholfen hat. Ich habe sie angesprochen, Ulf! Ich hab sie gefragt, ob ihr Hund Seelentröster von Tilda sein kann.«

»Das war eine Scheißidee, Ohlsen! Überlass das den Seelenklempnern! Tilda Dietrich hat eine professionelle Behandlung verdient. Nichts Stümperhaftes, von dem ein Bulle und eine Museumsfrau meinen, es würde helfen.«

»Fria Svensson würde Tilda Dietrich nie etwas antun.«

»Spricht da der professionelle Ermittler, den ich seit Jahren kenne und schätze, oder eine Seite in dir, die die Wahrheit nicht erkennen will?«

Beides, dachte Ohlsen.

»Lass uns warten, was die Hausdurchsuchung ergibt.« Ulf klopfte ihm versöhnlich auf die Schulter. »Fahr nach Hause, Ohlsen! Hau dich hin! Ein Serienkiller verlangt nach deiner Aufmerksamkeit.«

*

Fria lief in ihrer kleinen Zelle auf und ab. Immer wieder wanderten ihre Gedanken zu der Frau mit dem Buggy, zu der Szene, wie sie das Krankenhaus verlassen hatte. Sie war ihr so nah gewesen! Sie hätte sie aufhalten können! Die Wahrheit war schwer zu ertragen.

Es war ihre Schuld! Ihre Bitte, Tilda noch einmal zu sehen,

hatte Frau Frandsen bewogen, nach unten in die Eingangshalle zu kommen. Zeit, die die Unbekannte nutzte, um das Mädchen zu entführen. Vor ihren Augen! Nicht mal beschreiben konnte sie die Frau mit dem Buggy. Sie hatte sie bemerkt, aber nicht richtig angeschaut. Es war zum Wahnsinnigwerden! Sie musste doch irgendetwas tun können! Irgendetwas, das ihren Fehler wiedergutmachen würde.

*

Es war früher Freitagmorgen, der August neigte sich dem Ende entgegen. Ohlsen hatte kein Auge zugetan. Einzelne besonders hartnäckige Pressevertreter bildeten das Empfangskomitee an der Norgaarder Wache. Fragen wurden ihm zugerufen. Auch zu Tilda. Die Entführung war also durchgesickert. Die Presse würde sie zerreißen.

»Der Fall Tilda Dietrich wird von der Hauptstelle Flensburg geleitet. Sie stehen also vollkommen umsonst hier«, rief er und verschwand im Innern des Gebäudes.

Keine drei Minuten später hatte er Ulf in der Leitung.

Seine Stimme klang gereizt »Ohlsen, du solltest dich auf die SOKO Bog Body konzentrieren!«

»Das tue ich, Ulf, keine Angst. Was macht ihr mit Frau Svensson?«

»Die ist längst wieder zuhause.«

»So schnell?«

»Du hättest mich ruhig vorwarnen können. Hier war gestern Nacht noch der Teufel los. Die halbe dänische Kavallerie hat mitgemischt. Ein Anwalt aus dem Nachbarland, nebst seinem deutschen Pendant, sind hier durchmarschiert, als gälte es, Mutter Theresa zu befreien. Habe ich das richtig verstanden, sind die alle mit deiner Historikerin verwandt oder heißt halb Dänemark neuerdings Svensson?«

Ohlsen musste schmunzeln. Armer Ulf … »Ich nehme an, die Hausdurchsuchung bei Fria hat nichts ergeben?«

»Außer der Begegnung mit einem recht hysterischen jungen Mann – nein.«

Ohlsen schüttelte den Kopf. Marten. »Und wie läuft es mit Ina Dietrich?«

»Sie bleibt bei ihrer Version. Ich weiß nicht, Ohlsen. Sie ist echt nicht unbedingt die Cleverste. Und die Entführung aus dem Krankenhaus …«

»War vermutlich nicht besonders clever, sondern einfach dreist. Die Tat einer Verzweifelten. Da hätte so viel schiefgehen können!«

»Weißt du, was ich die ganze Zeit denke? Warum hat Ina Dietrich ihre Tochter als vermisst gemeldet, damals vor knapp drei Wochen? Damit ist sie unweigerlich in unseren Fokus gerutscht. Das macht man doch nicht, wenn man selbst diejenige ist, die was zu verbergen hat!«

»Die Schule hatte sich bei ihr gemeldet. Ina Dietrich musste reagieren. Hätte sie das nicht, hätte die Schule irgendwann gehandelt und uns eingeschaltet. Dann wäre es für die Mutter schwer geworden, das überarbeitete Unschuldslamm zu mimen.«

»Wenn sie Tilda wirklich hat, Ohlsen, wie sollen wir herausfinden, was sie mit ihr vorhat? Ich meine, wenn Ina Dietrich mit ihrer Tochter untergetaucht wäre, das hätte ich verstanden. Sie will ihr Mädchen zurück, entführt sie und haut mit ihr ab. Aber nein, sie geht ganz normal arbeiten.«

»Was sagt das Bewegungsprofil ihres Handys?«

»Da sind wir dran.«

»Habt ihr den Polizeipsychologen hinzugezogen?«

»Das wäre eigentlich der nächste *step*. Ich glaube aber, das muss warten. Ich hab kein gutes Gefühl, Ohlsen. Ina Dietrich hatte nicht viel Zeit, ihre Tochter zu verstecken. Ich möchte mir gar nicht vorstellen, unter welchen Umständen die Kleine …«

Ohlsen nickte, obwohl Ulf es nicht sehen konnte. »Sehe ich auch so. Lasst sie gehen, hängt euch dran. Vielleicht haben wir Glück.«

Nachdenklich schwiegen beide.

Dann setzte Ohlsen nach: »Hast du mit Ina Dietrich über die Besuche ihrer Tochter auf dem Reiterhof sprechen können? Hast du den Streit zwischen ihr und der Reitlehrerin erwähnt?«

»Ja, hab ich. Die Kleine hat sich damals wohl tatsächlich auf eigene Faust auf den Weg gemacht. Sie hat das Fahrrad des Nachbarjungen genommen – Tilda behauptete, der Junge habe es ihr geliehen, die Mutter des Jungen meinte, Tilda habe es entwendet – und ist mit knapp sechs Jahren zu diesem Hof geradelt.«

»Woher kannte sie den Weg?«

»Sie wusste, sie musste lange die große Hauptstraße entlang, an der Bushaltestelle links ab und dann immer den Schildern mit dem Pferdekopf nach. Ina Dietrich fand diese Frage übrigens sonderbar.«

Ohlsen kannte die Stelle. Ein Grünstreifen trennte den asphaltierten Fahrradweg von der Hauptverkehrsstraße.

»Und weiter?«

»Irgendwann wurde Ina Dietrich von der Mutter des Nachbarjungen zur Rede gestellt. Sie fand die Idee mit dem Fahrradverleih wohl nicht so gut. Zu der Zeit war Tilda gerade auf dem Hof. Mutter Dietrich war, so meinte sie selbst, stinksauer. Sie hat sich aufs Fahrrad geschwungen und ist ihrer Tochter nach. Auf dem Birger-Hansen-Hof habe es dann geknallt. Erst habe sie sich Tilda vorgenommen und sich dann mit der damaligen Reitlehrerin angelegt.«

»Mit Lærke Storgaard. Hat sie gesagt, warum?«

»Die Reitlehrerin sei – die Kraftausdrücke lass ich jetzt mal weg und übersetze mit eigenen Worten – eine sehr gehässige und unverschämte Person gewesen. Sie habe sie beschimpft und dann verlacht. Das Einschreiten von Frau Birger-Hansen habe es nicht besser gemacht. Die Sache sei eskaliert. Es sei zu einem Handgemenge gekommen. Danach gab es für Tilda Hausverbot.«

Ohlsen dachte daran, wie sich das Mädchen hinter dem Hals des Pferds versteckt hatte. Ob Tildas Angst vor Frau Birger-Hansen daher rührte?

Seine Gedanken wanderten weiter. Ina Dietrich war Schülerin der Klüfterhöft Skole gewesen. Sie kannte Theo Bretschneider und mit Sicherheit auch Veronika Bruun. Die Wahrscheinlichkeit war hoch, dass sie auch dem Busfahrer Reik Brenner begegnet war. Sie hatte ein verstörendes Verhältnis zu ihrer Tochter, was daraus resultieren konnte, dass sie selbst in ihrer Jugend keine guten Erfahrungen gemacht hatte. Und jetzt die Sache mit Lærke Storgaard! Waren sie zu naiv gewesen? Hatten sie die Mörderin der Thorsberger Moorleichen die ganze Zeit vor Augen?

# SIEBZEHN

Ihr Vater Eskild und ihre Brüder Troels und Jais waren noch in der Nacht nach Ørerup zurückgekehrt. Nicht, bevor sie die Situation von Tilda und Fria in alle Himmelsrichtungen ausdiskutiert hatten. Marten hatte Bølle Konkurrenz gemacht und war Fria nicht mehr von der Seite gewichen.

Immer wieder erzählte er, wie er den Polizeibeamten, bei dem Versuch, das Haus zu durchwühlen, mutig entgegengetreten war. Bereit, für seine Mitbewohnerin in den Kampf zu ziehen.

Mit Pinsel und Keilrahmen. Erschöpft beobachtete Fria ihren Bruder Matthis. Er war geblieben. Er war *Statsadvokat*. Zwar in Dänemark, aber er hatte gute Kontakte zur Anwaltsszene auf der deutschen Seite.

Er strich sich das wirre Haar aus der Stirn und lächelte sie an. »*Alt blir godt*!« Mit einem schnellen Seitenblick auf Marten ergänzte er: »Das wird schon, Schwesterchen!«

»Wenn das nur auch für Tilda gelten würde! Matthis, ich …« Mit einer hilflosen Geste ließ sie die Arme sinken.

»Es bringt nichts, sich Vorwürfe zu machen. Hättest du die Sozialarbeiterin nicht in das Krankenhausfoyer gerufen, hätte die Entführerin einen anderen Weg gefunden, das Kind rauszuschaffen. Denkst du, die Frau ist ohne Plan da rein?«

»Wer weiß. Fakt ist, ich hab's ihr einfach gemacht. Und dann seh ich noch, wie sie aus der Klinik kommt – und reagier nicht!« Fria vergrub ihr Gesicht in den Händen, sah Matthis über die Fingerspitzen hinweg an.

»Du hattest keine Ahnung. Jedem anderen wäre genau das Gleiche passiert!«

Die Wohnungstür wurde geöffnet. Emilia kam herein. Sie legte Martens Schlüsselbund auf den Küchentisch. »So, jetzt solltet ihr euch erst mal alle stärken!« Die Brötchentüte in ihrer Hand duftete verführerisch.

*

Ohlsen ließ sich die Vernehmungsprotokolle von Ina Dietrich schicken. Dann bat er die KT, die Faser- und DNA-Spuren aus dem Thorsberger Moorleichenfall mit denen von Tildas Mutter zu vergleichen.

»Moin Chef!« Sinje schlüpfte behände durch seine Bürotür und schloss sie sorgsam wieder.

»Moin Sinje.« Er wollte schon loslegen, überlegte es sich jedoch anders. Sie wirkte blass und so, als sitze sie auf heißen Kohlen. »Soll ich dir 'nen Kaffee holen?«

»Nee, lass mal. Ich würde das gern loswerden, bevor …« Ihr Blick huschte zur Tür.

Er lehnte sich zurück und gab ihr Raum.

»Ich bin Fischers Spuren gefolgt. Ich war in Lærke Storgaards Wohnung. Die Eltern sind gerade dabei, sie aufzulösen. Bislang haben sie daran festgehalten. Sie hatten immer noch Hoffnung … Sie haben mir gestattet, einen Blick in Lærkes persönliche Dinge zu werfen. So weit alles unauffällig. Sie haben mir viel von ihrer Tochter erzählt. Verständlicherweise nur Gutes. Eine Lærke, die Kinder und Tiere quält, gibt es in ihrer Erinnerung nicht. Mit Zustimmung der Eltern habe ich eine externe Festplatte mitgenommen, die sie zwischen all den anderen Sachen gefunden haben.«

Sinje fühlte sich während ihrer Berichterstattung nicht wohl, das konnte ein Blinder mit einem Krückstock sehen. Ohlsen lächelte ihr aufmunternd zu.

»Dann habe ich mich mit dieser besten Freundin von Lærke getroffen, dieser Tabea Fabricius. Genau, wie Fischer es getan hat. Sie hat gesagt, sie hätte sich gewundert, dass man ausgerechnet ihn für die Befragung abgestellt habe. Ohlsen, die beiden waren ein Paar! Er wusste allerdings nicht, dass Lærke ihrer Freundin davon erzählt hatte. Fischer hat sich mit der Storgaard getroffen, und nicht nur einmal!« Jetzt war es raus. Die Erleichterung war Sinje anzumerken. Sie kramte in ihrer Tasche, zog die Festplatte heraus, hielt sie ihm hin und sah ihn bittend an.

Während Ohlsen das Kabel einstöpselte, fuhr Cassuben fort: »Was macht man, wenn Handyspeicher und Cloud voll sind? Man zieht die Bilder auf eine Externe. Genau das hat Lærke getan.«

Nach zwei Doppelklicks sah Ohlsen, was Sinje bereits bekannt war. Fischer mit dem Opfer in inniger Umarmung. Ein heimlich gedrehtes Video des nackten Kollegen auf durchwühlten Bettlaken beim inbrünstigen Schnarchkonzert, die lachende Lærke kurz eingeblendet.

Ohlsen hatte genug gesehen. Er zog sich die beiden Dateien auf seinen Rechner und reichte Sinje die Festplatte zurück.

»Die gehört in die KT.«

»Du glaubst doch nicht, Fischer hätte die Storgaard …«

»Was ich glaube, ist irrelevant, Sinje! Als Freund oder Affäre der Toten rückt der Kollege automatisch auf die Seite der Verdächtigen, bis das Gegenteil bewiesen ist – und nicht auf die der Ermittelnden. Selbst wenn er nichts mit ihrem Tod zu tun hat, so hat er uns wichtige Informationen vorenthalten und seine Stellung als Ermittler ausgenutzt, um seine privaten Verbindungen zum Opfer zu vertuschen. Wäre er im Vorfeld zu mir gekommen, hätten wir ihn rausziehen und die Ermittlungen gegen ihn vorerst vertraulich behandeln können, so aber …! Björn Fischer wird ab jetzt offiziell als Verdächtiger geführt.«

»Das Dezernat für interne Ermittlungen?«

»Wird augenblicklich informiert.« Ohlsen griff zum Telefon. »Sobald er auftaucht, kannst du ihn gleich zu mir reinschicken. Danke, Sinje.«

*

Während des Frühstücks hatte Fria geschwiegen. Ihre Gedanken drehten sich im Kreis. Immer wieder fanden ihre Augen den Weg zur Küchenuhr. Ob Ohlsen schon wusste, dass sie auf freiem Fuß war? Wenn nein, fragte sie sich: warum nicht? Lag er wirklich seelenruhig zuhause in seinem Bett, darauf wartend, dass der Wecker klingelte? Wenn ja, wenn er wusste, dass sie draußen war, wäre nun ein geeigneter Moment, sich bei ihr zu melden und nachzufragen, wie es ihr ging. Doch ihr Handy blieb stumm.

Sie bemerkte den besorgten Blick ihres Bruders Matthis nicht, der dem spärlich angeknabberten Brötchen auf dem Teller seiner Schwester galt. Seine Hand berührte ihren Arm. »Es hilft der Kleinen nicht, wenn du nichts isst.«

Sie schloss die Augen und atmete tief aus. »Ich kann das nicht! Ich kann hier nicht rumsitzen. Weder hier noch im Museum. Arbeiten kann ich auch nicht. Ich muss irgendwas tun, um Tilda zu finden.«

Matthis stöhnte. »Das ist eine ganz dämliche Idee, Fria! Die Polizei wird alles daransetzen, diese Frau und das Mädchen aufzuspüren. Pfusch denen nicht ins Handwerk! Du bist gerade wieder runter von ihrer Liste.«

Marten nickte energisch.

Aber ebenso hätten sie Fria erklären können, Bølles dreibeiniges Hundeleben sei nichts wert, er müsse eingeschläfert werden – sie hatte sich längst entschieden.

Sie griff zum Handy, erhob sich und wartete, bis Alberte sich meldete. »Ich komm heute nicht ins Museum. Schick mir bitte alles, was nicht bis morgen warten kann. Ich kümmere mich von unterwegs darum.«

»Wo bist du? Ich meine, von wo unterwegs?«

»Das kann ich dir nicht sagen, da ich es selbst noch nicht genau weiß. Ein kleiner privater Notfall. Es tut mir leid, Alberte.«

»Fria, das Symposium – hier brennt die Luft! Die E-Mail-Fächer quellen über. Anfragen über Anfragen. Zur Anfahrt, zur Bandbreite des Themas, Wünsche und Fragen zu den Abstracts. Die Übersetzungen stehen noch aus. Und was ist mit den Büchertischen? Wir …« Sie stockte. »Ist was mit deinem Vater?«

»Nimm Lars-Emil mit ins Boot. Und Villads.«

»Villads? Ich denke …«

»Schau ihm ein bisschen auf die Finger.«

Albertes Stöhnen war noch kurz zu hören, dann hatte Fria das Gespräch weggedrückt. Schnell rief sie ihren Ex-Kommilitonen an und erklärte sich.

»Mach dir keine Sorgen, Fria, wir halten dir den Rücken frei!«, war Lars-Emils knappe Antwort.

Jetzt noch Villads, dachte Fria und wählte durch.

»Wieso? Wo musst du denn hin?« In Villads Stimme klang Erstaunen sowie Verärgerung durch.

»Du weißt schon, dass du hier gerade eine Riesenchance erhältst, oder? Die Sache ist noch nicht abgeschlossen. Trotzdem habe ich beschlossen, dir einen Vertrauensvorschuss zu gewähren. Verbock es nicht, Villads. Es werden alle ganz genau hinschauen.«

Als es in der Leitung still blieb, wollte sie schon auflegen.

»Du brauchst mich, Fria Svensson! Gib es ruhig zu. Du brauchst mich!«

Während der Telefonate war sie unter Matthis', Martens und Emilias Beobachtung in der kleinen Küche auf und ab gelaufen.

»So!«, verkündete sie und blieb stehen. »Und jetzt will ich wissen, was die Polizei bislang unternommen hat.«

Sie lehnte sich an den Esstisch und rief Ohlsen an.

Nach nur einmal Klingeln wurde der Verbindungsaufbau unterbrochen.

*

Ein lautes Ping ließ Hauptkommissar Ohlsen auf sein Handy schauen. Nachricht von Ulf. »Haben die Dietrich auf freien Fuß gesetzt. Observation läuft.«

Seine Nase war gerade wieder in Ina Dietrichs Fallakte verschwunden, da vibrierte das Ding, dass es über die Tischplatte wanderte. Frias Nummer wurde eingeblendet. Gleichzeitig klopfte es an der Bürotür. Er drückte das Gespräch weg. »Ja?«, grummelte er.

Fischers Kopf erschien im Türspalt. »Du wolltest mich sprechen?«

»Setz dich.« Ohlsen nickte in Richtung des freien Stuhls ihm gegenüber. Dann lehnte er sich zurück und sah Fischer einfach nur an. Aus einer Sekunde wurden drei, aus drei sieben.

Fischers Bein begann rhythmisch zu zucken. Hibbel nicht so rum, hätte Ohlsens Vater gesagt.

Nach zehn Sekunden räusperte sich der Kollege aus Flensburg.

»Nur zu«, meinte Ohlsen ermutigend, »ich nehme an, du hast mir einiges zu erzählen.«

Abrupt stellte das Bein das Zappeln ein. Eine Schluckbewegung am Hals. Unruhig tänzelnde Pupillen. Fischer schwieg.

»Okay, ich hab anderes zu tun, als hier auf deine Beichte zu warten. Du bist mit sofortiger Wirkung suspendiert. Deine Waffe und deinen Ausweis kannst du gleich hierlassen. Oltmann wird dich in den Verhörraum bringen. Das Verhör wird dokumentiert.«

Trotz seiner Sommerbräune wurde Fischer blass im Gesicht. »Verhör? Warum?«

»Lass gut sein, Björn. Wir wissen von Lærke Storgaard. Die Beweise liegen in der KT.«

Fischer senkte den Kopf. »Was habt ihr gefunden?«

»Fotos, Videos – das volle Paket.«

Er richtete sich auf. »Hör zu, Ohlsen, ich hab nichts getan, was die Ermittlungen beeinflusst oder gefährdet hätte.«

»Du hast bitte *was* nicht?« Ohlsens Stimme war zu einem Donnern angeschwollen.

»Verdammt, ich bin verheiratet! Denk doch mal einen Moment lang an Petra und die Kleine! Ich hab einfach nur verschwiegen, dass Lærke und ich zusammen in der Kiste waren. Ja und? Trotzdem habe ich alle Ermittlungen akribisch durchgeführt! Da war nichts Auffälliges.«

»Ne, das einzig Auffällige hier bist du! Sag mal, tickst du noch ganz richtig?« Ohlsen stürmte los und riss die Bürotür auf. »Oltmann? Würdest du Herrn Fischer bitte in Verhörraum zwei führen?«

»Du glaubst doch nicht wirklich, ich hätte was mit ihrem Tod zu tun …«

»Es geht hier nicht um Glaubensfragen. Für mich zählen nur Fakten. Fakt eins: Du hattest was mit dem Opfer. Fakt zwei: Du hast die Beziehung verschwiegen. Was mich zu Fakt drei führt: Du hast ein Motiv. Du hattest richtig was zu verlieren, nämlich deine Frau, deine Familie. Fakt vier: Du hast deine Stellung missbraucht, um die Spuren deiner Liaison zu vernichten. Vielleicht auch die Spuren deiner Tat?«

Oltmann erschien im Büro.

»Das kann nicht dein Ernst sein«, stotterte Fischer.

Ohlsen lehnte sich mit aufgestützten Armen weit über den Schreibtisch. »Woher wusstest du, dass Lærke Storgaard unter den Opfern sein würde? Als wir die Verstärkung angefordert haben, war sie noch nicht identifiziert!«

Hektisch schwankte Fischers Blick zwischen Ohlsen und

Oltmann hin und her. »Das wusste ich nicht! Sie war seit über einem Jahr verschwunden. Ohne Klamotten, ohne Auto – ohne Handy. War doch klar, dass ihr was passiert sein musste. Als ihr eine Leiche nach der anderen aus dem See gezogen habt, habe ich befürchtet, sie könnte dabei sein. Wäre es anders gewesen, auch egal!«

Ohlsen spürte seinen Puls hart schlagen. »Ihr Handy? Laut damaligem Ermittler – ach, was ein Zufall, das warst ja du, Fischer – hat man ihr Handy nie gefunden.«

Er sah, wie der Flensburger Kollege in sich zusammensank.

»Da waren Fotos drauf. Von Lærke und mir. Was sollte ich denn machen?«

»Die Auswertungen ihrer gespeicherten Daten hätten den entscheidenden Tipp geben können, schon mal darüber nachgedacht?«

»Ich hab mir alles genau angesehen. Da war nichts! Nichts, was geholfen hätte, ihr Verschwinden aufzuklären.«

»*Du* hast dir alles genau angesehen? Na, da bin ich ja beruhigt! Oltmann!« Bemüht beherrscht wies Ohlsen zur Tür.

Björn Fischer blieb sitzen und starrte auf seine Hände.

»Entweder du gehst freiwillig mit zum Verhör oder ich lass dich von der Bereitschaft hintragen.«

Wie mit Blei beschwert, erhob sich der Beschuldigte. Mit gesenktem Kopf ging er an Oltmann vorbei.

»Eine Frage noch, bevor wir den inoffiziellen Teil beenden. Was hast du dir davon versprochen, der Presse die Info über Andresens Leiche zu stecken?«

»Jetzt mal ehrlich! Keiner glaubt mehr an eine Verbindung der sechs Opfer. Die Spur mit der Klüfterhöft Skole war ein Reinfall. Der Mörder geht doch vollkommen willkürlich vor. Dem ist scheißegal, wen er als Nächstes einschläfert. Das Herumwühlen in den Kontakten der Opfer: absolut sinnlos! Und den Beweisen nach liegt es doch auf der Hand: Der Andresen ist unser Mann.«

»Und da hast du dir gedacht: Kürzen wir das Ganze ab und präsentieren der Öffentlichkeit das, was sie hören will! In der Hoffnung, dass niemand mehr in Lærkes Sachen stöbert, richtig? Egal, was du mit den Thorsberg-Morden zu tun hast, du hast richtig Scheiße am Arsch, Fischer, richtig Scheiße!«

*

Ulf sah auf die Meldung des Observationsteams: »Objekt D im Seniorenpark Fördeglück-Klüfterhöft eingetroffen. Checken die Zugangsmöglichkeiten.«

Stirnrunzelnd lehnte er sich zurück. Ina Dietrich ging also tatsächlich wie gewohnt arbeiten.

*

»Ohlsen?« Sinje schob vorsichtig ihren Kopf durch den Türschlitz. »Palle und ich fahren zum Tierheim Klüfterhöft. Mal schauen, ob die uns was zu Miriam Reiter sagen können.«

Er schaffte nicht mehr als ein abwesendes Nicken.

Erneut tanzte sein Handy über den Tisch. Wieder war es Fria. Er hatte gerade keinen Kopf für ihre Selbstvorwürfe. Andererseits sollte Fischer ruhig noch ein bisschen schmoren. Und er fühlte sich mies, sich nicht längst bei ihr gemeldet zu haben. Mit einem tiefen Seufzer ging er dran.

»Fria. Wie geht es dir?« Er stockte, wusste nicht, wie er anfangen sollte.

»Gut. Was ist mit Tilda? Habt ihr eine Spur?«

»Wir tun, was wir können.«

»Das war keine Antwort auf meine Frage.«

»Du weißt, dass ich dir keine … Fria, bitte! Du weißt, wie das läuft.«

»Ich bin schuld, Ohlsen! Und du bist mir was schuldig. Also:

Was wird getan, um sie zu finden? Bitte! Ich brauche etwas, woran ich mich festhalten kann.«

Er gab sich geschlagen. »Kein Wort zu niemandem und du bleibst aus der Schusslinie, ist das klar?«

»Klar!«

»Ihre Mutter, Ina Dietrich, wird observiert, rund um die Uhr. Bislang verhält sie sich wie immer. Heute Abend wird eine Phantomzeichnung der Frau mit Buggy veröffentlicht – auf allen regionalen Fernsehsendern. Wir fragen nach Perückenkäufen, vermissten Buggys und allem irgendwie Auffälligen. Wir haben den Radius eingegrenzt. Gehen von Haus zu Haus.«

»Inwiefern eingegrenzt?«

»Ina Dietrich besitzt kein Auto. Dreieinhalb Stunden nach Tildas Verschwinden haben die Kollegen die Verdächtige in der Tankstelle festgenommen. Sie musste das Kind verstecken, die Kleidung wechseln und zur Tankstelle rausfahren. Mehr als zwei, zweieinhalb Stunden hatte sie für den Fußweg in das Versteck nicht zur Verfügung. Eher weniger.«

»Wenn sie nicht in den Bus gestiegen ist. Das ergibt immer noch ein großes Suchgebiet, oder?«

»Die Taxiunternehmen haben wir überprüft. Sicher ist sicher.«

»Wie groß, Ohlsen?«

»Wenn sie zügig gegangen ist, schätzungsweise acht Kilometer.«

»Acht Kilometer dicht besiedeltes Terrain!« Er hörte Fria seufzen. »Gibt ihr Handy keinen Aufschluss über das Bewegungsprofil?«

»Das war die ganze Zeit in der Funkzelle in der Nähe ihres Wohnblocks eingeloggt.«

»Was ist das für eine Frau?«

»Eine vollkommen überforderte Mittzwanzigerin, die sich von einem Billiglohnjob zum nächsten hangelt, um irgendwie zu überleben. Morgens im Discounter Regale einräumen, mittags in der Seniorenresidenz Essen ausgeben und nachts in der Tankstelle hinterm Tresen stehen. Ein Kind hat da keinen Platz.«

»Und trotzdem riskiert sie so viel, um ihre Tochter … Ja, was eigentlich? Zu sich zu holen, kann man ja gar nicht sagen, denn sie sind nicht zusammen! Tilda ist irgendwo, während ihre Mutter ihrem gewohnten Leben nachgeht. Ohlsen, was, wenn sie mit der Entführung nichts zu tun hat?«

»Sie ist die Einzige, die infrage kommt. Sie hat mehrfach verlangt, man solle ihr Tilda zurückgeben. Sie wusste, dass die Kleine im Krankenhaus in Klüfterhöft lag und wann sie in das Traumazentrum verlegt werden sollte.«

»Das alles wusste ich auch.«

»Wir hatten doch gerade beschlossen, dich nicht mehr zum Täterkreis zu zählen.«

»Das Ordnungs- und Jugendamt wusste Bescheid, das Gesundheitsamt, das Amtsgericht, die Polizei Flensburg und Außenstelle Norgaard. Und der Rest der interessierten Medienlandschaft konnte sich denken, dass ein verletztes Kind im Krankenhaus des Ortes untergebracht werden würde.«

»Ich kann mich nur wiederholen. Bislang ist Ina Dietrich unsere vielversprechendste Spur. Wir werden sehen, ob die Ausstrahlung der Phantombilder daran etwas ändern wird.«

»Ja.«

»Fria … Ich hätte dir gern geholfen, gestern Nacht. Es tut mir leid.«

»Finde sie einfach, Ohlsen!«

*

Fria legte das Handy beiseite. Acht Kilometer in alle Richtungen. Das bedeutete einen Durchmesser von sechzehn Kilometer. Das waren ja schon Großstadtausmaße.

Marten, Emilia und Matthis hatten schweigend dagesessen und ihren Antworten gelauscht.

Nun stand ihr Bruder auf. »Ich muss zurück. Ich muss in einer Stunde im Gericht sein. Mach keine Dummheiten, hörst du?« Er nahm Fria in den Arm. Dann wandte er sich an die anderen. »Marten, du rufst mich sofort an, wenn sie …« Er wedelte mit den Armen. »Du weißt schon.« Dann war er weg.

»Ich werde Tilda suchen! Und wenn ich nur wie 'ne Bekloppte durch die Straßen renne.«

Frias entschlossener Gesichtsausdruck ließ Martens Mund wieder zuschnappen.

»Ich helfe dir«, meinte Emilia entschlossen und lächelte.

*

»Objekt D befindet sich unverändert im Gebäude. Ausgänge weiterhin unter Beobachtung.« Ulf zählte rückwärts. Vor fast zwölf Stunden hatten sie Ina Dietrich festgenommen und seitdem unter ständiger Beobachtung. Er konnte nur hoffen, dass die kleine Tilda gut versorgt war. Den Gedanken, die Frau könne ihre Tochter umgebracht haben, wollte er nicht zulassen. Warum sollte sie das auch tun?

*

Lars-Emil Hoferland lehnte sich entspannt zurück und betrachtete den Telefonhörer, den er soeben auf die Station gelegt hatte. Es lief um einiges besser, als er sich erträumt hatte. Anders – aber trotzdem besser.

Er schaute bei Alberte vorbei. »Du, ich wollte dir nur eben Bescheid geben: Ich habe den Vorstand beruhigen können, dass wir voll im Zeitplan liegen.«

»Du hast was?«

»Das Telefon ging. Fria war nicht da. Und der Typ hat mich direkt in ein Gespräch verwickelt. Dank deiner guten Einweisung konnte ich alle Fragen zu seiner Zufriedenheit beantworten.« Lars-Emil grinste.

»Sagtest du nicht, du kannst kein Dänisch?«

»Richtig. Aber er kann perfekt Englisch.« Sein Lächeln wurde breiter. »Ich habe übrigens erwähnt, wie unfassbar gut dieses Team zusammenarbeitet. Er war sehr zufrieden.«

»Was hast du ihm gesagt, wo Fria …«

»Unterwegs zu einer unserer Grabungen.« Er sah, wie sie sich entspannte und der Hauch eines Lächelns über ihr Gesicht huschte. »Na, dann lass uns mal sehen, was wir heute alles so wegschaffen können«, meinte er und rieb sich die Hände.

*

Fria und Emilia waren am Krankenhaus gestartet. Aufmerksam gingen sie durch Wege und Straßen. Leider gab es weder an Hausfassaden noch an Straßenkreuzungen oder öffentlichen Plätzen Überwachungskameras. Sie lebten eben nicht in der Großstadt. Fria versuchte, sich in eine Frau hineinzuversetzen, die möglichst schnell und unauffällig entkommen wollte. Welchen Weg würde sie wählen? Sie entschieden sich, ihrem eigenen Gefühl zu folgen. Immer wieder suchten sie das Gespräch mit Passanten. Meist war das Einzige, was sie hörten, tiefes Mitgefühl und Erschütterung über die Entführung des kleinen Mädchens.

Viele Stunden später setzten sie sich auf den Gründeich, aßen eine Kleinigkeit und beobachteten das Treiben auf dem Wasser. Der Himmel war mit leichten grauen Schlieren zugedeckt, die das Sonnenlicht auf eine seltsame Art und Weise streuten.

Fria wischte sich die Haare aus der verschwitzten Stirn. »Puh, ist das schwül. Wenn's doch endlich mal knallen würde. Ein schönes bereinigendes Gewitter mit frischem Wind und dichtem Regen, das wär's!«

Emilia nickte und biss in ihr Fischbrötchen.

»Die alte Frau von eben, die immer auf der Bank vor ihrer Wohnung sitzt, ich fand sie sehr glaubwürdig.« Frias Blick heftete sich an eine tief fliegende Möwe.

»Ich auch. Fragt sich, ob sie die richtige Frau mit Buggy beobachtet hat.«

»Sie meinte, das Kind wäre viel zu groß für den Kinderwagen gewesen, die langen Beine hätten rausgeguckt. Ich finde, das hört sich vielversprechend an.«

»Sehe ich auch so.«

»Dann konzentrieren wir uns auf diese Richtung.« Fria streckte ihren Arm aus.

»Weiter hinten liegt die Schrebergartenanlage.«

Frias Herz pochte augenblicklich schneller. »Dann los!« Sie hielt Emilia die Wasserflasche hin. »Magst du noch?«

Martens Freundin schüttelte den Kopf. »Leider kann ich dich nicht weiter begleiten. Ich muss zum Dienst. Es tut mir leid.«

Sie erhoben sich und klopften das vertrocknete Gras von der Kleidung.

»Nein, kein Ding. Super, dass du mir bis hierher geholfen hast. Und immerhin: Wir haben eine Spur!« Fria versuchte, ihre Dankbarkeit durch ein Lächeln zu unterstreichen.

»Ich finde gut, dass du nicht aufgibst. Wir sehen uns.« Emilia hob grüßend die Hand und stieg den Deich hinunter.

»Ja, wir sehen uns.«

*

»Objekt D befindet sich immer noch im Gebäude. Lage unverändert.« Ulf merkte, wie seine Nervosität stieg. Was machte die Dietrich so lange da drin? Die Mittagsausgabe sollte längst vorbei sein. Und auch das Aufräumen und das Säubern der Küche konnte unmöglich so lange dauern. Reingehen war eigentlich keine Option. Wenn die Frau mitbekam, dass sie observiert wurde, würde sie sie nicht zum Versteck des Kindes führen.

Brummend erhob er sich und sah aus dem Fenster. Ob sie heute das langersehnte Gewitter bekommen würden?

*

Langsam trat sie heran. Ihr Körper fühlte sich seltsam taub an. Sie wollte das hier nicht. Es war ihr passiert. Und sie hatte sich geschworen, dass es nie wieder Dinge geben würde, die ihr einfach passierten.

Minutenlang stand sie da, mit geneigtem Kopf, und sah einfach nur hinunter. Dann ließ sie sich auf die Knie fallen, zupfte ein paar getrocknete Blätter von der Kleidung und strich eine Strähne feiner Haare aus Tildas blassem Gesicht. Erschrocken bemerkte sie, wie Flüssigkeit von ihren eigenen Wangen tropfte. Dann platzte es aus ihr heraus. Lautlos schrie und weinte sie, irritiert über das, was gerade mit ihr geschah. Es war ein Abschied und gleichzeitig ein ganz wunderbarer Neuanfang. Eine echte Perspektive – zum ersten Mal in ihrem Leben.

*

»Objekt D verlässt allein und zu Fuß Seniorenresidenz. Wir hängen uns dran.«

Endlich. Ulf sah auf die Uhr. »Jetzt führ uns endlich zu deiner Tochter!«, murmelte er und lauschte den Straßennamen, die die Kollegen durchgaben. Gleichzeitig verfolgte sein Zeigefinger Ina Dietrichs Route auf einer digitalen Straßenkarte.

*

Fischers Vernehmung war streng nach Vorschrift verlaufen und rein fallbezogen. Nach zwei Stunden durfte er gehen. Die Interne würde sich um die Klärung seines Fehlverhaltens kümmern. Neue Erkenntnisse zu den Toten vom Thorsberger Moor hatten sich durch die Befragung nicht ergeben.

»Oltmann! Wir fahren zur Seniorenresidenz Fördeglück-Klüfterhöft und befragen die Mitarbeiter. Ich will wissen, ob sie Ina Dietrich mit einem unserer sechs Opfer in Verbindung bringen können.«

»Sieben.« Oltmann erntete einen fragenden Blick und erklärte: »Henke Andresen!«

»Sieben«, bestätigte Ohlsen und setzte Ulf über ihr Vorhaben in Kenntnis.

Man war schon bei Kaffee und Kuchen. Die Pflegehelfer rannten emsig umher, deckten Tische und holten etliche Bleche Kuchen aus dem Kühlraum.

Zunächst rannte Ohlsen noch mit. Dann wurde es ihm zu bunt und er bremste einen nach dem anderen aus.

»Nehmen Sie sich bitte einen Moment Zeit. Kennen Sie diesen Mann? Haben Sie ihn schon mal mit Frau Dietrich zusammen gesehen?«

Der flüchtige Blick der Servicekraft streifte das Foto. »Herr Bretschneider. Klar kennen wir den. Soll aber vor Kurzem gestorben sein.«

»Woher kennen Sie ihn?«

»Ist jeden Mittag zum Essen gekommen. Also zuerst. Dann aber nicht mehr. Weiß nicht, was da war. Ist vielleicht krank geworden.«

»Aber er war doch gar kein Bewohner der Seniorenresidenz.«

»Wir haben auch Essen auf Rädern. Und man kann herkommen. Man muss nur angemeldet sein.«

»Also hatten Frau Dietrich und Herr Bretschneider Kontakt?«

»Was heißt hier Kontakt? Sie hat halt Essen ausgegeben. Und was haben Sie eigentlich immer mit der armen Frau Dietrich? Ich glaub, die hat's grad schwer genug!«

»Wissen Sie, seit wann Herr Bretschneider zum Essen kam?«

»Nee, das müssen sie die Chefin fragen.«

Ohlsen zeigte ihr die Fotos von Veronika Bruun, Reik Brenner, Miriam Reiter, Benno Kranich und Lærke Storgaard. Aber sie schüttelte immerzu den Kopf. »Die meisten davon sind doch viel zu jung!«

»Was ist mit dem hier?« Er hielt ihr das Foto von Henke Anders Andresen hin.

Ihre Miene hellte sich auf. »Ja, der war ab und zu hier.«

»Der ist aber auch ziemlich jung«, warf Oltmann ein.

Sie verdrehte die Augen. »Ja, aber hungrig. Und bedürftig.«

»Er kam also ganz regulär zum Essen her?«

Die Befragte sah sich einmal zu jeder Seite um. »Wenn Sie das der Chefin petzen, hab ich nix davon gesagt. Wir haben dem Jungen öfter mal was zugesteckt. Ist doch immer so viel übrig hier. Dürfen wir natürlich nicht. Also: pssst!« Sie hielt sich den Zeigefinger vor den Mund.

»Ihre Chefin finden wir wo?«

Sie war wie beschrieben in einem kleinen Büro am Ende des Gangs.

»Der Herr Bretschneider, warten Sie.« Sie öffnete eine Datei und ging eine Liste durch. »Ah hier, angemeldet hat er sich im März zweitausendneunzehn.«

»Und abgemeldet?«

»Gar nicht. Also, inzwischen haben wir erfahren, dass er verstorben sein soll. Meine Mitarbeiter haben ihn schon länger nicht mehr gesehen.« Sie lächelte milde.

»Wie muss ich mir das vorstellen? Man meldet sich an und wie wird dann bezahlt?«

»Per monatlichem Bankeinzug.«

»Wann wurde von Bretschneiders Konto das letzte Mal abgebucht?«

Sie sah nach. »Im letzten Monat.«

»Kontrolliert denn keiner, ob die Senioren die Leistungen, die sie bezahlen, auch bekommen? Theo Bretschneider ist seit über zwei Jahren tot und Sie kassieren einfach weiter? Die in der Essensausgabe müssen doch gemerkt haben, dass der alte Herr nicht mehr kam!«

Die Leiterin der Seniorenresidenz lief rot an. »Im Allgemeinen bekommen wir Nachricht von den Angehörigen oder vom Sozialamt und der Dauerauftrag wird sofort gekündigt.«

Ohlsen ließ sich von der Chefin noch eine Einschätzung über Ina Dietrichs Charakter geben, bevor die beiden Beamten die Residenz verließen.

»Wie war das überhaupt möglich, dass die Zahlungen so lange nach seinem Tod noch weitergeflossen sind?«, fragte Ohlsen, als sie im Auto saßen.

»Die Rente wurde monatlich überwiesen, Miete, Strom, Gas und Mittagessen ebenso automatisch abgebucht. Solange alles reibungslos funktioniert, stellt keiner Fragen. Ohne Sozialkontakte kannst du lange tot in deiner Wohnung liegen.« Oltmann ließ den Motor aufheulen.

»Könnte das der Auslöser gewesen sein? Auf der Klüfterhöft Skole quält Theo Bretschneider die kleine Ina Dietrich. Zu ihrem Glück geht er schon bald in Rente. Trotzdem leidet sie noch heute unter Menschen wie ihm. Und dann steht er plötzlich vor ihr, in der Mittagsausgabe der Seniorenresidenz. Vielleicht erkennt auch er sie wieder und beginnt erneut, sie zu schikanieren?«

Oltmann nickte. »Sie hält's nicht mehr aus und bringt ihn um.«

»Es fühlt sich gut an. Einen Peiniger ist sie losgeworden. Warum nicht auch die anderen? Den Busfahrer, der fast ebenso schlimm war wie der Hausmeister. Dann die Lehrerin, die immer so lieb tat, aber tatsächlich … Nun gut, das wissen wir nicht. Aber Lærke Storgaard, die nicht nur sie, sondern auch ihre Tochter schlecht behandelte.«

»Fehlt die Verbindung zu Benno Kranich und Miriam Reiter.«

»Die gilt es zu finden. Vielleicht sollten wir uns die Kunden der Tankstelle genauer anschauen, bei der Ina Dietrich arbeitet. War Benno Kranich nicht bei einer Autowerkstatt angestellt?«

Oltmann nickte. »Sie muss Henke Andresen hier in der Seniorenresidenz kennengelernt haben. Entweder hat er ihr geholfen oder sie kam auf die Idee, sich sein Lastenrad auszuborgen.«

»Jetzt muss die KT nur noch Spuren von Ina Dietrich an Andresens Klamotten nachweisen!«

»Wie hat sie es nur geschafft, die Opfer unbeobachtet am Grund des Sees festzumachen?«

»Lass die Kriminaltechnik noch mal anrücken. Sie soll Ina Dietrichs Wohnung nach Spuren der sieben Opfer untersuchen.«

»Sollten wir nicht abwarten, was die Suche nach Tilda ergibt? Nicht dass wir Frau Dietrich aufschrecken.«

Oltmann hatte recht. Ohlsen sah auf die Uhr. Der Abend kam immer näher. Er griff zum Handy und funkte Ulf an. »Was gibt es Neues?«

# ACHTZEHN

Lars-Emil trat ein und schloss die Tür hinter sich.

Villads sah auf.

»Sie hat dich also wirklich zurückgeholt!« Langsam ging Hoferland um den Schreibtisch herum, stellte sich hinter Villads und blickte auf den Monitor. »Und? Was treibst du da? Der nächste Angriff schon in Vorbereitung?« Er spürte, wie unwohl sich der Naturhistoriker fühlte. Sein Schweigen war beklemmend.

»Weißt du, zunächst dachte ich wirklich, du wärest unschuldig. Ich habe gedacht, so blöd kann doch keiner sein, so 'ne Sabotageaktion vom eigenen Rechner, vom eigenen Telefon aus durchzuführen. Aber genau darauf hast du spekuliert, richtig? Dass niemand dich für so dämlich halten würde! Und wer kommt als Sündenbock infrage? Klar, der Neue. Der Typ, der hier, deiner Ansicht nach, gar nichts zu suchen hat?« Lars-Emil beugte sich nach vorn. So weit, dass seine Lippen Villads Ohrmuschel hätten berühren können. »Aber da hast du dich geschnitten«, fuhr er flüsternd fort. »Du wirst nicht länger an Frias Stuhl sägen! Deine Tage sind gezählt. So was wie dich kann hier keiner gebrauchen. Am besten, du gehst freiwillig, dann bleibt dir die Schmach der Kündigung erspart.« Er richtete sich auf. »Liegt dein Entlassungsgesuch bis Montag vor, werde ich Fria überreden, dir ein respektables Zeugnis auszustellen. Tick, tack, Villads – die Uhr läuft!« Beim Rausgehen warf er einen Blick zurück und sah, dass seine Worte Wirkung zeigten.

*

Ohlsen rannte unruhig auf und ab. Oltmanns Blick folgte ihm. Die anderen Mitarbeiter der Norgaarder Wache gaben ihr Möglichstes, ihm nicht in die Quere zu kommen.

Der regelmäßige Austausch mit Ulf brachte sie nicht weiter. Die Observation von Ina Dietrich war ein Reinfall. Sie war einkaufen gegangen und danach direkt nach Hause. Das war's. Seither tat sich nichts mehr.

War Ina Dietrich überhaupt ihre Zielperson? Ohlsen fragte sich die ganze Zeit, was sie übersehen hatten. Die böse Unbekannte, die sich wie ein Schatten unter ihnen bewegte? Schalten und walten konnte, ohne Verdacht zu erregen? Worin lag das Motiv, das kleine Mädchen zu entführen?

Plötzlich hielt er inne. »Wir dachten die ganze Zeit, Ina Dietrich wolle ihre Tochter zurück! Wir dachten, es ginge um etwas Persönliches, Familiäres! Oltmann, was, wenn der Grund ein ganz anderer ist? Was, wenn Tilda gesehen hat, was ihre Mutter getan hat?«

»Scheiße! Die Dietrich hatte Angst, die Kleine könnte reden! Aber das heißt …«

Verzweifelt rieb Ohlsen sich den Kopf. »Sie wird Tilda nicht am Leben lassen.«

*

Es war ein verwunschener Ort.

Wie der, den Alice entdeckt hatte, nachdem sie durch das Loch zwischen den Baumwurzeln gefallen und immer weiter gefallen war. Die schöne Alice mit ihrem bezaubernden hellblauen Rüschenkleidchen und den goldenen Haaren. Das Upperclass-Mädchen, das in sein Wunderland eingetaucht war.

Ihr Ort war auch verwunschen – und gleichzeitig verflucht.

Hier lebte das Böse. Es war eingeschlossen in jedes einzelne Staubkörnchen. Man atmete es unweigerlich ein, sobald man den

Schuppen betrat. Nein, schon dann, wenn man durch den hohen Metallzaun eingetreten war.

Alles andere war wie bei Alice. Niemand außer ihr betrat das Wunderland.

Nun ja, das stimmte nicht ganz. Ein paar wenige hatte es gegeben. Doch die waren nie mehr ins richtige Leben zurückgekehrt. Nur sie allein konnte zwischen den Welten hin- und herspringen.

»Nur ich allein, hörst du?«, murmelte sie und stieß mit dem Fuß gegen den leblosen Körper.

*

»Moin!« Sinje und Palle betraten die Wache. »Irgendwas von Tilda?«

Oltmann setzte die beiden kurz in Kenntnis.

»Ihr glaubt also, das Mädchen ist tot?«

»Ist zu befürchten.« Oltmann schielte zu seinem Chef herüber.

»Wo hat sie die Leiche gelassen?«

Statt einer Antwort knallte es laut, als Ohlsen wütend seine Fäuste gegen den Aktenschrank krachen ließ.

»Also, wir waren ja im Tierheim von Klüfterhöft«, versuchte Palle abzulenken. »Der Hund, den Miriam Reiter adoptiert hatte, war ein sehr sensibler Dobermann-Mix. Er kam mit Männern gar nicht zurecht. Insofern waren die vom Tierschutz froh, als sie ihn an Miriam Reiter und Emma Hansen vermitteln konnten. Wie sich aber erst bei der Rückgabe herausstellte, waren die beiden Frauen vollkommen ungeeignet, einen Hund zu halten. Frau Reiter wollte wohl eher was Repräsentatives für die eigene Sicherheit statt den Freund fürs Leben. Sie haben sich schlecht bis gar nicht um das Tier gekümmert. Da sie ihn nicht händeln konnten, haben sie ein unter Strom gesetztes Halsband benutzt. Es kam zu Zwischenfällen, bei denen vornehmlich der Hund verletzt wurde.

Als das Tier zurückkam, litt es unter einer stressbedingten Hautkrankheit, unter Durchfall und Angstbeißerverhalten. Erholt hat er sich bis heute nicht.«

»Hm, wie war das noch mal mit Kindern bei der Reiter?«

»Ihr Umfeld sagt, dass es da kaum Berührungspunkte gab. Wenn, dann wäre sie eher distanziert gewesen. Sie mochte Kinder nicht besonders. Von Quälen war aber keine Rede, eher von aus dem Weg gehen.«

»Und Benno Kranich?«

»Hatte auch nichts mit Kindern zu tun. Verhält sich wohl ähnlich wie bei Miriam Reiter.«

»Der Kranich hatte doch Katzen, richtig?«

»Laut der Befragten, die bei ihm waren, um Kitten von ihm zu kaufen, ja. Also eigentlich waren sie bei der Nachbarin, Frau Hilper, um sich die Kitten anzusehen.«

»Warum war das noch mal so?«

»So richtig wissen wir das auch nicht. Zumal Frau Hilper gar nichts davon wusste. Sie war nämlich nicht dabei, hört kaum noch was und hat von der Kitten-Präsentation in ihrem eigenen Haus nichts mitbekommen.«

»Die Beamten, die der Vermisstenmeldung nachgegangen sind, sagten doch, dass es in dem Keller des Opfers Kranich bestialisch gestunken habe, richtig? Die Wurfboxen wären total verdreckt gewesen.«

Palle und Sinja nickten.

»Den Kitten geht's aber gut? Katzen sind reinliche Tiere.«

»Das weiß keiner. Alle Befragten, die wir über die Mailkorrespondenz aus Kranichs Computer ermitteln und kontaktieren konnten, haben zu Protokoll gegeben, die Kitten wären ihnen niemals ausgehändigt worden.«

Ohlsen stützte den Kopf auf beide Hände und begann, ihn mit den Fingerspitzen zu massieren. »Dieser Fall macht mich fertig! Wir haben also drei Kinderhasser, von denen eine nachweislich auch Tiere schlägt, eine liebenswürdige Lehrerin und zwei potenzielle Tierquäler. Und jetzt auch noch eine Handvoll verschwundener Kitten, sehe ich das richtig?«

Sein Blick fing ratlose Mienen ein. »Ihr sagt, es gab Interessenten für die Kitten. Wollte Kranich sie verschenken – oder verkaufen?«

»Ne, schon verkaufen. Und das für 'ne Menge Geld.«

»Was heißt 'ne Menge?«

»Mit 'nem Tausender pro Kätzchen kommst du wohl nicht hin.«

»Was?« Ohlsen dachte, sich verhört zu haben. »Was zum Geier sind das für Tiere? Leopardenbabys?«

»Munchkins oder auch Dackelkatzen.« Unter Ohlsens fragendem Blick zuckte Sinje mit den Schultern. »Steht so im Bericht. Sagt mir auch nichts. Warte, ich frag mal das Internet.«

Während sie suchte, meinte Palle: »Als wir im Tierheim waren, ist uns aufgefallen, dass ja auch dort ab und zu mal Tiere eingeschläfert werden müssen. Das erfolgt allerdings auch hier ausschließlich durch die Tierärztin. Namen und Adresse hab ich. Des Weiteren haben wir Fotos der Festangestellten, ihre Namen und Adressen und die der Gassigänger. Ich setze mich gleich dran.«

Ohlsen nickte.

»Hier«, meinte Sinje. »Munchkins heißen Dackelkatzen, weil sie einen viel zu langen Rücken, dafür aber nur sehr kurze Beine besitzen. Es handelt sich dabei um einen Gendefekt. Da diese Tiere meistens unter großen Schmerzen leiden, sehr jung sterben oder tot auf die Welt kommen, läuft die Rasse unter Qualzucht.«

»Womit Herr Kranich nun ganz offiziell zu den Tierquälern aufsteigt. Herzlichen Glückwunsch. Ist es das, was alle gemein haben? Oltmann, Palle, könnt ihr prüfen, wie es bei Bretschneider, Brenner und der Bruun ausgesehen hat? Vielleicht zeigte unsere liebenswürdige Lehrerin Tieren gegenüber eine ganz andere

Seite? – Und ist Ina Dietrich eigentlich tierlieb? Und wo zum Geier sind diese Katzen?«

*

Das Gespräch mit Ohlsen hatte ihn noch mehr schwitzen lassen. Ulfs Finger trommelten ungeduldig auf seiner Schreibtischplatte herum. Die Hintergrundmusik, das geschäftige Treiben der Flensburger Wache, fuhr allmählich herunter.

Die Sonne ging unter. Ina Dietrich hatte ihre Wohnung nicht verlassen. Wenn Ohlsen recht hatte und sie in die Thorsberg-Morde verwickelt war und ihre Tochter nur entführt hatte, um sie zum Schweigen zu bringen, dann warteten sie vergebens. Vielleicht war die kleine Tilda längst tot. Vielleicht stand der Mord aber auch kurz bevor. Dann würden sie sich beeilen müssen!

»Objekt D weiterhin im Gebäude. Alles dunkel.«

Wäre alles wie immer, würde die Verdächtige jetzt schlafen, um Kraft zu tanken für ihre Nachtschicht in der Tankstelle.

Aber es war nicht wie immer! Ulf schüttelte den Kopf. Dann gab er die Order heraus.

»Es wird eine weitere Hausdurchsuchung geben, sobald die Verdächtige das Gebäude verlassen hat. Ihr folgt ihr und lasst sie nicht aus den Augen!«

Er rief den Staatsanwalt an und stellte das Team zusammen. Dann kontaktierte er Ohlsen.

*

»Emilia, endlich!«

»Marten, was ist denn los? Warte mal, ich muss eben das Zimmer wechseln.«

Nervös schob er das Handy von einer Hand in die andere und

drückte es an sein Ohr. Leise drangen Geräusche wie Schritte und Gemurmel an sein Trommelfell.

»Entschuldige! So, jetzt«, sagte Emilia leise.

»Weißt du, wo Fria ist?«

»Nein. Also, als wir uns getrennt haben, wollte sie weiter nach dem kleinen Mädchen suchen.«

»Ich erreiche sie nicht. Emilia, was soll ich denn jetzt machen? Matthis hat gesagt, ich soll auf sie aufpassen!«

»Marten, ganz ruhig! Ihr geht's bestimmt gut. Vielleicht ist sie noch ins Museum gefahren.«

»Nein, ist sie nicht.«

»Das ist eine Ausnahmesituation. Sie setzt alles daran, dieses Kind zu finden und hat bestimmt nur nicht mitgekriegt, dass du versucht hast, sie zu erreichen. Sie wird sich melden, glaub's mir!«

Sie konnte ihm nichts vormachen. Er hörte ihrer Stimme an, dass sie genauso besorgt war wie er.

»Ich ruf jetzt Matthis an!«

»Okay.«

»Und Eskild.«

»Vielleicht solltest du Frias Vater nicht so in Sorge versetzen.«

»Dann Ohlsen. Der ist doch bei der Kripo! Der soll die GSG 9 losschicken. Und eine Hundestaffel. Und …«

»Marten?«

»Hm?«

»Atme mal tief durch. Fria kommt bestimmt gleich nach Hause. Es wird alles gut.«

»Ja.«

»Ich muss jetzt weiterarbeiten.«

»Ja.«

»Schreibst du mir 'ne Nachricht, wenn sie wieder aufgetaucht ist? Ich guck ab und zu mal auf mein Handy.«

»Ist gut.«

»Okay. Bis später, ja?«

»Ja, äh … Emilia! Wo war das, also, wo habt ihr euch getrennt?«

»In der Nähe vom Klüfterhöfter Fördebüdchen. Wir haben was gegessen. Sie wollte dann rüber zu den Schrebergärten.«

»Schrebergärten, okay«, murmelte er und trennte die Verbindung.

Sicherheitshalber wählte er erneut Frias Nummer, ließ es klingeln und klingeln und klingeln.

Dann rief er in der Norgaarder Wache an.

»Hauptkommissar Ohlsen. Schnell!«

»Worum geht es denn?«

»Ich muss Ohlsen sprechen, sofort!«

»Vielleicht kann ich Ihnen ja auch helfen. Sagen Sie mir doch erst …«

Marten raufte sich die Haare. »Das ist ein Notfall. Ich brauch den Ohlsen – sofort!«

»Wie heißen Sie? Sagen Sie mir doch erst einmal Ihren Nam–«

Marten drückte das Gespräch weg und rief Matthis an. Immerhin das klappte und er konnte sich erklären.

»Ich komme«, antwortete Frias Bruder kurz und knapp.

*

Ulf sah auf die Uhr. Sofern er korrekt informiert war, hätte Ina Dietrich ihren Dienst an der Tankstelle längst beginnen müssen.

Er suchte die Nummer raus und rief dort an. Der Mann am anderen Ende war ziemlich sauer, da er eigentlich Feierabend hatte und gerade vergeblich darauf wartete, dass Frau Dietrich ihn ablöste.

Ulf kontaktierte sein Observationsteam. »Wie sieht's aus bei euch?«

»Alles ruhig. Zielperson nicht zu sehen.«

»Irgendeine Aktivität im Innern?«

»Negativ. Alles dunkel.«

»Wir sind in zehn Minuten bei euch.«

Er nickte einem Beamten zu. »Also los.«

Aus dem Auto heraus kontaktierte er Ohlsen. »Wir sind auf dem Weg. Eintreffen bei der Dietrich in zehn Minuten.«

*

Ohlsen fing Palles Blick ein. »Es geht los. Ulf wird die Hausdurchsuchung leiten. Wir konzentrieren uns auf Dinge, die mit unseren sieben Opfern zu tun haben könnten.« Sie eilten aus der Wache. Feuchtwarme Luft schlug ihnen entgegen. Kaum saßen sie im Auto, klingelte sein Handy.

»Kommissar Ohlsen? Ich hab hier einen Anwalt aus Dänemark in der Leitung. Er sagt, es ist dringend, Sie wüssten Bescheid.«

Ausgerechnet jetzt. »Gut. Stellen Sie durch.«

»Matthis Svensson hier. Fria ist verschwunden.«

*

»Sie wollte also dieses entführte Mädchen suchen.« Matthis Svensson saß Marten Becka gegenüber und taxierte ihn. Bølle lag zu ihren Füßen und sah sie erwartungsvoll an. Die Hängeleuchte über dem Küchentisch der Altbauwohnung war das Einzige, das ein wenig Licht spendete.

»Ja. Ich habe den beiden gleich gesagt, dass das eine blöde Idee ist. Wofür gibt es Polizei?«

»Mit *den beiden* meinst du deine Freundin und Fria.«

»Genau. Emilia hat Fria auf der Suche begleitet. So lange, bis sie zur Arbeit musste.«

»Wann war das?«

Marten zog hilflos die Schultern hoch.

»Kannst du Emilia bitte fragen?«

»Ich kann ihr ’ne Nachricht schreiben. Sie arbeitet im Hospiz, weißt du?«

Matthis nickte und sah Marten beim Tippen zu.

»Und als die beiden sich getrennt haben, wo wollte Fria dann hin? Hat sie darüber gesprochen?«

»Zu den Schrebergärten.«

»Warum ausgerechnet da hin?«

Wieder zuckte Marten mit den Schultern. »Ich frag Emilia.«

»Weißt du was? Frag, ob sie Zeit für ein kurzes Telefonat hat!«

Marten tat, wie ihm geheißen. Nervös sah er immer wieder auf sein Handy. »Und was macht der Kommissar jetzt? Lässt er nach Fria suchen?«

»Zunächst versucht er, für Frias Handy eine Ortungsgenehmigung zu bekommen.«

»Kann er nicht darauf pfeifen und es einfach tun?«

»Denk noch mal nach, Marten! Hat Fria irgendwas erwähnt, bevor sie heute Morgen los ist? Irgendetwas, das uns vielleicht weiterhelfen könnte?«

Marten dachte angestrengt nach. Seine langen Finger waren die ganze Zeit in Bewegung. »Nein. Sie war ziemlich fertig wegen des Mädchens. Aber das weißt du ja. Erst der Ärger mit ihrem Arbeitskollegen, dann diese komische Sache mit Lars-Emil und jetzt gibt sie sich die Schuld am Verschwinden der Kleinen.«

»Lars-Emil? Was für eine komische Sache?«

»Da gibt es einen Ex-Kommilitonen, der ist zurzeit in der Gegend. Hat sie besucht und hilft jetzt wohl ein bisschen im Museum.«

»Lars-Emil Hoferland, ich weiß. Wir sind uns mal begegnet.«

»Ach so, na ja, auf jeden Fall hat Fria ihn morgens immer an seinem Hotel abgeholt. Aber das war gar nicht sein Hotel.« Er sah in Matthis fragendes Gesicht. »Fria wollte ihm was vorbeibringen. Da hat sie gemerkt, dass er sie angelogen hat. Die kennen dort keinen Mann, der so heißt wie dieser Kommilitone.«

Matthis zog die Stirn kraus. »Wieso das?«

»Das weiß ich nicht. Ich wollte sie gestern gefragt haben, bin aber nicht mehr dazu gekommen. Hab's in dem Trubel irgendwie vergessen. Ist doch auch egal, oder? Fria ist ja nicht wegen ihm verschwunden!«

»Welches Hotel war das?«

»Das Fräulein Ella.«

Martens Handybildschirm flackerte auf. Emilia rief an.

»Hey! Warte, ich gebe dir Frias Bruder«, begrüßte er sie.

Das Gespräch zwischen Matthis und Emilia dauerte zwanzig Sekunden. Viel hatte sie nicht zu berichten.

*

Ohlsen und Palle trafen etwa zeitgleich mit dem Team aus Flensburg ein. Ina Dietrichs Wohnung lag nach wie vor im Dunkeln. Wie viele andere des großen Wohnblocks auch. Nur dass bei denen die Fenster weit geöffnet waren, bei den meisten zumindest.

Noch während der Fahrt hatte Ohlsen die Ortung von Frias Handy durchbekommen. Schließlich war sie das nächste Opfer des Thorsberg-Killers. Sollte Fria allerdings in irgendeiner Kneipe sitzen und gemütlich ein Feierabendbier trinken, was er insgeheim hoffte, hätte er einiges zu erklären.

Ulf koordinierte den Einsatz und schickte sein Team vor. Auf ihr Klingeln erfolgte keine Reaktion. Ein Nachbar öffnete ihnen die Tür zum Treppenhaus. Als auch das Läuten und Klopfen an der Wohnungstür nichts brachte, verschaffte sich Ulfs Team Zutritt, indem es den Schließzylinder gewaltsam aufbrach.

»Frau Dietrich? Kripo Flensburg.« Lichter wurden eingeschaltet. Routiniert inspizierten die Beamten einen Raum nach dem anderen. Schnell war klar: Die Wohnung war leer.

*

Endlich Abkühlung, dachte Fria. Einen Wimpernschlag später kam die Realität in Form einer mächtigen Welle aus Schmerz. Ihre Muskeln schrien auf. Sie stöhnte. Vollkommen desorientiert versuchte sie, die Augen geöffnet zu halten, den Blick auf irgendetwas zu fokussieren. Keine Chance.

Den Geruch. Ich kenne diesen Geruch. Ohne den Gedanken zu Ende zu bringen, sackte sie wieder in sich zusammen.

*

Nachdem sie nochmals alles abgeschritten hatten, die restlichen Wohnungen des Blocks inspiziert worden waren und auch der Blick in den Keller nichts ergeben hatte, trafen sich Ulf, Ohlsen und das Observationsteam draußen vor dem Häuserblock. Palle war in Ina Dietrichs Wohnung geblieben und begleitete die Hausdurchsuchung. Einige Beamte hatten begonnen, die nicht gerade kooperative Nachbarschaft zu befragen.

Ohlsen riss sich zusammen und überließ Ulf die Rolle des wütenden Vorgesetzten. »Kann mir mal einer erklären, wie das bitte sein kann? Habt ihr gepennt, oder was?«

»Hier zum Vordereingang ist sie nicht raus. Wir waren die ganze Zeit hier. Die kann uns nicht durch die Lappen gegangen sein!«, beteuerte einer der Beamten.

»Was ist mit dem Hinterhof?«

»Keine Chance. Nur die unteren Wohnungen haben direkten Zugang, und selbst wenn sie da durch wäre, hätte sie durch die Hofeinfahrt vorne rauskommen müssen. Und spätestens da hätten wir sie gesehen.«

»Scheiße!«, fluchte Ulf und trat nach einem zerknautschten Joghurtbecher.

In der Ferne erhellte ein Blitz den Himmel.

»Und wenn sie nicht als Ina Dietrich zu erkennen war? Sie hat sich schon mal verkleidet«, merkte Ohlsen an.

Ulf musterte sein Team mit strengem Blick. »Habt ihr dokumentiert, welche Personen wann das Gebäude verlassen haben?«

*

Marten konnte nicht mehr. Er war in sein Atelier gerannt und hatte begonnen, düstere Farbe auf eine Leinwand zu schmieren.

Matthis wartete auf Ohlsens Rückruf. Zeitgleich suchte er im Netz nach Spuren von Lars-Emil Hoferland. Wieso hatte er Fria angelogen und eine falsche Hoteladresse angegeben? Was stimmte mit dem Typen nicht?

Kurz zuvor hatte er mit seinem Bruder Troels telefoniert, ihn über Frias Verschwinden unterrichtet und dann über Lars-Emil ausgefragt. Die beiden hatten sich schließlich erst kürzlich wiedergesehen. Unverheiratet. Schrieb gerade an einer Forschungsarbeit. Das und der Wohnort waren die magere Ausbeute des Gesprächs. Obwohl Lars-Emil, laut Troels, in Bremen wohnte, ergab die Suchanfrage keine Treffer.

»*Åh nej, Fria, hvad har du nu rodet dig ud i?* Wem bist du auf die Füße getreten?«, murmelte er und ging zu Marten herüber. »Marten, weißt du sonst noch irgendwas über diesen Lars-Emil? Hat Fria mal erwähnt, wo er wohnt? Also, wo er zuhause ist? Oder wo er normalerweise arbeitet?«

Frias Mitbewohner sah ihn nicht an. »Er hatte seinen Perso hier vergessen. Demnach war er in Regensburg gemeldet. Mehr weiß ich nicht. Wieso lässt sich dieser Typ von der Kripo so viel Zeit, Matthis?« Mit wilden Bewegungen fegten seine farbverschmierten Hände über die Leinwand.

Frias Bruder fand nur einen Lars-Emil Hoferland im Regensburger Telefonregister. Sekunden später ging der Ruf raus.

Eine Frauenstimme meldete sich. »Hoferland.«

»Matthis Svensson, guten Abend. Bitte entschuldigen Sie die späte Störung. Bin ich da richtig bei Lars-Emil Hoferland?«

»Ja, das ist mein Mann.«

»Doktor der Ur- und Frühgeschichte?«

Ihr Lachen klang ein wenig verbittert. »Auch das.«

Unverheiratet, so, so! »Ah, gut. Ist er zuhause? Kann ich ihn sprechen?« Er musste diese Finte nutzen, um an Lars-Emils Kontakt kommen.

»Nein, ist er nicht.«

»Oh, wann kommt er wieder? Es wäre wirklich dringend.«

»Dringend? Kann ich mir gar nicht vorstellen. Worum geht es denn?«

»Ein paar fachliche Fragen. Es geht um Geschichte. Also alte Dinge …« Hätte er Fria besser zuhören sollen, wenn sie von ihrer Arbeit berichtete?

»Was kann da schon dringend sein?« Wieder dieses seltsame Lachen. »Ich weiß nicht, wann er wiederkommt.«

»Können Sie mir dann bitte sagen, wo ich ihn finden kann?«

Jetzt seufzte sie angestrengt. »Nein, kann ich nicht.«

»Oder eine Handynummer? Haben Sie seine Handynummer für mich?«

Immerhin die bekam er.

Er wählte und wartete. Sein Ruf blieb unbeantwortet. Er gab die Nummer bei einem weitverbreiteten Nachrichtendienst ein und landete einen Treffer. Er tippte: *Hej*, Lars-Emil. Hier Matthis Svensson, der Bruder von Fria. Ich suche sie. Weißt du, wo sie ist?

Draußen war entferntes Donnergrollen zu hören. Nachdenklich betrachtete er die geschriebenen Zeilen. Dann drückte er auf Senden.

*

»Chef?«

Ohlsen drückte das Handy dichter an sein Ohr und trat einen Schritt zur Seite, um Sinje besser verstehen zu können.

»Die Handyortung von Frias Telefon. Es ist immer noch eingeloggt. Irgendwo im Bereich Schrebergartenanlage und dem Bag-Diget-Weg.«

»Seit wann? Wann hat es sich zum ersten Mal über den Funkmasten gemeldet?«

»Heute Nachmittag um 16 Uhr 35 gab es das erste Signal.«

Das war fast sieben Stunden her. Ohlsen rieb sich nervös den kahlgeschorenen Kopf. »Schick eine Streife hin. Bin unterwegs.«

Er schrieb Ulf eine kurze Nachricht, dann lief er die Treppe zu Ina Dietrichs Wohnung hoch, suchte und fand Palle. »Und?«

Der schüttelte den Kopf. »Bislang nichts, das irgendeinen Bezug zu unseren sieben Opfern haben könnte. Kein Seil, keine Spritzen … nichts.«

»Fria Svensson ist verschwunden. Wir haben ihr Handy geortet. Ich mach mich auf den Weg. Alles Weitere über Sinje. Palle, du bleibst hier, bis alles ordentlich abgeschlossen ist!« Dann rannte er hinaus.

*

Als die Glocke der Altbauwohnung schrillte, schreckten beide Männer hoch. Matthis war zuerst an der Wohnungstür und drückte den Summer.

Emilia erschien im Treppenaufgang. Sie sah besorgt aus. »Hey. Immer noch nichts von Fria?«

Matthis schüttelte den Kopf und drehte enttäuscht ab.

Emilia und Marten umarmten sich, als wollten sie sich nie wieder loslassen. »Kann ich irgendetwas tun?«, flüsterte sie leise.

Matthis hatte es trotzdem gehört. Du hättest sie nicht allein lassen dürfen, dachte er und wusste gleichzeitig, wie ungerecht er war.

Sein Handybildschirm leuchtete auf. Eine Nachricht von Lars-Emil. »Tut mir leid. Sie hat sich heute freigenommen. Hatte was Privates zu regeln.«

Matthis drückte auf *Anrufen.*

Nach ein paar Sekunden ging Lars-Emil dran.

»Sorry, ich dachte, das geht schneller, als Nachrichten zu tippen«, sagte Matthis zur Begrüßung.

»Klar.«

»Du hast echt keine Ahnung, wo sie stecken könnte?«

»Nein, tut mir leid. Geht sie nicht ans Telefon?«

»*Nej.*«

»Und ihr Mitbewohner?«

»Weiß auch nichts.«

»Habt ihr die Krankenhäuser abtelefoniert? Vielleicht hatte sie einen Unfall?«

»Alles schon passiert.«

»Irgendwelche Freunde, zu denen …«

»Sie würde Bølle nie so lange allein lassen, ohne sich mit Marten abzusprechen, ohne sich zu melden.«

»Mist, das hört sich wirklich nicht gut an. Kann ich helfen?«

»Bist du länger in der Gegend?«

Kurzes Schweigen. »Mal sehen. An der Forschungsarbeit schreiben kann ich ja überall und Fria kann im Museum jede Hand gebrauchen.«

»Ja. Meine Schwester hat immer viel um die Ohren. Dann hast du keine Verpflichtungen, Ehefrau, Familie, einen Job, der auf dich wartet?«

»Ich hab 'ne Auszeit für zwei Jahre. Um die Forschungsarbeit zu schreiben.«

»Und danach steigst du wieder in deinen alten Job ein? Wo arbeitest du?«

»Ich hab keine Festanstellung. Deutschlands Wissenschaftler müssen sich mit Werkverträgen zufriedengeben. Klar hoffe ich, dass ich danach einen abgreifen kann. Ob's klappt, wird man sehen.«

»Keine so rosige Perspektive. Da muss die Frau schon einen guten Job haben, um die Familie in schlechten Zeiten über Wasser zu halten. Was arbeitet deine Frau?«

»Warum interessiert dich das alles?«

»Oh, ich wusste nicht, dass die Fragen schon zu privat sind. Du bist ein alter Freund meiner Schwester. Als Bruder interessiert man sich für die Freunde der Schwester. Das liegt in der Natur der Sache.« Er lachte betont locker. »Oder hat deine Frau einen Job, der *top secret* ist?«

»Ich bin nicht verheiratet.«

Matthis spürte Wut in sich aufsteigen. Was war das für ein kranker Typ? Er riss sich zusammen. »Doch, ja, du kannst helfen. Wäre schön, wenn du dich an der Suche beteiligen könntest. Können wir uns treffen?«

»Jetzt noch?«

»Bis zum Morgen warten, das halte ich nicht aus. Meine Schwester braucht mich jetzt.«

»Ja, verstehe ich.«

»Wo wohnst du?«

»Lass uns Ecke Norgaardstraße-Kleine Fährstraße treffen«, schlug Lars-Emil vor.

»Ich bin mit dem Wagen unterwegs, ich kann dich an deiner Unterkunft abholen. Hast du eine Ferienwohnung?«

»Ein Pensionszimmer. Lass mal, ich hab's nicht weit bis zur Fährstraße. Wie lange brauchst du?«

Nachdem Matthis aufgelegt hatte, kontaktierte er seinen Bruder Troels. »Ich brauch dich hier. Sofort!«

*

Mit behandschuhten Fingern ließ Ohlsen Frias Handy vorsichtig in den Beweisbeutel rutschen. Sie hatten es mitten auf dem geschotterten Hauptweg der Schrebergartensiedlung gefunden. Als sei es dem Besitzer unbemerkt aus Hose oder Tasche gerutscht und verloren gegangen.

Er drückte auf den Home-Button. Natürlich war es passwortgeschützt. »Das muss sofort in die KT.«

Er sah sich um. Die Anlage war spärlich beleuchtet. Er schätzte, dass die Siedlung aus zwanzig, maximal dreißig Gartenhütten bestand. Sie waren zu dritt. Um dieses Gelände gründlich abzusuchen, brauchte es erheblich mehr.

Er steuerte die erste Hütte an, durchschritt die Parzelle und rüttelte vorsichtig an der leicht windschiefen Tür. Verschlossen! Der Platzwart musste ihnen helfen, Zutritt zu den Hexenhäuschen zu bekommen. Es war mitten in der Nacht. Bis sie herausgefunden hatten, wer hier zuständig war … Er stöhnte. Wieder glitt sein Blick durch die von verschiedenen Schwarztönen durchzogene Wildnis.

Die schnelle Abfolge zweier greller Blitze ließ ihn erschrocken die Augen zusammenkneifen.

Ohlsen wandte sich den beiden Beamten zu. »Wir werden das Gelände nun vorsichtig absuchen. Bedeutet: Achten Sie darauf, wo Sie hintreten! Suchen Sie nach Spuren der Vermissten. Gehen Sie leise vor. Immerhin könnte es sein, dass die Frau hier irgendwo gefangen gehalten wird. Wir wollen keine Eskalation riskieren. Haben Sie eine Taschenlampe für mich?«

Ohlsen wusste, wie vage der Ansatz war. Fria konnte überall sein. Sie konnte das Handy einfach verloren haben. Was vielleicht der Grund war, warum sie sich noch nicht hatte melden können. Sie könnte sich verletzt haben, nicht in der Lage, auf sich aufmerksam zu machen. Dann wäre es sinnvoll, laut rufend nach ihr zu suchen. Es konnte aber ebenso sein, dass sie tatsächlich auf eine Spur der Entführerin gestoßen war. Und wenn diese Entführerin Ina Dietrich hieß, die ihnen Houdini-mäßig entwischt war, bestand die Gefahr, dass Fria sich nun in ihrer Gewalt befand. In der Gewalt einer potenziellen Serienmördern. Vielleicht sogar hier, in einer der Hütten.

Die drei teilten das Gelände auf und begannen mit der Suche.

# NEUNZEHN

Troels hatte sich beeilt und Matthis aufgelesen. Nun saßen sie zusammen im Wagen und fuhren durch das nächtliche Klüfterhöft.

»Ich bitte dich! Was sollte Lars-Emil mit Frias Verschwinden zu tun haben?« Troels besah sich die vorbeihuschende Landschaft. Immer wieder zuckten Blitze über den Himmel. Ein Donnern blieb aus.

»Was weiß ich, was der sich davon verspricht.«

»Im Gegensatz zu dir hab ich ihn damals häufiger getroffen. Die beiden haben sich gut verstanden. Fria hätte erzählt, wenn der komisch drauf gewesen wäre.«

»Mag sein. Das war damals. Fakt ist, dass der Typ sie und uns anlügt. Er verschweigt seine Frau, seinen Wohnsitz, gibt sogar ein falsches Hotel an. Das ist doch nicht normal! Warum macht der das? Und plötzlich verschwindet sie? Nee, ich will jetzt wissen, was da los ist!«

»Warum fragen wir ihn nicht einfach?«

»Und wenn der so ’n Psychopath ist und Fria irgendwo gefangen hält?« Matthis sah in Troels ungläubiges Gesicht. »Du wirst die Klappe halten und ihn nicht aufscheuchen. Er soll sich sicher fühlen. Ich will zuerst wissen, wo in Klüfterhöft er seinen Unterschlupf hat. Und ich will mich davon überzeugen, dass sie nicht dort ist.«

»Aufscheuchen. Unterschlupf«, murmelte Troels und zog die Augenbrauen hoch. »War Fria nicht auf der Suche nach diesem entführten Mädchen? Wir sollten wohl eher in diese Richtung denken.«

»Darum kümmert sich die Kripo Flensburg. Wir kümmern uns um verdächtige Ex-Kommilitonen. Weiß Papa Bescheid?«

»Bist du irre? Der dreht durch.«

»Und Jais auch nicht, nehme ich an?«

»Wenn Jais es wüsste, …«

»… wüsste Papa es auch. *Der kommer til at falde brænde ned!* Der wird uns den Kopf abreißen.«

»Ja, ja, der wird sich auch wieder beruhigen. Vor allem, wenn wir Fria wohlbehalten finden. Da! Da hinten!« Troels zeigte in Richtung Frontscheibe.

Lars-Emil stand an der verabredeten Stelle.

Troels bog in die nächste Seitenstraße, stieg aus und ließ Matthis ans Steuer rutschen. »Also: wie verabredet.«

*

Als Ohlsen und die zwei Bereitschaftskräfte den halben Schrebergarten abgesucht hatten, ohne auch nur eine weitere Spur von Fria zu finden, kam plötzlich Wind auf. Die warmen Böen ließen die vertrockneten Bäume und Büsche rascheln. Holz knarrte, irgendwo fiel etwas um, das sich nach einer Plastikgießkanne anhörte.

Ohlsen sah auf sein Handy. Keine Nachricht von Ulf, Sinje oder Palle. Dafür fünf von Lies. Und eine von Matthis Svensson. Wie gern hätte er ihm eine positive Antwort gegeben. Er steckte das Telefon wieder ein und suchte weiter.

*

Es war zwei Uhr morgens, als Matthis sich von Lars-Emil verabschiedete.

Zuvor hatten sie bei Armandos Trattoria vorbeigesehen, ihn gerade noch beim Aufräumen erwischt, waren Stellen abgegangen, von denen Lars-Emil Fria hatte erzählen hören – die meisten hatten sie verlassen vorgefunden –, und hatten eine ganze Weile am Wasser gesessen und über Fria gesprochen. Ein Unwetter hing über dem Meer, weit draußen, und kam nicht so recht voran. Immer wieder waren Böen über sie hinweggefegt, mal leicht wie eine sanfte Berührung, dann wieder kräftig. Matthis hatte versucht, mehr über den Ex-Kommilitonen seiner Schwester zu erfahren. Lars-Emil hatte geantwortet und dabei hilfsbereit und aufrichtig gewirkt. Kurzum: Er war ein absolut unauffälliger Typ.

Zwischendurch hatte Matthis seinem Bruder immer wieder unauffällig ihren Standort geschickt.

»Wir haben uns getrennt. Er geht jetzt los.« Matthis winkte Lars-Emil aus dem Auto heraus noch einmal zu und fuhr los. Wieder hatte er ihn nicht dazu überreden können, ihn bis zu seiner Pension mitzunehmen. Außer Sichtweite hielt er den Wagen an und lauschte Troels, der ihn über Handy informierte, welchen Weg Lars-Emil gerade nahm.

*

Erschöpft kam Ohlsen an der Norgaarder Wache an. Frias Handy war auf dem Weg in die KT. Etwas anderes hatte die Schrebergartensiedlung nicht hergegeben.

Er hatte mit Palle und Sinje telefoniert und sie nach Hause geschickt. In Ina Dietrichs Wohnung hatten sich keine Spuren gefunden, die zu Andresen oder einer der sechs Wasserleichen führten. Die Spusi hatte Vergleichsmaterial gesichert und hoffte nun auf ein paar Treffer im Labor. Es war wie die Nadel im Heuhaufen suchen.

Er hoffte, dass er morgen endlich ein Ergebnis bekommen

würde, was den Faserabgleich aus Andresens Lastenrad und Ina Dietrichs Proben anging. Und Tilda? Er atmete tief aus. Wo hatte sie das Kind hingebracht? Und wie war sie aus der bewachten Wohnung rausgekommen? Verdammte Fria Svensson! Warum war sie auch auf eigene Faust losgezogen?

Mit schweren Schritten ging er in sein Büro, öffnete die Fensterflügel weit und beobachtete das unregelmäßige Aufblitzen des Himmels.

*

Schmieröle und Metall. Flächen von Staub bedeckt. Holz und Leim. Ein bisschen Gummi. Der Muff vergangener Jahre. Ihr Großvater hatte Stunden in seinem Werkkeller zubringen können. Sehr zum Ärger ihrer Großmama.

Frias Kopf war wie in Watte getaucht. Sie war so schrecklich müde. Was machte sie in Großvaters Werkzeugkeller?

Irgendetwas stimmte nicht. Ein Gefühl, das sie erneut in die Bewusstlosigkeit begleitete.

*

Als sein Handy brummte, riss Ohlsen erschrocken den Kopf hoch. Er musste sich erst einmal orientieren. Er war an seinem Schreibtisch eingeschlafen, rieb sich die Augen und begutachtete blinzelnd das Handydisplay. Ulf hatte es schon drei Mal versucht.

Ohlsen drückte auf Rückruf.

»Moin.« Auch Ulf klang vollkommen übermüdet. »Wir haben sie. Ina Dietrich. Sie war die ganze Zeit hier.«

»Was?« Ohlsen schüttelte sich, um die Schwere aus seinem Kopf zu vertreiben. »Wie meinst du das?«

»Als wir sie in ihrer Wohnung nicht gefunden haben, sind alle automatisch davon ausgegangen, sie hätte uns gelinkt und wäre abgehauen. Wir haben nach Wegen gesucht, die nach draußen führen, nach Nachbarn, die ihr geholfen haben könnten. Danach hat sich die Spusi auf die Wohnung konzentriert, um Verbindungen zu eurem Fall zu finden. Weitere Beamte haben sich die Kellerräume vorgenommen. Erst ihren, dann – nicht ganz so gründlich – auch die der Nachbarn.«

»Ja und? Ulf, Mann, mach's nicht so spannend!«

»Es gibt einen Spitzboden, der eigentlich nicht betreten werden soll. Manche Mieter nutzen ihn dennoch, um Sachen zu lagern. Das Schloss der Dachbodenluke ist schon lange defekt. Wir haben Frau Dietrich da oben gefunden. Sie hatte alte Sachen ihrer Tochter um sich herum verteilt und sich ins Delirium gesoffen. Die Wodkaflasche neben ihr war fast leer. Sie liegt jetzt mit 'ner Alkoholvergiftung im Krankenhaus. Momentan nicht ansprechbar. Für heute war's das, Ohlsen. Ich kann nicht mehr. Gute Nacht!«

»Scheiße.«

Beinahe halb drei, sagte ihm ein Blick auf die Uhr.

Wenn Ina Dietrich die ganze Zeit in ihrer Wohnung gewesen war, konnte sie unmöglich etwas mit Frias Verschwinden zu tun haben. Er rieb sich die Schläfen. Oh Gott, er hatte das Gefühl, sein Denkapparat befinde sich immer noch im Tiefschlaf.

Das Handy neben ihm vibrierte abermals. Es war Matthis Svensson. Ohlsens schlechtes Gewissen meldete sich. Er hätte ihm schreiben sollen, was die Handy-Ortung ergeben hatte. »Herr Svensson! Leider gibt es –«

»Ohlsen? Sie müssen kommen! Sofort! Und bringen Sie ein paar Mann zur Verstärkung mit. Ich schicke Ihnen jetzt eine Adresse.«

*

Marten zog vorsichtig seinen Arm unter Emilias Körper hervor. Sie hatten sich geliebt. Danach waren sie beide eingeschlafen. Doch schon nach kurzer Zeit war er wieder wach gewesen. Marten wusste nicht, wohin mit sich und seiner Unruhe, sah immerzu auf sein Handy, das beharrlich schwieg. Er rutschte an die Bettkante und kraulte Bølle die Ohren. Dessen Knopfaugen sahen ihn fragend an.

»Sie muss wieder zu uns zurückkommen! Was sollen wir machen ohne sie?«

Bølle wedelte mit der Rutenspitze.

Marten drehte den Oberkörper und betrachtete seine schlafenden Freundin. Gut, dass wenigstens sie bei ihm war. Ohne Emilia an seiner Seite hätte ihn der Abgrund längst verschlungen.

*

Das Bild, das sich ihm beim Eintreten bot, hätte jedem Samstagabendkrimi Konkurrenz gemacht. Der Mann, den er aus Frias Wohnung kannte, den sie ihm als ihren Arbeitskollegen vorgestellt hatte, saß mit angezogenen Knien auf dem Fußboden. Seine Unterlippe war aufgeplatzt. Kleine Blutspritzer bedeckten Wange und Kinn. Ein großer, sportlicher Mann in seinem Alter hatte sich vor ihm aufgebaut und beschoss ihn mit Fragen. In seiner Körperhaltung lag pure Aggression.

»Troels!« Der Mann, der Ohlsen unten an der Straße empfangen und sich ihm als Matthis Svensson vorgestellt hatte, hob seine Stimme. »Überlass das deinen deutschen Kollegen!«

Widerwillig trat Troels zurück.

Ohlsen bat Lars-Emil, sich zu setzen. »Können Sie sich ausweisen?« Nach kurzer Begutachtung des Personalausweises ließ er den Blick über die Dokumente, Zeitungsartikel, Zettel und Fotos gleiten, die über den ganzen Tisch verteilt waren.

»Das ist nicht alles«, sagte Matthis und wies auf eine Stelle hinter Ohlsen, auf die Wand, durch die man die Wohnung betrat.

Als er sich umdrehte, lief es ihm kalt den Rücken herunter. Sie war voller Fotos. Einige waren mit Edding beschmiert. Auf den meisten war Fria zu sehen. Aber auch Artikel über die Thorsberg-Morde waren dabei. Und anscheinend alles, was über den Fall Tilda je an die Öffentlichkeit gebracht worden war.

Abrupt wandte er sich wieder dem Verdächtigen zu. »Wo ist Fria Svensson?«

*

Ohlsen war bei Kaffee Nummer drei. Sein Magen schmerzte, dafür war er hellwach. Draußen vor den Fenstern der Norgaarder Wache ging die Sonne auf. Der Wind hatte zugelegt. Er trieb dunkle Wolken vor sich her. Der Deutsche Wetterdienst warnte vor schweren Unwettern, Starkregen und rauer See.

Lars-Emil Hoferland wurde seit über zwei Stunden verhört. Sein Pensionszimmer war kriminaltechnisch untersucht worden, die Daten seines Rechners lagen vor. Ebenso wie das Bewegungsprofil der letzten Tage.

Troels und Matthis weigerten sich, nach Hause zu fahren. Jedes Mal, wenn die Tür des Verhörraums geöffnet wurde, sahen sie erwartungsvoll hinein.

Aber Hoferland war eine schwer zu knackende Nuss.

»So, Herr Hoferland«, Ohlsen setzte sich wieder, »immer noch keinen Anwalt?«

»Den brauche ich nicht. Ich habe nichts Gesetzwidriges getan.«

»Sie finden übersteigertes Interesse an Fria Svensson, an den Thorsberger Mordfällen und an der kleinen Tilda Dietrich also normal?«

»Ob das normal ist oder nicht, das zu beurteilen, liegt ja wohl nicht in Ihrem Ermessen, Herr Hauptkommissar.«

»Mag sein. Das überlasse ich dem Psychologen, dem Sie sich gleich gern erklären dürfen. Weshalb haben Sie der Familie Svensson gegenüber behauptet, sie wären unverheiratet und kämen aus Bremen?«

»Aus privaten Gründen. Und die gehen Sie überhaupt nichts an!«

»Hier geht es um Entführung und Mord. Da geht mich alles was an!«

»Ich lebe schon lange nicht mehr mit meiner Frau zusammen. Ich wollte Fria gegenübertreten, als das, was ich bin: ein freier Mann.«

»Sieht Ihre Frau das genauso?«

Er zuckte mit den Schultern. »Interessiert mich nicht.«

»Aber die Thorsberg-Leichen, die interessieren Sie, oder?«

»Na, wen denn bitte nicht? Fria war ganz versessen darauf. Sie hat sogar Polizistin gespielt. Unsere Diskussionen über die Bauchritzungen waren sehr inspirierend.«

Ohlsen kochte innerlich. Hatte sie ihm wirklich davon erzählt? Wenn nicht, war das hier gerade absolutes Täterwissen. »Sie sagen also, Frau Svensson habe Ihnen davon berichtet?«

Er nickte zufrieden. »Ja. Wir haben über ihren Fotos gesessen und die Symbole mit welchen aus dem Internet verglichen.«

»Sie hat Fotos?« Jetzt war Ohlsen sich sicher, dass der Befragte log. »Woher?«

»Keine Ahnung. Waren auf ihrem Rechner.«

Ohlsen nickte einem Beamten zu. Der verließ den Raum.

»Der Familie Svensson gegenüber haben Sie behauptet, Sie säßen zurzeit an einer Forschungsarbeit. Auf Ihrem Rechner haben wir nichts Dergleichen gefunden. Dafür jede Menge Datensätze über Fria Svensson, Alberte Lind und Villads Riis, dem Team des Ørerup-Museums. Außerdem Fakten zum Museum selbst.«

»Ich bin eben gern gut informiert, will wissen, mit wem ich es zu tun habe.«

»Warum die Lüge mit der Forschungsarbeit?«

»Nun gut, das war geflunkert. Auch nicht strafbar! Ich wollte in Frias Augen ein wenig interessanter wirken. Ich weiß doch, was ihr gefällt.«

Dieses Lächeln! Hoferland war wirklich überzeugend in seiner Rolle. Aus seinem Mund hörte sich alles an, als sei es das Normalste der Welt.

»Was bezwecken Sie mit alldem?«

»Bezwecken! Du meine Güte! Ich finde es erfrischend, am Leben meiner ehemaligen Kommilitonin, Mitbewohnerin und Freundin teilzuhaben – unseren Kontakt wieder aufleben zu lassen. Mehr nicht.«

Der Beamte kehrte zurück und stellte sich neben Ohlsen. »Rechner dauert noch. Aber auf Fria Svenssons Handy haben die Kollegen Fotos von Kranichs Torso gefunden. Aufnahmedatum war der Tag des Auffindens«, sagte er leise.

Ohlsen schloss die Augen und verfluchte Fria innerlich.»Wir machen eine Pause«, verkündete er und erhob sich.

»Ich finde ja, wir sind hier langsam mal fertig. Konzentrieren Sie sich lieber darauf, Fria wiederzufinden.«

Fassungslos betrachtete Ohlsen Hoferlands Gesichtsausdruck. Da war keine Sorge um Fria. Der Typ amüsierte sich.

Als er den Raum verließ, hörte er ihn rufen: »Ich muss mal aufs Klo!« Ohlsen rieb sich den schmerzenden Nacken und bat einen Beamten, sich um den Verdächtigen zu kümmern.

Dann wandte er sich einer anderen Kollegin zu. »Schauen Sie nach, wie weit die mit der Auswertung des Bewegungsprofils des Verdächtigen Hoferland sind. Und schicken Sie den Psychologen rein, sobald er da ist.«

Troels und Matthis folgten dem Ermittlungsleiter ins Großraumbüro.

Ohlsen schüttelte bedauernd den Kopf, als er in ihre fordernden Gesichter sah. »Er behauptet steif und fest, nicht zu wissen, wo Fria ist oder was ihr zugestoßen ist. Und wir können ihm nichts Gegenteiliges nachweisen.«

Troels lief aufgebracht hin und her. »Das kann nicht sein! Du hast sein Zimmer doch gesehen! Der ist krank, der Typ!«

Matthis starrte ins Leere. Man sah ihm die Verzweiflung an. Dann runzelte er die Stirn, machte ein paar Schritte auf die Whiteboards zu. »Weshalb hängt *sie* hier?« Er deutete auf ein Foto.

*

Fria schlug die Augen auf. Ihr Rücken schmerzte, genau wie ihre Schultern. Stöhnend rollte sie sich zur Seite. Sie lag auf einem verdreckten alten Steinfußboden. Spärliches Licht drang durch blinde kleine Scheiben. Es roch ein bisschen wie in Großvaters Werkzeugkeller und doch wieder ganz anders. Gammeliger, ranziger – ekeliger. Da waren ein Metallspind, eine Werkbank, Bretter, ein langer Tisch, Werkzeug, ein paar alte Stühle und anderes Gerümpel.

War sie allein? Still lag sie da und horchte. Doch das Einzige, was sie hören konnte, war das unregelmäßige Pfeifen des Windes. Sie verdrehte den Kopf, bis ihr Nacken schmerzte. Da hinten – eine hölzerne Tür! Während sie immer panischer an den Fesseln zerrte, versuchte ihr verwirrter Geist Antworten zu finden. Warum war sie hier? Wie war sie hierhergekommen? Was war das für ein Ort? Was war passiert? Warum, verdammt noch mal, konnte sie sich nicht erinnern?

Je mehr sie sich unter Druck setzte, desto mehr verweigerten ihre grauen Zellen den Dienst.

Da entdeckte sie den Kinderbuggy. Auf seiner Sitzfläche eine dunkelbraune Lockenperücke und eine Hornbrille.

*

Ohlsen hatte Villads Riis und Alberte Lind auf die Wache Norgaard gebeten. Villads war es eine große Genugtuung gewesen, Lars-Emil zu diskreditieren.

Nach und nach wurde deutlich, was für ein kranker Typ dieser Hoferland war. Noch war ihm nichts nachzuweisen, die Indizien hingegen wogen schwer. Allen war klar, dass er für die Sabotage im Ørerup-Museum verantwortlich war. Seine Frau konnte bestätigen, wie gut Lars-Emil Dänisch sprach.

Auch das vorläufige Gutachten des Psychologen ging in die Richtung einer narzisstischen Persönlichkeitsstörung. »Wahrscheinlich ist, dass Herr Hoferland versucht hat, Herrn Riis aus dem Arbeitsverhältnis zu drängen, um an eine feste Stelle zu kommen«, so der Psychologe.

»Wie weit würde so jemand gehen? Wäre er in der Lage, jemanden zu entführen oder gar zu töten, um an sein Ziel zu kommen?«

»Ganz ausschließen kann man das natürlich nie. Die Wahrscheinlichkeit schätze ich jedoch als sehr gering ein.«

»Wenn Frau Svensson nicht wiederkäme, wäre immerhin gleich ein Chefposten frei, was einem Egomanen doch gut ins Konzept passen würde, oder? Warum sich mit den kleinen Pöstchen zufriedengeben, wenn man die Leitung des Ganzen haben kann?«

»Schon. Aber Sie vergessen eins: Einer wie Hoferland geht strukturiert vor. Frau Svensson ist diejenige, die ihm eine der begehrten festen Stellen beschaffen könnte. Nur durch ihre Empfehlung käme er dran. Ist sie weg, wäre ihr Posten zwar frei, die Chance, bedacht zu werden, ginge jedoch gegen null. Der Leitungsposten würde öffentlich ausgeschrieben werden. Und die Vita des Herrn Hoferland liest sich nun wirklich nicht, als würden sich alle Museen der Welt die Finger nach ihm lecken. Nein, zunächst hätte er sich die Stelle von Villads Riis gesichert. Und danach im Hintergrund die Fäden so gezogen, dass er die Karriereleiter hochfiele. Nicht durch Prädikate wie Fachkompetenz und Führungsqualitäten, sondern durch geschickte Kriegsführung.«

Ohlsen begutachtete die ermittelten Fakten rund um Lars-Emil Hoferland. Bis auf die verstörende Dokumentation, die sichergestellten Fotos und Zeitungsausschnitte hatten sie nichts gefunden, was ihn mit den Thorsberg-Morden oder der Entführung der kleinen Tilda in Verbindung brachte. Nein, Frias Verschwinden musste etwas mit der Frau zu tun haben, die Tilda entführt hatte. Die Frau mit den dunklen Locken. Und das war allem Anschein nach nicht Ina Dietrich.

Ohlsen übergab den Fall Hoferland an das zuständige Kommissariat, das sich mit den dänischen Behörden und dem Museum kurzschließen würde. Dann lehnte er sich zurück und verfiel in tiefes Grübeln. Sie steckten fest. Die KT hatte keine Übereinstimmung bei Proben von Henke Anders Andresen und Ina Dietrich finden können. Hatten sie also die ganze Zeit in die falsche Richtung ermittelt? Was blieb ihnen noch? Doch der gestörte Freak, der seine Opfer zufällig auswählte und einfach nur Freude hatte, das Leben anderer zu beenden?

Ohlsen rückte seinen Bürostuhl zurecht und zog die Computertastatur heran. Dann tippten seine Finger die Suchanfrage, von der er sich nicht allzu viel versprach. Eigentlich taten sie das nur, weil es ihnen an Optionen mangelte.

Als die ersten dicken Tropfen den warmen Boden benetzten und sich der vormittägliche Himmel unter den bedrohlichen Gewitterwolken verfinsterte, versetzte Hauptkommissar Ohlsen das gesamte Team der SOKO Bog Body in Aufregung und geschäftiges Treiben. Mit einem Mal fügte sich ein Puzzleteil an das andere. Telefonate wurden geführt, Streifenwagen entsandt, Wohnungen durchsucht, Menschen befragt und Vergleichsproben gesichert. Die KT arbeitete auf Hochtouren und brachte endlich die erlösende Nachricht. Es gab gleich mehrere Treffer. Die

Handyortung und Auswertungen des Bewegungsprofils rundeten das Bild in all seiner Dramatik ab.

Ohlsen betrat den Verhörraum. Die Frau, die ihm ängstlich entgegenblickte, war Ende vierzig, ziemlich klein und mit Hautirritationen übersät. Nervös bearbeiteten ihre Fingernägel raue Hautstellen an den Händen.

»Frau Schauer, wissen Sie, wo sich Ihre Tochter zurzeit aufhält?«

Die Angesprochene schüttelte den Kopf. »Wir haben keinen Kontakt.«

»Wir müssen sie wirklich sehr dringend sprechen. Gibt es einen Ort, an den sich Ihre Tochter zurückziehen würde?«

Die Körperhaltung der Frau sprach Bände. Trotzdem bekam Ohlsen wieder nur dieses Kopfschütteln.

»Erzählen Sie uns von Ihrem Vater, von Otto Fritz Schauer. Und von seinem guten Freund Theo Bretschneider.«

Der Schrecken stand ihr ins Gesicht geschrieben. Sie war blass wie ein Leintuch. Doch sie schwieg.

»Frau Schauer, Ihre Tochter steht in Verdacht, sieben Menschen getötet zu haben. Wir müssen sie finden, um zu vermeiden, dass es noch weitere Opfer gibt. Wenn Sie uns ihren Aufenthaltsort verschweigen, machen Sie sich mitschuldig.«

Sie begann zu weinen. »Er war ein Monster. Ich konnte nichts tun. Als sie ihn … Als er tot war, hab ich doch geholfen! Ich hab meine Tochter beschützt, so gut ich konnte. Ich dachte, jetzt wäre es endlich vorbei. Woher sollte ich denn wissen …«

»Frau Schauer, wir brauchen den Ort! Wo könnte sich Ihre Tochter versteckt haben?«

»Es gibt einen alten schäbigen Schuppen. Da hat er immer … Ich war seitdem nie wieder dort.«

Ohlsen notierte sich die Wegbeschreibung, überließ Frau Schauer Sinjes Verantwortung, alarmierte Palle und spurtete zusammen mit vier Bereitschaftskräften los.

Draußen schien die Welt unterzugehen. Heftige Windböen

trieben Fahnen von Starkregen vor sich her. Grelle Blitze illuminierten grüngraue Wolkenberge. Ohrenbetäubendes Donnern rundete das Inferno ab. Sie waren klitschnass, noch ehe sie die Autos erreicht hatten.

*

Ein hässliches Quietschen zwischen all dem Windgetöse, Prasseln und Donnern bewegte Fria dazu, ihren Kopf weit in den Nacken zu legen und einen Blick in Richtung Tür zu werfen. Ihr Puls hämmerte schnell und panisch.

Es war jemand hereingekommen.

Das Unwetter hatte es in dem Schuppen noch dunkler werden lassen. Sie sah einfach nichts! Zur Hilflosigkeit gezwungen, konnte sie nichts tun, als abzuwarten. Jeder Muskel ihres Körpers war zum Zerreißen gespannt.

Die Deckenlampe wurde angeschaltet. Ihr spärlicher Schein reichte, und Frias Schockstarre wandelte sich in überglückliche Erleichterung. »Oh mein Gott, du bist es! Du hast mich gefunden! Ich danke dir!«

*

»Was hat Ihr Vater in dem Schuppen getan, Frau Schauer?« Sinje versuchte, einfühlsam zu klingen.

»Er war ein grausamer Mann. Er war nicht gut zu mir. Er war zu niemandem gut. Er hat Tiere gequält.«

»Hat er Sie auch misshandelt, Frau Schauer?«

Sie senkte den Kopf. »Nicht so wie Sie denken. Er ging subtil vor.«

»Und Ihre Tochter hat mitbekommen, wie Ihr Vater Sie …?«

»Nein, aber – ich musste doch arbeiten. Und er hat darauf bestanden, sie mitzunehmen.«

»Sie haben ihm Ihre Tochter überlassen, obwohl Sie wussten, wozu er fähig war?«

»Er war milder geworden im Alter. Seine Verbalattacken und Angriffe gegen mich wurden seltener. Als fehlte ihm die Energie. Er hatte sich verändert. Das dachte ich zumindest.«

»Hat Ihre Tochter nie etwas gesagt?«

»Sie wollte zuhause bleiben. Allein. Das ging doch nicht. Ich hab alles getan. Aber ich konnte sie nicht schützen. Er war immer in ihrer Nähe – in der Schule und zuhause auch.«

*

Vollkommen durchnässt hockte sie sich neben Fria. Tropfen perlten von ihren Haarspitzen. Sie lächelte.

»Wir müssen uns beeilen. Ich weiß nicht, wann ... Wer auch immer mich hier ... Gott, bin ich froh, dass du mich gefunden hast!«, wiederholte Fria und streckte ihr so gut es ging die Arme entgegen. »Da hinten liegt Werkzeug.«

»Ich bin auch froh, dich gefunden zu haben, Fria. Du glaubst gar nicht, wie sehr.«

Eine feucht-kühle Hand berührte ihre Wange. Etwas stimmte nicht. Warum hockte sie nur da und sah sie an? Irgendetwas versetzte Fria in Alarmbereitschaft. Sie sah, wie in einer Umhängetasche gesucht wurde. Wonach? Nach einem Messer, um die Fesseln zu lösen?

*

Sinje nickte. »Ihr Vater war der Direktor der Klüfterhöft Skole, richtig? Und natürlich schickten Sie Ihre Tochter zu ihm auf die Schule.«

»Etwas anderes hätte er nie zugelassen«, flüsterte die in sich zusammengesunkene Frau.

Cilla Carstensen betrat den Verhörraum und schob Frau Schauer ein Glas Wasser hin.

Sinje wartete, bis Cilla saß und die Befragte einen Schluck getrunken hatte. »Und Theo Bretschneider?«

»Der Weiße Fritz hatte ihm den Job als Hausmeister besorgt.«

»Der Weiße Fritz?«

»Otto Fritz Schauer. Alle nannten ihn so.«

»Ihren Vater.«

Sie nickte.

»Theo Bretschneider wusste von dem Psychoterror, dem Ihre Tochter ausgesetzt war?«

»Ich gehe davon aus. Er war oft mit im Schuppen. Sie teilten die gleichen Leidenschaften.«

Sinje bemerkte, wie Cilla bestürzt nach unten auf ihre Hände sah.

»Sie meinten eben: *Als sie ihn … Als er tot war, habe ich ihr geholfen.* Wie ist Ihr Vater zu Tode gekommen? Frau Schauer, sehen Sie mich bitte an! Wie?«

»An einem Herzinfarkt. Er war alt.« Sie sprach so leise, dass Sinje sie kaum verstehen konnte.

»Wir werden die Leiche exhumieren. Sie glauben gar nicht, was sich durch unsere Rechtsmedizin auch nach Jahren noch feststellen lässt.«

Tränen fanden ihren Weg über Wangen und Kinn. »Sie ist mit der Axt auf ihn los. Sie hat sich nur verteidigt. Wir haben das Richtige getan. Ich liebe meine Tochter.«

»Wir?«

Frau Schauer zog sich zurück. Ihre Miene versteinerte.

»Wir bekommen das so oder so raus. Es wäre zu Ihrem Besten, uns jetzt alles zu sagen.«

»Mein Bruder ist Arzt. Er hat den Totenschein ausgestellt. Natürlich hat er all die Jahre mitgekriegt, was für ein Monster sein eigener .. der Weiße Fritz war. Wir waren so froh, als der

Boden sich über ihm schloss. Irgendwie hat mein Bruder es hingekriegt, dass der Leichenbestatter weggesehen hat.«

»Was ist mit dem Schulbusfahrer Reik Brenner? Schon mal von ihm gehört?«

Frau Schauer schüttelte den Kopf.

»Veronika Bruun, Lærke Storgaard, Miriam Reiter, Benno Kranich und Henke Anders Andresen?

Aber es blieb bei einem Kopfschütteln.

*

Es war kein Messer, das in der Hand lag, die aus der Umhängetasche herausgezogen wurde. Es war eine Spritze. Entsetzt verfolgte Fria, wie die Schutzkappe von der Kanüle gezogen wurde. »Was soll das? Was hast du vor, Emilia?«

# ZWANZIG

Die Polizeiwagen rasten durch das stürmische Fördeland. Je näher sie Klüfterhöft und somit dem Meer kamen, desto beschwerlicher wurde es. Starkregen ließ die Scheibenwischer versagen. Sie mussten runter mit dem Tempo, die Sicht war zu schlecht. Einige tiefer gelegene Straßenabschnitte standen schon unter Wasser. Die ausgetrockneten Böden waren nicht in der Lage, die Wassermassen aufzunehmen.

Palle konzentrierte sich aufs Fahren.

Ohlsen dachte laut. »Ich verstehe immer noch nicht, warum sie Frias Nähe gesucht hat. Ich meine, dass Emilia Schauer und Marten Becka zusammengekommen sind, nachdem wir die ersten Leichen aus dem See gezogen haben, ist doch kein Zufall.«

Palle brummte etwas, das nach Zustimmung klang.

»Und was hat die kleine Tilda mit alldem zu tun? Außer, dass sie und Emilia keine fünfzig Meter auseinander wohnen? Oder besteht da gar keine Verbindung? Doch! Alles andere wäre total bekloppt. Marten Becka hat zugegeben, mit Emilia über Tilda gesprochen zu haben. Keiner dachte daran, dass Tilda nach wie vor in Gefahr sein könnte. Alle glaubten, sie sei von zuhause weggelaufen. Also hat Fria sich nichts dabei gedacht, mit Marten über das Mädchen zu sprechen. Darüber, dass sie mit Bølle ins Krankenhaus von Klüfterhöft gefahren war. Darüber, dass Tilda in die Traumaklinik verlegt werden sollte. So hat Emilia davon erfahren. Aber warum entführt sie Tilda? Was will sie von dem Kind?«

Wieder brummte Palle. Dieses Mal eindeutig verärgert. »So ’n Schiet. Ich glaube, wir hätten da vorne reingemusst.«

*

»Emilia, bitte! Was willst du mit der Spritze?«

Die junge Frau seufzte. Ihr Blick war genauso sanft und mitfühlend, wie Fria ihn in Erinnerung hatte. »Ich mach’s schnell. Es wird bestimmt nicht wehtun. Ich bin gut darin, hatte viele Möglichkeiten zu üben. Du wirst ganz sanft einschlafen.«

Frias Atemfrequenz stieg. Ihr Herz hämmerte wild gegen ihren Brustkorb. »Einschlafen? Oder nie wieder aufwachen?«

»Halt nur ganz still, dann hast du’s gleich überstanden.« Emilia griff nach ihrem Arm.

Fria zappelte so stark wie irgend möglich. Gedanken hetzten durch ihren Kopf, suchten nach Auswegen, nach Erklärungen.

Betrübt schüttelte Martens Freundin den Kopf. »Das bringt doch nichts. Du ziehst nur alles künstlich in die Länge.« Sie zog einen Elektroschocker aus der Tasche. »Das hier wird nun leider wehtun.«

»Nein, stopp! Ich werde stillhalten. Wenn du mir sagst – warum? Warum willst du mich umbringen? Was hab ich getan?«

»Genau das wollte ich nicht, Fria. Ich wollte mich nicht ellenlang mit dir unterhalten. Ich will nichts erklären müssen. Nimm’s einfach hin!«

»Oh nein! Das bist du mir schuldig. Ich hab dich immer anständig behandelt. Ich will eine Erklärung für das hier!«

»Ich weiß, was du versuchst, Fria Svensson. Du willst dein Leben verlängern, dir durch Reden Zeit erschleichen. In der Hoffnung, dass jemand kommt und dich rettet. Aber das wird nicht passieren. Niemand wird kommen. Niemand weiß, wo du bist und was ich getan habe und niemand weiß von diesem Ort.«

»Dann hast du doch nichts zu verlieren! Was kann passieren, wenn du mir diesen letzten Wunsch erfüllst? Ein klärendes Gespräch zwischen dir und mir, Emilia.« Fria wunderte sich, wie entschieden und fest ihre Stimme klang. Gleichzeitig gewann innerlich die Verzweiflung Oberhand.

Schweigend wurde sie betrachtet.

Martens Freundin strich sich das tropfende Haar aus dem Gesicht, zog einen Stuhl heran und setzte sich. Die Spritze blieb in ihrer Hand. Die Kanüle schimmerte gefährlich.

»Du hast das Leben, das ich will. Bølle wird dich bald vergessen haben, du bist ja eh nie da. Und Marten … Ich hätte nie gedacht, dass es Männer wie ihn gibt. Er ist so anders. Und er liebt mich. Ich konnte sogar mit ihm schlafen. Zum ersten Mal in meinem erbärmlichen Dasein gibt es einen Ort, an dem ich mich wohlfühle. Ich werde ihn nicht wieder hergeben, Fria.«

»Aber das musst du doch nicht. Das alles geht doch auch mit mir! Ich mag dich, Emilia. Und Marten ist nur ein guter Freund. Ich bin keine Konkurrenz für dich.«

»Es ist so traurig, wie du um dein Leben bettelst. Du bist Martens Lieblingsmensch. Du musst gehen. Mit meiner Hilfe wird er darüber hinwegkommen.«

Frias Blick huschte zum Buggy hinüber und wieder zurück. »Und Tilda? Hat sie auch was, was du willst?«

Auf Emilias Stirn zeigten sich Zornesfalten. »Das war ein Fehler. Der einzige. Ich kann es nicht rückgängig machen.«

»Wo ist sie, Emilia?« Frias Kopf folgte Emilias Blick.

»Hinten.«

»Tilda? Tilda, kannst du mir bitte antworten? Ich bin's, Fria.«

Martens Freundin schaute sie ausdruckslos an. »Sie kann dich nicht hören.«

»Was hast du mit ihr gemacht?«

»Sie war wie ich, weißt du? Das Böse hatte sich nur noch nicht in sie eingepflanzt. Aber es würde bald kommen. Alle Erwachsenen tragen es mit sich herum. Bis auf Marten. Ich habe noch nie jemanden getroffen wie ihn.«

»Tilda!« Fria schrie wie eine Wahnsinnige.

»Ich hätte sie nicht mitnehmen dürfen. Aber sie hatte niemanden. Wie ich niemanden hatte. Keiner kümmerte sich um uns, alle schauten weg. Ich wollte sie beschützen, das musst du mir glauben. Aber ich habe nicht nachgedacht. In meine Wohnung konnte sie nicht. In der Siedlung kannte man Tilda. Ihre Mutter, diese erbärmliche Kreatur, lief mir ständig über den Weg. Also hab ich Tilda erst mal hierhergebracht. Ich weiß, das war nicht ideal, aber was anderes hatte ich nicht. Ich hab sie gut versorgt. Henke sollte auf sie aufpassen.«

»Henke?«

»Lütt Henke, dem du immer so lieb Geld zugesteckt hast.«

Fria glaubte, der Boden öffne sich unter ihr. Sie versuchte, das Unfassbare zuzulassen. »Lütt Henke war hier?«, hauchte sie.

»Ja, er hat mir geholfen. Eigentlich waren wir ein ganz gutes Team. Er war ein bisschen speziell. Und er konnte nicht mit Kindern. Er wusste einfach nicht, was sie brauchen, wie viel sie so essen und trinken. Er hat nicht mal gemerkt, dass Tilda gestorben ist. Also fast, sie war dann ja doch nicht tot. Ich weiß bis heute nicht, ob sie aus eigener Kraft weg ist, weil er vergessen hat, die Tür abzuschließen. Im Zaun, da gibt es nämlich eine versteckte Stelle mit einem Loch. Da hätte sie mit Sicherheit durchgepasst. Henke hat bis zum Schluss behauptet, nicht zu wissen, wo Tilda steckt. Kann aber auch sein, dass er mich angelogen hat, dass er sie doch rausgeholt hat. War am Ende auch egal. Ich hab's wieder hingebogen.«

Fria schwirrte der Kopf. »Wie meinst du das?«

»Ich hab ihm die Pillen in den Energydrink gemischt. Das war's. So hat die Polizei wenigstens ihren Täter. Und es trifft ja keinen Unschuldigen. Immerhin hat er sie präpariert und im See begraben.«

»Er hat sie präpariert?«

»Oh Fria, das weißt du doch! Du hast es mit eigenen Augen gesehen. Du warst dort, am See. Du und dein Kommissar Ohlsen. Fria, die Beraterin der Polizei! Ein schönes Foto von dir in der Zeitung übrigens. Es war so leicht, mehr über dich herauszufinden. Deine Adresse, was du machst, mit wem du zusammenwohnst. Du solltest an deinem Datenschutz arbeiten. Auch an Marten heranzukommen, war einfach. Ich brauchte nur in die hiesige Kunstszene einzutauchen. Eigentlich wollte ich über dich nur erfahren, was die Polizei weiß. Mich sozusagen auf dem Laufenden halten, ohne im Rampenlicht zu stehen. Das mit Marten hat mich selbst am meisten überrascht.« Sie seufzte. Ihr Blick fiel auf die Spritze.

»Wie hast du Lütt Henke dazu gekriegt? Warum hat er da mitgemacht? Kannte er die sechs Opfer?«

»Opfer! Das waren keine Opfer!«

»Die sechs Toten. Kannte er sie?«

»Nein. Henke war echt schräg drauf. Er hat mir tatsächlich abgenommen, dass ich nichts mit ihrem Tod zu tun habe. Ich hab ihm erzählt, was für Monster sie waren und dass ich nicht will, dass sie wiederkehren und noch mehr unschuldige Menschen quälen. Ich hab ihm erzählt, man könne das nur verhindern, wenn man sie unter Wasser bestatten würde. Das wäre natürlich illegal und man könne dafür in den Knast gehen. Er hat nur gelacht. Es gäbe keine Gitter, die ihn in seiner Freiheit einschränken könnten, hat er gemeint. Dann kam er mit diesen Symbolen um die Ecke. Er hat sie in ihre Leiber geschnitten. Die Toten müssten besprochen und gezeichnet werden. Er war ganz in seinem Element. Er glaubte an so was. Mir war es egal. Solange er mir half, die Leichen loszuwerden.«

»Wie habt ihr das hingekriegt? Ohne dass jemand etwas mitbekam?«

»Wir haben sie im Lastenrad transportiert. Ich hatte das

Nachtsichtgerät vom Weißen Fritz. Wir haben lange gewartet, mitunter Stunden oder Tage. Nur in Nächten, in denen absolut niemand in der Gegend war, ist er ins Wasser, hat die Leichen mit austarierten Gewichten und Luftpolstern unter der Wasserkante gehalten und sie am Grund festgemacht. Er war wirklich gut darin, das muss ich sagen. Die Gewichte und Lufttaschen wurden jedesmal so angepasst, dass er die Körper im Wasser gut bewegen konnte, bis er die anvisierte Stelle erreicht hatte. Da ließ er sie untergehen.«

»Aber der See war nicht immer so ausgetrocknet wie jetzt. Und im Dunkeln unter Wasser …«

»Ich sag doch. Er war gut. Er konnte dieses Apnoetauchen. Hat er sich selbst beigebracht. Und mit seiner Unterwasserkopflampe kam er wohl ganz gut klar. Du hättest mal sein zufriedenes Gesicht sehen sollen, jedes Mal, wenn er eine Bestattung vollzogen hatte!«

»Wer ist der Weiße Fritz?«

»Niemand.«

»Du sagtest, Lütt Henke habe dir geglaubt, dass du nichts mit dem Tod der Monster zu tun hattest. Das stimmt aber nicht, oder? Warum mussten sie sterben, Emilia?«

»Du hast es doch selbst gesagt. Weil sie Monster waren.«

»Was haben sie getan?«

»Sie haben unschuldige Kinder gequält, ihre Seele zerstört, sie Dinge sehen lassen, die nie wieder aus ihren Köpfen verschwinden. Und sie haben Tiere zu Tode gefoltert. Weißt du, wie viele Katzen, Hunde, Wildkaninchen, Fasane und Ratten ich hier in diesen vier Wänden leiden und sterben gesehen habe? Du kannst dir nicht vorstellen, wie es sich anhört, wenn Tiere schreien. Und du kannst dir nicht vorstellen, was es mit dir macht, wenn Monster wie der Weiße Fritz und Theo Bretschneider ihre Psychospielchen mit dir treiben, du nicht von ihnen wegkommst. Dann hab ich im Fernsehen eine Psychologin gesehen. Die hat echt viel

Unsinn geredet. Aber ein Tipp, der war gut. Sie meinte, Menschen wie ich sollten sich nicht verkriechen und still vor sich hin leiden. Sie sollten aktiv werden, sich aus der Schleife aus Gewalt und Schmerz befreien. Sie sollten ihr Leben in die Hand nehmen und gestalten. Ich hab den Rat befolgt. Bei Theo Bretschneider, dem Schwein, lief es noch etwas holprig. Ich musste den Elektroschocker immer und immer wieder ansetzen, bevor er so weit weg war, dass ich ihm die Spritze setzen konnte.«

»Was ist da drin?« Fria blickte ängstlich auf die Kanüle.

»Ein starkes Narkotikum und ein Mittel, das dein Herz zum Stillstand bringt. Man braucht es zum Einschläfern von Tieren.«

»Woher weißt du das?«

»Ich arbeite im Tierheim.«

»Ich dachte im Hospiz …?«

»Das sage ich immer. Die Menschen finden so was gut. Und ich konnte Henke erklären, wo die Toten herkamen.«

»Und dort im Tierheim hast du das Zeug einfach geklaut? Hattest du keine Angst, dass sie was merken?«

»Hab's nicht von da. Hab's aus dem Internet. War ganz einfach, wenn man weiß, wonach man suchen muss.«

»Wie hast du es geschafft, ihnen allen die Spritzen zu verabreichen? Sie werden dir kaum den Arm hingehalten haben?«

»Man muss geduldig sein, Fria. Und beobachten können. Ich kannte ihre Tagesabläufe, wusste ganz genau, wann ich sie allein erwische. Die, bei denen ich das nicht konnte, an die ich nicht rankam, weil sie zu weit weg wohnten, hab ich hergelockt. Der Kranich war so ein geldgeiles Schwein. Ein Elektroschocker ist ein faszinierendes Ding. Vor allem, wenn man sich einen besorgt, der hierzulande nicht zugelassen ist und mehr Wirkung zeigt. Kurz angewendet, schreckt er ab und verursacht einen ebenso kurzen Schmerz. Setzt du ihn für mindestens zehn Sekunden ein, hast du genug Zeit, um nicht nur eine Spritze zu setzen. Manchmal war das Gezappel und Gezitter der Muskeln ein wenig hinderlich. Im Laufe der Zeit eignet man sich aber Techniken an, den Arm trotzdem fixiert zu kriegen. Dann hab ich sie ins Lastenrad gelegt und hierhergebracht. So, jetzt weißt du alles ganz genau.« Sie straffte die Schultern. »Genug geredet. Lass es uns beenden, Fria.«

*

Der Weg wurde immer holpriger. Links von ihnen sah man das tosende Meer, immer dann, wenn der Regenschleier an Intensität abnahm. Palle hatte Mühe, den Wagen in der Spur zu halten. Die Sturmböen rissen an ihm, der Schlamm unter den Reifen ließ sie hin und her schlingern.

»Bist du sicher, dass wir noch richtig sind?«, schrie er.

»Wenn die Beschreibung stimmt«, antwortete Ohlsen und kniff seine Augen zusammen, um besser sehen zu können.

*

»Was ist mit den vier anderen? Weshalb mussten sie sterben?«

»Ich habe dir genug erklärt. Das muss reichen.«

»Du hast versprochen, dass ich es verstehen darf. Bitte, Emilia.«

»Die anderen fünf. Der Weiße Fritz liegt nicht im See. Na ja, ein kleiner Teil von ihm schon.«

»War der Finger in der Dose von ihm? Warum liegt er nicht im See wie die anderen?«

»Weil ich damals noch nicht wusste, was ich tat.« Emilia ging in die Hocke und klopfte zweimal mit dem Zeigefinger gegen die Spritze. »Ich hatte ihn zuerst nur am Finger erwischt. Wahnsinn, wie der geblutet hat. Und sein Gesicht! Du hättest den verdutzten Ausdruck sehen sollen! Dann ist er wutentbrannt auf mich zu und wollte mir die Axt entreißen. Da hab ich's beendet. Meine Mutter und ihr Bruder haben ihn weggeschafft. Den Finger haben sie vergessen. Hab ihn ’ne Zeitlang behalten. Dann fand ich es passend, ihn zu opfern. Dafür war das Thorsberger Moor doch die bestmögliche Stelle, oder Frau Archäologin?«

»Was ist mit der Frau aus Flensburg?«

»Sie hat Tucker adoptiert.«

»Tucker?«

»Einen Dobermann-Mix. Ein Goldschatz. Nach zwei Jahren hat sie ihn zurückgebracht. Er war nur noch ein Wrack.«

»Du hast eine Frau umgebracht, weil sie ihren Hund schlecht gehalten hat?«

»Sie hatte es verdient. Jedes Tier ist hundertmal mehr wert als sie.«

»Und da war doch noch eine! Warte, war sie nicht Reitlehrerin?«

»Du wirst erst Ruhe geben, wenn ich dir von jedem Einzelnen berichtet habe, oder? Nun gut, Fria Svensson, machen wir es kurz.« Sie ließ ein paar Tropfen aus der Kanüle laufen. »Der Busfahrer und die Lehrerin mussten dran glauben, weil sie gesehen haben, was das Hausmeister-Schwein und der Weiße Fritz getan haben. Und das nicht nur ein Mal. Sie haben weggesehen. Der Busfahrer hatte noch seine Freude daran. Die Tussi von der Reitanlage war ein durch und durch schlechter Mensch. Die Pferde haben unter ihr gelitten, die Kinder auch. Und der Typ aus Glücksburg hatte Qualzuchten in seinem Keller. Ich hab mich als Kaufinteressentin ausgegeben. Seine Katzen und ihre Kitten habe ich morgens vor unserem Tierheim gefunden. Welch glücklicher Zufall, oder?«

»Du hast sie mitgenommen …«

»Natürlich habe ich das. Sollte ich sie bei ihm, in seiner schrecklichen Wohnung verhungern lassen?«

»Du hättest ihn anzeigen können. Warum hast du ihn stattdessen umgebracht? Ist dir das so leichtgefallen? Macht dir das Töten Spaß, Emilia?«

Martens Freundin stockte, sah ihr irritiert in die Augen. »Als Theo starb und danach einfach verschwand, war das wie eine Befreiung. Ich fühlte mich gut. So gut wie noch nie zuvor. Ich hatte mich ganz bewusst dafür entschieden. Ich hatte es getan und es hatte geklappt. Die Welt war eines ihrer Monster los. Dieses Gefühl wollte ich wieder spüren. Endlich war ich es, die Macht über andere hatte. Das hab ich mir verdient, Fria. Und jetzt her mit deinem Arm.«

Fria sah ihr tief in die Augen. Dann legte sie ihre Arme, so ruhig es ging, auf ihren Oberschenkeln ab.

»Du hältst Wort, das muss ich dir respektvoll zugestehen.«

Emilia hockte sich dicht neben sie, umfasste ganz sanft den linken Unterarm und hob die Spritze an.

*

Ein hoher Zaun, vertrocknete Büsche, die vom Wind hin und her gerissen wurden. Kleine Zweige und Blätter, die trotz des Regens, der nicht mehr ganz so sintflutartig daherkam, durch die Luft gewirbelt wurden. Wo war der verdammte Eingang?

»Kannst du was sehen?«, schrie Ohlsen gegen den Sturm an.

»Hier drüben!« Die Stimme eines ihrer Bereitschaftspolizisten wehte zu ihnen herüber. Das Vorhängeschloss hing daneben. Sie beeilten sich, überquerten eine Wiese mit vertrocknetem Wildwuchs und folgten dem niedergetrampelten Pfad. Ein alter gemauerter Schuppen kam in Sicht. Es gab zwei winzige Eisenfenster. Ohlsen hoffte, unbemerkt herankommen zu können. Hören würde man sie nicht. Der Wind toste durch den angrenzenden Wald. Es rauschte und krachte, Stämme schlugen aneinander und hin und wieder donnerte es. Sie rannten bis zur Hauswand. Ohlsen und zwei der Beamten schoben sich vor bis zur holzbeplankten Tür. Auch diese war unverkennbar nicht abgeschlossen. Palle drang mit den beiden anderen Kollegen zur Rückseite vor.

An der Frontseite zogen die Polizisten ihre Waffen. Ohlsen nickte ihnen zu. Dann drückte er die Klinke und schob die Tür nach innen. Das klägliche Quietschen war trotz des Sturms deutlich zu hören. Er fluchte und huschte hinter den beiden hinein. Bevor er etwas sehen konnte, hörte er einen von ihnen schreien: »Polizei! Sofort weg von der Frau!«

Dann blickte er in Emilia Schauers erschrockenes Gesicht. Fast zeitgleich sah er, wie Fria ihr mit gefesselten Händen etwas aus der Hand schlug.

Sekunden später lag die Täterin handlungsunfähig am Boden. Einer der Polizisten legte ihr Handschellen an.

Mit zwei Schritten war Ohlsen bei Fria. In ihrem Blick lag so viel Angst, Entsetzen und gleichzeitig Erleichterung, dass er sie, ohne nachzudenken, an sich drücken wollte. »Es ist vorbei. Du bist in Siche–«

Doch sie schob ihn energisch weg. »Tilda?«

Sie schrie dermaßen laut, dass Ohlsens Ohr rebellierte.

»Verdammt, Ohlsen! Mach mich los! – Tilda, wir sind gleich bei dir!«

»Die Kleine lebt? Ist sie hier?« Er sprang auf.

»Sie muss irgendwo dahinten sein.« Fria wies mit Armen und Kopf in den hinteren Teil des Schuppens, dorthin, wo ein dicker Stützpfeiler die Sicht versperrte.

Ohlsen spurtete los. Dicht gefolgt von einem Beamten.

Palle war inzwischen auch da, nahm eine rostige und leider auch stumpfe Schere von der Wand und hobelte Frias Fesseln durch.

»Beeil dich, Palle, bitte«, drängelte sie.

»Wenn du nicht so zappeln würdest, ginge es schneller.«

Endlich gab das Seil nach. Sofort stolperte sie los.

Sie fand Ohlsen neben einem aufgeklappten Koffer. Warum tat er nichts? Warum hockte er einfach nur da? »Wir brauchen einen Rettungswagen! Ohlsen, hol sie da raus! Tilda? Ich bin hier. Es wird alles gut. Bølle wird sich irre freuen, dich zu sehen.«

Die Kleine sah so blass und zerbrechlich aus, wie sie da wie ein Embryo in diesem Koffer lag.

»Ohlsen, verdammt, tut doch was!« Fria wollte hin zu ihr, ihr endlich helfen. Doch er schnellte hoch, hielt sie zurück, hielt sie ganz fest. »Wir sind zu spät, Fria. Es tut mir leid.«

*

Von allen unbemerkt betrat Ohlsen das Großraumbüro der Norgaarder Wache. Die Ermittlungen der SOKO Bog Body waren abgeschlossen, die Berichte geschrieben und die Dokumentationen und Beweismittel so aufbereitet, dass die Staatsanwaltschaft ihren Job machen konnte. Palle und Oltmann feierten bereits Überstunden ab, Cilla Carstensen war zurück in Flensburg. Langsam kehrte Ruhe ein. Ruhe, die Ohlsen Raum gab, Gedanken zuzulassen, die ihn innerlich auffressen konnten. Ein No-Go, er wusste das. Doch diesmal konnte er nicht anders. Er war zu nah dran gewesen. Tilda hatte sein Herz berührt. Und Fria …

Sein Blick folgte den leeren Whiteboards, die aus dem Raum geschoben wurden.

Hätte. Ein kleines Wort, das so sehr schmerzte. Hätten sie die Mitarbeiter des örtlichen Tierheims intensiver durchleuchten müssen? Ihre Fotos hingen da. Emilia Schauer – sie hatten sie die ganze Zeit vor Augen. Wenn ihr Name unter dem Bild gestanden hätte, wäre ihnen die Verbindung zu Otto Fritz Schauer, dem ehemaligen Direktor der Klüfterhöft Skole, dann aufgefallen? Oder wären sie weiterhin zu blind gewesen?

Nachdem sie erfahren hatten, dass keiner der Tierheimmitarbeiter Zugang zu den Medikamenten Embutramid und Kaliumchlorid hatte, sondern eine externe Tierärztin beauftragt wurde, leidende Kreaturen zu erlösen, waren sie anderen Spuren nachgegangen. Ein fataler Fehler! Selbst als Matthis Svensson Emilia als Martens Freundin erkannt hatte, war der Groschen nicht gefallen. Warum nicht? Warum hatte Ohlsens Instinkt nicht Alarm geschlagen? Er hätte Tilda retten können. Hätte …

Mittlerweile war er allein. Der große, aufgeräumte Raum lang vor ihm, als wäre nichts gewesen. Er dachte daran, wie er Emilia überprüft, die Suchanfrage ins System eingegeben hatte. Eigentlich nur aus Mangel an Optionen. Und dann hatten seine Finger ihren Nachnamen getippt. Da hatte es Klick gemacht. Eine intensive Untersuchung war eingeleitet worden, ein Stein auf den nächsten gefallen. Emilia war die Enkelin von Otto Fritz Schauer und in der fraglichen Zeit zur Klüfterhöft Skole gegangen. Sie hatte sich unter falschem Nachnamen mit Marten angefreundet, einen falschen Beruf angegeben, lebte in Tildas direkter Nachbarschaft und war bei der Archäologin und dem Künstler ein und aus gegangen. Durch Fria wusste Emilia jederzeit Bescheid, wie es Tilda ging, wo sie sich aufhielt und wann sie verlegt werden würde. Auch dass das Mädchen bislang mit niemandem über das Erlebte sprechen wollte. Die eilig angestoßene Überprüfung von Emilias Mobilfunkdaten konnte sie zwar weder mit dem Thorsberger Moor, noch – rückblickend – mit dem alten Schuppen in Verbindung bringen, wohl aber mit den Funkzellendaten der Opfer vor deren Verschwinden. Lærke Storgaard und ihre fragwürdigen Methoden waren dem Tierheim ein Begriff, und dass die Qualzuchten von Benno Kranich ausgerechnet dort gelandet waren, konnte kein Zufall sein. Das Gespräch mit Emilias Mutter hatte dann endlich das Motiv und den entscheidenden Hinweis auf den Tatort geliefert.

Zu spät für Tilda. Weil Ohlsen seinen Job nicht gründlich genug gemacht hatten. Weil er nicht gesehen hatte, was sich vor seinen Augen abspielte. Beinahe hätte er sogar Fria verloren. Er schloss die Augen und sah den Schreckmoment wieder vor sich. Wie Fria Emilia die Spritze aus der Hand schlug, den panischen

Ausdruck in ihren Augen. Er hörte ihren verzweifelten Schrei nach Tilda. Tilda, das kleine Mädchen, dessen einzige reelle Chance auf ein besseres Leben bei ihm, dem Leiter der SOKO Bog Body und seinem Team gelegen hatte.

Eine sanfte Berührung seines Oberarms ließ ihn die Augen öffnen.

»Wir haben unser Bestes gegeben«, sagte Sinje, während sich in ihrem Gesicht seine Trauer und Hilflosigkeit spiegelte.

*

Ende September. Die Hitze hatte sie endlich verlassen. Der Wind riss an Frias Haaren. Die sechzehn Grad fühlten sich deutlich kühler an. Sie saß auf ihrer Bank und blickte aufs Meer, das immer noch so war wie vor dem Ganzen. Bølle kam freudig auf sie zugerannt, natürlich pitschnass. Er fing an zu buddeln.

Es fiel ihr noch immer schwer, über die Geschehnisse nachzudenken. Gleichzeitig konnte sie nicht loslassen. Emilia war nicht nur Täterin, sie war auch Opfer. Von Kindesbeinen an Gewalt ausgesetzt. Fria wusste das. Diese Frau verdiente ihr Mitleid. Doch alles, was Fria fühlte, war Wut. Nicht weil Emilia sie beinahe umgebracht hatte, sondern weil sie Tildas zartes Leben ausgelöscht hatte. Einfach so. Fria hatte viele Tränen vergossen in den letzten Wochen. Sie weigerte sich noch immer, an Tildas Beerdigung zu denken. Alberte und Villads waren professionell durch das dreitägige Symposium gesegelt, ohne ihre Chefin. Lars-Emil Hoferland hatte sich sang- und klanglos aus ihrem Leben verabschiedet. Das Verfahren gegen ihn lief. Marten war in ein tiefes Loch gefallen. Die Angst um ihn hatte Fria funktionieren lassen. Sie hatten nächtelang geredet, das Schicksal verflucht, sich niedergerungen und wieder aufgerichtet. Danach war sie leer gewesen und unglaublich erschöpft.

Und auch wenn sie langsam in den Alltag zurückfand, so gab

es einiges, das sie einfach nicht losließ. Wären Sinje Cassuben und Nis Reepschläger nicht zum Tierheim gefahren und hätten Fotos und Namen der Mitarbeiter mitgebracht und an das Whiteboard gehängt, und wäre ihrem Bruder Matthis nicht aufgefallen, dass auf einem dieser Fotos Martens Freundin Emilia zu sehen war, und hätte Ohlsen nicht Emilias Background gecheckt – dann wäre sie, Fria Svensson, heute tot. Ein kleiner seidener Faden hatte sie am Leben erhalten. Was aber noch viel schwerer zu verkraften war, war der Umstand, dass dieser seidene Faden bei Tilda zerrissen war. Und das war ihre Schuld. Sie hätte einfach nur einen Schritt vortreten und die Frau mit dem Buggy aufhalten müssen. Aber das hatte sie nicht. Emilia hatte das Mädchen erstickt, Stunden bevor Fria in den Schuppen gelockt worden war.

Traurig blickte sie auf die weiße Rose in ihren Händen. Sie erhob sich und ging nah ans Wasser heran. »Pass gut auf sie auf, Kleine Sonne!«, flüsterte sie und warf die Rose ins Meer. Ein letzter Blick auf die tanzende Blüte, dann drehte sie sich um und ging.

# NACHWORT und DANKSAGUNG

Ich habe Tilda sterben lassen.

Und es bricht mir das Herz. Ich möchte mich entschuldigen bei all denen, die bis zum Schluss gehofft haben. Es fiel mir nicht leicht, das müssen Sie mir glauben. Alles in mir wollte sie retten. Doch dann dachte ich an all die Kinder in unserer Welt, die niemand rettet. Es passiert vor unseren Augen! Mit dem Finger auf das Jugendamt zu zeigen, dem System Versagen vorzuwerfen, ist zu einfach. Es liegt an uns als Gesellschaft, hinzusehen und zu helfen. Denn die Gefährdung von Kindeswohl geschieht in den seltensten Fällen aus purer Bosheit. Die Gründe sind vielfältig und doch niemals entschuldbar. Kinder sollten nicht als Resonanzboden für die Probleme Erwachsener herhalten müssen. Niemand kann sich aussuchen, in welche Verhältnisse er hineingeboren wird. Oft sind die Täter selbst Opfer. Und doch glaube ich ganz fest daran, dass jeder von uns die Welt ein klein wenig besser machen kann. Respekt und das Recht auf Unversehrtheit sind echte Wunderwaffen, von denen ich mir wünschen würde, sie kämen täglich großflächig zum Einsatz.

Was mich betrifft, hatte und habe ich das große Glück, in einem intakten Familienverbund leben zu dürfen. Dafür bin ich zutiefst dankbar. In erster Linie dir, lieber Ebby, der du diesen verrückten Weg mit mir gehst, Steine aus dem Weg räumst und mir den Rücken freihältst. Und dir, liebe Lilian Imke, die du mich erst in die Lage versetzt, das Unvorstellbare nachzuempfinden.

Des Weiteren möchte ich zwei besondere Frauen erwähnen. Sie waren und sind der Anlaufpunkt für all meine Fragen über Archäologie, Ausgrabungen und die Arbeitsweise eines Museums – und zwar auf beiden Seiten der Grenze. Vielen Dank Dr. Christiane Ruhmann (Diözesanmuseum Paderborn, Deutschland) und besonders dir, liebe Lilian Matthes (Museum Sønderjylland, Haderslev, Dänemark). Ich hoffe, ihr lasst mich noch oft einen Blick hinter die Kulissen eurer inspirierenden Welt werfen.

Meinem unerschütterlichen Literaturagenten Peter Molden verdanke ich, dass Werke wie dieses gesehen werden. Gesehen von so wunderbaren und engagierten Menschen wie denen des dtv-Verlags. Liebe Karoline Adler, vielen Dank für deine Begeisterung und dein Vertrauen. Danke auch an meine Lektorin Friederike Zeininger, die versteht, wie wichtig mir die Transformation von Bildern zu Worten ist.

Generell erfüllt es mich mit Freude, dass ich bislang zu jeder freundlichen Anfrage eine freundliche und fachkompetente Aussage bekommen habe. Sei es von Frau Prof. Dr. med. Stefanie Ritz-Timme, Direktorin des Instituts für Rechtsmedizin Düsseldorf, von Herrn Dr. Matthias Simon Toplak, Leitung Wikinger Museum Haithabu, oder von dir, liebe Karin Fäcke, Leitung Moorinformationszentrum Ahlenmoor. Vielen Dank dafür!

Das Thorsberger Moor gibt es tatsächlich. Ganz im Gegensatz zu der Flensburger Außenstelle, den Orten Norgaard, Klüfterhöft und Ørerup. Auch die Handlungen und Charaktere sind frei erfunden. Und sollte ich bei der Beschreibung der ermittlungstechnischen Abläufe ein klein wenig von der Realität abgewichen sein, so bitte ich die Flensburger Kripo um Verzeihung. Am Ende ist es eben doch nur reine Fantasie.

# Die Normandie-Krimis von Benjamin Cors